伊犁日志

風雲

作家出版社

愿我们永远走在

多民族和融共生的大道上！

○ 特克斯县喀拉达拉镇历史文化名村琼库什台（刘灵波 摄）

○ 雨后的伊犁宾馆

○ 与新源县文艺界人士

○ 在肖尔布拉克酒厂

○ 在新源县城的后山

○ 唐加勒克纪念馆

○ 阿尔善村夏牧场

7 2015 夏

○ 在孔巴合提弟弟家的毡房

○ 草原小公主

○ 女房东阿依努尔

○ 骑马登上沃尔塔交塔

○ 与男房东塞尔江（左二）及他的邻居

○ 两个小精灵

○ 与阿尔善村夏牧场的孩子们

○ 在那拉提空中草原

○ 走在空中草原的大路上

○ 新景点盘龙谷道

○ 与伊宁城文友

○ 与德勒木拉提一家

○ 在霍城薰衣草园与新老文友

○ 与则克台镇的阿尔达克一家

○ 阔克英村夏牧场

○ 艾登江与他的小女儿

○ 房东家的小叶拉萨

○ 女房东古丽巴（右一）

○ 昂沙尔烤的地锅馕

○ 努尔哈提家待剪羊毛的羊群

○ 山顶上那匹年轻的马

○ 与串门的邻居别克波力（右二）和艾登江（右一）

○ 少年与他的赛马

○ 小叶拉萨帮妈妈洗衣服

○ 搽雪花膏的小叶拉萨

○ 与“草原阿帕”（右三）共进午餐

○ 杜殿卿先生（左二）生前的最后一张留影

○ 沈建国先生与他的建国奇石馆

○ 特克斯境内库克苏河美景

○ 巩留县境内山水

○ 昭苏县境入口处天马雕像

○ 哈萨克民俗文化馆前的小小少年

○ 在圣佑庙内转经

○ 夏塔河畔的细君公主墓雕像

○ 昭苏与特克斯交界处盛开的“细君花”

○ 与守杏园人塔西买买提一家

○ 玉素甫江（左一）与沈建国（右一）到伊宁机场送行

目录

自序

致我的“上帝”

我的“上帝”，是爱我的人，也是我爱的人。今天，我要向我的“上帝”，忠实奏告。

我要奏告“上帝”的是：我是一个不走进任何文学围城的单身姐，是一个漫天行走的苦行尼。所以，我可以不带指令，不受牵绊，信马由缰，我行我素……但是，我敢为自己的灵魂保鲜，敢为作品《伊犁日志》保鲜，我一定以最自然的色香味，打开您的味蕾。前提是只要您愿意随我苦行，路就会越走越宽，味也会越来越浓……当然，如果说《伊犁日志》的描写不够深刻，那是我先天才思不足，能力所限，还请多多体谅；如果说作品不够真实，那就是我的人品出现了故障，如若这样，不要说主动去承受您的口诛笔伐，就连我自己也要将自己挞伐得体无完肤，并心甘情愿，绝无怨言。

我又要奏告“上帝”的是：《伊犁日志》的诞生，还要追溯到2012年中旬。其时，刚从小作《万花秋月》里“遍体鳞伤”爬出的我，在休养一年后，祖师爷辈的李坦教授就经常光临“浥尘书屋”，又开始数说扬州的一些人，只懂得津津乐道小说家笔下查无实据的杜十娘和韦小宝等人物，却一直冷落着为民族作出了巨大历史贡献的江都公主刘细君时，总是神情激动，义愤填膺……每每这时，我的内心往往也被他老人家搅得心躁。可时间久了，有一天，对这位两千年前的历史人物，我忽然也产生了浓烈的兴趣，便一头钻进了故纸堆，开始搜寻起细君公主的踪迹来……功夫不负有心人，通过一年多辛勤的搜集、整理、思考和学习，细君公主的人格精神和若干历史功勋，终于渐渐地浮出水面，并被我分成三大亮点，再从时光的隧道提取出来：首先，细君公主是祖国多民族国家形成与统一的拓疆者，也是早期西部开发与丝绸之路的先行者和践行者；其次，她的诗作《悲愁歌》突破了在此之前“诗言志”的藩篱，而成为一个向抒情方面回归的重要节点；最后，作为乐器琵琶的首创者，她又为中华文明的发展作出了重大贡献。可以说，类似细君公主的历史功勋，除了唐代远嫁吐蕃的文成公主，还未曾有一个人可以和她媲美。而我们的民族，也正是因为有了她们的历史功勋，才有了给那些“极端自由主义者”的最好回应。

直到这时，我才理解，李坦先生为何每次提起细君公主，心情总是那么激动与不平，以至于为之奔走呐喊了数十年……因此，我的内心突然萌生了一股为细君公主写传记的强烈冲动。记得当时，我就斩钉截铁地对老先生说：我要代他老人家到新疆去探亲，再将他念叨多年的细君公主，从古代乌孙请回家，而且，说动就动，于 2015 年 6 月 26 日，我终于背上行囊，怀揣着准备了一年多的入疆历史资料，以及已创作两万多字的《刘细君》，再带上无数和李坦教授一样的扬州人的情感与重托，只身远赴新疆，探寻公主去了……

然而，来到新疆，事情却发生了一点变化。在伊犁州新源县熟悉了大草原的生活后，为寻找细君公主的家，我又回到了寻找赤谷城的正途，因为我知道，公主的家在一个叫“赤谷城”的地方，而赤谷城因建在红色的山谷而得名，可赤谷城在哪里？我却不知道……所以，我寻到了特克斯县，在八卦城遇见了沈建国先生与黄江勇兄弟，在他们两位请我看过特克斯齐勒乌泽克乡的博斯坦古城遗址和周围一些红山头后，说这里就是古代的赤谷城遗址。于是，就有了 7 月 21 日晚宴上，沈黄二公对我的突然“发难”：强烈要求我写一篇佐证赤谷城就在他们特克斯的论文，并且还要发表在公主娘家的媒体或刊物上。老实说，这可难坏了一向搞“个体主义文学”的我，终是敌不过草原酒水文化的进攻，只得应下，条件是附在我现创作品《刘细君》的后面。而没想到的是应下的一篇千字文，却成了一把火种，竟轰轰烈烈地燃烧出一部三十余万字的纪实长篇游记《伊犁日志》来，如此，倒成了细君公主未“出宫”，“宫女”却已行万里，只落得个喧宾夺主。好在她们都是同一个使命，也就不管她们是“宾”是“主”了，干脆在赤谷城里，先将《伊犁日志》这个“宾”趁热打铁，该出炉时就出炉，好恭恭敬敬地呈给“上帝”们品味起来再说。

我还要奏告“上帝”的是：作为一部纪实长篇游记，《伊犁日志》里都说了些什么？这个问题，我在前面说过，只要诸位愿意随我苦行，在下就略说一二与您一听：作为一部纪实长篇游记，《伊犁日志》和长篇小说不同，因为没有具体的故事情节作为铺垫。但作为同样的长篇，这部作品却有着“我寻找细君公主”的时间主轴，以层层叠加与递进的方式去铺展，将我寻找细君公主的每一个活动都灵活地游潜于作品之中，最后再将寻找公主的情节，一步步推向高潮……所以，时间就要退回到2015年6月26日这天：为了寻找细君公主，我带着满脑子的神秘感，于这个充满“水火”笼罩的日子，终于从扬州出发，接下来的日子，便有了在没有通信网络的新源县那拉提大草原那“太阳升起”的地方，深度体验细君公主当年在草原上那种原汁原味的游牧生活；便有了在新源县齐力盖大草原那最令人难忘的五天时光；便有了在特克斯县齐勒乌泽克乡看到的古代赤谷城遗址；便有了在昭苏县夏特柯尔克孜民族乡看到的“江苏省扬州援疆干部援建”的细君公主墓地；以及有了心中装满神圣感的我，在最后的依依不舍中，飞向了更高旷的天空……

是的，这就是我在《伊犁日志》中度过的几个重要的时间节点。不是吗，当我走在赤谷城的遗址里，踩在扎破我双脚的草根上，踏在这原生态的大草原中，不见了战火的硝烟，没有了战争的尸骨，这不正是我和边疆人们的共同追求吗？是啊，就在这广阔无垠的大草原上，我看到了健美清爽的伊犁风光，所呈现出的一派自然祥和的欢乐气氛，这种和平与安定的自然环境，正展现了汉族与哈萨克族两个民族为之奋斗的共同追求。我永远也不能忘却的是哈萨克人率真的热情，就在他们的毡房里，我真正体会到多民族的团结与和融给我带来的无比温馨的感受；还有沿途看到的汉家公主纪念馆、八卦城等众多人文景观与建筑，无不显示着汉族与哈萨克族文化密切交流的成果；再有我们扬州援疆人与新疆地方工作者的亲近与友好，以及他们的青春奉献，正是细君公主当年理想的一个新的展示与升华，体现了细君公主的历史贡献对后世所产生的影响和启示。应该说，这种和平的景象就是一个“后刘细君”时代的呈现，更是细君公主当年业绩的延伸。

……

奏告到这里，我又想起人们常说的一句话：创作的过程，就是一个学习的过程。没错，作为一个不断学习的文学创作者，尽管与“学者”的神圣称号相差十万八千里，但我绝对是以学者严谨的治学态度，来认真对待《伊犁日志》中的每一字句。比如，在写到特克斯县的文史部分，搞“个体主义文学”的我，自然是战战兢兢、如履薄冰地走完每一步。因为，《伊犁日志》是要接受“上帝”们检阅的。而作为一个“个体”作家，我坚信：一部负责任的传记与实录，一定能够敌得过文学的虚构与夸张。正因如此，《伊犁日志》就一定能顺利通过您眼中的封锁线，从而直抵您灵魂的深处，引发一场您我之间的共鸣。同时，我也坚信：对于《伊犁日志》里偶或出现的小小“谬论”或“悖论”，也将没有一个人去在乎它的存在，更没有一个人去眼红这个渺小到尘埃里的那点自由。《伊犁日志》无需如各路文豪力作那般科班与高超，也无需那般光鲜与夺目，只需随一己之心愿，直奔那辽阔、俊逸、高畅的草原之境，贪图的就是让灵魂奔出一个淋漓尽致，奔出“上帝”眼中的一道异彩。

在此，我要感谢已经品味或正准备品味《伊犁日志》的“上帝”，虽然我无法知道你们品味过的感觉如何，我却有能耐恰如其分地管好自己手中的这支笔，只要这支笔是忠于我的，那这支笔就会忠于历史和现实，既然忠于历史和现实，那这支笔所倾诉的，就一定值得“上帝”一阅！

最后，我更要感谢出现在《伊犁日志》里的人们，因为有了与你们的交集，才让我抓住了一段属于你们的光影，才使小作有了令人瞩目的亮点。所以，真正留下色彩的是你们，而我手中的笔，仅仅是为诸位代劳而已。

瞧，我的笔，还在滴着不尽的饱满与爱意……该停了，我亲爱的“上帝”，此时此刻，我站在赤谷城的制高点上，紧扣着真实的历史的脉搏，向您发出深沉的呼唤……

是为序。

2019.7.31

于浥尘书屋

引言

穿越历史的探望

回首两千年前的西汉王朝，打开尘封历史的精彩一页，有一个华夏民族与西域乌孙的美好故事，就在时光虫洞的那头，紧紧地牵引着我，那个让我苦苦追寻的背影……

她——就是江都公主刘细君！

带着对苍莽高古之境的幻想，穿过万里之遥的天际，今天，伊犁，一位和你结下了数千年之缘的亲家人，怀着一腔真诚，终于走亲访友来了！

怀揣一捧故乡的热土，心头漾起《悲愁歌》化鹄思归的旷世音符，追踪你千古流芳的伟大足迹，公主，一位你扬州娘家的亲人，一个在历史的长河中姗姗来迟的女儿，今天，满怀着深深的景仰与内疚，终于探望你来了！

二〇一五年六月

二〇一五年·六月

天山的神秘召唤

（6月25日，星期四，雷阵雨，34℃）

明天，我就要去新疆伊犁采风了。此时，我一边收拾行囊，一边想着心思，心情总是难以平静……

就在小作——古代人物传记《刘细君》的创作，写了两万多字、情节还没有进入公主远嫁乌孙的时候，我就迫不及待地想：该去伊犁河谷了。因此，伊犁河谷——这个古代乌孙国的所在地，一直对我发出神秘的召唤。可我也担心，因为，我早就听说草原上的自然生活条件非常有限，而自己就要独自去面对这种生活，这对先天不足、体弱多病的我来说，无疑是一场挑战。可为了实现这个梦想，我只得每天走进瘦西湖，坚持有氧锻炼，数十日后，我终于有了点底气，决定明天出发。

可是今天，雷阵雨三次袭击了广陵城，每当雨停，太阳就开始燃烧天空，整个大地，像被笼罩在天然的桑拿房里面，扬州这座千年古城，时而被雨水淋得七零八落，时而又被热气蒸得气喘难当。老天对古城，不是冷雨淋头，就是熏蒸炙烤，仿佛要倾尽所有能量，来对我即将远行的一腔热情进行“镇压”。不仅如此，它还放出大量的闪电，直劈人间，似乎要将人们原本脆弱的生命，撕得奄奄一息……

也是今天，一条跟随我十年的水晶手链，竟无故丢失。虽然，它并不昂贵，可十年佩戴，相信它早已沾满了我生命的灵性。如今，一个心爱之物，在节骨眼上，却突然不知“云游何方”了，为此，我一直惋惜不已。

其实，除了孱弱的体质，以及上面这些不祥预兆，还有在两月之前我就查得的七月中旬的运程，无论是从生辰八字看，还是从星座运程看，皆有不吉的成分；再有关于新疆的治安状况，比如媒体上曾经的报道、网络消息、坊间传闻等，这一切都使我忐忑不安。在我头顶上方，仿佛正高悬着一柄寒光闪闪的达摩克利斯之剑——对此，我该怎么办？

尽管心中不安，我却没有发出半点声响，哪怕对最亲的人。原因是：一怕大家劝阻，二怕自己动摇。是啊，路有险阻，我非圣贤，又岂能不惧？可伊犁河谷召唤的力量，让我已别无选择：首先，按照推算，在公元前 108 年的此时，正是细君公主到达伊犁河谷之际；其次，草原的孩子已经放暑假，这就保证了我和他们父辈之间的顺畅交流；再次，就是听说六月底，还能赶上欣赏雪山冬景；最后，就是所需历史资料的准备，也即将完成。凡此种种，都是我最佳出行时间的理由。

可真到临行时，我的脚步又开始凝重了：一个小女子，只身远赴新疆，还负有寻访汉家公主足迹的使命，我柔弱的肩膀，真有如此的承担吗？正值我纠结之际，却听扬州的援疆人张英明兄弟说，他同事周际近日返疆，建议我与之同行。我想：虽素昧平生，可有人领路，总比一人独行好。于是，便调整时间，以期同行，可周际一直在忙，时间一拖再拖，使我不得不痛下决心：不再受制于任何因素的牵绊，立刻打起背包，为自己的人生导演一场说走就走的伟大旅行。

是的，人的一生，总要做些出格的事情，以彰显自己的与众不同。况且，这箭在弦上，已不容不发，哪怕前有刀山火海，我也要硬起头皮，勇往直前！

飞向两千年前的乌孙古国——伊犁

（6 月 26 日，星期五，雷阵雨，32℃）

一

早晨，风雨又鬼哭狼嚎。午时，它们依旧沆瀣一气，天气预报哀叹：这是一个复制的昨天。此刻，我已不能多想，耳畔也只能有一个声音：不管是怎样的今天，我都要向明天出发！

今天，我就要背起生命的行囊，到新疆，到伊犁，到充满诱惑的天山河谷，去作一场人生旅途中伟大的苦行了。我安安静静地拜了菩萨，揖了家神，又跪在人生后花园中的父母前，再告别亲友，放下一切，面向故乡故土的故人，说声“再见了，再见”。

中午一点，小宋的车到了楼下，我们一路向西而去。寻梦的路上，天空虽沉沉欲坠，却也阴霾小开；虽非天光大亮，却也异彩奇玄。只见那令人一阵惊喜、一阵恐怖的云影，时近时远，时高时低。清灰的底色，衬托着贝壳黄和鱼肚白的色彩，交替纷呈，游离变幻，既诡异又壮观，犹如一场上演的虚拟神话，让人时有不安，仿佛我已随她走到了天地的尽头。我们的小车，犹如从天外飘来的一枚落叶，只有紧紧地贴着大地，向着天地缝隙的深处慢慢地飘忽，仿佛这天地的尽头，正有一个神秘的裂缝，在等着我去缝合。

“呵呵，还真有奇迹出现！”这种天象，让送我的小宋连声称奇。

“是啊，怎会有如此奇怪的天象？”是的，我比小宋还要惊讶，可不管怎样，老天终究为我们照亮了去南京禄口机场的方向。

一个小时后，到了机场，我蓦然回首，只见小雨顷刻化作大雨，且越下越大，小宋的车载着我忧虑重重的心，一头钻进了雨雾，驶向茫茫归途……

二

从迈进机场大厅的那一刻起，我就明白，自己真要像堂·吉诃德他老人家那样了：跳上战马，义无反顾，像最勇敢的骑士，以天不怕地不怕的大无畏气概，雄赳赳气昂昂地挺出锋利的长枪，挑着最美好的理想，毫不犹豫地刺向风车，斩钉截铁地完成一个行侠仗义的伟大事业。作为小这位“老人家”四百多岁的“小人家”的我，就要步堂·吉诃德的后尘，去完成一个疯子的“伟大”事业了。

是的，我要用为家乡、为友谊、为和平这几条冠冕堂皇的理由和借口，去撑起一个酝酿已久的堂·吉诃德式的可爱理想。其实，与其说这是一个理想，还不如说是一个梦想，或者说是一个疯子喜怒无常的妄想罢了。然而，不管怎么说，我都要自我祝贺这可笑又可爱的妄想的诞生，因为有了此岸的妄想，我才坚定不移地相信：菩萨一定会助我化险为夷，且将我渡向终极的彼岸。

“风萧萧兮易水寒，壮士一去兮不复还。”想到这里，此时还真有一股悲壮的豪情，冲天而起，我便乘势一吼《西出阳关》：

> 昨日狂雨今欲晴，
> 天赋使命别广陵。
> 掠过万里云和月，
> 佛度阳关送我行。

所谓“万花丛中过，片叶不沾身”，《金刚经》告诉我：放下一切，就脱尘、脱欲、脱世而去了。是的，拨开眼前的世界，我将看得更远、更透、更清、更明。原来，我和万物本没有联系，只因占了彼此的轨道，才相互纠结，难舍难分。今天，我用力拽出一把最本真的钥匙，将它投进了锈迹斑斑的人性锁眼，只轻轻一转，自由便得到解放。我相信：天山河谷的上空，一定有一座属于我的星辰，一座处处有我、处处无我的星辰，一座漾着空空无垠的大自在的星辰。

窗外，大雨仍洗劫着人间，五点四十的飞机已拖到了七点一刻，不知何时放飞？也不知路在何方？可我的心，已静如止水：佛啊，我已在您的怀里，正听从您的召唤……

你好啊，流着奶蜜的河谷

（6 月 27 日，星期六，阴有小雨，20℃）

一

雨季，是一个闪电张狂的季节，天空，到处闪耀着“死亡”的美丽之光，仿佛在每一块绚丽的云层下，都藏着“死神”恶毒的面孔。所以，每次穿过云层，闪电都会露出摄人魂魄的诡异之美，赤裸裸地向飞机上的人们招摇示“爱”……

一路上，闪电不停地惊艳亮相，这是“死神”对我的公然挑衅，而我只有强压心头的忐忑与怒火，好积蓄最大的能量，去抵御它的一路攻击。有时，我忍不住愤怒地训斥：滚开吧，闪电……你这风骚的嘴脸，今天，我与伊犁河谷有约，我要履行自己的诺言！然而，闪电并没有在我的训斥中退却，相反，它还越来越猖狂。因此，我只有与迷雾做伴，与雷电为伍，在云山雾海的夹缝中，努力地瞪大眼睛，辨认自己生命的航向……

整整四个小时过去，我终于战胜恐怖，击退了死神，云雾雷电一万里，从昨天飞进了今天。凌晨一点四十分，我乘坐的飞机降落在夜幕下的乌鲁木齐机场。

飞机刚刚停稳，就听闻机场两点打烊，来不及二次起飞。我当下一惊：糟糕，扬州援疆人张英明还在伊宁机场等我呢。来不及细想，我急忙拨通了英明兄弟的电话，我将一路的情景，简单地说与他听。“不奇怪啊，我们一年总要来回几次，十有八九都如此。”在张英明习以为常的语气中，我终于找到一丝安慰，也不由得发出了感叹：援疆人，不容易！

在疲倦的夜色中，我迈着困顿而又沉重的步履，跟着迷糊的感觉，走向了机场的服务台。台上的服务员，向每个走不脱的乘客“扔”出了二百块人民币。嗐，不管多少，我一把揣进怀中，再跟着一小溜队伍，被连人带物地撵上了一辆大巴，窗外，黑乎乎的一片。

唉，异域他乡，独自一人，此时竟不知身在何处？我心里开始发怵，一阵毛骨悚然的感觉向全身袭来。可在这陌生的黑暗中，我又能做什么呢？只能徒劳地瞪大双眼，茫然地紧盯着窗外的夜色。

汽车开出一个小时后，我们下到一条坑洼不平的小道上，拐了两个弯，终于走进了一个非常安静的快捷酒店，抬手腕一看，已经凌晨三点二十分，我作了简单冲洗，就快速地上了床。

二

五点半，叫早的铃声匆匆响起。这时我已经起床，因为要留足时间，去急行军似的冲凉、洗发和排毒……自然，就比别人“勤快”了许多。

六点，楼下的大厅，几位面带浮肿的旅客正为早餐的分配不均和老板娘拼命理论，可是，大家理论半天也没有结果。也不知怎的，我竟享受到一份“特供”待遇，于是，我掏出了多得的那块面包，顺手递给了身边一个小伙子，心想：年轻人，饭量大，别饿着。

七点，赶到乌鲁木齐机场，只见候机大厅人头攒动。我用未曾睡醒的目光，呆滞地盯着大厅里的人们，心想：咋这么多帅哥美女？揉揉眼睛，没看错啊，就是帅哥美女。这时，我好像有点醒了，视线也恢复正常，我开始仔细地打量他们，这一打量让我突然发现，他们与内地的帅哥美女美得不一样。我们内地人的面部轮廓，大都显得柔和圆融，秀气清新；而这边人的面部轮廓，看上去棱角分明，且透着一股俊秀舒朗的气质。他们和维吾尔族人的面孔非常相似，有维吾尔族人的眉凸、目深、鼻高等特征。

今天，我又碰到了典型的“维吾尔族化”（以下简称“维化”）面孔。无意的一幕，让我又陷进了中学时代的记忆。当时，我们班来了一位来自乌鲁木齐的女生，长得特别像维吾尔族少女，同学们对她都感到既新鲜又好奇。后来，我总算有机会看到了她早年支边的父母，经过一番观察，发现她父母的长相与眉凸、目深、高鼻毫不相干，可为什么女儿的面孔，却如此“维化”呢？当时，全班的同学都觉得她和我们长得不太一样，但没有一个往深处想，最多也就像我这样，带着一点点的疑窦罢了。

也罢，所有的胡思乱想，被机场播音员亲切的“召唤”给打断了。八点十分，我终于翱翔在伊犁河谷的蓝天……

当飞机低空盘旋，我透过窗户玻璃，清晰地看到了一块块鲜美的草地，正穿行在逶迤的山川之间，它们在受到河流、道路、山脊的分隔后，形成了一幅幅巨大的几何图案。这些图案，似一张张不规则的浓淡不一的绿色地毯，在阳光的照射下，一片斑斓。这时，它们又如同一幅大写意的抽象画卷，那一条条晶光闪亮的河流，就在画卷里时宽时窄，任意流淌，舒展自如。河流奔腾时，如千军万马，轰鸣空响，水花怒绽，迂回辗转，欢快豪放，直到一路狂叠千堆雪。河流休息时，又静如处子，变成一面面大小不同的明镜，显得那么宁静迷人，纤尘不染。这些河流将鲜花、荷叶、芦苇、绿岛等尽情地揽在了怀中，将白云、大地、蓝天深情地印在了心中……

哦，伊犁河谷，这就是你吗？谁说全世界只有上帝赐给以色列人摩西的迦南地才是流着奶蜜的地方？伊犁河谷，难道不是流着奶蜜的圣地？难道不是人间真正的天堂？

哦，神奇的天山，梦幻的伊犁，你们能接受一个内地的“疯子”对你痴迷、虔诚和热切的向往吗？这一切，对还在天上的我而言，一时真无法得知。可是，当我在你的高空，向你投出深情的一瞥，竟突然想起了古希腊的荷马史诗《伊利亚特》。在《伊利亚特》里，特洛伊王子帕里斯拐走了希腊的王妃海伦，于是引发了一场长达十年之久的特洛伊战争。其中，有一个章节就这样写道：“特洛伊长老走上城墙，他们看到海伦，正沿着城墙走来，便压低了声音，交换起长了翅膀的话语，‘好一个标致的美人！难怪，为了她，特洛伊人和胫甲坚固的阿开亚人经年奋战，含辛茹苦——谁能责备他们呢？她的长相就像不死的女神’。”

由此及彼，在这伊犁河谷的天空，今天，我也不由得发出一声来自肺腑的惊叹：哦，这条流着奶蜜的河谷，真是一处神奇梦幻的仙境，难怪远古的匈奴、大宛和乌孙——会因你而战！

三

早晨九点，伊宁机场到了，我取到行李，就看见了援疆人张英明兄弟。见到家乡人，我那一颗忐忑不安的心，终于安定下来。

一个敢独自前往大洋彼岸的半英盲，连中途转机都无所畏惧的人，如今在祖国境内，却显得这样没出息，说起来也真是惭愧……一见到英明兄弟，我就像是见到了救星，口中直呼：“啊呀，兄弟，我总算见到家里人了！”

“没关系的，朱老师，别担心，我们就是您在新疆的家里人。”英明年纪不大，看上去也就三十出头的样子，可在他青春年少的脸上，却透着一股这个年龄的人少有的稳健与成熟。这不，他一边接过我的行李，一边用安抚的口吻对我说。

半小时后，伊犁宾馆到了，张英明吩咐我说：“一夜下来，想必您已经很累，先在宾馆休息两小时吧。等您醒来，这里也该用早餐了，到时，我们吃个早饭，就去参观伊犁博物馆和汉家公主纪念馆。”我一听乐了，这样我就能收集一些有价值的资料了，于是赶忙应道：“好的，早餐我已用过，您为我也折腾一夜，您先用餐，然后再休息一会儿，十一点，咱们大厅见。”英明听了，便留下一句：“那好。您赶紧休息，十一点见。”说完，他就离开了。英明前脚一走，我就美美地躺下，因为昨夜，我几乎一宿未眠。

我边躺边想：这种纯粹的自我“发配”，苦则苦矣，却怨不得谁。当年，身为扬州市政协主席的洪锦华，作为江苏第五批援疆干部的总领队、伊犁州党委副书记，在南京与伊宁没有直航的条件下，不也是如此辛苦地来回往返吗？更何况当时，洪主席的年龄还比我大出许多，细细想来，也真不容易……如今再苦，我也是难得走上一回，跟人家这些援疆的老领导比起来，又何值一提？

四

西汉时期的和平使者张骞，早在公元前 119 年第二次出使西域后，乌孙国的老昆莫王便开始向西汉朝廷求婚，因此就有了江都（今扬州）王刘建的女儿细君与楚（今徐州）王刘戊的孙女解忧，先后嫁给乌孙国国王的一段千古佳话……而令这两位公主万万没想到的是，时隔两千年的今天，我们江苏省的援疆人，会为她们在伊犁建造一座汉家公主纪念馆，以让她们的子子孙孙永远地怀念她们、记住她们……

上午，迎着蒙蒙细雨，我走进了这座汉家公主纪念馆，来探望两位公主。在馆中，我看到了大量的雕塑、蜡像等艺术品以及地图等文物和复制品。这些作品，艺术地再现了西域纳入祖国版图的历史过程。纪念馆中大量的展品和史料，无一不在证明：新疆——自古以来就是中国领土不可分割的一部分。

看着眼前两位公主的雕塑，我的眼中流露出万分敬佩的目光。特别是作为中国历史上“万里和亲第一人”的家乡公主刘细君，更加引起我的注目，因为她就是我在创作的古代人物传记《刘细君》中的主人公，也是我此行探访的重要人物。记得早在十多年前，《扬州文学》的增刊就刊登了扬州大学李坦先生的《万里和亲第一人》一文。文中，李坦先生对细君公主作了较为详细的介绍，他充分肯定了细君公主在中国政治与文化艺术史上所作出的重要贡献。由此，我便“认识”了细君公主，并深深地“爱”上了她。

今天，我终于有幸实地感受到这位不平凡的家乡公主身上的一丝气息，可出乎我预料的是，这里的扬州公主雕像体现的却是普通南方女子的小家碧玉气质，你看她怀抱琵琶，似有满腹的无奈和愁绪，仿佛借琵琶在打发无聊的时光……统观神态，颇似一位受气的歌女。但究其面容特征，显然又带有北方化倾向，整体的形象与气质，毫无疑问地显现了一种南北地域强烈的杂糅和反差。

在我的意念中，身为一位扭转了两千年前西域战事的大功臣，一位中国文化艺术史上了不起的先驱，细君公主身上，理应要多一些我们南方女子的纤细婉约、秀外慧中以及皇家身份所特有的雍容华贵；多一些因幼时的坎坷所练就的遇事不惊、处事不慌、兵来将挡、水来土掩、运筹帷幄、宠辱皆忘的心胸与气度。当然，心情受挫之余，我也萌生了一种猜测或说解释，也许，热爱和平的雕塑家，就是刻意想通过这种独特的表现形式，来表达公主与草原文化交集与融合的理想状态。

访过两位公主纪念馆，下午我又到伊犁博物馆参观游牧民族早期的草原文化和民风民俗。最为宝贵的是，博物馆中藏有很多的草原文物精品，例如著名的大型草原青铜器、鹿石、波马古墓金银器、丝织刺绣遗宝，以及草原石人等珍贵文物。

在伊犁博物馆，张英明兄弟帮我配置了一些劲道的文化“餐饮”，与在汉家公主纪念馆收集到的一样，都是我渴望的历史资料。在向他表达了诚挚谢意后，我欣然地一一收入囊中。

五

天山——这支亚洲中部最大的山脉，此时正横亘在新疆的中部，由东向西成了褶皱的断块山体，又组成了一些陷落的盆地，如哈密盆地、吐鲁番盆地和我正置身其中的伊犁河谷……最后，山脉沿着伊犁河谷，又一路向西走进了哈萨克斯坦境内，成为塔里木盆地和准噶尔盆地的天然分界线。

上午十一点多，张英明兄弟的车带着我从新疆天山最西部的伊宁市出发，向着天山东边的“头”部——新源县进发。途中，我们不时与巩乃斯河的支流交会，因为连日大雨，我常常很远就听见了河流窄处那湍急的水声。以往，从地图上才能看到的天山地貌，今天，却被我尽收眼底，真使我感慨万分！

刚刚出发的路上，我偶尔会见到一些牧民定居的“冬窝子”。说是“冬窝子”，其实它们早就不是资料中记载的那种土墙茅草顶了，而是一种类似我们内地最普通的平房，通常都是青瓦、红砖或粉红色的墙面。在“冬窝子”的外围，往往会有一段院墙，在白色的墙上有一种简洁的图案，多用灰线勾勒而成。院墙的顶又以波浪起伏的形状，将“冬窝子”安全地圈在了里面。之后的路上，我见到一座座光秃秃的山峰连绵不断地向东延伸，看上去有点枯燥乏味，因为山上既没有青绿如茵的草地，也没有漫山遍野的牛羊。

“别急，这些都是不长草的山，当地人称它们‘奶头山’。过了这一段，您就能看见草地了。”见我一副失意的样子，张英明兄弟介绍说。听着他的介绍，我也就安心许多，并开始饶有兴致地探索起这些寸草不生的山头来。

只见那山体，一座连着一座，大部分都像游牧民族女人的巨乳，弧线优美，硕大健实。这些大小不一的“乳房”，相依相偎，向我投送着其迷人的静谧与高傲的圣洁，仿佛在向我展示，草原母亲那不可侵犯的神性魅力……我想，任何一只草原“乳房”，绝非是因投男人们的“嗜好”而出现的一种性物，而是在特定的地域、为特定人群的繁衍生存所制作的一件件摇篮式的“天然艺术器皿”。

“嗨，为了我们人类，大自然真是用心良苦，竟创造出如此奇观。”回望“奶头山”，我不由得十分感叹，竟然恋恋不舍。

不知何时，我终于见到一座座绿色的山头，山上小草还在生长，这使得绿草与黄土之间疏密有致，浓淡相宜，诗意融融，纯粹利索。在雨水的“修理”下，它们勾勒出一岭岭棱角分明的山脊，分出一块块虚实相间的阴坡与阳坡。远看，那千万条山脊自上而下，棱线纵扫，像上帝放下的一架架天梯，仿佛要将人间无数的神思与梦幻，轻轻地引上云端。

“朱老师，您来得巧啊，几年来，伊犁的降雨量都很低，所以水草不旺。唯独今年入夏以来，降雨量猛增，这里的‘奶头山’才披上了一层薄薄的青纱。您别着急，到了那拉提，您一定能见到全世界最茂盛的大草原，那里的草有一米多高，羊群在草丛里，要一阵风过，才能见到，那才是真正的‘风吹草低见牛羊’呢……”没想到，看上去比较精于政务的英明兄弟，也有一丝浪漫的情怀。这不，他见我一副激动的傻样，便用更加自豪的口吻，像儿子夸奖自己的母亲那样，说出了这番深情的话语。

正是“梦里不知身是客，直把他乡作故乡”，显然，我“家”里的这位年轻人，这位普通的援疆者，想必早已将伊犁河谷当作了自己的家乡。

六

“一点钟了，朱老师，想必您已经饿了，我们随便吃点好吗？”到巩留县县城，在一个小餐馆门前，张英明兄弟征求我的意见。

“好啊，正好领略一下小店小吃的风味。”一路被异域情调裹挟，我正东张西望，突然听到张英明的建议，自然就高兴地附和。

走进小店，扑入眼帘的是几只盛有各种泡菜的大玻璃瓶子，它们正以“精神饱满”的姿态，站立在吧台“欢迎”我。紧接着，墙上的一张宣传画吸引了我的视线，只见那幅画上印满了一盘盘饭菜，看上去分量是那么足，品相是那么诱人，它们仿佛从宣传画中飘了出来，我则隐约闻到了一股浓烈的“草原香味”。宣传画的最上面是一排字：“老字号牛肉面大王欢迎您”，最下面是“以上大盘均送小菜个四”。什么是“个四”？实在难以理解，想必是店家好不容易整出来的“新创意”吧？

然而，最吸引我的，还是吧台上那桶琥珀色的饮料。一看见这桶饮料，我心里就嘀咕开了：是啤酒吗？敢情这里的人也喜欢啤酒？可奇怪的是，在容器下方，还有一个小水龙头。容器里的液体，看上去更像生啤，难道这里也有啤酒厂？可见这里的人们，也沾上了内地的习惯。桶上还有字，可我一个都不认得。就在我紧盯着这桶饮料的时候，穿着整洁、干净麻利的老板娘来了："请问你们要点什么？"

"老板娘，请问那是什么饮料？"我用手指着吧台，好奇地问。

"噢，那叫卡瓦斯，可好喝了。怎么样，来一杯？"老板娘热情地介绍。

"卡瓦斯？好有音律的名字！嗯，我喜欢。老板娘，它什么味啊？"我愈发好奇，开始刨根问底。

英明兄弟见我感兴趣，就建议我说："挺好喝的，朱老师，我给您点一杯，尝尝不就知道了。"我对英明说："好啊，多了浪费，再来碗牛肉面就行。"他答应道："行，听您的。"接着，英明兄弟转过身，对着老板娘叫道："老板娘，来两杯卡瓦斯，两碗牛肉面。"

老板娘脆生生应道："好嘞，马上就到！"她一边吆喝，一边倒满两杯卡瓦斯，端上桌子，就闪进了后厨。桌上这杯陌生的黄色液体正不停地翻着气泡，微微伴有米酒的芳香扑进了我的鼻翼，我抿嘴一吸，酸甜宜人，清凉爽心，那滋味有点像加了蜂蜜的啤酒。

"啊，不错、不错……正好消暑解乏。"我一边饮，一边摇头晃脑地对老板娘竖起了大拇指。

"朱老师，听当地人说呀，卡瓦斯已有一千多年历史了，它的酿制工艺还是从俄国那边传进的，经过很多年的民族交流，才制成了今天这具有浓郁西域风情的上乘佳酿。"英明兄弟的一番解说，不仅使我的胃口大开，还博得了老板娘的连连点头。

热腾腾的牛肉面，也端上了餐桌，那飘出的香味足以让我垂涎欲滴，而个中美妙独特的"疆味"就更不必细说，还是留点悬念留点想头，送给我亲爱的朋友……

七

在巩留县县城的小餐馆，我们吃饱喝足，就辞别了老板娘，又一路向西而去。很快，我们来到了巩留县边境，新源近在眼前，我心里难免有点激动，可就在这时，路边突然出现了几位荷枪实弹的武装警察，他们用手向我们示意，将我们叫停在路边。

“不得了……这……这里出事了吗？要……不要紧啊？”全副武装？以往只在电影里瞧过，今天却身临其境，我一下就失去了往日里“狗胆包天”的威风，顿时变得惊慌失措。真的，我弄不清这里发生了什么，询问也变得结结巴巴，那副德性就像自己真成了罪犯。

“哦，没事没事……朱老师，这是例行检查，不要紧的。”安抚我时，张英明兄弟一副习以为常的样子。

“例行检查？为什么？”

“两县交界，都设有边防检查站。”

“所有的车辆都要检查？”

“应该是吧。”

……

听说是这样，我才吁出一口气。一名警察向我们走来，他先是严肃地对我们行个军礼，然后翻开英明递上的行驶证，随即问道：“你们是什么单位的？”英明笑眯眯地回道：“我们是扬州驻新源指挥组的。”那名警察听后，对我们很客气地摆了摆手，并微笑着示意我们可以走了。

“兄弟，我怎么觉得他对我们特别客气？是不是因为我们是‘援指’的人啊？”过了关卡，我的心不仅踏实下来，还因为这个检查变得异常兴奋。

“也许吧……不过，我们看上去就是好人嘛，因为我们本来就是好人啦……”见我如此呆问，英明就故意和我打趣，他话一出口，我就乐了。

“对，我们是好人。”听完，我立刻就“聪明”起来。

就在一路谈笑、一路看景中，一条崭新的高速公路，整洁流畅地出现在我的面前。路边，一个挂有“新源”字样的标牌告诉我，我们已来到新源县境内。与巩留县不一样的是，这里路的两旁都是金黄灿烂的麦田及肥壮油绿的玉米地。路的尽头还出现了一座青山，若隐若现，就像我小时候经常梦见的那种景象。有时明明感觉青山离我很近，却依然不能看个清晰，这对一直生活在平原地区的我来说，既好奇又新鲜。我不由得开心极了，对英明兄弟说：“我看到真正的山了，是有云雾缠绕的山，是我小时候经常梦到的山！就是这么高、这么葱郁、这么神秘……对，里面一定有很多的动物，很多的神仙，很多神奇的故事，都藏在山肚子里面。”

或许，是被我的童心感动，细心的张英明将汽车停在了一块草地的旁边。这时，远处的山依旧朦胧，草地却近在眼前。脚下，一株株紫罗兰色的不知名的植物，有高有低地立在地里，一阵风来，它们就向我点头晃脑，仿佛在向我亲切地打着招呼，而我也觉得和它们似曾相识，想了半天，似乎如梦初醒：“啊，是薰衣草！”

“不对，这是一种可以染色的草，它们和薰衣草一样，都属于紫苏科，在草原上，几乎到处有它的影子。由于它们的外在形象和内在价值都深受草原人的喜爱，因此，人们就给它起了个非常好听的名字，叫‘紫苏丽人’。”英明听我乱点鸳鸯谱，禁不住乐了。

“紫苏丽人？一个多么迷人动听的名字，它们和薰衣草怎么这么相似？难道说，它们之间就没有半点渊源？”我自言自语着，充满疑惑的语调，像是在问英明兄弟，又像是在问紫苏丽人。

“没有。应该说，它们都是草原上的一种植物吧，通常外地人都会受到它的迷惑。近年来，人们发现了它的经济价值后，开始大规模地开发种植了。”张英明继续介绍起来。

哦，紫苏啊紫苏，原本你只是草原上一棵普通的草，如今竟成了牧民们手中的一个宝，都是因为你将家安得好啊。这美丽的草原，就是一块流着奶蜜的乐土。我盯着紫苏丽人，一边絮絮叨叨，一边酸酸呓语：或许有一天，我会和你一样，也变成草原上一棵幸福的草……

八

傍晚，我终于来到新源，在新源贵宾馆一号楼的三楼落下脚。当我走向房间，抬头一看，竟然显示 1303 室！哦，几个多么亲切的数字，这可是我扬州家的门牌号。无意中，我像是走回了自己的家，这时，我忍不住在心里默默地说了一句：新源，我喜欢你！

吃过晚饭，我走出宾馆大门，一路向西闲逛。走出一百多米，我看到一家玉器店，出于对珠宝的特别喜爱，也出于补缺丢失水晶手链后的心态，就不自觉地拐了进去。

一番巡视，并未发现目标，但这家和田玉独特的雕功艺术，还是能吸引我的眼球。比如：这里笑佛的造型，显得肉质饱满，雄浑厚实；而我脖子里挂的翡翠笑佛，与之相比则显得玲珑剔透，秀美精致。没想到一块小小的玉石，也尽显北方之雄与南方之秀的文化差异。

交流中，店老板觉得我有点在行，便饶有兴致地和我攀谈起来。他告诉我从进货到销售，所有经营的要害之处他都必须严格把关，否则一不小心，就会造成资金积压。他还说，祖籍内地的他之前也曾从南方进过货，可当地人并不太接受，认为南方玉石品相单薄，没有当地商品来得厚实，所以，现在店里的商品是清一色的“北方调”。

不用说，这位店老板是一位搞经营的行家里手。我表面上在听他说话，暗地里却不知不觉被他棱角分明的五官所吸引。说到这里，大家可不要误解我是一个“花痴”哦，而是因为我又发现了一张“维吾尔族化”的面孔。你看这位店老板，他有一头黑亮的头发，细白的皮肤，一对突起的乌黑浓眉，一双深陷在眼窝里的大眼睛，还有一张薄薄的嘴唇，呼应着上方那俊耸的鼻梁。他的一切面相特征，都是我继中学时代、乌鲁木齐机场之后的又一个惊奇的发现，我能看出他并不是维吾尔族，而是一位“疆二代”，是我眼中又一个“维化”面孔。

也许，在当地人看来，这种“维化”面孔在大街上比比皆是，他们习以为常，并不觉得和自己有什么不同，可在我这个外乡人眼中就不一样了，这让我生出一种强烈的好奇心。至少，我能代表一部分外乡人的眼光。

于是，我一边假装欣赏珠宝，一边偷偷地观察店老板，一边思索着……就这么磨磨蹭蹭地靠着柜台，看了半天宝贝却一个也不曾买下。蓦地抬头，才发现天色已暗，就匆匆忙忙地和店老板打了个招呼，带上一肚子疑窦，独自回新源贵宾馆去了。

美好新源，我的家

（6 月 28 日，星期日，阴有小雨，26℃）

一

一早起来，就听说江苏省副省长史和平要来新源县视察，因着他的到来，直到中午我才与扬州对口支援新源县指挥组负责人蒋元峰见面。

见面时，蒋元峰一边要求我将行程定好，好让他们有个安排；一边嘱咐我，在没人陪同的情况下，尽量不要独自外出；还一边吩咐张英明，确定在明天上午，安排新源文化部门的人士和我见面。临了，英明兄弟对我说，他最近接待任务很重，我以后的行程就由招商处的沈彬具体负责。

中午两点，在二楼的“援指”食堂，我用了午餐。结束后，在回宾馆的路上，我边走边想：整个下午，都是我自由支配的时间，这么多时间，该如何打发？能溜单吗？可一想到蒋领导的嘱咐，心里又打起小鼓……最后，还是天生我行我素的射手座性格占了上风。我看准一辆哈萨克兄弟开的出租车，拦下后讲好价钱，条件是带我绕新源县城兜风。

坐上出租，我心里这个乐啊，就别提了。当出租车开到崭新的新源第二中学门口时，哈萨克兄弟告诉我，这是江苏的扬州人帮助援建的。我听他提到扬州人，就赶紧告诉他，我也是扬州人，他听后很高兴，建议我更要好好地转转了。于是，我们转过街道转广场，转过广场转后山……总之，哪儿美，就转哪儿。

这位哈萨克兄弟一边开车，一边为我介绍着自己和新源。他叫哈拉力，今年四十五岁，是三个孩子的父亲，其中有一对龙凤胎已经工作了。看得出，这位兄弟有一个幸福的家。一路上，除了热心，他还对我产生了“兴趣”，他好奇地问我：“你刚到新源，就独自乱闯，胆挺大哦。”

“新源有坏人吗？”听他这么问我，我警惕起来，随即反问过去。

“没有。新源的治安相当好，一个人走夜路都不用怕，尽管放心向前走。”他满嘴自信地回答。

“就是，新源好人多嘛。再说长这么大，我还没见过坏人呢。”我嘴上回答他，心里却在想：嗨，等的就是你这句话。

“放心，像你这样的人，这样的面孔，即使坏人遇见你，也会变成好人的。”哈拉力一听，笑了起来。

“哦，有这样的事？为什么？”听他这样说，我倒有点好奇了，于是就故意逗他，看他怎么回答。

“因为，你是好人的面孔嘛，坏人见到好人，就不会变坏啦。”朋友，你听过如此新鲜的理论吗？今天，我是听到了，也算长了见识。

哈拉力半生半熟的汉语，听着虽然别扭，但他的意思却是再顺耳不过的。这么令人舒坦的话，不仅让我一直回味，还“饱饱”地笑了一场。笑声，使我把蒋领导的一番嘱咐远远地抛在了脑后。

二

新源的几个地方，半小时就被我们转遍了，当来到后山的小水电站时，我全身汗毛竟突然竖起，一种有点恐怖的感觉应境而生，如果不是喜好探奇的性格支撑着，此时的我恐怕早就向县城开溜了。

我们进入了后山，眼看两边的松林越来越密，水雾也越来越浓。一条干净的山路上，半天也见不到一个行人或车辆的影子。至于新源县城，早就无影无踪了。见此情景，我心中真的发毛了，吓得连声大叫：“停车！停车！”

“停车？前面更漂亮的……”哈拉力不解地看着我。显然，他以为我被眼前的美景迷住了，却一点也没有觉察到我内心的惊慌。

“对，这里已经很漂亮啦……”我用故作轻松的口吻，强行掩饰着自己内心的恐慌。哈拉力的车就被我吵吵着停在了一个天然小瀑布的旁边，我一边假装欣赏瀑布，一边招呼哈拉力过来，说这里太美了，我要为他拍一张照片留念。一听说拍照片，哈拉力就笑眯眯地站在了路中央，不等他摆好姿势，我拿起手机，对着他咔嚓、咔嚓地连拍两张，然后用微信发给了家里的亲友，再对哈拉力跷起大拇指：“哈拉力，你真帅，我把你的照片发给我的朋友和家人去欣赏啦……好，现在我们可以继续前进了。”哈拉力一听，非常得意，油门一踩，呼的一声，我们的车继续向前驶去。

在一条非常干净的盘山道上，我们停了下来，顺着山道，我们来到一个小水电站，站在小水电站使用的一条“人工瀑布”前。眼前的景色，使我感到异常陌生，在水流湍急的小瀑布下，我本能地打了几个冷战：只见这里四面环山，山中的云雾，有浓有淡，浓的犹如刚摘的棉花，带着一股子新鲜的水汽，在绿茵茵的草坡上滚滚地蠕动；薄处又如淡淡的水纱，结成了一张张逍遥自在的白纱网，在山顶上拉拉扯扯地闲逛。脚下，是一条浪急水深的滔滔大河，大河从山谷里匆匆而下，也不知终了何方。河的对岸是一片树林，树林下面还隐着一家挂着红灯笼的“农家乐”。这里的景色优美极了，然而，却同时显出一股异样的死寂与空荡，偌大的后山只听得瀑布哗哗而下，宛如一位迷路的歌手，正在孤独地歌唱。

就在我顶住一脑门的寒气盘算着下面该怎么办时，在“农家乐”上方的盘山道上，出现了一位骑马的哈萨克男子。我远远地看到，他一头浓密的鬈发遮盖着一副黑红的脸膛，因为离得远，一时还看不清他的眉眼。可他胯下那匹白色的马儿，却显得特别惹眼。此刻，白马正歪驮着他慢慢悠悠地来到我的面前。白马呼哧呼哧地喘着粗气，它眼睛的四周叮满了嗡嗡乱飞的苍蝇，害得白马不停地摇晃头和尾巴，试图驱赶那些很不自觉的苍蝇。唉，可怜的白马，一边驮人，一边还要不停地驱赶蚊蝇，看把马儿给累的……我不由得一阵心疼，心想：这马儿又要驮主人，又要赶苍蝇，难怪直喘粗气，敢情是累的。我说哈萨克啊哈萨克，你只知道恶用坐骑却不知道心疼它，你为什么就不能将它的眼睛洗干净，那样苍蝇不就不来了嘛！你也太懒了吧！这是我踏进伊犁河谷后看到的第一匹代表草原文化特色的骏马，而且还是“白马王子”哦。

这时，受新奇与兴奋的驱使，我很想上前与“白马王子”交谈一番，可时间那么短暂，“白马王子”路过我时，只抬起它那双本分的眼睛将我这陌生人轻轻地扫了一眼，就与我擦肩而过了。因此，我只能用专注的目光呆呆地目送它离去。

看着他们远去的背影，再看看那位哈萨克男子歪坐马背的坏模样，我还是忍不住发出一阵大笑：这不就是电影中那些被打败的“蒋匪军”的形象吗？看着他活脱脱一副溃不成军的样子，一时间我笑得前仰后合，竟越发地收它不住。最后，我干脆捂住肚子，弯下腰来指着远去的男子，问哈拉力：“你说，他为什么要歪着骑马？这是什么‘伟大’的模样啊？况且，这样重心不稳，马会更累的。”哈拉力听我这么说，也大笑起来：“不知道哎，也许是他的习惯吧。”

就在我们都笑得收不住时，那位“哈萨克”正好回头，大概是看见我们指着他又说又笑的，竟然调转马头，又慢悠悠地走了回来。见他往回走，我害怕了，对哈拉力说：“糟糕，哈拉力，他是不是看我们笑他，回头找我们算账来了？”哈拉力听了，赶紧摇头，说：“不会的，不会的。我们哈萨克从来就非常友善，他看我们指着他，也是觉得好奇罢了，你放心，没有关系的。”听了哈拉力的解释，我有点受惊的心，总算落下一半。

待他走回面前，我才看清他黝黑的面孔。凭我直觉断定，这是一位带有汉裔血统的哈萨克男子，此时我并不想理他，只是壮起胆子上前，轻轻地试抚着“白马王子”的头，然后不客气地向男子道：“喂，哈萨克，你只知道骑它，却不知道爱护它，为什么不帮它把眼睛洗干净，害得它一直被苍蝇叮咬，要是我，早就把你摔下背了。”听完我对马主人的一串责难，哈拉力和他一起笑了起来，哈拉力代马主人回答说：“草原上的牲畜都是这样的，洗干净也没有用。马的眼睛有泪又有眼屎，都是苍蝇爱吃的食物，所以苍蝇就围着它的眼睛乱飞啦……”

听完他们的解释，我倒是愣住了，心想：是我错了？可嘴上还不服输，嘟嘟囔囔地回敬：“反正不为它洗干净，就是你们不对。”然后，上前恶狠狠地拽过马缰，向马主人“命令”：“现在，请你连人带马，一起做我的‘道具’，陪我拍照，算是将功补过。”马主人一听连连点头，并点上一支烟，笑眯眯地表示任由我“指挥”。就这样，马主人高兴地配合着，而我就左一张、右一张、前一张、后一张地拍个不停。我一边拍，还一边对马主人说：“今天，我为你牵马，从此，你就有福啦。所以，请你快谢谢我。”

快乐的笑声，传遍了宁静而优美的山谷。这时，我来时的恐惧和不安，早已被忘得干干净净，在两位哈萨克兄弟的陪伴下，我度过了一段轻松而又快乐的美好时光。此时，如果谁还指责我爱冒险，我就会大声地告诉他：就算冒险，这“险”冒得也是潇洒快意！

三

新源县城的大路两边长满了参天大树，这些大树除了能为行人挡风遮雨，最重要的是它们还能生出习习凉风，让走在树下的人感到一阵阵的凉意与清爽。

整个新源都给了我一个宁静、整洁、生态与惬意的美好感受，只是偶尔有几座光秃秃的水泥建筑，会白森森地杵在眼前，感觉非常突兀。或许，这种风格的建筑在内地倒也显得现代生猛，可移植到青山绿水中来，就好像是为草原打了几块醒目的补丁，非但没有起到点缀的美感，反而是咋看咋刺眼了。为此，中午在“援指”食堂用餐时，就建筑方面的美学话题，我和规划处的环志中聊开了。比较文静的环主任告诉我，关于这一点，他们也感觉到了，目前在建的几个项目已着手开始调整。比如：在建的新源县肖尔布拉克镇酒文化一条街，就彰显了西部土黄色建筑粗犷的风格；还有新源县坎苏乡的“农家乐”，也采用了明黄色与土黄色的墙面相间搭配，再辅以红瓦覆盖，以及类似毡房的屋顶造型等。环主任说，之所以这么做，就是为了将东西建筑文化元素更好地糅合在一起，让草原建筑既实用又美观。最后，他说假如得空，请我到现场去感受一番。

听了环志中的一番介绍，我先前的担忧一下子便云消雾散，心想有如此爱岗敬业、不断精进的扬州援疆人，还有什么好担忧的？于是，我怀着轻松愉快的心情告别了援疆人环志中，就回到贵宾馆收拾到草原的行李去了。因为张英明说，等雨一停，就送我到那拉提大草原的夏牧场，与哈萨克的牧民们同吃、同住、同干活。这意味着我在新疆伊犁的采风生活，将进入一没澡洗、二没私人空间的时段。但我不怕，因为脏是脏不死人的，别人能过，我也能过，在来疆之前，我就有充分的思想准备。真的，一想到即将要享受到自己笔下的主人公——细君公主当年的生活待遇，我的心里真是既激动又兴奋……

晚上，在食堂一见到张英明，我就对他表达了想在夏牧场多待些日子的想法。他听了有点担心，建议我说：“在牧民的毡房过夜，几乎没有人能熬过两天。朱老师，您真能受得了？我看这样吧，您先在毡房里过几天，然后接您回宾馆休整几天，完了再送你到毡房过几天，您看这办法咋样？”我一听，觉得可行，就高兴地说：“行啊，是个好办法，只是要辛苦你们了，在你们工作不为难的情况下，咱就这么办。”

为了梦想，为了使命，再大的困难也不能阻止我坚定的步伐！天降大任于斯人，或许，就是为了让我背起这项“人生的债务”也未曾可知？所以，没有选择，也别无选择，在此我只有竭尽全力。

朋友，也为我吼上两句，就算是给我这“苦行尼”的一个小小精神布施吧。到时候，使命的成功，有我的一半，也有你的一半。人生就是这样，总要抱团取暖，搭伴向前。

徜徉在温馨的芳香那拉提广场

（6月29日，星期一，阴有小雨，26℃）

一

上午，在贵宾馆二号楼会议室，我见到了新源县文联、文化局和图书馆几位文艺界的人士。我还未正式入座，就有一个烟熏浑厚又铿锵有力的男中音传进了我的“耳帘”……

“啊，是细君公主的娘家来人了，呵呵……请坐，请坐。”于是，这个男中音就成了这场座谈会一个别开生面的开场白。有这么一位机智、幽默、圆融而又大气的男主人，我这颗稍感陌生的心，一下子就有了宾至如归的亲切感。经沈彬介绍，方知他就是新源县文联主席张金领，参加座谈的还有：宣传部的木拉提江，文广局的冯金坡，图书馆的严新，阿肯艺人、州级“黑走马”舞传承人扎娜老师，“申遗办”的张·克里木，以及文物局的胡慧洁等。

座谈会上，身材结实且充满运动感的张金领询问我可有什么行程安排。我说：“一个月的时间，我的重要目标是到昭苏县的细君公主墓地去探望细君公主，也顺便察看一下公主当年在西域乌孙的庭院——‘赤谷城’遗址；其次，就是住牧民毡房，体验细君公主当年的生活，再收集一些文字资料；其他还暂无计划，但既来到伊犁河谷，凡事还请各位‘当方土地’全权做主。”大家一听，都友好地笑了。为资料收集得全面和系统，张·克里木还为我专门制定了一个完整的提纲。根据提纲，除了现场提供的，其他的于近日从网上发我，同时在场者也提供了一些思路，特别是在张主席的启发与提议下，初拟了一个行程方案，下午由沈彬递交“援指”备案。

晚上九点，应张金领及其朋友的邀请，我们一行四人来到了芳香那拉提广场。在广场的一角坐定后，我看着远处的一座座青山心情特别惬意，只见夕阳下的广场被一片茸茸的金黄覆盖，如碎金撒满一地，使人感到到处一片温情……

“朱老师，您就要去夏牧场生活了，现在我教您两句常用的哈萨克语怎样？”突然，张金领给出这个建议。

“咦？对啊，我怎么没想到？会一点他们的语言，就能拉近彼此的感情，就能更好地交流。张主席，这当然好啊。”张金领的提醒，让我大喜过望，于是，我就跟着他，一遍遍地学起舌来：夹士曼（你好）、赛来麦提斯孜/拜（您好）、热合买提（谢谢）、卡夹阿克勒（你几岁了）、密夹特（我很好）、扫/布楞厄孜（再见）、开是生厄孜（对不起）……

在这充满温情的黄昏里，我们就这样时而愉快地闲聊，时而将目光转向翩翩起舞的大妈，时而品上一口清凉酸甜的卡瓦斯，时而吃下一串喷香美味的羊肉串。最幸福的是，能享受到张金领对新源历史文化的娴熟介绍。由此，我看到了他对家乡如痴如醉的热爱与呵护，更看到了他内心极为丰富的文化底蕴与内涵。而他生动形象的表达方式，更令今晚的夜宵回味悠长。

哦，如此良辰美景，再伴着这多滋多味的生活气息，真是别样的异域风情，怎能不令人流连……

这使我不由得想起内地的人们，包括我来之前，他们都一直担心地认为这里的汉族一定生活在提心吊胆之中，他们一定会非常向往内地的生活。但是，当我今天亲眼见证了边疆百姓的稳定生活，才知道他们和我们一样，也生活得幸福而满足。因为，他们的情，他们的爱，早已融进了这广场边、老树下、夕阳里、草原上……

二

回到宾馆，夜到深处，打开手机查看朋友的信息，在微信朋友圈里，张金领主席的两条微信跃入了我的眼帘。其中，有一条这样写道：“今天，连绵的雨水终于停住，著名女作家、诗人朱崇生来到新源，认识她先从她的诗开始：”下面又引用了我在《致古城的春天》中的诗句：

插遍了玉树琼花
溢满了春潮滟滟
一艘艘灿烂的龙舟
徜徉进古老的运河
驶向金色的秋天……

看了张主席的微信，我心中不由得一惊：只不过是一个“疯子”的举动，如何使我成为“著名”诗人？虽然从内心感受到张主席对我本人及扬州的认可与美意，但这个带“著名”的称谓，却给我带来了前所未有的压力……

不是吗？著名——这确实是一个很中听的词语，多少人在追求着这个词语给心理所带来的满足。而我对这个“著名”的理解，却有着另一番上不了台面的感受：这“著名”的感觉自然是好，但它给我带来的恐怖和压力，却远远超过了私下的得意与窃喜。所以，懂我一点的人都知道我一直在“逃匿”着这个名头，如此倒不是刻意矫情，实在是我五脏庙里的那点货色，根本就撑不起“著名”的这一片天，或许这正是我天生“不讲究出息”带来的后遗症。

说到这里，有故事为证：记得2012年，当代著名的文学批评家敬文东先生曾就他的《小说、理性、逻辑及其他》，为我解读过里面的一段文字：“这个世界有三种作家：一种作家能够提前结束一个时代，一种作家能够不断延缓一个时代的结束，还有一种作家始终和时代保持同步、媾和的关系。”当文东先生解读过后，我忍不住追问：“我有资格在这里寻找自己吗？”先生说：“有！”我又问：“那我应该属于哪一种呢？”先生回答说：“问得好！是啊，你应该属于哪一种呢？或者说，你即将会成为哪一种？”而最后，文东先生终是没有给出定论，也就是说：我还什么都不是！

对呀，我什么还不是呢，至少目前，我只是我……自那以后，我就更加明白，要站在自己的位置上：我只有一张嘴，但吃不了更多的食物；我只有一张床，却占不了太大的地方。就此，我的生活和工作也更加简单下来。是的，我天生就是个简单的人，我没有足够的时间和精力，去争取这个时代的鲜花和掌声，但是我却有足够的耐心和毅力，去“奉迎与讨好”这个时代的未来，那个有点遥远的未来。所以，我不再为“著名”而膨胀。只是有一点需要说明的是：我当下的工作性质，需要将自己的大号像标签一样“贴”在明处，为的是一个文责自负，至少日后在我身上发现了一些“债务”的人们，也好拿着“清单”来找我“清算”一番。

哈哈，因着张主席的微信，就生成了我以上的这番“谬论”，似乎要拂去了主席的美意。其实不然，在我心中，主席的微信，就是草原上一位文化工作者真诚之心的展示，更是主席向我馈赠的一份精神大餐。对此，我用最短的时间接受与消化其中的营养，以不负主席一番馈赠的美意。不过，当看到主席微信中引出《致古城的春天》的那几句拙诗时，心中还是忍不住地生出一场窃喜：是呀，这是我的家乡，无论是放飞还是归巢，它都是牵动我满腹情怀的地方。扬州——你赐我生命，供我吃喝，助我成长；扬州——你递我阶梯，塑我灵魂，成我梦想；扬州——只要看到有你存在的痕迹，我就会倍感亲切，继而欣喜若狂，再为你流出一腔爱的感伤……

是的，扬州，无论你出现在谁的篇章，是朴素的写意、是华丽的词藻，是别人的、是我的……一概不问，我都会毫不客气地满盘“吸收”，全盘“埋单”。在此，我要衷心地感谢张金领主席：是您的大爱，将我深深地感动，这将更加鼓励我，去圆满地完成一场重要的旅程。

干杯，肖尔布拉克原浆

（6 月 30 日，星期二，晴，30℃）

一

“朱老师，我到您楼下了，您下来吧，我们去参观唐加勒克纪念馆。”早晨一上班，电话里就传来了沈彬的声音。

刚进新源，我就闻听唐加勒克是哈萨克近代史上一位才华横溢、思想深邃的诗人，所以一听沈彬的建议，便高兴地附和：“哦，好啊，沈处长，就辛苦您了。”

几分钟后，一座艺术性很强的白毡房耸立在我的眼前，唐加勒克纪念馆到了。

顺着毡房，我向上看去，只见毡房顶口的上方，有一根抛物线般的过梁，像一只飞鸟，优美地横跨蓝天，熠熠生辉。在过梁中间有一个星形图案，图案中间竖着一座精美的银塔，以越来越尖锐的气势不可阻挡地插入云霄，在蓝天的映衬下散发出圣洁的光辉。纪念馆的大门两边，簇拥着五颜六色的鲜花，一阵轻风吹过，花儿便快乐地绽放，还不停地摇晃，仿佛是纪念馆两翼镶着鲜花的翅膀。见此，我不由自主地放慢脚步，怀着一颗虔诚的心，一步一步地走进了清亮的大厅……

大厅的中央，一尊白色的雕像闪亮而又夺目。不用说，这就是哈萨克诗人唐加勒克。这尊雕像的设计不仅逼真，而且创意非凡。只见他头戴礼帽，外着西服，内穿民族服装，右手持卷，左臂绕在身后，脸部微仰，在一群白天鹅的陪护下，环顾万物苍生，仿佛在《期待着传来胜利的喜讯》中所写的：

白色的毡帽戴在头上，
漏雨的黑牢房难以卧躺。
唉！时光飞驰而去，
我们将摆脱恶人的皮鞭。
……

是的，哈萨克民族的伟大诗人——唐加勒克，早已“摆脱恶人的皮鞭”，飞向了天国……你看他高洁的灵魂，正俯视着草原的山水，仿佛在指引着千千万万的草原人去避开迷途，远离“漏雨的黑牢房”，永远“摆脱恶人的皮鞭”。

真的，我一时无法言明每个展品的内涵，但我不得不惊讶作为一个县级纪念馆的馆藏之多。我不得不说，眼前这些文物都是新疆数千年来草原文化的积淀，是继我参观汉家公主纪念馆与伊犁博物馆后，再一次看到的草原人几千年劳动智慧的结晶。原来，新疆的游牧文明和我们的农耕文化一样，都拥有瑰丽灿烂的历史，特别是从那些出土的和农耕民族相似的青铜器上，我明显地看到新疆少数民族与汉族在很久以前就友好互动的历史缩影。

伊宁的“两馆”和新源的唐加勒克纪念馆，让我在没有真正走进牧民的毡房之前，就迎面感受到一股浓厚淳朴的西域风情，感受到少数民族那种充满自信的历史文化，使我对这一片古老的土地又增添了新的好奇与向往……

二

肖尔布拉克的白酒、张贤亮同名小说改编的电影《肖尔布拉克》，都给这片美好的土地酿制了无限迷人的风情。肖尔布拉克，一个充满诗意的名字，一个牢牢诱惑着我的名字。出于对它诗意的向往，下午，我和沈彬顶着如火的烈日，走进了著名的肖尔布拉克酒厂。

接待我们的是酒厂副总经理姚军仪先生。当我们走进右边的一片林子，我就有点疑惑，说是酒厂，可这里到处都是硕果累累的李树、杏树、苹果树、核桃树和葡萄树……还有成片的圆冠柳、垂柳、榆叶梅、刺柏、刺槐等风景树。说是林子，可又不完全是，除了到处是郁郁葱葱的树木，我还看到了一口老井。说是一口老井，可它并不孤独，因为它正被一片缠人的爬墙虎簇拥着，滑轮的把手也被一圈圈的棉绳绕了个结实。老井上方有一座小木阁，小木阁还顶着一块匾，上面写着“西域第一泉”的字样。

“哈，被保护得严严实实，好一个娇气的‘西域第一泉’，姚总，这有什么来头？”我一看，就觉得老井有故事，于是迫不及待地向姚总请教。

“哦，这座古井，我们称他为‘西域第一泉’，哈萨克语叫‘碱泉’，蒙古语叫‘圣泉’，‘碱泉’的音译是‘肖尔布拉克’。据说，这是成吉思汗进入南疆翻过那拉提第一眼见到的地方，该地区就由此而得名。碱泉的水，有着独特的甘美，自古以来都是我们酿酒的最好资源，因此，用它酿的白酒一直远近闻名。故而，酒厂也以碱泉命名。”姚总熟练地介绍。

哦，果然诗意！看来，成吉思汗不仅是一位草原英雄，还是一位草原上的诗人，只有诗人的眼睛才能发现超越自己以外的甜美世界……说笑中，一座古老的石磨进入我的眼帘，不由分说，我上前就推起来，装模作样地还真像那么回事。见状，姚总笑着说：“您推了石磨，就要发财了。”

“是吗？这可是好事，却不知从何说起？”一提发财，我自然就来了精神，一边气喘吁吁，一边兴奋地刨根问底。

“在古代，我们酿酒的原料，就是用石磨碾碎的粮食，眼前的石磨是 18 世纪 50 年代从巩乃斯河畔出土的。酒厂成立后，机械作业便代替了原始的器具生产，从此，石磨也成了我们酒厂历史文化的一个精神象征。朱老师，您想啊，古人发财可全靠它呢，您这一推，财源自然就滚滚地落进了您的口袋。”姚总一边和我调侃，一边轻抚着被人们摸得发亮的磨盘，其亲切之状，宛如一位德高望重的老者，让人自然生出一股特别的敬意。

发财的梦，又将我们带到一座风格别致的塔下，我仰头望去，只见塔身上立着很多大小不一的坛子。姚总说，这是“西域神塔”，里面装满了露天晒酒，精明的酒厂人还给“神塔”赋予了一个凄美动人的历史典故。说的是汉武帝时期，因政治需要，我们家乡的江都公主、土生土长的扬州姑娘刘细君，不得不远嫁给西域乌孙国老昆莫王为妃的故事。从富庶的鱼米之乡，到苍凉的塞外漠北，这种巨大的反差，使细君公主对家乡充满了极度的思念，她于悲凄中作下《悲愁歌》，以排遣自己挥之不去的思乡之情。作为我国汉代诗坛上第一首抒情骚体诗，《悲愁歌》毋庸置疑地使刘细君成了我国诗歌史上由言志向抒情回归的第一人。而这首哀婉悲切的《悲愁歌》，也以独特的穿透性与感染力，很快传到了长安未央宫里细君的叔祖父汉武帝刘彻那里。刘彻读罢，心中大为不忍，当即令随行的工匠，为细君建造了一座汉式宫殿。而如今这座“西域神塔”，就是依着这座宫殿的建筑遗风而建的。

其实，最吸引我眼球的，还要数林子里那些排列着的酱色坛子。坛子的颈部，除了一排白色的阿拉伯数字，还有一帕红丝巾，将坛口蒙了个严严实实，远远看去就像一个个扎着红头巾的草原将士，正排着威武雄壮的队形整装待发。林子里，时不时还飘来一阵甜暖的酒香，风儿撩起了将士们鲜艳的红头巾，仿佛要将他们的铁骨柔情，尽情地释放在这片醉人的天空。

姚总说，这就是西域酒文化博物馆室外部分的“坛林酒海”，这些坛中的原酒，在天地日月的冷暖中吸入精华，就神奇地老熟起来，有灵性的芳香，就开始四处游动。因此，很多人闻香思醉，纷纷买下整坛的美酒，并怀着爱意和期待去亲自封存，再刻上心中最为美好或最具有纪念意义的文字，寄存在这里。一片独特又壮观的酒海，便由此产生。而守护在“坛林酒海”边的“西域第一壶”，也犹如天之骄子，此刻，它仿佛在高傲地巡视着蓝天，并随时准备向酒海“屈樽”

一倾……

带着对“坛林酒海”的不舍，也带着对那些果实的垂涎，我们走进了清静整洁的酿酒车间。姚总说，酿酒是一个非常严密的过程，除了各种经验和技术的支持，还有一个有些玄乎的说法。接着，主人用近似神秘的口吻说，他们在无意中发现，不同的人有着不同的体味，会产生不同的微生物菌种，而这些不同的微生物菌种的发现，揭示了肖尔布拉克人酿酒的一个重要秘密：只有具备“健康体味”的工人，才能酿出别具一格的醇香美酒。

接着，在西域酒文化博物馆的室内展厅，我竟见到一捆捆的金色稻穗和一串串的大红高粱，还有远古各种酿酒器具的实物、图片等，这真让我大开眼界。其中，印象最深的要算是令人生畏的人头骨酒杯、威风凛凛的成吉思汗雕塑，以及生动鲜活的胡姬卖酒造像，特别是胡姬卖酒，她精巧的卖酒动作简直令我忍俊不禁。因为由这位灵巧的西域美女，我想到了样板戏《沙家浜》中卖茶的阿庆嫂智斗刁德一的一幕，于是我忍不住上前和她“逗弄”了一番。

“酒厂成立以来，我们肖尔布拉克人一直严谨地恪守着老祖宗流传下来的自然发酵、生态酿造、原汁原味的自然法则，从不加一滴香精或酒精！”姚总宣言式的口吻，竟使我偷偷地生出一种不醉不归的幻想。看这古井、坛酒、神塔、石磨、胡姬、英雄、第一壶的骄傲、酿酒人的精神，以及充满异域风情的《肖尔布拉克》电影……这么多令人迷恋的历史典故和文化元素，难怪肖尔布拉克会如此闻名。

最后，我们走进了阴凉幽静的“品酒阁”，这让我的心总算清静下来。在一个圆圆的小木墩上，我轻轻坐下，然后就静静地打量：只见酒柜里摆满了各种精美包装的坛酒，实物的标本也恰到好处地立在自己的位置上，品酒阁在清心雅致的同时，更透着一股浓浓的草原风情。

静坐酒肆，凝视杯中如水一样柔性十足的美酒，我想象着其内心的深处，到底有多少刚烈的冲天大火，能将这天地阴阳连成一片。于是，我跟着主人，一闻、二摇、三看、四品、五醉……这一连串精致的享受，都在瞬间，让沈彬的镜头逮了个正着。呵呵，人生当歌，美酒做伴，今日美酒来醉我，明日我化酒醉人……向晚的骄阳，舔着我涨红的脸，我掖紧了满心的酒香，歪歪斜斜地踩着林荫小道，醉醺醺地回过头来，叽里咕噜地向主人告别。

咦，这深蓝的世界，因何而摇晃？嗐，我累了，先爬上这软乎乎的白云，掀开一层层虚薄的云天，挑出一层最轻最爽最透的盖上，轻松地躺下，闭眼、呼吸……

当一杯貌似香软绵淳的原浆，带着一股暗藏野性的老辣，如电击一般闪进咽喉的深处，我就明白：从此，我就能和天山的雄鹰、灰狼、骏马、牛羊，以及它的蓝天自由地对话了……原来，我的“对酒当歌，人生几何”并不只是体现在我的中原大地，而是在这一片无边无际的大草原上，还有一个能让我“与天对话”的至高境界。

三

虽说肖尔布拉克的原浆着实增加了我明天上山的底气，但现实还是应当受到正视。

就在张英明多次强调山上早晚很冷，要给我准备一件军大衣时，吓得我赶紧摆手，说好意心领，可我不怕冷，真的用不上。不是吗？一件军大衣？该有多重？只有男人才扛得动的“盔甲”，披在我身上，非压趴不可，这让我还怎么骑马放羊？可犟到最后，我还是从心里妥协了，准备偷偷去一趟超市。出了新源贵宾馆的大门，我向右拐去。这时，天色已经暗淡，我却浑然不觉，走了半天也不见超市，于是我赶上一位中年汉族男子，向他打听：“您好，请问超市有多远？”

“不远，就在前面。我也去买东西，您跟着我吧。”男子指着前面，热情地邀我同行。

跟着这位男子，很快就到了“好家乡”超市，走到服饰区域，我选中了一件红色的法兰绒外套，男子便帮我砍价，一省就是几十元，我很开心，准备将省下的银子就地消化：“哈，谢谢您哦！这附近有没有特色小吃？”

“有有有，过马路就是。”

“一个人不好点菜，朋友，如不介意，陪我用餐行吗？”

“我是男人，受女士邀请，多不好意思……我请您吧。”

“没那么多讲究，算是帮忙。”

我邀上陌生男子，就在十字路口的小摊上坐下。男子说，这是新源的大世界服装广场，人多热闹，小吃品种又多又好。于是，我点了两个小炒、十串羊肉、十串羊肫……不一会儿，老板娘就将一盘香辣辣的炒羊杂摆在了我们面前，里面羊肫、羊肠、羊心等应有尽有，再加上辣椒、洋葱、胡萝卜之类的配料，满满一大盆啊！接着，又是一大盆肥嫩嫩的炒羊肉片，散发着孜然香味的羊肉串、羊肫串等也陆续上桌。

看着这些冒着丝丝烟气的小炒，还有从肉串上往下滴落的羊油，我激动得竟一时无从下口……我先取了一串羊肉递给对面的朋友，再举起卡瓦斯向他表示感谢，接着便开始慌乱地东吃一嘴，西吞一口。等嘴里塞满了油滋滋的羊肉又来不及嚼透时，便干脆让它们囫囵下肚，然后喝上一口清凉的卡瓦斯，来涮涮油腻，清清食管。

黄昏的暮霭，透着怡人的凉爽，浓稠的人间气息，又仿佛在催人入梦，此时假如天上的神仙路过，相信也会眼馋不已。

少顷，吃饱喝足的我，懒洋洋地掏出餐巾纸，一边擦着油乎乎的嘴巴，一边腾出空来四处打量。这不打量且罢，一打量竟意外地发现马路对面有很多牵着马和骆驼的少数民族男子，他们三五成群，或立在行人道上，或干脆就站在马路上，叽里咕噜地交谈着什么。而旁边的牲口，不是踢腿摇尾，就是喷着长长的鼻息，撩飞起一片尘土，使暮色显得更加朦胧。总之，不管是人的语言，还是动物的交流，没有一句是我能听懂的。我不由得抬头看了看天，只见天色已经大暗，而路灯却一盏没有，这时我才意识到自己陷入了一片暗淡迷糊的陌生世界……

不行，我得走了。可对面的朋友还在吃着，怎么办？就在这时，手机响了，我低头一看，是张英明兄弟的电话，心想这么晚该没有什么事的。果然，几声过后，铃声便自动消失，想必是我的兄弟在电话查岗。对，机会来了。于是我立刻埋单，对还在用餐的朋友说：“朋友，家中电话，我得走了，谢谢您的帮助。我已经埋单，您不急，您慢慢吃、慢慢吃。”

“我也饱了。您住哪儿？我送送您。”正当我准备拔脚，那位朋友也迅疾地起身，说他也吃饱了。

“哦，不用、不用，我有家乡人，一起住宿舍，就在前面，很快就到，谢您、谢您，您吃、您吃，还有这么多，不要浪费。”面对这位好心的朋友，说来有点惭愧。当这位朋友表现出不送就不足以表示他对我的诚意，而显出绝不罢休的架势时，我竟本能地紧张起来，我一边含糊其词地解释着，一边婉言谢绝着他的好意，还未等他反应过来，就像离弦之箭，飞奔而去……

当即将穿过那群少数民族男子时，我不由得惊出一身冷汗，身上的汗毛也全部竖起。可尽管如此，我还是以极其“凶狠”的气势果断地冲了过去，还不忘跑一段回头看一段。直到临近贵宾馆的大门，又一次回头张望过后，我才一溜烟地钻进了大门。

买得满意，吃得开心，就算冒险，也是值得。世上本无天上掉下来的馅饼，想要谋取，总要付点代价。比如，我扛不动军大衣，就只有“离经叛道”地去偷买，继而延伸出这一场虚惊和小跑。可一场虚惊和小跑，又算得了什么？虚惊当我锻炼胆量，小跑就当我锻炼身体得了。

二〇一五年·七月

夜幕下的夏牧场鼾声

（7 月 1 日，星期三，晴，31℃）

一

下午，在沈彬的陪送下，我们从新源县城向东行驶了八十公里，一小时后终于到达那拉提镇。这时，副镇长孔巴合提已在镇政府门前等候我们。沈彬将我和我的行李，迅速地与孔镇长做了“交割”，然后就匆匆赶回新源，迎接新的“战斗”去了。

一路下来，我有点疲倦，就向孔镇长“告假”，去镇政府大院内的“出口公司”放松一下。可当我返回，已不见镇长的影子，而车的旁边还有一位哈萨克男子，他的个头与模样几乎和镇长一样，我心里嘀咕：他是不是镇长？可是，我记得镇长是戴着鸭舌帽的啊，他会不会嫌热，摘下了帽子？一时，我竟糊里糊涂，实在难以弄清。看来，这“弱智”一词，便是为我而设。

十几分钟了，就是不见“鸭舌帽”出现。我实在忍不住了，心想眼前的这位哈萨克男子，会不会就是镇长？干脆，上前招呼一声试试：“您好，您是孔镇长吗？”想必也只有我这样的人，才会傻乎乎地来上这么一句。男子答：“哦，我不是。”我继续问：“那您知道孔镇长哪里去了吗？”

这时，旁边有一位小伙子热心地插话道：“镇长说回家取点东西就来。”我问：“那他家在哪里？远吗？”小伙子答：“不远，就在前面。”顺着小伙子手指的方向，果然有几座白色楼房。还好，就在眼前。总之，我别无选择，又开始了默默等待……

又一个十分钟过去，还是不见镇长的影子，这次我可真的忍不住了，但考虑对方是一位哈萨克男子，没有打交道的经验，所以在并不了解他们的工作作风与生活习惯的情况下，觉得还是不要贸然地用电话催促。想到这里，我不得已地转过身来，又向那位小伙子问道："请问：您知道镇长还有多久才能下楼吗？"小伙子回说："还真说不准，哈萨克人有定时喝马奶子或奶茶的习惯，一旦坐下，时间就没数了。"接着，又安慰我一句，"上去也有点时间了，应该快了"。

"马奶子？马奶子是什么？"第一次听说马奶子，我非常好奇，就问小伙子。

"哦，就是哈萨克人用马奶酿制的一种酒。"小伙子向我解释。

"噢，听说过，我以为叫马奶酒呢。那现在，我可不可以用电话询问镇长一声啊？"我又试探着问。

"行，我有他电话，我帮你打。"小伙子爽气地掏出手机，很快就拨通了电话："孔镇长，你在哪儿呢？"

"我在家里……"电话那头，传来了一个慢吞吞的声音。

"人家扬州的老师还在等你呢……你什么时候下来啊？"小伙子问。

"哦，马上……马上就到。"孔镇长回道。

……

"别急，镇长马上就到。"小伙子挂掉手机，对我说。一句"马上"，让我等蔫的心立马又复活了，于是即兴和小伙子聊起八卦。闲聊中，小伙子告诉我，他姓李，曾在扬州江都油田实习一年，所以一看见扬州人，自然就多了"半拉子"老乡情分。在聊到哈萨克族的民风民俗时，他干脆就举了孔镇长的一句"马上"来作为趣谈。他说，在我们内地，"马上"就是很快就到的意思，最多也就十分钟左右，可在这里的"马上"，就不是十分钟的事了。哈萨克人的这一句"马上"，往短了说，也许是半小时、一小时，往长了说，或许就是两小时、三小时也未曾可知。

其实，在新源县城，我就隐约听说哈萨克族朋友说"马上"的含义，当时我只付之一笑，并未有深切的体会。而现在，我突然觉得，哈萨克人这么回答一定是有原因的，这肯定是和他们骑马有关。比如：哈萨克人骑在马背上，正在另一个山头放牧，假如这时有人招呼，他要翻一两座山头才能到达。翻一两座山头，需多少时间，哈萨克人非常清楚，所以哈萨克人回答的“马上”，意思就是：他们要翻上一两个山头的时间才能到达，那招呼他的人，就知道他们什么时候到了。所以，他们回答“马上”，也确实没错。现在，小伙子反复地提着“马上”，使我又回到眼前的现实中。一说到现实，我突然受惊般地抬起手腕，一看指针，再也忍不住地嚷了起来：“老天，又过了十分钟哎……”就在我满心无奈的时候，小伙子笑了：“你看，他来了。”顺着他的目光，我终于看见一顶灰色的鸭舌帽，向我缓缓地“移”来。

好嘛，亲爱的哈萨克……不，亲爱的孔镇长：我一来，您就送给我这么个“下马威”，以后在您面前，我再不敢开“小差”了。

二

在孔巴合提镇长的指引下，我们先到了被称为“哈萨克第一村”的阿尔善村，将他母亲及十岁不到的小侄子接上车，那位被我错认为“孔镇长”的男子也上了车，孔镇长告诉我，他叫努尔兰，是阿尔善村的村干部。人接齐后，我们就向山上的夏牧场出发了。

山道上，孔镇长操着方向盘，凭借娴熟的车技，有时快速地转着，有时又缓缓行驶，好让我有拍风景的时间。一路上，这位镇长大人话虽不多，但自豪与骄傲都写在了脸上，并不时地向我炫耀空中草原那拉提的绝世风光……不错哦，一个热爱自己家乡的人，一定是位赤子！想到这儿，刚才等他的不快，就被他现在的“赤子之心”一扫而光。

暮色中的草原，绚丽壮观。从那拉提镇到阿尔善村，半小时的路程，却因路面维修，愣用了五十分钟的时间。我一边急切地盼望见到梦想中的白毡房，一边又想起细君公主《悲愁歌》中那句“穹庐为室兮旃为墙，以肉为食兮酪为浆”的诗来。是的，就要和当年公主一样，入住哈萨克的白毡房了，毡房里到底有什么样的生活方式在等我？为此，一路上我都在胡思乱想。至于说吃什么，都没关系，可是以“旃为墙”的毡房，能挡住外人的“入侵”吗？就在新奇的向往中，在忐忑不安的兴奋中，我一路翘首盼望，盼望着浪漫的白毡房早点出现，盼望着立刻见到漫山遍野的牛和羊……

“到了！”不知谁说了一声，我拿起手机看时间，发现早已没了信号，这时才知自己成了“失联”人员，再看手表，已是晚上九点多。我赶紧将头探出窗外，不由得一阵激动，阿尔善村夏牧场已近在眼前。

迎上来的，是我的女房东阿依努尔，还有她十岁的儿子木尔阿力，紧随其后的，是男主人塞尔江舅舅的儿子、十五岁的表弟阿玛卓利，老实说，他们的名字虽然好听，却要用心才能记住。

直到这时，孔镇长才正式开口讲话，他说为了我的安全，还是着实动了一番脑筋的，思来想去后觉得还是亲弟弟塞尔江比较可靠，最后就决定将我安置在塞尔江的毡房了。说完，他指着天边的燃烧云，脸上绽出难得的笑容，竟用得意的口吻对我说道：“这里的黄昏美吧？来，我帮你拍张照片……”说着，他就举起相机。后来，宾主毡房坐定，镇长又对我说：“右边的邻居家，正好有一位女学生，叫阿拉依，她刚从江苏盐城读高三回来，可以当你的翻译。”说完，就着人领我去认识阿拉依。

一连串的安排，使原本看着拖拖沓沓的孔镇长，一下子变得有板有眼，利索有加。不信你看，晚霞中的镇长，不知何时面孔突然亮堂了起来……

三

天已经很黑了，男主人塞尔江才回到毡房。我们围着毡房中的一张长方形桌子盘腿而坐，随意地吃着具有哈萨克民族特色的各种小点心。

一会儿工夫，女主人阿依努尔又端来两三盆胡萝卜、西红柿、土豆之类的炒菜。此时，饿极了的我，早已斯文扫地，不管三七二十一，拿起筷子就用饿得有点颤抖的右手，着急忙慌地夹菜、狼吞虎咽地吃起来。吃过一气，心里有粮肚里不慌，我这才抹着嘴和大家闲聊了一会儿。没多久，孔镇长和努尔兰就起身告辞。想着我有清晨吃苹果的习惯，便在他们临行前托镇长帮我买点苹果，镇长答应明天送来，我心里便踏实下来。前脚送走镇长，后脚就溜到小邻居阿拉依的家串门去了。

中学生阿拉依，今年二十岁，她全名叫阿拉依·特列巴勒得，通常牧民们都昵称她阿莱。哈萨克少女阿莱，有点高原红的脸蛋上长着一双聪慧的大眼睛，目光里总有一丝迷离，那忽闪忽闪的眼神仿佛有话要说……我正欲和她说话，一个小男孩走到了我的面前。阿莱说，这是她十三岁的弟弟，名叫胡安尼西·特列巴勒得，昵称欢喜，和姐姐不一样，弟弟明显地多了一分天真与活泼。

阿莱告诉我，在欢喜出生前，她爸爸不仅不干活还整日酗酒，也经常打骂他们的妈妈，可自从欢喜出生后，爸爸不但再也没有酗酒、打骂妈妈，还开始干活了。弟弟的出生，给家里带来了欢乐和希望，爸爸干脆给弟弟起了一个最能代表自己心情的名字：欢喜。

弟弟和姐姐长得很像，小欢喜也长着一副求知欲特别旺盛的面孔，小小的年龄仿佛什么都懂，在他身上天然散发着游牧民族的热情与浪漫。我真是特别喜欢这一对草原小姐弟，因为我发现，他们的眼睛里都集聚着一股强大的求知欲。这股求知欲像一股洪流，不停地撞击着我的心扉，使我一次次地为之震撼。

我们边走边聊，当我们来到毡房前的小足球场时，才发现孩子们越聚越多，或许是孩子们对我这个外乡人的到来以及到来的目的感到好奇的缘故吧，他们也参与到我们的谈话中来。于是，我们在山下快乐地“疯”了一气，直到很晚才依依不舍地散去……

四

回到“我家”毡房，里面已生起了炉子，整个毡炕都暖洋洋一片，以至于躺下竟觉着燥热。

这是一座比较大的毡房，与周围毡房相比显得华丽许多，因而比较醒目。毡房里的太阳能灯，可勉强照明，但不能看书。而作为贴着现代文明标签的“帮凶”，无情绑架人们心灵自由的“罪魁祸首”——网络，在这里失去了它在市井陌巷中的“淫威与魔力”。我庆幸自己终于摆脱了这个现代的枷锁，而重新回到了一个自然真实的世界。现在，不用看书，也不用应付网络，只乐得静静思考，以不负“自由和新生”给我带来的这份安宁。

也不知过了多久，我困得实在不行，可又不知道该睡在哪儿？看着那些被叠得整整齐齐的被褥，更不知如何使用它们，因此，只有等女主人进来。

好一番困顿，不知不觉中就过了深夜十二点，这时，阿依努尔终于走了进来，她一边铺床叠被一边招呼我休息。床铺好后，我找到一个脸盆，问女主人热水在哪儿，有没有地方冲澡，可她的汉语半生不熟，也不知她回答的什么。无奈，我只有打一盆冷水，反扣柴门，再拿一条毛巾，偷偷躲到毡房的一角，将自己从上到下胡乱擦洗一遍。擦洗时，想着在家，因油性肤质，自己早晚都要冲洗一遍，否则绝不会出门。而今天，我觉得很神奇，这里的山水竟能将我脸上的护肤品及身上的油脂轻易地洗净。

到了深夜，我让尿憋醒，深夜外出心里不免害怕，但这么大的人，又不好意思喊醒孩子陪我，只有壮起胆子去独自面对草原的夜色。

推开毡房的柴门，借着半个月亮的残光，我抖抖索索地“滚”下草坡，一路跌跌撞撞，好不容易摸到百米开外的智能厕所，用手一推，竟铁将军把门。怎么这样？！我真想大喊：有人吗？谁来救救我啊？一股恐怖的气流已经冲到喉管，最后还是被自己强行咽了下去：不能，此时大叫无疑形同闹鬼，日后一定会成为草原上的千古笑料。想到这里，也没办法，我只得失魂落魄地爬回山包，又提心吊胆地绕到了毡房的后面。我抬头看看夜空，再低头看看草地；接着左一看，右一看；再前一看，后一看；看着看着，我不由得更加心慌，这么密的草丛，万一藏着毒蛇，或者是其他会咬人的爬行动物怎么办？又或者是一只狼、一只野猪什么的……想着想着，突然我一阵毛骨悚然，真想原地大哭，但最终还是忍了回去，只能硬起头皮，打开手电，将眼前的草地照亮。啊，在不远的树下，还真有几头吃夜草的牲口。见到亮光，它们抬起头来像是在打量我，而我却根本看不清它们眼神里写的是“友好”还是“入侵”。试想，如果我随地大小便的行为惹恼它们，那该怎么办？我越想越怕……可夜尿在急，真顾不得了，我只得咬咬牙、心一横，就地蹲下，待“出口”完毕，我就像小偷一样，一溜烟地逃回了安全而又温暖的毡房。

凌晨时分，讨厌的夜尿又一次将我袭击，不管了，古人说“生死有命，富贵在天”，有了上次的经验倒也坦然许多。当我勇敢地爬出毡房，不慌不忙地来到它的后面，又看见了那几头还在吃草的老马老牛，就再也不为之所惧。我一边行动，一边还与它们亲切地套起近乎：“嗨，老马啊老牛，也不知你们是男是女，在如此漆黑一团的草地上，我也就不怕你们看了，因为你们看了也白看，咱们终归是人畜两道。可尽管如此，我还是请你们不要那样看我行吗？要知道，我是女生，又是你们草原的亲戚，所以你们得学会尊重我、保护我……不然我就通知亲戚，不给你们草吃，让你们饿上三天三夜。”

在漆黑一片的夜色里，我对着老牛老马就是一阵絮絮叨叨，也不知那几位“朋友”爱不爱听，更不知它们是怎么想的，反正我自己先忍不住地乐了起来。

五

夜解回来，一时睡不着。前面说过，毡房里的太阳能灯只能勉强照亮毡房，如果想看书，那纯属是妄想。好在少年阿玛卓利特别乖，他睡觉时，我几乎听不到一丝声响，这不，一会儿的工夫，我又倒头大睡……

白日，如同一张无形的网，将我的灵魂牢牢地缠住，使我无法逃离它的管理和监视，只有到了晚上，才能离开白天的喧嚣，享受夜的宁静与自由的孤独。黑暗，是人类的同类，也是人类的盟友，当我们融进了黑暗，化为了黑暗，上帝就再也不能幸灾乐祸地欣赏人类的爱恨情仇，再也不能观赏人间混战的大戏，所以黑暗是上帝的不满，是上帝的忧伤。可是很快，我就被迫与黑暗分离，四面的鼾声将我包围，它吹奏的气息将我唤醒，这鼾声有重有轻，有近有远，此起彼伏，络绎不绝。

原来，草原的毡房并不隔音，又相隔很近，每当夜深人静的时刻，那远处的风声、溪水声、牛马啃夜草的声响以及牧民劳累的鼾声，一切都在夜幕的掩护下，以牧民的鼾声为主旋律，一起和声合唱。你听，它们的歌声，就像是一首美妙动听的小夜曲，轻轻地响成一片。呵呵，睡不着了，索性支起耳朵，静听这片草原的深呼吸……

美丽的夜色
摸进了我的毡房
搭着我的心跳
牵着我的胆量
随迷蒙的草原去流浪
别怕啊
让我们一起轻声唱
……

哦，是牧民的鼾声
如草原的雨点
又如万马的蹄声
由远到近

再由近到远
一路潇洒豪迈
任意驰骋

哦，是天山的鼾声
如草原的雷鸣
又如伊犁马的一声响鼻
带着威严的怒吼
激昂地滚落山坡
将万峰亲遍
与牧草细吻

哦，这草原的鼾声
飞出了一座座酣睡的毡房
钻进我的耳鼓
轻轻敲击
让我的梦
今夜，也跟着你
一起香甜

草原啊！草原！
就让我的心声
顺着你的呼吸
一起脉动
今夜，就让我的灵魂
与你酣畅的生命
紧紧交融
……

哦，我终于知道，草原的每一个夜晚，都是一首天然的小诗，这首《草原的鼾声》正将我紧紧地拥抱，今夜，在你浅唱低吟的摇篮里，我是你的未来，也是你的希望……

骑马登上沃尔塔交塔

（7 月 2 日，星期四，晴，34℃）

一

清晨，还是找不见热水，我只有像昨天一样，仍旧冷水清洗，没办法，谁让我摊上这清晨洗发的洁癖？老实说，这草原上的山水，真叫一个冷啊！那种冷，是一种沾在皮肤上的冷，半天也退不下那股尖刻的寒气。但这种冷，也给我带来了一种爽、一种透、一种异常刻骨铭心的清醒。

阿依努尔的奶茶来了，我们一家盘坐在毡炕上，喝着奶茶，啃着馕饼，有说有笑。大家吃过早饭，又各就各位去了。

我回到毡房，捧上书本，刚准备翻阅，阿依努尔就进来了："姐姐，你出去一下吧，派出所来人了。"

"派出所来人？为什么要叫我去？"我不知发生了什么，竟有点慌张。

"他们说是来看你的。"阿依努尔解释。

"看我？我有什么好看的？"我倒有点好奇了，不管他，先出去看看再说。

"姐姐，看，他们就是！"阿依努尔指着草地上两位身着民警制服的人，对我说。

"二位好，我就是朱崇生，让你们辛苦了，平时你们每天都要上山巡查吗？"没等阿依努尔介绍，我就主动上前和两位民警招呼上了。

"您好您好。哦，不一定呢。因为山上没有网络，镇领导就没法和您取得联系，可他们又不放心您在这里的生活，就特地派我们俩上山来看望。怎么样？朱老师，在这里还习惯吗？”看着专程为我而来的两位青年民警，我有一种见到亲人的感觉，全身暖洋洋的，心里充满了感激，心想自己真的给人家添麻烦了。

“让你们为我辛苦，真的不好意思，还请两位回去转告领导，我过得很好，一切很正常，请他们放心，并代我谢谢他们！”我用非常真诚的口吻，向面前两位青年表达着我的感激之情。

“哦，习惯就好，习惯就好，这样我们就放心了。”两个年轻人的脸上露出了轻松的笑容。然后，我们盘坐草地，边吃羊肉串边聊天。聊天中，得知他们一个叫巴依尔，是蒙古族，一个叫努尔特力克，是哈萨克族。通过谈话，我感到他们都非常热爱自己的家乡，热爱自己的工作。

临近中午，小足球场上的游客已渐渐散去。草地上的塞尔江与邻居们终于有时间拨响冬不拉，唱起著名的哈萨克民歌《思念》，又名《明亮的心苑》，大家唱着，孩子们帮我翻译着，歌词大意是：

想着你会来，便望着你来的路。
不知道我心爱的姑娘，现在在哪里？

又过了一个冬，我心都快结冰。
对你的思念，折腾得我死去活来……

想着你会来，便望着你来的路。
不知道我心爱的姑娘，现在在哪里？

想着你会来，便望着你来的路。
不知道我心爱的姑娘，现在在哪里？

……

“想着你会来，便望着你来的路……”这个“你”到底是谁？是江都公主刘细君？是徐州公主刘解忧？是解忧的随从冯嫽？是所有古往今来的哈萨克姑娘？还是今日云游天山的“苦行尼”？

其实，无论是谁，已不再重要，重要的是她们都汇聚在历史的长河中，向着同一个方向走来，一直从古走到今。在这草原上，有一位伟大的昆莫王，不，是历朝历代的“昆莫王”，正等待着她，等待着她们。

“不知道我心爱的姑娘，现在在哪里……”一遍遍的歌声，温柔而凄美，这多情浪漫的旋律，很快绕遍了我的灵魂，一颗期待的心也跟着这多情的歌儿，一起共鸣与回荡。

二

随着太阳的升高，草原的温度也升高了，宜人的气候使我的心情无比舒畅。

就在我边哼着草原民歌，边轻松闲逛的时候，从我身边突然蹿出一个红衣红裙的小女孩。看上去，小女孩最多三岁，此时正横在我面前，好像要拦住我的路。小女孩的动作让我好奇，于是我就上上下下地打量起她来：只见小女孩红衣的领口与门襟，都镶有白色蕾丝；上衣的两只插袋上，饰有一只红底白点的蝴蝶结；小小的红喇叭裙右上方，有一只用红丝带做的蝴蝶结，在蝴蝶结中间，镶嵌着一朵粉红色的小玫瑰；在红裙子中间，还有两圈打着皱褶的本色荷叶边。一顶俏皮的鸭舌小红帽，端端正正地戴在小女孩头上；在帽子正中，有一片孔雀蓝色的三角地，三角地上镶有足球、网球、人物、英文字母等一些五颜六色的卡通图案。在她的脚上，套着一双橙色白底的布鞋；布鞋中间，有一道竖梁，它将鞋面分成了两片；鞋面两侧的前端，分别绣着一个粉红色的奶瓶；鞋口上的搭扣，由一条宽宽的黄布制成，一些孔雀蓝的小圆点，就醒目地“跳”在黄布上；在搭扣尾部，又突然地宽了出来，这宽出的部分，基本上被一个白色的卡通小人所“霸占”……总之，这从上到下的装束，使小女孩显得玲珑、卡通、结实而又可爱，一眼看去，俨然就是一位骄傲的“草原小公主”。

见我默不作声地打量她，“小公主”那张又黑又红又圆的小脸，竟露出了一副非常警惕的表情，那双明亮的大眼此刻正毫无顾忌地死盯着我，好一副剑拔弩张的小模样。

看着小家伙这副滑稽可爱的样子，我忍不住扑哧一下笑出声来，小女孩见我对她笑竟突然发怒了，变得像一头发怒的小母牛，紧握小拳冷不丁向我一头撞来，我猝不及防地接连向后打了两个趔趄，差点倒下，还未站稳，只觉得又被撞了两下。这几下，可把我撞晕了。待我重新站稳，“小公主”的脸上已挂上了得意的微笑，敢情她正以胜利者的姿态，嘲笑我这个狼狈的大人呢！

想不到，在这么小的孩子身上，竟能爆发出如此强悍的力量，真让人不敢小觑。看着“小公主”那副充满野性的大眼睛，我对她一边摆手，一边后退，一边嚷嚷着：“嗨嗨嗨……我说‘小公主’，不不不……是我的‘小姑奶奶’，你可别过来啊，你可千万别过来……真的，我怕你了……我说，我怕你了还不成吗？”

就在我向后退的时候，她依然冲来，又给我来了一下，那架势直把我小人家吓得抱头鼠窜。因为，我生怕给草原上的父母看见，以为我在欺负小孩呢，或者说是怕他们看到我在小人儿面前一副败北的坏模样。

反正，在“草原小公主”身上，我终于明白了什么是捍卫，什么是出击，什么是凛然不可侵犯。今天，我总算是经历了一场力量悬殊的“遭遇战”。

三

中午，我们准备就餐时来了两位女邻居，阿依努尔赶忙起身将她们迎进毡房，沏茶让座。两位女邻居也恭敬优雅地从女主人手上接过奶茶，颔首低眉，作一番致谢。

午餐前，只见阿依努尔和邻居盘腿而坐，将双手手心向上放在两边膝盖上，再将双手向上平行伸出，仿佛托举一件非常圣洁的圣物直至头部，同时她们的脸还微微向前，像是亲吻手上的圣物，又像是对着圣物真诚祈祷。见此情景，我想这就是她们餐前的感恩礼吧，于是，在大家友好的目光中，我也照着试做了一番。礼毕，大家会心一笑，纷纷端起奶茶，就着馕饼，开始尽情地吃喝。

作为邻居，大家几乎每天见面，且主客都为女性，做客时却能如此彬彬有礼，谦恭有加，这番礼节，让我不得不心生敬意。在她们的礼节中，我看不到一丝的虚假、敷衍和距离，她们所展示的，除了真诚就是真诚，这让我的内心感到一种震撼。

来之前，曾有人对我说：哈萨克是一个悠闲的民族。可当我来到他们中间，才发现并不是那么回事。我所看到的大人孩子，都很早就起床干活，一直到很晚才回来。当然，他们也会利用闲暇，到邻居或亲戚的毡房去串个门、喝个酒、吃块肉或唱首歌。在他们的性格里，充满了勤劳、热情、浪漫和自由。原来是有人将他们的热情、浪漫，及对自由的热爱，盲目地界定成一种悠闲。

其实，无论是这里的大人，还是孩子，是他们彼此之间，还是和客人之间，都非常礼貌。你看，小邻居阿莱和弟弟欢喜，一有空就过来腼腆而热心地给我讲几段哈萨克的民俗风情。尤其是欢喜，他小小的年纪谈论起自己的民族文化，简直如数家珍，头头是道，甚至让你不敢相信，很多成熟的语言和思想，竟来自这位哈萨克少年之口，这让我真是由衷地佩服与感叹……

“阿姨，晚上，我们几个带您骑马上后山好吗？”这不，正沉思之际，欢喜又来约我。

“真的？可是我不会骑马。”听了孩子的邀请，我既欣喜又有点犹豫。

“没关系，一会儿我们教您，保证您一学就会。”欢喜用充满信心的口吻，坚定地对我说。听到孩子的鼓励，我顿时信心满满。从每一件小事都可以看出，这里的孩子不仅热情善良，求知欲也特别旺，对新知如饥似渴。他们从小就干活，因此也培养了一种对长辈的敬畏感，所以在他们的性格里，便又多了一分纯真、修养与智慧。

准确说，这里所有的人都有一种淳朴、智慧、中正、勤劳的品格，这会让我们每一个人都不忍生出半点伤害他们的念头，即使他们真的有点过失，我们也会以博大的胸怀，去包容、呵护他们……

四

阿尔善村夏牧场，是一个半开放的旅游景点，通常在牧民家中只剩下为数不多的牛马，几乎已不见羊群。山上的羊肉、马奶子、馕饼等食品，一般都是男主人到山下的那拉提镇购买。

今天下午，和欢喜约好吃过晚饭后骑马上山，所以不到傍晚，阿依努尔就用塞尔江从镇上买回的羊骨头，烧了满满一锅鲜美的羊骨头汤，算是正式接待我这位来自远方的客人。其实，说是羊骨头，可骨头上还是粘着不少羊肉的，使我这个“肉食”动物看到了一线曙光。我一气啃下两根羊骨头，又喝了半碗汤，直喊吃撑了。刚放下碗筷，欢喜就牵着马来了，当我迫不及待地想跨上马鞍时，只听耳边传来阿依努尔的声音：“姐姐，不能骑马。你刚刚吃饱，要等半小时后才行。”一听阿依努尔这样说，我只好放弃行动。

“不急，阿姨，我先教您如何骑它。”只见欢喜一边示范，一边说，“阿姨，您看，我先抓好缰绳，用左脚踏进马镫，再用手抓紧马鞍上的前鞍桥，将右脚跨过马背，踏进右侧的马镫里，再坐稳了，然后用双脚的后跟轻轻一夹，马就走了。您的脚夹得越紧，马就跑得越快；如果让它向左，就拽左手的缰绳；如果向右，就拽右手的缰绳；想要停下，你就将缰绳拽起。还有，双脚踏进马镫，位置不能超过一半，顶多三分之一，因为万一马受惊，会将人摔下的，那时我们根本就来不及将脚抽出，就会被它拖着跑，那样会很危险。”

“这不是和骑摩托一样吗？只是这双脚，万一全部滑进马镫怎么办？”看着欢喜在马背上身轻如燕、翻上翻下的样子，这让我感到既新鲜又害怕。

“没事，您骑习惯就好啦，我们都是这么过来的。”欢喜将缰绳递到我手中，安抚我说。

说话之间，阿玛卓利和木尔阿力也牵着马过来了，孩子们随即分工，欢喜的马做头马，为了我的安全，孩子们决定由阿玛卓利与我合骑一马，紧随欢喜之后，木尔阿力自然排在了最后。七点半，在三个孩子的陪护下，我们出发了。

一路上，我们沿着崎岖泥泞的山道，时而纵攀，时而横走，一路牛羊草坡、天然奇景自不必说。只是途中每经过一个山包，都会有一顶白毡房，而毡房附近往往有一只猎狗守护在畜栏边上。猎狗通常散养在草地上，看见我们，它们有的会原地狂吠，有的会冲到我们面前咆哮，其凶猛之状直让人毛骨悚然。每当遇此情景，孩子们也会紧张，可他们还不忘嘱咐我，要淡定，千万不要像小偷一样东张西望，否则会被它们当作盗贼而受到攻击。俗话说“狗眼看人低”，我横下心来，从不敢直视转而变成满面笑容，用友好而又戏谑的眼光，笑眯眯地调侃它们：“叫……叫啊？你看，这么多‘小偷’来了，看不好门户，等你家主人回来，非把你打死不可。”看着因被我逗弄而悻悻离去的猎犬，孩子们和我一起开怀大笑起来。

其实，我最害怕的并不是一路碰到的猎犬，而是头马的突然加速。每当欢喜兴奋了就会策马扬鞭，此时不等操纵，我的马也跟着兴奋起来。虽说阿玛卓利护卫在后，但更多时候都是我自己操纵，所以每当如此，我就会特别紧张。此时必须抓牢缰绳，抓紧前鞍桥，踩准脚镫，注意力更要非常集中，还要让身体彻底放松下来，随马背的起伏而起伏，这样人马才会轻松。可是，我的脚却经常不听使唤地全部滑进马镫，也会经常脱镫踩空，虽然会及时调整，但总是令人恐惧。再有，我也不敢将两脚夹得太紧，害怕一不小心就会向马投出错误的信号，从而引起它的狂奔。

一路的情景，已让我足够害怕与刺激了，但还有最可怕的一幕……那是在我无意掉头时，突然发现十岁的木尔阿力手提缰绳，正得意扬扬、歪歪扭扭地站立在马背上，看到这如此惊心动魄的一幕，直把我吓得魂飞魄散：“哦，老天，下来……你快下来……”

“阿姨，没事的，我不会摔下的，我马上就下来。”听到我疾言厉色的命令，小东西也有点胆怯了。

“不行——现在——马上！”我以更加严厉的口气迅速地再次命令，待他下来后才对他婉言说：“你这‘皮’孩子，这是在陪阿姨上山哎，万一有什么闪失，让我向你父母怎么交代？阿姨可担当不起啊！”

“是啊，快听阿姨的，你赶紧下来。”阿玛卓利也跟着我训他。

说起来，一个多小时的行程，还真是惊险不断：先是我自己骑马生疏的恐惧，后是被猎犬“追杀”的狼狈，再后来就是木尔阿力的惊险动作……一连串的惊吓将我肚子里的那些羊肉汤消耗得差不多了，接下来可不能再有什么事，否则也真没什么能量可抵抗了。

五

终于，晚上八点五十，我们的马登上了后山的最高峰——沃尔塔交塔。

我站立山顶，只见远处层峦叠嶂，云霞暮霭，群山呼应，薄雾缠绵。微醺的夕阳斜抚着嫩绿的草地，使悠闲自在的牛羊如天堂撒落的碎金、白银与墨玉。那辉煌温暖的金色主调，那令人眩晕的诱惑与温馨，那从不同角度散发的不同异彩，直让我醉不思归。哦，好一派壮观无限的天堂风光……

“阿姨，您再看，那边的天仙台，就是后山的最高峰。它看起来很近，走起来却需要一些时间，今天，我们是来不及了。”欢喜指着不远的一个山峰，向我大声介绍。顺着欢喜手指的方向望去，只见一座更高的山峰在犹明似暗的薄雾中，正向我闪着迷人的微笑，它仿佛在说：有本事，你来呀。

“没关系，明后天我还会来的，天仙台，你等着我……”我用手圈成喇叭，套在嘴上，对着远处的天仙台大声地回答欢喜。

“对，我们还会来的。”孩子们也充满自信地附和。

我一边欣赏落日美景，一边漫无目的地寻找什么，突然就在我的脚下出现了一个我已熟悉的野生植物。“快看，皮牙子？”我挖出一个皮牙子，像宝贝一样举起它并兴奋地嚷了起来。皮牙子是我昨天刚认识的一种野生洋葱，不过还没敢大吃特吃，在维吾尔语中，它叫皮牙子。据说有降血脂、降胆固醇等重大功效，针对以奶制品为主食的牧民来说，毫无疑问，皮牙子就被视作了餐桌上的宠物。现在，我也能找到它了，这是何等的惊喜！

“阿姨，您慢慢挖，这边山上的皮牙子可多了。”说着，孩子们也找了起来。我剥了几棵皮牙子，像当地牧民那样，一把塞进嘴里，大口地咀嚼，咀嚼时只觉一股异常强烈的葱味冲进大脑，旋即眼睛便被熏得无法睁开，流下的泪水被手一揉，自己顿时成了大花脸。

“呀，太厉害了，太厉害了……”我一边揉，一边“哭”，一边叫。

“阿姨，您剥过皮牙子的手，不能再去揉眼睛，会熏得更厉害的。您只要闭紧眼睛，一会儿就好了。”草原上的孩子似乎什么都懂，我按着他们支的招放下双手，在不知不觉中还真的好了。

可是，一波过去又起一波，一个多小时过去，我又有了“出口”的信号，可在这一览无遗的草地，到哪里去寻找一个“出口”之地呢？我只有四处张望，看看有没有一块合适的“掩体”。然而，这里除了草地就是草地，流畅得像一块连绵起伏的绿毯。夏季的牧场，虽然已是黄昏，可你还是能从这个山头清晰地看到另一个山头，几乎每个山头都有一顶白毡房，每一座白毡房周围还有一两位放牧的牧民。哦，老天，我真的憋不住了，这青天白日之下可怎么办？我忍了半天，实在没辙了，只有试探着询问孩子：“嗨，我说这里有没有厕所？”

“这里是草原，哪有厕所啊？阿姨，您就找一个僻静点的凹地，我们帮您看着。”孩子们几乎异口同声地回答。

“不行，我找不到特别低的地方，再说，那一面的山上，还有两个牧民呢……我能看见他们，就说明他们也能看见我，这怎么办啊？”回想在山下，就有人曾经跟我说过，哈萨克妇女的长裙，一是为了跳舞好看，二是为了如厕方便。当时，我以为他们是和我在开一个有趣的玩笑，可现在终于验证了这个玩笑的真实性。此时的我，是多么迫切地希望有一条长裙，来为我遮挡即将暴泄的“春光”。

“没关系，阿姨，那座山头看去很近，实际上离这里很远，他们根本就看不清我们。您随便找一处低点的草地，我们帮您守着。”没办法，在孩子的“教唆”与保卫下，我只有苦着脸无奈地走下山坡，闭上眼睛就地“出口”，就当我送给草原的一个“暧昧之吻”吧。

重归马背，我遥望群山，正痴迷之际，又被眼前发生的一幕给打断了。只见一头白色的小羊突然像离弦之箭，一路像孩子般惊恐大叫，它急匆匆地从我眼前冲过，一头扎进了右山坡的羊群里，并在几头羊中间，一边急切地乱拱，一边慌乱地喊叫，稍后又飞速地奔向另一个羊群，如法炮制着刚才的动作，过了一会儿声音才渐渐弱去。这突如其来的一幕将我看呆了，半天我才缓过神来，询问孩子们是怎么回事。和我一样，孩子们也沉浸在刚才的情景中，听到我的问话，才对我说：“小羊走丢了，所以，它又哭又叫地在找妈妈。”

小羊、孩子、妈妈……看着远方的羊群，想着刚才令人惊讶的一幕，再看看眼前的几个孩子，我的痴病又开始发作了。我口中轻轻而又不停地咕哝着：“小羊、孩子、妈妈……小羊、孩子、妈妈……”我的眼前，仿佛又看见了两千年前嫁到这片土地上的细君公主。

那时，公主才十七岁，可怜早已失去了父母的她，却在这小小的懵懂年纪，就背负起一个国家与民族的重大责任与使命。遥想公主在这一望无际的荒蛮高古之地，在不尽的泪水与思念中怀抱琵琶，独立山巅，面向东方，在苦苦地眺望中弹拨着她那自创的悲婉哀愁的《悲愁歌》；想到那个曾经向我拼命游来的生命“小蝌蚪”、转而又向世界投奔而去的化学“怪胎”——远在大洋彼岸的儿子陈南青，尽管他已二十五岁，可毕竟独自一人在异国他乡求学，面对我这遥远的母亲、遥远的祖国，是否也会有一份像小羊对母羊似的天伦眷念，以及对羊群般之民族之根的执着、追寻与回归；想到自己已在天堂的妈妈，是否看见女儿正漂泊在异域他乡，一切都靠自己打理……此时此刻，妈妈，您是否正在心疼着女儿？是啊，我想着无数寻找妈妈的“小羊”，想着无数漂泊海外的游子，想着无数思念中的妈妈……无限思念的惆怅裹住满腹的震撼，我的鼻子一酸，顿时一腔委屈的泪水一串一串地跌落在草原上。我流着滚烫的热泪，一遍又一遍地在心里呼唤：小羊、孩子、妈妈……

“阿姨，我们帮您拍几张照片吧？”小欢喜的声音仿佛从遥远的梦境传来，将我从痴迷的幻觉中轻轻地唤醒……我拽着缰绳，拉起正低头吃草的红马，扬起头颅，带着尚未风干的泪痕，再添进一分自信与骄傲，迎向了可爱的哈萨克少年——小欢喜的镜头。

咔嚓、咔嚓……没拍几张，手机就没电了。老天，我要崩溃……可怜如此伟大的天山，只留给了我几张灿烂的笑脸，然而这绝不是一个普通的笑脸，这是一张《天山的笑脸》。你看她的脸上，写满了快乐、勇敢、浪漫、坚强。只需你看上一眼，就会终生难忘。哦，天山，我已深深地爱上了你……

沿山的脊梁
策天马而上
向天山深处
访安静的松林
到天山高处
沐浴那拉提草原的天光
心，飞出云海之上
与天堂之手相握
仰望一脸霞光

我来了，天山
我笑在你的笑中
如撒娇的牛羊
亲吻你芳香中的芳香

我来了，天山
沿着你的山脉
朝太阳升起的地方
随浩荡的伊犁河
也化成香甜的奶蜜

在空中草原流淌
流成山魂的笑脸

天上地下的神仙啊
你们都来了
带着鲜花堆满的笑容
在我的心中
边笑边舞
边歌边唱
……

“阿姨，这里还没有汉人上来过，您已经很厉害了，又拍了好几张照片，就更厉害啦！”小欢喜的童言，如一剂灵丹妙药，一下就渗透我的心田，修复了我抱憾的“伤口”。

谢谢了，天山的孩子……

谢谢了，天山的笑脸……

六

天色渐暗，我却依然独立在沃尔塔交塔山头，一动不动地凝视着这恢宏的落日如何洒下万条金线，轻轻扫过广袤的草原；凝视着这金色草原上的茫茫雾霭与袅袅炊烟，怎样化作游离的轻纱，将满山遍野的牛羊与松柏一一裹进它的怀中。

“本来无一物，何处惹尘埃。”在这斜日苍黄的松林下，在这气势磅礴的天地中，我突然感到自己早已抛却了所有的心智、所有的妄念，还有死死纠缠灵魂的皮囊。我只是一抹来过的虚影，已将生死飘进这里的虚空，化为一阵乌有……在这天地之间，我又一次感到了自己的渺小，渺小得使我觉得自己从来就不曾存在，一如那虚薄升空的云烟，轻淡无余。

“阿姨，阿姨，天快黑了，我们赶紧下山吧，再晚就看不见路了。”小欢喜催促的声音明明很响，可在我耳里，就像从遥远天际传来的一根游丝，细弱地飘进我的感觉。

“哦，知道了，就走。”一声口不应心的回答，显得机械又茫然，我知道，我是真的舍不得离去。

“阿姨，走吧，我们明天再来。”孩子们见我嘴动，身却不动，便开始“诱惑”我，好像要将我从梦中摇醒。是呀，回家的路，总要走。我只有一步一回，恋恋不舍地跟着孩子们往回走了。走到中途，一向老成持重的阿玛卓利突然招呼我和他一起下马，原来是他发现缰绳松动了。等阿玛卓利将缰绳重新整理好后，他示意我可以上马了，可他自己却没有上来。

“阿玛卓利，你怎么不上来？”我奇怪地问道。

“阿姨，您骑吧，马有点累，我跟着你们走，一会儿就到家了。”阿玛卓利非常认真地回答，我这才知道，这孩子是在心疼他的坐骑。

“哦，难怪它一直在呼哧呼哧地喘着粗气，好像还有汗，不行，我也要下来！”此时，我在马上也很害怕，因为下山和上山不同，下山时，人畜会受到自身重力和速度带来的一股惯性的冲击，身体往往会不由自主地向前倾斜，人畜都明显地感到吃力，特别是遇到陡坡，感觉连人带畜立刻会被掀翻一样，真的特别紧张。面对此情此景，我不由得想到那句“上山容易下山难”的老话，所以我的心也跟着孩子的心疼痛起来。

“不用、不用，阿姨，我下来就行了。”阿玛卓利阻止了我。上山用了一个多小时，但下山，我们只用了四十分钟。特别是在单独骑马的二十分钟里，我感到时间过得是那么快，以至于还没有过瘾，就到了山下。

只是一路上，我看着沉默寡言的阿玛卓利，不知怎的，心头总会泛起一阵不忍。尽管看上去，这孩子的工作、生活及锻炼都与其他孩子没什么两样，可我每次看到孩子想开口又羞于开口的样子，就感到这孩子的心里一定藏着什么秘密，或者是压着一个什么心思。总之，我尽量尝试和他多交流。我也相信，在他今后的人生中，一定会有一张幸福灿烂的笑脸在等待着他。

七

“阿依努尔，今晚不生炉子行吗？”晚上，我问阿依努尔。

“不行，山上，不生炉子会冷的。”阿依努尔肯定地说。

“不冷啊，昨天我就热得没睡着。”我向女主人反馈昨晚的情况。

“好，那今晚就不生吧。”终于，女主人妥协了……

“对，真的不用生。”我赞同道。没多久，又见塞尔江夫妇在摸摸索索地准备什么，于是，我好奇地问：“怎么，你们这是要出门吗？”

“喔，我们马上要到邻居家做客。”说着，阿依努尔还用手指了指前面的山包。

“既然做客，那邻居怎不请你们去大块吃肉、大口喝酒呢？”我继续刨根问底，没话找话。其实，我也很想参加，只是不好意思明说罢了。再接下来，我就不太听得懂她的回答了，那意思，好像是说斋月快结束了，他们要借聚会的形式来表达一些什么。老实说，我觉得他们今天的聚会挺神秘的，似乎并非因斋月快结束而聚这么简单，可主人不提，客人也就不再作什么妄想，只是很晚了也不见他们回归的影子，我只有悻悻地睡下了。

尚未入定，却听得远处传来了一阵歌声，这歌声时断时续，清脆悦耳，如天籁之音，渐渐地飘进了我的毡房。嗬，好家伙，五位十岁上下的哈萨克少年很快就站在我的面前，排成一排，对着我快乐而虔诚地在歌唱。

原来，六月十八号，是今年伊斯兰斋月开始的日子，听当地牧民说，斋月期间的晚上孩子们会到每家的毡房里唱“加拉帕赞”（哈萨克语，意为“封斋歌”），待他们唱完，毡房的主人会送上一些糖果、毛巾、零钱等表示祝福。记得在山下，从帕提曼编著的《哈萨克族民俗文化》一书中，我就看到过这样一段文字：“肉孜节是哈萨克族的宗教节日，又叫‘开斋节’，在‘肉孜节’的夜晚，一些未成年男子要唱一种叫“加拉帕赞”的歌，走家串户，乞求施舍。”由于“加拉帕赞”是乞求施舍的，除了宣传伊斯兰教，歌中还有颂扬施主殷实富足、乐善好施等的内容。在唱“加拉帕赞”之前，歌唱者要大声唱如下的内容，以引起人们的兴趣：

毡房哟您的家您的家，
您家的毡房真够气派，
好像一座白色的小山，
该是那位阔人的家宅；
愿白色毡房鸿运齐天，
任什么晦气都快躲开；
祝愿这户人家的大叔，
托胡大的祝福没灾；
……
要是听见了加拉帕赞，
请把黄鼻梁绵羊牵来。

这种哈萨克歌谣的艺术形式，有点类似山歌“刘三姐”的风格，就是每首歌的旋律都是固定不变的，可以现场套词，即兴演唱。今天，能有幸听到阿尔善村的孩子们唱这首歌，真是一种意外的收获。

听着孩子们的歌唱，我仿佛又躺在了幸福的摇篮里，甜甜思睡。可不多久就感到有一股阴湿潮冷的气息从四面八方袭来，渐渐地让我越发难以忍受。一开始，我有点缩手缩脚；后来，就干脆蜷成一团；再后来，就不停地翻身打滚，妄图借此躲避四周的寒气，可任凭我怎么折腾都无法入睡。此时，夜已很深，我根本就不好意思去请女主人来重新生上炉子。看来，今晚我是再也受不住这寒冷的“追问”了，干脆摸出手机读一读下载的电子书，也写一写积压了好几天的“流水日记”。我折腾了好一会儿，终于疲倦至极，便将手机一扔妄图睡去，可还是无法入梦。

我索性披衣坐起，又细细回味孩子们的歌声。那清纯的童音，犹如一丝清澈透明的飘带，轻轻地缠绕我的身心，牵出万种情愫，一腔澎湃……有人说，黑暗是上帝的忧伤，而今夜，没想到黑暗又成了我的忧伤。也罢，就让我痛快地冒充一次上帝，就让上帝那咸涩的泪水顺着我的面颊悄悄地下滑到“空洞”的胸腔。哦，就让这咸苦的滋味，肆意流淌……

听毡房里的故事

（7 月 3 日，星期五，白天晴，晚雷阵雨，34℃）

一

阳光，穿过毡房的顶口，变成一束光柱，拘谨地洒在我的身上，我勉强睁开双眼，只觉得全身乏力，脑袋十分沉重。一看时间，已早晨九点。哦，老天！游客一会儿就上山了，如果看见毡房里还躺着一位“主人”，我自身狼狈不说，游客的情绪也会受到影响，接下来就会波及阿依努尔的生意。不行，我得咬咬牙，赶紧起床。

对面的木尔阿力也坐了起来，我们相互呆呆地对望了一阵，谁也没有开口说话，看上去都有点怪怪的，孩子明显地失去了昨日的神气。这时阿依努尔进来了，我看见木尔阿力向他妈妈撒娇，像是闹脾气。后来阿依努尔告诉我，他受凉生病了。一听这话，我不由得自责，因为我的一个要求，把人家孩子给冻坏了，心里着实后悔，再想着昨晚一宿的折腾，真是害人害己。

今天起床，我已经有了一点草原生活经验。先取出所有的洗漱用品，将它们放进脸盆，再端到门外，搁在炉子旁的一只小木凳上，这样在我洗发时，就不用将头压得很低。然后，取出杯子倒满一杯彻骨凉心的山水，到一边去刷牙。接着，向盆里倒上凉水，再兑上一点热水，以不冻手为标准，用来洗脸。再后来，就利用洗脸水来洗头发。最后，再兑两次小半盆的清水，将带有洗发液的头发漂洗干净。

看到这里，人们或许会问为什么不多兑一些热水？当你看到他们一次次地下山接水，半天才大一桶、小一桶地提上山后，你就明白了，是真不忍心给他们增加额外的负担。提水上山太不容易了，我情愿克服一天冲两澡的洁癖，也不愿浪费他们太多的水。

洗漱完毕照照镜子，竟发现脸上变得嫩洁光滑起来，心想才三天时间，怎会有如此的变化？突然，我明白了，一定是每天一杯的草原牛奶，将我的“门楣”装饰得明亮起来，想想真是心头滋润，如此，我要多待几日。

“姐姐，晚上还想上山吗？”隔着毡房，男主人塞尔江郑重其事地问我。说到“姐姐”的称谓，在这里还有一段小插曲：那是刚来时，大家都称我为“朱老师”，我听了感到有点别扭。对于草原，我几乎一无所知，应该说我是向草原人学习来了。不是吗？短短的时间，我又能教给他们什么？所以一听到“朱老师”的称谓，我就感到惭愧。因此，我将想法告诉了大家，请他们大点的叫我“姐姐”，小点的就叫我“阿姨”，这样听着既亲切又自然。于是，姐姐与阿姨这两个称谓，就在阿尔善夏牧场叫开了……听到塞尔江的友好问询，我赶忙放下镜子，上前应道：“当然想，只是你的马太调皮了，我一个新手，怕 hold 不住它呢。”

“没关系，我去找一匹老实点的马。”

“那敢情好，说定啦！”

“好，说定。”

主客一拍即合，非常高兴。等塞尔江离去，我就静静地坐在毡炕上，开始幻想自己再次长途骑马的“英姿”，不由得越想越兴奋，越想越开心，就差笑出声来了。

二

因着与塞尔江约好晚上骑马上山，我一直陷在得意里，腹中却传出一阵叽里咕噜的声音。原来，经过昨晚一宿的折腾，肚子里早已唱起了空城计，我赶紧走向左侧的毡房去搜寻吃的。

一脚刚刚迈进，就见阿依努尔正兑着奶茶，一旁的木尔阿力在拖着扫帚扫着毡炕，那样子虽有气无力倒也老老实实，而阿依努尔呢，一边忙着早餐，一边时不时用审视的目光对孩子瞟上一眼。

说实话，这种眼神给我带来的感觉是那么严厉，那么冷漠，甚至还稍带一点阴毒和残酷，让人目光一触便不寒而栗。总之，没有来过的人真的很难想象，这里的母亲在看孩子时用的是这样的目光。当时，我就倒吸了一口冷气，它使我想起了小时候曾看过的一部电影，名字已经记不清了，说的是在边疆少数民族地区，奴隶们不堪奴隶主的压迫和摧残，起来进行抗争的故事。每当影片放到一个女奴隶主虐待奴隶时，她眼中凶狠的目光都会让我害怕地大叫，再用手紧紧地捂上自己的眼睛……如今，在一个草原妈妈的眼中，我竟然又看到了一种类似的目光，难道这里的孩子也成了草原妈妈的“奴隶”？我知道，这绝对不是，可这种对孩子近似冷酷的教育方式确实让我受惊。

想到这里，我寻吃的目光又回到了小桌上，一碗浓稠的白色饮料就在桌上搁着，我问女主人是什么，阿依努尔告诉我这是塞尔江从山上刚买回的马奶子，说着就端给我品尝。我端着马奶子，心想这就是我们口中所称的马奶酒、孔镇长那天在家喝的马奶子吧。早就听说，来到草原的汉人根本就喝不惯这里的马奶子，即使喝了也会轻易地被它醉翻。今天，百闻不如一见，这清清纯纯的草原饮品，此时就在我眼前。我怀着十分好奇的心情，端起来就是一口。没想到，马奶子又咸又酸，一下子将我这“神农尝遍百草”的舌头，就刺激得直打哆嗦。见状，大家都被逗乐了，我赶紧啃了一口馕饼，并一边啃一边与阿依努尔闲扯：“阿依努尔，木尔阿力今天生病，你怎么还让他干活？”

“一点小病，很快就好，没事。”听到我的询问，阿依努尔笑眯眯地抬起头来，轻描淡写地回答。

“还有，你看木尔阿力和阿玛卓利时，为什么眼光总是那么严厉？”终于，我用这令人憋闷的问题冷不丁地将了阿依努尔一军，随即就得意地看着她，心想：看你如何解释！

“姐姐，我们……我们都是这么教育孩子的，这是为他们的将来好。”她稍微愣了一下，笑眯眯地回答我。

“可阿玛卓利呢？他虽是个孩子，可他是你们的表弟啊，你怎么也用看木尔阿力的眼神来看他？不怕他难受吗？”很快，我就将话锋“别有用心”地切向另一个主题。

“不会。阿玛卓利是塞尔江舅舅的儿子，他很小就和我们生活在一起了。”阿依努尔的回答愈发让我奇怪。

“他是你们的表弟，怎么会从小和你们一起生活？我真不明白了。”我紧接着问。

“姐姐，是这样的，小时候阿玛卓利的妈妈因病去世了，后来他爸爸再婚，阿玛卓利不习惯与他们共同生活，他喜欢表哥塞尔江，就来到我们毡房，从此我们就将他当木尔阿力一样抚养。”阿依努尔缓缓地说出了其中的原委。

“原来是这样，你真了不起！”知道真实情况后我发出了一声由衷的赞叹。

“这没什么，我们哈萨克民族都这样，不管谁家出现了孤儿，亲戚、朋友、邻居都会来收养，就当自己的孩子一样，直到把他们抚养成人，男婚女嫁。所以，我们哈萨克——是全世界唯一没有乞丐和孤儿的民族！”说话时，阿依努尔一副自豪与骄傲的神情，我却听得目瞪口呆、心中震撼，一股强烈的敬佩之情顿时油然而生。

是啊，早在两千五百年前，孔子在《礼记·礼运篇》中就说：“使老有所终，壮有所用，幼有所长，鳏寡孤独废疾者，皆有所养。”大意是：使老人都能安享晚年，青壮年人都能发挥个人才力，孩子都能茁壮成长，鳏寡孤独者、身有残疾者都能得到供养。这是我们儒家文化所倡导的一种理想状态，也是我们农耕民族社会道德的一个立足之本，只是让我万万没想到的是，它竟然会在草原上的哈萨克游牧民族中率先得到实现，这不得不让我感到无比震惊和惊讶。

你看，这是多么淳朴善良的民俗民风，这是多么率真无私的哈萨克民族，猛然间，我一下子就深深地爱上了它，甚至设想自己若是单身，若自己的婚姻有瑕疵，就立刻去找一位哈萨克王子，嫁进伊犁河谷，去自由自在地生活。

三

听阿依努尔讲了阿玛卓利的故事后，我在满腹的感慨中结束了早餐。一时间，我不知道自己该去做什么，只有回到自己的毡房，旋开太阳能收录器按钮，在《思念》那优美感伤的旋律中静静地遐思。

毡房外，《思念》的旋律在草地上滚动，为阿依努尔引来了不少的游客，他们纷纷走进毡房，都好奇地打量着我，那满腹狐疑的眼光，仿佛在说："这位悠闲自在的汉族女生，看上去不像同道中人，也不像是毡房里真正的主人，那她到底是什么人呢?"就这样，在游客的目光与主人的热情接待中，我又一次失去了自我的空间。

我步出毡房，开始漫无目的地行走，突然想起了阿莱与欢喜这一对小兄妹，对，去找他们。晚上，最好能约他们一起上山。

于是，我就慢悠悠地走进了阿莱的家，只见阿莱和欢喜正拾掇毡房前的小摊，当我说明来意，阿莱依旧忽闪着那对迷蒙的大眼，回答我说："好的，阿姨，等爸爸回来，我们和他说一下。"

"好，阿莱，我很想知道草原上的一些故事，你能讲给阿姨听吗?"我又向孩子提出要求。

"可以的，阿姨。"接着，阿莱就认真地对我讲述了很多哈萨克民族的民俗与民风，最后还向我反映了一个当今的现实问题。"阿姨，我们非常热爱自己的民族，也非常热爱自己的草原，可是这几年周围有不少牧场相继被圈，再过几年，我们可能就只有拿着政府的补助，下山过定居的生活了。即使有人留在山上，也只能做旅游项目，却再也不能自由自在地到山上放牧了。所以，阿姨，我们觉得非常不安，也很难受，不知怎么办好……"孩子本就迷蒙的眼睛，又加进了担忧与困惑，就显得更加迷蒙。但孩子的语气，却是一千个不乐意，一万个不乐意，显得无可奈何。

"哼，乱整吧，老子大家乱整!"这使我突然想起当代著名文学批评家敬文东先生在其著作《中国当代诗歌的精神分析》中，曾经引用沙汀的《在其香居茶馆里》邢幺吵吵的这句口头禅。然而，目前我尚不清楚这是不是有人在“乱整”，是“老子乱整”，还是“大家乱整”。正义到底是在“老子”这边，还是在“大家”那边。

哈萨克民族是一个非常诚实的民族，自古以来他们与汉族亲如兄弟姊妹，或许这正是细君公主的和亲在血缘上给他们带来的一种亲汉惯性。他们生活的草原到处水草鲜美，是他们天然的生产资源，几乎不需要其他任何成本。假如孩子所言是真，真不知为何不保留他们民族的生活与劳动特色？一时，我也有点想不明白。鉴于我特别的身份，听后顿觉语塞，当下心中郁闷，对这片美好的自然资源，也不由得深深地担忧起来。甚至，一股巨大的痛惜之情腾地生起，竟然背过脸去偷偷掉下了泪水，待我悄悄抹去，才转身对孩子说：“阿莱，这种情况我并不太了解，但我在想，国家一般是不会浪费如此宝贵的生产资源，也一定会保护好你们民族的传统与生活习俗，否则就失去了这个民族存在的意义和价值。我想，这其中会不会是有什么误解？比方说，也许是因为语言和文字的不当翻译，而造成了你们不能准确地吃透上面的精神？但不管怎样，有机会我都帮你了解一下，总之，我还是觉得，假如真如你所言，兴许他们就是为了更好地保护草原而采取的一项措施……”

不知是谁在“乱整”的情况下，我一气说完了这段话，就连自己也不知道是不是违心。但至少有一点我是知道也做到了的，那就是，我恰如其分地安抚了一个哈萨克孩子忐忑不安的心。临走时，我又嘱咐孩子，先读好书，其他暂不多想。孩子也向我承诺，她预备和欢喜将一些哈萨克民俗风情方面的资料，更加系统和完整地整成笔录交给我。听阿莱这么说，我仿佛顿时将所有的希望都寄托在了这对聪明的草原小姐弟身上。

我要求小欢喜长大一定要成为未来的唐加勒克，到时候我会和他结对，请他将我的作品翻译成哈萨克文字，以便让两个民族的文化更多地融合交流。我相信，只要他有追求，就一定能够做到！

四

中午，我在毡房一边看书，一边听着收音机里播放的哈萨克民间舞蹈音乐《黑走马》，十岁的木尔阿力也走了过来挨着我坐下，要看手机里的照片，我顺手递给他一块巧克力。

孩子正吃得高兴、看得开心，却突然站起来轻声对我说："阿姨，我给你跳个'黑走马'吧？"

"真的？那太好啦！欢迎欢迎。"我高兴得喜出望外，赶紧拍起巴掌。

在毡房里侧的一块空地，借着《黑走马》的曲子，快乐的哈萨克少年木尔阿力踩着熟透的节拍开始翩翩起舞。我赶紧打开手机，一边欣赏，一边拍摄。

木尔阿力的舞蹈时而刚劲有力，时而轻松舒缓，时而如雄鹰展翅，时而又如海底捞月。总之，一招一式都充满了生命的活力，仿佛他身体的每一个细胞都由音乐生成。此时，我整个身心都被孩子的舞姿轻轻地拎起，并随着他舞蹈的节奏，一起跳动。不知不觉，我就完全陷进了这令人陶醉的境界，彻底忘却了自我。

"阿姨，好啦！"孩子在唤我。

"什么？这么快就没啦？"我陡然被孩子的声音惊醒，诧异地问道。

"嗯，没啦。"孩子向我点点头。

"毡房太暗，木尔阿力，咱到草地上再跳一遍好吗？"意犹未尽的我，快速向孩子提出了请求，可是他对我摇了摇头，表示不想再跳，就这样，孩子无情地拒绝了我的贪婪。怎么说呢，孩子就是孩子，拒绝我，没商量。于是，我只好用可怜巴巴的眼光，目送着他的远去。

其实，作为孩子，能为我跳上一曲，一扫我这草原舞盲的帽子，对我来说已经很奢侈了。

五

半晌了，都未见到阿莱姐弟，想着再和他们去聊点什么，我便又向阿莱家的毡房走去。

“欢喜，你怎么啦？”老远，我就见欢喜一脸闷闷不乐的样子。

“阿姨，今天欢喜没抢到客人，妈妈不高兴就说了他。”不等欢喜回答，阿莱就扑闪着那一对迷离的大眼睛，神情忧郁地对我说。

“啊？会这样？客人不来，又不是你们的错，妈妈为什么要怪罪你们呢？你们已经很努力了。”我觉得不可思议。

“阿姨，妈妈叫我了，我们要下去了。”就在我还想继续问下去的时候，阿莱突然站起，一脸惊慌失措，只见她一边向我招呼一边向山下的小足球场奔去。原来，小足球场上又来了一批新游客，很多邻居已经捷足先登，阿莱再迟一步，客人们就又被邻居们接走了。

出于好奇，我开始远远地注视起阿莱的妈妈，只见她正用异常严厉的目光看着那对向山下奔跑的小姐弟；继而，又用“虎视眈眈”的眼神，威严地“横扫”小足球场上的游客……眼前的情景，使我又联想起阿依努尔的目光。前面我曾说过，作为母亲的阿依努尔经常用一种严厉冷漠的奴隶主式目光看着两个孩子，这让我感到非常纳闷。再看看这里的其他孩子，他们无论大小都非常畏惧自己的母亲，只要母亲一个眼色，孩子们一定会哧溜一下悄无声息地干起活来。今天，我在阿莱妈妈的眼中，也看到了这种奴隶主式的目光，这种目光真让人害怕。现在，我终于知道，这里的母亲在看着自己的孩子时，几乎都是用这样的目光，而且一个比一个厉害。

“你们怕妈妈吗？”还是出于好奇，我又忍不住地问起身边的其他孩子。

“怕！”他们几乎异口同声。

“怕？为什么不跟妈妈提点意见，让她们对你们的态度好点呢？”看上去，我活像在教唆。

“可妈妈是为了我们好，为了我们长大后有生存的能力。”你看，他们竟然为妈妈辩解起来。我发现，在草原孩子的内心深处有一个对草原妈妈无条件虔诚、敬畏与服从的烙印。

草原的孩子，深深触动了我这个外来客的心，联想到我们内地的孩子，无论多大几乎都是被大人们宠着、伺候着。和这里的孩子相比，他们俨然享受着王子和公主般的待遇，如此下去，情况堪忧。试想，国家未来的责任，都将由谁来担任？是年逾花甲的父母？还是耄耋之年的爷爷奶奶？这里的孩子最小也只有几岁，一早起来就打扫毡房，接着去放牧牛羊，做着一些力所能及的活。最重要的是，他们的那种劳动态度，让你几乎看不到一点勉强，他们总是不声不响地、心甘情愿地做着，认认真真地做着。这一切，在草原人眼里显得再平常不过，可我却一次次地受到触动和启示。如果说，用我们汉族母亲和哈萨克族母亲相比，我就不得不为我们汉族母亲对孩子的教育方式感到无比羞愧了。

哦，哈萨克的孩子啊，你可知道你为何会如此优秀？原来，是你拥有了世界上最好的母亲！

六

就在我还沉浸在对草原母亲的沉思中时，小欢喜的毡房里终于迎来了两位游客，我赶忙起身帮着招呼。看着两位游客大姐美丽姣好的容颜，几度困扰我的那个课题再次出现，我想，这一次我是绝不会再放过了解的大好时机了。

“嗨，两位大姐，你们是维吾尔族人吗？”我充满疑惑地问。

“不是，咱俩是汉族。”其中一位年轻点的大姐回道。

“那你们的父母，是不是有一方是维吾尔族？”我仍然不死心。

这一次是那位年长点的大姐抢着回我：“不是，咱俩的父母都是百分之百的汉族。”

“以前，有没有人说过，你俩长得像维吾尔族人？”我又进一步提问。

“还真有，你说是吧？”年轻大姐一边回答，一边将头转向了年长点的大姐，仿佛求证。

年长大姐代年轻大姐说：“谁说不是？这同样的提问，咱俩可是碰到多次了。”

“敢情不是我一个人的感觉，还真有英雄所见略同。”这位大姐的回答仿佛为我找到了依据，我一下子就高兴地和她们嘚瑟起来。

闲聊中，得知年轻点的大姐叫邹岩，另一位大姐叫李春生，她们都是土生土长的乌鲁木齐人，这次到伊犁河谷是结伴旅游来了。看着她俩美丽的维吾尔族化的容颜，以及淡定优雅的举止，风姿绰约的气质，我真是养心养眼，倾醉不已。

其实，自从来到新疆，这个奇怪的发现就一直在困扰我。无意中，我看到了很多“疆二代”与“疆三代”的面部轮廓，都和同龄的内地人明显不同，也和“疆一代”的兵团父辈不同，甚至“疆三代”面部轮廓的变化更加明显。虽说，“疆二代”和“疆三代”并不完全“维化”，但都不同程度地表现出了一种眉凸、目深、鼻高的面部特征。

不是吗？在我的中学时代，在乌鲁木齐机场，在新源玉器店，以及今天的阿尔善村，这不时出现的“维化”现象，总是频频撞击我的眼球，联想到几十年前的迷惑，一次又一次强烈地引发出我的好奇。

七

下午，满脸通红的木尔阿力怒气冲冲地冲进毡房，一头倒在了阿依努尔的怀里，不知他又哭又说地在闹什么。

然而，任凭木尔阿力怎样哭诉，甚至怎样躺在地上像鲤鱼打挺般地满地打滚、刁蛮耍赖，阿依努尔只是微笑着看他却一言不发，最多在孩子稍静一点的时候在他身上轻轻又温柔地拍上几下。这时，我终于看到了哈萨克母亲身上特有的温情与浩瀚的母爱，也让我猛然醒悟，原来，母爱的美丽天使一直深藏在哈萨克女人的心里。

回到眼前，木尔阿力这幕精彩的表演还在继续，可孩子叫喊的哈萨克语却蒙煞了我，我赶紧问阿依努尔：“怎么啦？怎么哭成这样？他和别人打架了？”

“就是，为踢足球和阿玛卓利斗架了。”阿依努尔笑着告诉我。

“哦，还真是斗架，阿玛卓利现在在哪儿呢？不要紧吧？”老实说，我更关心一点的是那个沉默寡言的孩子。我知道了阿玛卓利的身世，所以担心大人的处理不当，会影响到孩子身心的成长。

“不要紧，不需和他们说什么，过一会儿他们自己就和好啦。”在回答我时，阿依努尔胸有成竹，平静得像没事人似的。

果然，晚饭时，我看到木尔阿力和阿玛卓利又坐到了一起，他们之间好像从来就没发生过什么，这充分证明之前我所有的担心纯属多余。

哦，哈萨克的母亲啊，你有着草原一般辽阔的胸膛，在你的怀抱里，所有哈萨克的孩子都像绿色的小苗，一起茁壮成长。

八

一早出门的塞尔江，傍晚了还不见他的身影。还等他回来带我骑马上山呢，这怎么办？对了，去问问阿依努尔。

“阿依努尔，塞尔江哪里去了？他什么时候回来啊？”我是多么希望女主人能告诉我男主人归来的时间。

“不知道哎，他没告诉我去哪里，也不知道他什么时候回来。”阿依努尔一脸茫然的样子，给我本来充满期待的心情平添了几分失意与惆怅。我懒散地走在草地上，思量着我该干些什么。

百无聊赖中，我四下里张望，蓝天、白云、山峰、森林、草地、毡房、烧烤、游人……都先后闪过我的视野。而我的目光依然不停地游走，最后落在小足球场前的一片草坡上。那是一片松软如茵的草地，衬托着一群老老少少的牛马，牛马中的大部分都低头啃着嫩绿的小草。其中的几匹，已懒洋洋地躺在了花草上面，它们和我一样，一定也是“酒足饭饱”，无所事事，只有去晒晒太阳、吻吻花香了……

就在我忘却了无病呻吟，迎来了奢侈享受的快乐时刻，那一片晴好的蓝天却不知何时飘上了一块黑黑的乌云。乌云，如不速之客，从东南迅速地游来，像一幅深色的水墨，紧紧地压在我的头顶，然后又逐渐地浓淡相间很快洒满了天宇，并不停地发酵、蒸腾、翻滚……一瞬间，深蓝的天空被它的淫威染得漆黑一片，无边的苍穹成了被它任意蹂躏和踩踏的巨大舞台。接着，它就开始一幕幕地上演“搔首弄姿”的节目。你说，乌云和乌云之间，它们到底在争相演绎什么？答案，只有它们自己知道。或许，它们是妄图通过这样的表演，模仿和卖弄人间万物的存在；又或者，它们在争先恐后地模仿人间一个个伟大的角色。总之，它们的最终目的就是要强求我们的草原和人类，一起向它们的淫威屈服。

狂妄的逆风，也踏着助纣为虐的雷声，一路呼啸而来。它们合力拉出一条令人惊悚的闪电，只听咔嚓一声，整个天地就在这爆裂声中被从上到下撕成了两片……也许，正是我们人类自身的争强好斗，才激怒了这片自由宁静的天空，才有了这金戈铁马般的奔腾和咆哮。一时间，阿尔善村的夏牧场被淹没在这一场狂风暴雨与电闪雷鸣之中。

突如其来的暴雨使那些在草地上悠然自得的牛马立刻慌乱起来。为了寻找一个藏身之处，它们开始不停地奔跑，却看似没有什么方向，非常盲目。当它们发现胡乱奔跑并不能解决眼前的困境时，就很快死下心来并默默地聚到一起，大大小小地挨着、靠着、揉舔着，既像在抱团取暖，又像是相互慰藉。

一场雷阵雨，说来就来，说走就走了。被闪电喂饱了氮肥的草原又恢复了勃勃生机。经受了雨水洗礼的花草又恢复了雨前的俊俏模样，并更加清秀和鲜嫩。而受了一场惊吓的牛马，也纷纷地撒开丫子，开始边走边吃……突然，在不远的地方出现了一头落单的小牛，它全然不像我在沃尔塔交塔碰到的那只哭喊着去找妈妈的小羊那样胆怯和慌张，而是像自己的妈妈一样不紧不慢，正咕哧咕哧地啃着清甜的嫩草。这时，晚霞将软软的余晖一股脑儿地斜洒过来，小牛的身后就拖出了一个长长的影子，加上小牛那身整洁光亮的浅驼色绒毛，在绿草地的陪衬下，显得格外引人注目。小牛的进食姿势，就像一段稚嫩的草原舞蹈，那根曾经约束它自由的绳子此时也跟着小牛乖乖地跳动，显然这根绳子已失去了往日的威风。

一场强劲的风暴并没有改变草原的本质，很快草原就恢复了平静，牛马又开始了慢条斯理的生活……

这时，我手表的指针已走到晚上九点，这里的太阳却依然在西山徘徊。有趣的是，天空已升起了许多闪亮的小星，虽然小星和太阳在大雨的冲洗后显得格外耀眼明亮，但此时就算塞尔江回来，这弱小的光芒也无法将我们上山的路照亮。

天意如此，倒也无甚遗憾。一直到睡觉，也不曾见到我们男主人的影子，我翻来覆去地猜想，这真成了一个谜。

奔驰在空中草原

（7 月 4 日，星期六，晴，36℃）

一

一早起来，我终于见到塞尔江，只见他红红的脸上架起了一副墨镜，而他的肤色似乎红得极不正常。于是，我走过去故意逗他："塞尔江，昨晚约好上山，可是晚上咋没见你回来啊？"只听他支支吾吾，不知在回答什么。

阿依努尔好像也揣着一肚子的意见，她过来告诉我，塞尔江在山下喝得酩酊大醉，一直到后半夜才回到毡房。这时，我才隐约觉得塞尔江在有意无意地回避我，或是因昨晚的失约让他有点不好意思了。这位可爱的哈萨克啊。

雨夜过后的清晨显得格外清新，不如去散散步，正好回避一下那位有点发窘的小房东。于是，我沿着清静的盘山小路，迎着如洗的天空草地，走一步停一步地，边走边四顾发呆。

途中，我遇到了阿莱的父亲热扎拜，他正在认真地清扫路面。他很高兴地告诉我，这里的环境卫生都是他一家承包的。也就是说，如果在山下的县城就可以管他一家叫"物业公司"了，而这位有着红红脸膛、还带点俄罗斯血统的哈萨克汉子，就该被称作公司"经理"了吧。

现在，我眼前的这位"经理"，一边挥舞着扫帚打扫路面，一边还时不时捡起一把躺在路面的铁锨，向前猛地一送。铁锨顺着平滑的小道，发出嚓的一声怪叫后就"哭"着向前，一"溜"数十米。热扎拜送一次铁锨，铁锨就“哭”一声，再“溜”出数十米。这人与铁锨之间的动作是那么和谐默契，如同一场奇特优美的“草原街舞”，使一直喜欢猎奇的我顿时热血沸腾。我三步并作两步上前责难：“喂，我说哈萨克大哥，你怎么干活呢？这好好的路面和铁锨，不都要被你‘整死’啊！”

热扎拜“经理”听了猛然一惊，转身见到是我才停止“街舞”，笑眯眯地说道：“你看，这路上有很多牲畜粪便，我这样送铁锨可以节省时间的。”他一边说一边开始示范。在清扫粪便前，他先拿起铁锨向前走数十米，停下，朝回头的方向用铁锨将路上的畜便铲起，扔进两边的草地，一直铲到拿起铁锨的地方，再将铁锨用力送回铲过的路面，并且距离长度要超过被铲的路面。接着，他回到之前拿起铁锨的地方，开始清扫路面，等扫到又出现畜便的地方，他丢下扫帚拿起铁锨，然后重复之前的流程。如此操作循环往复，一直到清扫结束，他的确省下了来回捡铁锨的时间。

上面这段描述，不知各位看懂没有？可我却被这绕人的“街舞”缠了半天，还好总算是没被绕晕。兴趣上来，我便跃跃欲试，一把夺下了热扎拜手中的“经理权杖”，亲自上阵。今天，我也要过上一把做“经理”的瘾。然而我才舞了两个回合，就开始大汗淋漓、满面通红，直喘粗气地败下阵来，并上气不接下气地将“权杖”扔给了哈萨克大哥：“不行了、不行了……还是你来吧！”见到我的一副狼狈相，热扎拜“经理”就得意地接过“权杖”，接着行使他的“权利”去了。

我则顺着热扎拜手指的方向继续散步去了。我一边走一边张望，突然在我的左边出现了一条上山的林间小道。小道有点陡，也有点阴森，在好奇心的驱动下，我还是决定闯一闯。

山道略显泥泞，在两旁的高大松树之间，我走着走着就与林中低头啃草的牲畜撞车了。冷不丁相遇，还真怵人，特别是那城府极深的老牛，总是慢吞吞地抬起头来向我瞪着铜铃大的双眼，谁知道它到底在想什么？我心里已经开始发毛，可还是硬着头皮继续爬了一段。随着小道的深入，两边的林子越来越深，也越来越阴。我不由得想起了草原人的告诫：这是野猪经常出没的地方，轻易不要上来。一想到这个告诫，我就本能地回头看了看那几头一直紧盯着我的牲畜，天哪，它们在警告我吗？没准一会儿，前面还真会蹿出几头野猪？

哦，老天，不敢想了。趁着自由，马上——撤！

二

从山上返回，已不见“跳街舞”的热扎拜大哥，呈现在我面前的，是一条干净整洁的诗意小道。

我一边哼着“美丽的草原我的家”，一边享受着小道给我带来的轻松与惬意，一边还摇摇摆摆地东张西望。有了，目标就在右前方的山坡下。那里有两个儿童，正席地而坐。对于我的到来，两个孩子没有一点察觉。因为隔着一段距离，我根本就看不清他们在玩什么游戏。我猜这可是草原孩子的游戏，肯定满含草原的味道，我刚刚熄灭的好奇心又腾地死灰复燃。于是，我急火火地掉转航向，翻过右侧的小水沟，蹑手蹑脚地向他们“偷袭”过去……

雨后的草地本就很滑，我跌跌撞撞地往下坡走着，尽管小心翼翼，却还是听到扑哧一声，我重重地跌了一个“仰八叉”。好家伙，我早晨刚刚换上的雪白的法国“公鸡”牌夹克，就让青草泥巴糊成一团乌黑了。我沮丧地躺在地上，动了动脚腕，那个疼啊，直钻心窝，不听话的泪水一下就堆满了我的眼眶，一时间我竟动弹不得。唉，咋会这样！脚疼就算了，最重要的还是我这身行头。出门在外什么都得靠自己洗刷，这下又增加了我的劳动量。可怜的我躺在草地上，蒙蒙地发呆，放眼四周再无旁人，我不知如何是好，便忍不住低号起来。就在我万分沮丧的时候，两个孩子竟同时转过身来，一脸惊讶地看着我，显然是我的哭声惊动了他们。

“别动……”一见此景，我顾不得满面泪水赶紧大叫一声，我生怕他们走掉。然后，我匆忙打开镜头，忍着疼痛、吃力地撑着身子，对准两张已经开始微笑的小脸，咔嚓、咔嚓。心想：就是你们，让我小人家摔了一跤，既然你俩送上门来，好啊，我就咔嚓、咔嚓。我一边拍，一边愤愤地嘀咕：“就是因为你们，我只能坐在地上干活。”

被我吓着的两个孩子，大的五六岁，小的两三岁，都长着大大的脑袋、圆圆的脸蛋，长相明显有别于汉族小孩，形象可爱极了。此刻，他们正用那稚嫩的大眼睛向我传递友好的眼神。见此，我不由转嗔为喜。因为他们还小，不懂汉语，而我也不会哈萨克语，可这似乎并没有影响到我们的“合作”。这不，大的扶着小的，正积极地配合我的镜头。我拍过一气后晃了晃脚，感觉已是微疼。我努力站了起来，朝着孩子们一瘸一拐地走去……

湿润的草地，一路舔舐着我的双脚；神秘的松林，为我挡住了山外的喧嚣；只有清晨的阳光，穿过薄薄的水汽，轻拂着宁静的山坡。我这位从内地空运过来的“黑雪公主”，与眼前两位可爱的哈萨克“小精灵”，此时正在中国大西北的阿尔善村，演绎着一个草原上的“童话故事”。可折腾了半天，也没等到“王子”的救驾，我这个“黑雪公主”只有溜出草地，去寻找未来的“王子”啦。

变成“黑雪公主”的我在一瘸一拐回到小路的途中，还忍不住来了个回眸，没想到后面紧紧跟着那两个“小精灵”。不用说，他们一定是为了护送因他们而摔跤的“黑雪公主”。你看，大点的孩子刚翻过小水沟就伸手去搀扶小小孩，小小孩却用左手一下推开大小孩的手。只见“小精灵”手脚并用，连滚带爬，等他竭尽全力地翻上沟沿时小脸已涨得通红。待站稳后，他回头看了看小水沟，向我做了个得意的手势，他以胜利者的姿态走上了平坦的路面，再将紧握的小手有力地举过头顶。那情景，如同刚刚上场的拳击运动员，显得彪悍而又有力。然后，“小精灵”走到我的面前，以炫耀的笑容看着我。小小孩一连串的动作与表情，一次又一次地将我萌翻。

哦，我可爱的“小精灵”，你还如此的幼小，就积蓄了一股征服草原的能量，长大后，你一定是草原上驰骋的骏马！你一定是雪山上翱翔的雄鹰！

三

我一边走，一边感慨，不知不觉又回到了小足球场。突然，一位邻家的小女孩，手捧一堆奶疙瘩悄无声息地走到我面前，细声细气地说：“这个，很好吃的，求求您，阿姨，买一点吧。”

“你说什么？小妹妹，你再说一遍。”没错，飘进耳朵的还是刚才那几句细细的、怯懦的声音。我的心猛然一哆嗦，像是被插进了一把锋利的尖刀，深深地刺痛了。

“‘求求您’？小妹妹，是谁这么教你的？卖东西，东西好，自然会有人买，怎么能去求别人买呢？小妹妹，咱以后不说‘求’好不好？咱就说‘请’行吗？”我蹲下身，握起孩子的小手，对着她稚嫩的小脸心疼地说。小女孩听完，一知半解地向我点了点头，然后一边看我一边轻轻地向后退，将我那只紧握过她的左手孤零零地丢在了半空，任其重重地落下。我突然哑语，失神地看着她越来越小的背影……

这时，小足球场上又涌进了一批新游客，正有说有笑的大人和孩子们见状，一下子就从毡房、从草地、从四面八方涌出，争先恐后地奔向小足球场：“来呀、来呀……”那热情过度的招呼声，此起彼伏的叫卖声，夹着烧烤羊肉串的一阵阵烟雾，铺天盖地向草地席卷而来，小足球场的上空顿时人声鼎沸，热气腾腾。此时，身陷其中的我如同又置身于被我刚刚抛弃的现实的泥潭，恍若回到家中的市井巷陌、农贸市场……

眼前的情景，使我这颗堂·吉诃德式的“侠女”之心感到非常不安与纠结，我多么希望这里的牧民能恢复原初的生活状态，可这一切能以个人意志为转移吗？几乎不可能！

哦，草原……你到底怎么了？草原上的人们啊，你究竟在干什么？回味着草原与草原民族的自然清新、淳朴谦让、自由奔腾，我陷进了一片矛盾的思虑中……

四

正当我胡思乱想时，阿依努尔领着一位导游来到我的面前。原来，导游是受孔巴合提镇长的委托，将卫星电话提供给我，让我迅速与镇长联系。

接通后，电话的另一头传来孔镇长慢悠悠的声音：“朱老师，我接到‘援指’的通知，请您马上和沈彬处长联系。另外，山下这几天特别忙，您需要的苹果、香蕉及其他生活用品，我今天晚上带上山。”我客气地回孔镇长说：“哦，好的，谢谢您啦！”

很快，我又拨通了沈彬的电话，电话里只听他说：“朱老师，‘援指’宣传处的周际正到处找您，您赶紧同他联系。”我问沈彬：“周主任找我什么事啊？怎会这么急？”“具体情况，我也不清楚，大概是请您参与一项他们的创作任务吧……反正，周主任会告诉您的。这一阵‘家’里很忙，我现在也刚刚接受了一项新的任务，所以从现在起，您的行程就暂由周主任负责安排了，有什么新情况，您可以直接对他说。”在电话里，沈彬又对我作了详细交代。听后，我大概明白了一些：“好的，谢谢沈处长，我知道了。”

放下沈彬的电话，我又赶紧联系周际，电话里随即传来一个急迫的声音：“朱老师，打您电话，两部都不通，让我好一阵找。您现在在哪里？”

一听到周主任的声音，我表示歉意地回道：“噢，原来是周主任啊，您到新源啦？我在那拉提阿尔善村的夏牧场呢，这里没有网络，所以电话不通，不好意思啊……周主任，什么事这么急啊？”周际就在电话中对我简单说了一下：新疆中汇鑫源投资控股有限责任公司在那拉提景区新开了一个叫盘龙谷道的生态路新景点，目前也是在新疆开辟的唯一一条生态路，公司听说扬州有我这么个人正在那拉提草原上“溜达”，便请出周际帮忙，想邀我一起参与他们为新景点节点的命名及故事编写工作。我听后一时还反应不过来，周际接着解释说，参加此项工作，正好有助于我从不同的角度去深度了解新疆文化，也算是我们对援疆文化的一个支持，只需占用我两三天时间。

听周际讲得在理，我也不好意思再说什么就应承下来，随即和孔镇长约好，下午上山接我，途中顺路参观一下那拉提空中草原，再回那拉提镇入住一宿，明早十点，在镇政府门口，与从新源赶来的周主任等会合。

五

下午五点多，孔巴合提镇长出现在小足球场，紧随其后的是其子阿斯哈提和女儿艾玛儿。

笑眯眯的孔镇长，手中提了一大兜苹果和香蕉，见此情景，我不由得笑了起来：这就是进山之前，我请镇长“代购”的早餐吧？如今，每天的早餐早就被馕饼取而代之，现在它们早已化作最佳的有机肥料，踏踏实实地“服务”于大草原了。

孔镇长领着一双儿女进入毡房，大家坐下，宾主依旧用了点奶茶与糕点。半小时后，行过感恩礼，我就向大家辞行了。这时，阿尔善村的人们都来到了小足球场，我与孩子们一起合影留念。不知何时，塞尔江也走了出来并主动帮我们拍照。看塞尔江摘了墨镜的样子，我很是高兴，就把他和热扎拜“经理”拉到一处，为这两位特别令人难忘的“角色”拍了一张，可遗憾的是我一直没有等到下山去的阿莱，她曾说要将本民族的一些民俗风情整理成书面资料给我呢。

出了阿尔善村夏牧场不久，一连串的信息从手机里咕嘟咕嘟地冒了出来。其中，有一条张金领主席一号晚上的留言，大概意思是伊犁州文联副主席李钰女士在关心我的行程，建议我下山后考虑会晤之事。他乡遇知音，我自是感动不已。其实，行程中本就有一项去伊宁拜访诗人刘军的计划，如此正得一并拜访，岂不两全？便当下回复张金领：一定拜访，请主席代为转告，并问好！张金领又告：李主席说她与刘军也很熟悉。我一听更喜，如此甚好！

远离了现代网络，失联的四天里倒也过得轻松自在，这使我与这片草原有了更加紧密的相连，从此就生出了一段浓浓的情结。只是原计划住到八九号再走，而今却不得不提前离开，心中有着太多的遗憾与不舍，却也只能放下。

已经离去很远，可我的手却一直在挥，心中也在不停地向阿尔善村的人们说着：再见！再见！

六

一路蓝天白云，牛羊草地，天山余雪。我的心，也随着飞转的车轮，向着那拉提草原的空中飞去……

途中，孔巴合提十九岁的公子阿斯哈提时不时为我介绍着一些草原上的生活常识，显然，阿斯哈提已具备了他这个年龄应有的成熟与修养，他让我感到，这位现在的高中生将来一定是位有为的好青年。而十三岁的妹妹艾玛儿与哥哥相比就不一样了，她机智、活泼又聪慧的脸上还写满着童趣，可一旦说起话来，小小年纪竟出言不凡。特别是从她对摄影构图和审美情趣的理解可以看出，这个小女孩有着极强的艺术天赋。总之，艾玛儿的一举一动都非常可人心意。

看着艾玛儿，我不由得想起了阿尔善村的少年小欢喜，这两个孩子同岁，在我眼中都是哈萨克的天才少年。他们有一个共同的特点：都具备一种与生俱来的艺术魅力，或许，这正是哈萨克民族最典型的特征之一。想到这里，我感到非常幸运，有这么聪明可爱的孩子与我相伴，一路自然快乐无比。

刚到新源时就听说那拉提是一座典型的高山草原，现在我终于来到了它的面前。当春天拉开那拉提大草原的雨季，无忧的夏季就接踵而至了。你看，气势辽阔的空中草原正披满了爽心的雨水，滋润着无数的野花小草。贪嘴的牛羊，闻着草香，也漫山遍野一片。远处，一座座雪白的毡房，像一朵朵大大小小的蘑菇，星星点点地散落在一望无垠的草地上。绵延耸立的山峰，还覆盖着晶莹剔透的残雪。那缕缕气动如丝的薄雾，正多情地将黑山白雪缠绵。哦，好一幅黑白淡雅的中国水墨，这正是我心中由冷山、碎冰、脆玉组成的世界。此刻，它的清凉已平衡和冰镇了我那还沾着时代燥热的灵魂。眼前一帘游动的雾意，使雪山一会儿山清冰透，一会儿又深邃悠远。它们衍生出无数的神态，仿佛也想诉说一下满腹的心思。

可天色已经不早，我再也没有时间去倾听草原雪山要向我诉说什么，因为孔镇长的一对宝贝儿女没吃午饭就来接我了，现在要急着返回。

我们在回那拉提镇的途中又驶进了一条激动人心的大路。只见大路的两边，齐腰深的乌头草、紫苏丽人、野生大粒子在风中开心地点头晃脑，仿佛在远远地向我招手示意；那五彩缤纷的花儿，也从草丛中探出了绚丽的脑袋，在调皮地向我撒娇憨笑。天哪，我再也忍受不住这巨大的诱惑，一头冲进那五彩斑斓的世界，置身于传说中“风吹草低见牛羊”的草原美景。当我被一片花海淹没的时候，我甚至羡慕起生活在这里的牛羊来，假如有来生，我也要变为牛羊，日夜蛰伏在清香鲜美的花海里，与世无争地活着，直到化香为泥。

然而，还未曾化香为泥，黄昏就已走近。路旁开阔的大草甸子在夕阳余晖的亲吻下流出一片嫩黄的金色，看上去是那么灿烂温馨。眼前的景色，不由得让我想起一首经典老歌——《我们走在大路上》。是啊，此时此刻我也走在“新疆的大路”上，心情是多么自由，又是多么舒畅。

一路想着，唱着，我再也按捺不住内心的膨胀：哦，停车、停车，再停一次车，请允许我疯狂，请让我飞翔，请为我撑开这张牙舞爪的臂膀，我要俯瞰这一望无际的草原，我要在新疆宽阔的大路上飞旋。哦，请停车吧，我要带上最灿烂的笑容，一路盘旋、一路飞翔……

在急风暴雨下的盘龙谷道踩点

（7 月 5 日，星期日，雷阵雨，26℃）

一

上午十点，我与孔巴合提镇长准时来到那拉提镇镇政府门口，随即，周际一行也从新源县城赶来。

上车后，周际向我匆匆介绍了几位同行人员，他们分别是新源县财政监督局的崔玉玲、新疆天成文化旅游规划院的彭关羽、新疆中汇鑫源投资控股有限责任公司的付松林，以及其他几位规划设计人员与工程建设者。我们七八人会合完毕，就直奔盘龙谷道去了。

人们常说“六月的天，孩儿的脸”，草原上刚刚还风和日丽，转眼天公就突然变脸，狂风暴雨，温度骤降，这对我的毅力与体质都是一场严峻的考验。但看到衣衫比我还要单薄的崔玉玲，每到一个节点后都会毅然下车，全然不顾抽打她的风雨，用那冻得发颤却依然充满深情的声音，一直熟练地为我们解说着景点的地理环境。我的心，在不知不觉中也受到了她激情的感染；我的血，也跟着她的激情“沸腾”起来。为了与那拉提的缘分，为了“盘龙谷道”生态路的明天，现在我要坚决下车。于是，我跟大家一起顶着冰冷的风雨，一次次下车，一次次查勘现场。

在风雨交加中，我们踩着又湿又滑的草地，一站又一站地巡视着，很快就过了四五个节点。沿途，我没有见到太多的毡房，它们都被一些原始古老的“冬窝子”代替了。所谓“冬窝子”，就是牧民带着牲口一起过冬的定居点。远远看去，“冬窝子”的头上几乎顶满了参差不齐的牧草，随着山风的吹来，这些牧草晃动着时光的古意，炫耀着不老的余韵……总之，它择山水而栖，星星点点地点缀在山涧和土地。眼前的风光如同一幅禅意十足的静物画，画里藏满了草原的简约、古朴与幽静。这幅草原山水图，又勾画出与空中草原不同的亮色。

我们走在盘龙谷道的生态路上，这时的山林到处弥漫着薄薄的雨雾，在绿地的陪衬下，显得空蒙淡雅；冬窝子上空袅袅的炊烟，也拖着婀娜摇曳的身姿悠游自在地随风飘荡，很快就委身于天空。它们似乎随着我的心念，发生着一个个任意的变化。远处的山峰也时隐时现，仿佛很多的艺术机密正藏匿在山峰的印象里。当薄雾散开的瞬间，一条条山棱如同无数天生硬气的中国线，忽然闪现在我的面前，连起天上人间……哦，这特有的东方艺术线感，以虚空坚韧的生命形式构成了一张张盘龙谷道的艺术面容、人文情感与精神特质。此时，我不由得睁大双眼，想用目光极力穿过这面由薄纱水雾构成的多层次水墨，探索其深处未知的谜团，还想伸出双手抽剥一层虚如蝉翼的画页……

此行不是我来疆的主题，此工作也并非是我所擅长的文学表现形式，加上几天连续失去规律的生活，我的身心已经非常疲倦，再看一行人也都“累不可支”。可就在这种情况下，大家还是热情不退，一直坚持到下午四点多才返回那拉提镇。路上，一向少吃多餐的我早已一路昏沉，到饭店时已饿得直不起腰来，拿筷子的手竟颤抖得夹不起菜。可是，一个草原上新的生态美景，无疑勾起了我新的“贪婪”；新的草原文化精神，也一次次鼓舞着我；而眼前的一顿羊肉大餐，好歹也为身体补充了一些能量。因此，我决心跟随大家，一起善始善终！

饿得很，吃得香，大家一阵狼吞虎咽。餐毕我们再度出击。坐在车里，我困得东倒西歪，但一想到崔玉玲同意我先去参观汉武帝时期的“天马”，便不由得一个激灵猛然醒来，向着那拉提国际赛马场直奔而去。

沿着一条捷径，我们的车开进了一条泥泞的砂石路，不久，车轮就陷进泥坑，挣扎了半天才脱离泥潭。一番周折，浪费了不少时间，大家都倦容满面，崔玉玲决定先把我送回镇上的胡杨林风情园休息，他们回新源县城，明日再来，利用晴天将未曾看清的节点再细细察看一番……

二

下午六点多，终于来到了胡杨林风情园，我的眼皮真抬不动了。此时，就算天塌下来，也只能留给别人去顶。

沉沉地酣睡了一个小时，突然一个令我头疼的现实问题又钻进了我的脑袋，那就是从阿尔善夏牧场带回的一堆脏衣服，特别是像牛仔裤这类厚实面料的脏衣服，以往在家都是洗衣机帮着完成，而现在要凭自己的臂力，实在是太困难了。我愁了半天，突然想到陪同我的付松林先生，我便鼓起勇气拨通了他的电话：“您好领导，不好意思，我想打听一下，风情园有没有洗衣机啊？如果有，可不可以请他们帮我处理一些脏衣服？”

“应该有，您放心，我们一定会帮您处理的。”付松林一口答应，听他这么表态，我算松了一口气。

晚上，女服务员将洗好的衣服送进房间，我感激地对她说：“洗衣机真快，谢谢你们啊。”服务员回答：“哦，我们这边还没有配洗衣机呢，您的衣服是领导亲自用手帮您洗的。”听完服务员的话，我惊得目瞪口呆：“啊？怎么会这样？为什么不早告诉我？”

随即，我拨通了付松林的电话：“领导，这怎么好意思？这让我太惭愧了。来之前，就听说新疆的男人特别爷们，应该从来都不做家务的吧？您又是领导，工作本就繁忙，早知这样，怎么说我也得自己洗啊。您这么一来，可让我无地自容了……”

“朱老师，您可别这么说啊，您看您吧，为了热爱自己的家乡，热爱我们的草原，在举目无亲的情况下，万里迢迢，孤身一人来到新疆。昨天刚从山上下来，还没好好休整，今天就让您为我们的工作，又经受了一天风雨，所以真正不好意思的，应该是我们呢……”说到这里，付松林顿了顿，又接着说，“现在吧，您来到我们那拉提景区，就等于回到自己的家。而作为亲身参与了盘龙谷道建设的人来说，今天的服务也是我分内的一项工作。您千万不要有什么不安，我只是用一点劳动为您做了一件小事，也是为了节省您的精力，让您能更好地去工作，说起来，与您的大爱情怀相比，真的不算什么。总之，您有什么困难、有什么需要，尽管吩咐，我们将尽力满足。”听了付松林的一番肺腑之言，想着白天他在现场如数家珍般的介绍，我的心头不禁一热，喉头一阵哽咽。

这时，我感到手中接过的，绝非是几件洗净的衣服，而是草原人那一颗沉甸甸的热爱家乡的赤子之心。

滑倒在胡杨林风情园

（7 月 6 日，星期一，晴，30℃）

一

一觉醒来才黎明时分，心中有事，故难以重新入梦，我索性披上衣服开始思考昨天的“功课”。

那拉提景区的生态路——盘龙谷道，一共五个节点，根据其地理地貌，我完成了其中两处的命名及故事编写，随后要开始构思其他几处的命名。经过一番折腾，不知不觉已到早晨十点，刚干过活的我一时又呵欠连天，迷迷糊糊中便倒头又睡。就在回笼觉睡得正香的时候，我被一阵急促的电话铃声吵醒，电话那头传来盘龙谷道项目监管负责人崔玉玲的声音：“朱老师，您起了吗？昨晚休息得怎样？”

“哦，是崔局长啊，休息得还好，谢谢您啊，只是凌晨干了一会儿活，这会儿刚躺下，正想睡个回笼觉呢……嗯，您放心，昨晚和付松林商量了，今天下午我们再一起上山。”我发着睡意蒙眬的鼻音，闭着睁不开的双眼，咕咕哝哝地回答着崔玉玲。

“哦，朱老师，是这样的，我们已经从新源出发了，一小时后到风情园，想请您上午就和我们上山，还有一个小时时间，您可以再休息一会儿。”崔玉玲在电话里用商量的口吻跟我说。

“崔局长，我确实有点累。您看这样好不好？上午，你们先去，下午，我再和付松林上山，这应该不矛盾，您看行吗？”我试着征求崔玉玲的意见。

“行倒是行……只是有个情况，办起来比较麻烦。”显然，崔玉玲有点为难。

“什么情况啊？是车辆的问题？”我又试探地问道。

“噢，朱老师，情况是这样的，盘龙谷道生态路的一期工程结束后就进入了试运营阶段，我们的管理权限也上交给自治州了。现在，我们每上一次山，都要经伊犁州风景区管委会的批准，工作起来非常不便，如果您上午和我们一同进山，就可以省去这个程序。反正还有一个小时，朱老师，就麻烦您陪我们再辛苦一趟吧……”听崔玉玲说完，我只有苦笑一声，打起精神，立刻起床。其实，别人哪里知道，我每天起床连冲带洗加上用早餐，就需要一个小时，哪还有什么休息时间。可人家崔局长说得诚恳，此时我还能再说什么？就是再没精神，也不好意思拒绝。

于是，等女服务员打扫完毕，我就赶忙洗漱，跟着就接到了餐厅电话，说早餐已准备好了。我电话一搁，先匆匆地跨进卫生间，没想到前脚刚落，就听得嘭咚一声，还没有反应过来，我的后脑便重重落地摔了个四仰八叉。哦，老天！我顿时头痛欲裂，怦怦狂跳的心脏像要冲出胸膛，那突如其来的剧痛，真是无法形容……就在半昏迷的状态下，平生所有曾发生的重大场景都像闪电一样在我的脑海里一幕一幕地闪过，非常清晰，紧接而来的就是一股巨大的悲哀：糟糕，我真要倒在新疆了？做了一年多的基础工作，此行探访细君公主的责任和使命，难道全部要泡汤了？我无奈地躺在地上，心里的那种痛早已超过了头顶的剧痛。

刚出门的女服务员可能听到了我摔倒的声音，几步又冲了回来。当她发现我疼晕在地赶紧伸手要将我扶起，同时嘴里还慌乱地说：“这地上的水，是您自己冲澡溅上的。”此时，已经无力说话的我，只能艰难地竖起左手，对她吃力地摆了摆，示意她先让我躺着，不要动我。凭借在江苏武警医院生活多年的经验判断：我的左边是面盆，右边是门，都紧挨着我摔倒的地方，试想在一个如此狭小的空间跌倒，很可能就不止一处受伤，何况又是后脑着地，在不知伤情轻重的情况下更是不能挪动，如果处理不当反而会加重伤势，那后果就很难想象了。

于是，我在地上躺了近二十分钟，待恢复了一点力气，便轻轻地活动四肢，开始自检受伤的情况。我发现除了头顶的剧痛，伴随一点轻微呕吐的感觉，四肢及其他部位并未出现异常。于是，我才示意女服务员过来，将我慢慢扶起，轻轻移到床上。

我刚躺下，付松林就随即赶至，见我受伤，他迅速将情况作了上报，扬州“援指”立刻通知镇长孔巴合提备车，将我送回新源县城。临行前，我吃力地对风情园的人们说：“是我不小心摔倒的，和你们没关系，请大家放心。”

二

回新源县城的途中，我昏昏沉沉，一个多小时后好不容易返回了新源贵宾馆的 1303 房间。经过一个多小时的休息，我明显地清醒了许多，扬州“援指”的沈彬为我请来的扬州中医院和扬州妇幼保健院驻新源对口医院的牛锋和刘素琴两位副院长，也来到了我的房间。

当牛院长用手指检查我的头顶时，我感到头顶一阵刺痛，这时我才知道，伤口在头顶。这说明我是头顶落地而非后脑，最多就是轻微脑震荡，所以不等二位院长告知，我就清楚地知道自己安全了。想到这里，我的心情一下轻松许多。临走时，二位院长嘱咐我：一定要经过二十四小时的观察，在此期间如有相对严重的呕吐等感觉，就必须立刻 CT 检查，但根据现状分析，基本上可以排除大的危险。这时，大家都为我松了一口气，经过几个小时的折腾，我的身心也累透了，他们一走，我又抱头沉眠。

一小时后，沈彬再次返回，一副十分为难的样子。他吞吞吐吐地支吾了半天，还是让我感到不知所云。当时，我的头还非常疼，费力听了半天才有点明白。原来，他带有一份上面授意起草的文件，却又不好意思出示给我。最后，在我一再表示没有关系的情况下，他终于满脸通红地取出文件，一边递，一边连声说：“朱老师，不好意思……实在不好意思……”接过文件，我眼睛一扫，心头确实掠过一丝微的诧异，可很快我就被这一纸协议的行文风格和一些措辞怪句逗乐了。此等“文件”，以小可之见，当算前所未闻了，但更多的感受还是在新源的娘家人对我的安全所付出的一片良苦用心。对此，我表示理解，此行确实是给“娘家人”带来了无形的压力。想到这里，我便对沈彬说：“没关系，没关系，我签好给您交差就是了，也烦请您转告，这点小事我是不会动辄就向‘老家’汇报的。”

“谢谢您，朱老师，谢谢您的理解。这只是例行公事，一个形式，您千万不要有其他的想法啊。”沈彬圆而憨实的面孔，又一次红了。

“呵呵，没事没事，只是给您添麻烦了，不好意思的应该是我呢。”回答沈彬时，我的眼睛也真是含满了歉意。在目送他出门后，我又是一阵轻松，心想：这突突乱痛的脑袋，终于可以安稳一阵了。

正迷迷糊糊且尚未入定之际，我又被一阵急促的电话铃声吵醒了，忍着头顶炸裂般的疼痛，我举起电话：“喂，您哪位？”

“是……是我呃……朱老师……”

“噢，沈处长啊，您还有事？”

“是这样的……朱老师，是……唉，怎么说呢？我都不知怎么跟您开口了。”

“没关系，不急，您慢慢说。”

“是这样的，朱老师，上面还要我请您提供一下您先生的工作单位和联系电话。我没办法，只好……只好硬起头皮，再次打扰您的休息了。”沈彬终于再次吞吞吐吐地说明了意思。

“哦，对不起，沈处长。还请您向领导转达：我自己的行为，自己负责，如果再有诸如此类的情况发生，他可以直接向‘老家’汇报。”这一次，我忍着疼痛，终于毫不客气地回答了沈彬。至于说，我的回答为何会如此生硬？老实讲，就连我自己也搞不清，只能说我终究不是一位圣贤，到底还是露出了一个凡人应有的面目。

“对不起……对不起……朱老师，我知道了，您先安心养病，我会如实汇报。”听得出，沈彬的声音里充满了愧疚。其实，一直以来，每当我与一个叠加的政治“脚手架”撞车时，作为搞“个体主义文学”

的我，并没有做过撒野式的拆台之事，因为我认为迂回婉转积攒的能量，一定会比直面碰撞所产生的能量大千百倍。然而，现在这貌似庞大的“脚手架”对于我的退却显然还不够满意，它还要一步步生生地压向我的头顶，此时，我唯一能做的就只有伸出一只手指，助它撑稳“浮油不定”的根基，免得在它的撞击下一起坍塌成一堆“历史的废墟”。

当我撑住了眼前的“脚手架”，周际等两拨援疆人也来探视我的伤情，当得知我已无大碍后，众人都放下了悬着的心。自己的不慎给大家带来如此多的麻烦，甚至还造成了他们之间的一些误解，想来真是惭愧，也更是对不起大家。此时的他们，已不折不扣成了我在新疆的“家人”，正是因为有了他们，我才敢独闯新疆，在此，请允许我用发自内心的声音，对“家人”们说上一句：谢谢您！谢谢大家！

三

探视我的“家人”纷纷离去了，而我头顶的疼痛仍在继续，我只有独自抵御着疼痛。对疼痛一向敏感的我，此时心里也感到一阵空前的痛。无奈之下，我拨通了先生陈金富的电话，随即，一个惊慌的声音从万里之外传来。果然，先生要求我赶紧结束这场苦行，而我一时也敌不过亲人的担忧，疼痛竟然加剧。

就在这时，电话铃响了，它暂时中断了我的疼痛。电话那头，是扬州市政协多年的老友杨明荣先生的声音。毕竟出门在外，当我们交流过一个文学话题以后，谈话自然就转到了我的新疆之行，其间我也少不得将今天发生的事情给老友倒上一倒。听完我的诉说，老友依旧用那不紧不慢的老扬州腔对我说：“你已经有了一段与牧民共同生活的经历，应该说已经可以了。况且，你所需要的只是一部文学作品题材，并不是带有研究性的学术论文，需要很高的严谨度，所以差不多也就行了。何况，这么多天，你独自漂泊在外，体质又弱，再坚持下去，只怕你自己也受不了。”

“我已经受不了了，所以才告诉你的。”听完老朋友的忠告，我这颗有点受伤的心连同头上的伤，又疼痛起来。“谢谢你，让我想想，请让我好好地想想。”

搁下电话，我陷入沉思：来疆一次，真不容易，可我既然来了，又吃了不少辛苦，此时回家一定会留下终身遗憾，成为背叛自我的叛徒，这岂是我来时的初衷？可继续下去，我身心的疲惫与疼痛，一时又消除不了，唉，该怎么办？想到这里，我不由得再一次流下了焦急的泪水……此时，已十分脆弱的我，只有独自闷哭。说也奇怪，哭完以后心里竟慢慢敞亮起来。我突然想起美国女作家玛格丽特·米切尔的《飘》中斯佳丽讲的一句经典名言：“这一切，等我明天回塔拉庄园再考虑吧。到那时候，我就能够忍受了……不管怎么说，明天又是另外一天了。”

是的，我不能再想了，再想下去，我就会死的！对，明天，明天一切就会有办法了。我要把问题留在明天再想，现在我要先美美地睡上一觉，一切明天再说。

然而，说是不想，可闭眼之前，我还是毅然拨通了洪锦华主席的电话。电话里，我向主席汇报了自己在这边的活动日程，告诉他这边的“家人”将我照顾得很好，请主席放心。然而关于受伤之事，我却只字未提，因为我想，如果如实汇报，势必会增加主席的心理负担，甚至会引起他对我的失望，以至于影响到日后他支持别人的信心与动力。就让满腹的苦水硬留在心里吧，让主席脑海里留着我那个坚定勇敢的光辉形象吧。

最后，洪主席反复嘱咐我，一个人独自在外一定要注意安全，一切要多遵从“援指”的安排，希望我在完成任务后能圆满归来。主席的关怀，使我这个从青少年时期就受过多角度多层面迫害，同时又受到这个社会全方位民主优待的小人物，终于找回了来时的信念，使我又恢复了堂·吉诃德那继续“大战风车”的勇气与决心。

其实，我相信电视剧《亮剑》里的一句台词：“永远不要忽视小人物的作用，有时候历史就是由一些不知名的小人物改变的。”不是吗？

几千年的中国历史乃至世界历史，很多不就是由于一些小人物的作用而改变了方向？这些历史在时间的长河里，总是随着人类生命的延续在无止境地颠簸着、重复着、变化着……而作为小人物本身，却未必能走到历史的尽头，但并不代表他们不能预测到历史的未来。为了这个“历史的未来”，或者说，是为了自己的一个终极目标，和所有的小人物一样，我也在竭尽全力深挖着自己的潜能，以此来抵抗一时难以逾越的“路障”。因为我更相信，天地之间一定有一条属于小人物的必由之路，在等着我去走。对此，我唯有敬若神明，并不敢将自己放错位置，更不敢轻言退却，直至生命的灯油耗尽……

天山之行，还有十几天的云和路，明天，正等待着我。哦，天山，我来了，我这就坚定不移走下去！

四

傍晚，周际打来电话，他看我有惊无险，就想邀我参加几位新源的同事为他回扬举行的小型欢送会，也算是为我压惊。还在疼痛中的我，最终还是没有拗过他的一片好意，就随着率真的周主任一起去了。

到了现场，送别的场景令我感到特别温馨，给我印象最深的，是新源县委宣传部的塞力克，这是一位年轻有为的哈萨克领导，他年少英俊的浓眉大眼里透着一股老成、持重、机智的汉家遗风，若非长相，只凭他的气质，你一定会将他误认为汉族领导。另一位叫塔力哈提，他一副欧罗巴的面孔，让我似曾相识，想了半天，我突然感到他非常神似第一天遇到的出租车司机哈拉力，便不由自主地向大家说起我来新源第一天的“探险”故事。

听完我的描述，塔力哈提边笑边说：“我认识哈拉力，他是个很坏很坏的人，你遇上他开车，真是太危险啦！”

我说：“没有啊，哈拉力这个人很好。他还说，像我这样的人，这样的面孔，即使坏人见到我，也会变成好人的。”

塔力哈提听了，更是一惊一乍：“这更说明哈拉力是坏人，只是遇到你以后，哈拉力才变成好人的。正因为他是坏人，在遇到你这样的好人以后，才打消了他的坏念头，才对你说出一番心里话。”

听到这儿，再看看大家那严峻的面孔，我真的愣住了，眼光直直的，头顶的伤口又突突地痛起来，我嘴里喃喃地叽咕着：“是真的吗？这怎么可能？看上去他好像不是坏人啊！”

可大家一本正经的样子又不像是跟我开玩笑，这是怎么回事？我像着了魔似的“盯上”了塔力哈提，我问个不停。看到我这副傻样，还是塞力克笑着发话了：“好啦、好啦……你们就别逗朱老师了，赶紧告诉她吧。”

听了塞部长的话，我这才知道，自己真是被他们“整”了，我哭笑不得地看着他们，等待着，因为这里面一定有故事。果然，塔力哈提呵呵地对我笑了：“跟您开个玩笑，您别介意啊。其实，哈拉力和我是亲戚。”

“亲戚？”这次，我真的愣住了。

“对，他是我的堂兄弟，是个非常好的人，特别是他爸爸，还受过毛主席的接见呢。”周围的人也都跟着点头，这一次，塔力哈提说的可是实话，“朱老师，您第一天就遇上了他的车，运气真好。”

“啊……是这样？！”听到这里，我一切都明白了。

想着这么巧的事，也能让我摊上，我忍不住开心地想：好人，好人啊，一路总是好人。

从买车看哈萨克牧民的消费观

（7 月 7 日，星期二，晴，29℃）

一

清晨，从虚汗淋漓中，我惊醒了，准确地说是被头顶的伤口疼醒了，我本能地用手去触碰了一下，结果疼得更凶。

九点，有人轻轻敲门，我开门一看，原来是细心的沈彬，他说看我昨天身体虚弱，今天就起了个大早到集市为我买了一罐极富营养的羊杂汤。他一边笑眯眯地放下保温罐，一边向我传来上级的“春风”：问朱老师还有什么需要，要尽量满足她在新疆期间的一切要求。这就意味着昨天的那一纸“协议”，终究变作了一场“游戏”，一切的一切，都以理解万岁告终。其实，人生中出现的种种都是必然，根本就无需用多余的杂念去模糊我们明确的主题与坚定的方向。

我看着这一罐香喷喷的羊杂汤，两行热泪不禁滚落面颊。此时此刻，我更加感到扬州“援指”就是我在新疆的家，而这个“家”存在的意义，是多么厚重与深远。

此时我又想起昨天，一个如此严重的后仰，却是头顶着地而并非后脑着地，如此看来，我真是幸运。其实，这幸运也并非偶然，而是一个必然，世间的一切都有因果。

首先，是源于后天的“果”：由于长期伏案工作，我一直在坚持做操锻炼，时间久了自然就整出点肌肉。当跌倒的刹那，身上的肌肉可能会迅速传动，也许无意中，大脑就收到了信号，并发出“回避危险”的指令，这时肩颈部位本能地迅速抬高，后脑下的位置就弓起一个弧度，变成了头顶落地。这种下意识的条件反射，来得太快，快得连自己也察觉不到。

其次，就是源于先天的“因”：我长了一副长颈鹿式的脖子，当跌倒时，在后天因果功能作用的瞬间，我长长的脖子立刻就利用足够的距离最大程度地弓起，如此后脑就腾空了，就变成头顶落地。应该说，是先天与后天的因果条件在无意中的配合，才使我免去了此次祸端潜藏的灾难。否则，轻则脑震荡，重则颅内出血，其结果就是：或亡或成为植物人。

现在，一切不敢想象，也不愿想象。但是，我相信使我“临绝地而不衰”的真正原因就是：细君公主的庇佑！

二

吃完沈彬送来的早餐，受伤的脑袋似乎没那么疼了。于是，我在电话里向张金领主席提出，想到新源文化馆查一些资料。现在，趁着接我的人没到，我又躺下“洋相”了一会儿，可是很快电话铃就响了，新源文广局的冯金坡兄弟已到楼下。

路上，实诚的金坡兄弟一边开车，一边认真地告诉我说：“朱老师，最近是旅游旺季，机关里都很忙，您来得不巧哎。”“哦，对……我怎么没想到？那车也紧张了吧？”

“是啊，接您的这辆车，还是我自己的呢……”

“哦，谢谢您啊。您年纪不大，条件倒是不错哟？”

“哪儿啦，让您见笑，这车也是我们省吃俭用才买下的。”

“新疆待遇不差，需要这么省吗？”

“需要的。在这方面，我们和游牧民族的消费观就不一样了。”不多言多语的金坡兄弟，这时竟用感叹的语气说开了。原来，这里汉族的消费观还是比较保守的，若想买大件商品，往往把钱攒到差不多了才会购买。而这里的哈萨克牧民就不一样了，对于大件商品的购买，他们一般会采取借贷方式，和西方人很像，喜欢超前消费。

无意中，我了解到哈萨克民族的这一消费特性，起初很是惊讶，细细一想便有所了然。不得不说，与内地汉族甚至当地汉族同胞相比，哈萨克民族的消费观和西方人更为相似，若不信，就以我曾在美国小住时感知的一点现状来加以说明吧。

在我所了解的美国人，他们一般会在碰到大的可行性商机的情况下才会大量借贷。对于汽车等大件商品的购置，他们也会借贷，原因是美国的城市框架与中国的城市结构不同，通常他们住的地方都离大的商场和超市很远，汽车是其生活的必需品。对于必需品的购买，他们也采取借贷的方式，对此人们完全可以理解。对于新疆游牧民族来说，汽车也是他们的生活必需品吗？我明明看到大商场和超市就在他们的县城里呀……想来想去，我觉得主要基于两个原因：其一，新疆地域辽阔，不动则已，一动身往往短途两三小时，长途则需五六小时，就这还是一个保守的说法，这就在日常工作与生活中促成了人们对汽车的需求。其二，我们的游牧民族的定居点基本都在山下县城，汽车显然便于他们在定居点和游牧场之间来回照应。而夏牧场和夏牧场之间、夏牧场和冬牧场之间的转场过程中，与传统马车相比，现代化的汽车无疑发挥了更大的作用。汽车已然成了新疆地区牧民日常生活的必需品，工作中的重要生产资料，他们借贷购车就完全在情理之中了。

我和金坡兄弟一路说着一路聊着，转眼之间新源图书馆到了，宣传部的严新馆长已经在等着我们。

在此，我要感谢金坡兄弟，正是他让我发现了一个这么大的商机。所以，我要将这一“重大”信息赶紧转手“贩卖”给内地销售汽车的4S店：请你们把经营的视角赶紧拓宽到祖国的边疆去，延伸到天山的伊犁河谷来，好好为这里的人们服务吧。

维吾尔族兄弟口中的东西南北

（7 月 8 日，星期三，晴，32℃）

上午，我头重脚轻，困顿倦懒，就干脆卧床休养。下午，本想整理资料，可不靠谱的网速就像哈萨克人的那句“马上”一样，慢得让人心焦。我折腾了好一会儿，还是不见效果，这事真的没法做了，干脆出门“放风”。

我一路溜出了贵宾馆的后门，信马由缰地穿过芳香那拉提广场，放着老店不去，偏偏摸进一家刚开的小店，对老板熟练地说：“来一瓶卡瓦斯，两串羊肝羊心，五串羊肉串。”

“好嘞！”店老板是一位年轻的汉族小伙子，他一听我的菜单，就开心地吆喝起来。

不一会儿，吃的喝的全上齐了，我一边享受，一边和店里的维吾尔族师傅聊开了。这位师傅名叫德勒木拉提，妻子也在店里工作，夫妇俩生有一儿两女。他问我羊肉串的口味怎样，我说还行，就是味道淡了些。说完，我指着广场的一家路边摊说：“那家的口味不错，你可以偷偷去尝一次，这个手艺嘛，得切磋切磋才行。”说到这，德勒木拉提笑了，说有空一定去偷尝。

接着，我又好奇地问德勒木拉提：“人总要出门走路，既要出门走路，就必须要有一个方向，如果有人迷路了向你问路，你会用什么方式告诉人家东南西北？比如有一位哈萨克朋友就曾经告诉我，说他们辨认方向是利用太阳的升降、有无与高低，来表示草原上的东南西北。你们维吾尔族遇到同样情况，又是怎么形容与表达呢？”

那位汉族小伙子抢先回我说：“维吾尔族也没有东南西北这一说。”

这就引起了我更大的好奇："没有东南西北？那他们怎么辨认方向？"

店老板和德勒木拉提就我的提问交流了半天，汉族小伙子才翻译给我说："他们是这样形容的，假如说东面，他们就会说是太阳升起的地方；南面，就会说是太阳最高的地方；西面，就会说是太阳下去的地方；北面，就会说是太阳没有的地方。"

如此形容，真叫绝！汉族小伙子的几句话，将我回得目瞪口呆，我还在想，假如阴天呢？本想寻思再问，可一想到才几句话就交流得那么困难，再继续问下去，不是存心给少数民族兄弟出难题吗？还是别问了。

聊着聊着，德勒木拉提的妻子与两个女儿也围了过来，我顺势搂过孩子，请小伙子帮我们留下了一张其乐融融的合影。临行前，我婉转地建议和鼓励两个大人一定要多看书多学习，只有知识才能帮助他们擦亮那双漂亮的大眼睛，才能明辨那些在自己土地上不该发生的错事。还要好好地培养孩子，争取让他们受到最好的教育。

看着这对连连点头的维吾尔族小夫妻以及两个天真可爱的孩子，我怀着一丝满足与欣慰的心情向他们挥手道别：祝你们好运！祝小朋友健康成长！

亲爱的援疆人与伊犁河畔的文友们

（7 月 9 日，星期四，雷阵雨，32℃）

一

按照行程，近日我应该到昭苏县去探望细君公主了，然而不巧的是昭苏正举办天马节，酒店宾馆一室难求。我只有与张英明商定，先到伊宁拜访著名诗人刘军及伊犁州文联副主席李钰等朋友。

恰好，今天扬州“援指”有十三位援疆人才已援疆期满，下午他们就要去伊宁转乘飞机返回家乡了，我正好可以搭乘一程。中午，“援指”食堂的掌勺师傅孙宏春特地为大家精心烹制了两桌美味丰盛的告别大餐。午餐时，援疆人济济一堂，围桌而坐，大家一边用餐，一边闲聊话别，只听援疆人才中有人对张英明说：“几年时间眨眼就过去了，现在要回家了，还真有些舍不得。张主任啊，下次再来，还让我们住原来的宿舍吧。”

张英明回说：“好！反正宿舍地方大，到时为你们留一间，专给你们回疆‘探亲’使用。”援疆人一问一答，天真又有趣，大家的愿望在玩笑中稍稍得到了满足。一旁的我却跟着生出了些许感伤，脆弱的心境一下就填满了他们即将离去的惆怅。是啊，新源三年，这里也有了他们的“家”，恐怕每一批援疆人离开的日子都伴随着依依的不舍、淡淡的忧伤。我默默地注视着大家，心想：该怎么办呢？这归巢的欢喜、离别的惆怅……

下午四点，我跟随在援疆兄弟们的后面，也依依不舍地登上了去伊宁的中巴。刚上车时大家都静得出奇，仿佛在拼命地克制什么，哦，他们是在克制那股想要夺眶而出的泪水吗？或者，他们是在克制不忍离去的大声抽泣？援疆人自有援疆人的表达方式，他们终是没有发出声来。就在他们默默回眸曾经为之奋斗了三年的新源县城时，天空突然电闪雷鸣，随即一场瓢泼大雨，从天而降。这突如其来的一场大雨为我们洗清了路面，降低了气温，然后迅速消失。车厢里显得有点沉闷，憋了半天，终于有人冒出一句："这是老天的眼泪，它这是舍不得我们离去，可又挽留不住我们，就忍不住'哭'了。"

"也是因为热，灰尘又多，许是老天心疼我们，才为我们落雨降温，又为我们清洗路面，好照顾我们最后一程。"又有人补充。

……

听着援疆人的你一言我一语，我的心里感慨万分，亲爱的兄弟，这里留下了你们太多的心血、汗水与深深的眷念。你们的这份情、这份爱、这份付出，一定是深深感动了这里的造物主，所以当造物主看到你们离去的不舍与心伤，就与你们进行了一场"心"的互动，继而演化出刚才的一幕天象，以呼应你们对新疆的深爱之情。

真的，亲爱的援疆兄弟，不要以为我在开玩笑哦，我这样说是有依据的。早在1927年，德国物理学家海森堡在"不确定性原理"中就提出：科学确实永远不能完全解释我们的世界。这个观点，无情地碾碎了人们有朝一日会变得无所不知的梦想。有趣的是，在《时间简史》一书中，霍金也承认了科学的这一极限。

我的感慨和想法，人们听来或许会觉得有点吊诡，但谁能否认这就是眼前一个真实的存在？在此，我要对援疆的兄弟们说，今天，你们无论怎么说、怎么想，都对！都存在！！都正确！！！

宇宙就是在用这种方式来告慰人们，它正默默地记载并见证——你们为民族团结与和谐而付出的这份坚守，作出的这份奉献！

二

三个小时后，我又回到了伊犁宾馆。刚进房间，就接到扬州"援指”的通知：晚上，请我一起参加欢送扬州援疆人才的晚宴。可伊宁诗人刘军已安排我与伊犁文化界人士的聚会，两边都很重要，让我好难决断。可转而一想，中午我与援疆兄弟已有过一场“最后”的午餐，现在又何必再经受一次离别之痛？因此，我婉言谢绝了“援指”的邀请。

晚上，在刘诗人的安排下，我见到了已有神交的伊犁州文联副主席李钰女士、党组书记甑敬庭先生，以及其他各领域的文友。大家一听说我从江苏扬州来，自然就提到了扬州在新疆的两位杰出人物。

一位是我们扬州市政协的洪锦华主席，前面提过，作为江苏第五批援疆干部总领队，他曾在伊犁担任自治州党委副书记。提到洪书记，大家都亲切说他是“当代张骞”。他在伊犁做了很多的好事，照洪书记自己的话说：“别问我为谁吃苦，别问我为谁受累，别问我为谁洒下这么多的汗水……功名利禄，不过是过眼云烟……金杯银杯，不如咱老百姓的口碑。”（引自其著作《明月寄天山》）一字一句，如此实在而平凡。就在这短短的三年里，在扬州就有着良好口碑的洪锦华书记，又在伊犁树立了可亲可敬的光辉形象，实是我们扬州乃至全江苏的自豪与骄傲，可不是随便什么人就能被当地人誉为“当代张骞”的！

另一位就是西汉时期的江都公主刘细君，一提到公主，大家的情感显得更为浓烈。作为罪臣之女的细君公主，在十七岁的年龄就因政治的需要而万里跋涉，远嫁到西域的乌孙国和亲。五年后，作为历史上“万里和亲第一人”的细君公主，却因水土不服，加上思乡心切，最终含恨离开了“不可理喻”的人间。作为细君公主的家乡人，我此行所到之处，不管是汉族同胞还是哈萨克族同胞，都因公主曾经在这块土地上的存在而对我表现出极大的友好，并纷纷称我是“当代公主”，或是“舅舅家”来人了。每当听到这种友好的称谓，让我这位当代“假公主”都倍感亲切和温暖，甚至不禁流下眼泪。

在宾主友好的气氛中，我向大家敬酒致谢。走到李钰女士身边时，我们进行了一番简短的快聊，身为布依族人的李钰给了我一种非常亲切、平和与睿智的印象。虽然在这之前，我们从未谋面，但这次相见，却有一见如故、心仪已久的感觉。此时，我们如同一对久别的老友，在会心地一笑后，便将所有“重逢”的喜悦与信任，清晰地扬在了彼此的眉梢。

“朱老师，此行有什么需要我帮助的？”果然，还未等我开口，李钰就主动问开了。我自然喜出望外，就借机向她张口：“哦，我想认识一下当地具有一定权威的文史专家，再收集一些关于古代乌孙时期的文史资料。”听到我的请求，她一口应下：“好，明天一上班，我就联系他们，争取开个座谈会，好安排你们尽快见面。”听她如此表态，我非常感动：“哦，太感谢您了，资料不全腹中空，我正慌着呢，这不，想什么就来什么了，您真是我的及时雨啊！”

“别这么说，身为一位柔弱女子，您为了民族文化事业的发展，能单枪匹马来到我们伊犁，这本身就让大家都很佩服。我们为您做点小事，那都是应该的。”李钰的一番话，让身处万里之外的我感到一阵温暖，我不由得向主席投去了感激的目光。由此，所有资料收集的工作，自然就落在了这位布依族女同胞的身上。临走时，她还嘱咐我回扬州别忘了代大家向洪锦华主席问好，希望他能常“回家”看看。我连连点头，看来一不小心，我竟闯进了洪主席在新疆的“家”。

提到两千年前的乌孙，甑敬庭书记顿时兴奋起来，他滔滔不绝地向我介绍一些非常有价值的历史典故，由此可见甑书记对古代乌孙文化的研究深度与热爱程度。同时，我还有幸结识了严谨持重的徐斌、精明干练的屈寒青、率直大气的曹力、热情豪放的宋晋安，以及斯文内敛的刘彦昌等。

谈笑间大家问我，来到哈萨克民族的集中居住地伊犁，对哈萨克同胞的印象如何，我竟不假思索地脱口而出了一句连我自己都不敢相信的“民族”玩笑，也是我平生第一次开出的大玩笑：“如果我是单身，如果我的家庭真的不够幸福，那我一定会选择一位优秀的哈萨克族男子，然后嫁给他。”奇怪的是，如此语出惊人竟没把大家吓到，只听屈寒青笑道：“你别说啊，前不久，还真有一位台湾女生嫁给了我们伊犁的一位哈萨克小伙子。”闻听，我不禁得意起来：“哦，还真有

‘同盟’？看来我和那位台湾女生真是英雄所见略同呢！”大家听了，又发出一阵爽朗的大笑。

席间，大家各抒己见，浓浓的文学氛围使我这棵正在漂泊的“小苗”，一下子就找到了适合生长的土壤，因之前跌跤而卷曲打蔫的身心，终于在这一个似曾熟悉的环境中一点一点舒展开来。我非常感谢伊犁的文友们对我的热情，正是他们无偿的精神馈赠，使我获得了在草原生长的营养要素，也正是有了这些营养要素的滋润和填充，我渐行渐空的行囊才又重新丰盈饱满起来。

“扬州来友，伊犁欢歌，天马故乡，诗人驰骋。请允许我献上《同一首歌》，唱响同一个梦。”临近结束，宋晋安端起酒杯，热情洋溢地提议，大家听后一致鼓掌通过。“鲜花曾告诉我，你怎样走过，大地知道你心中的每一个角落，甜蜜的梦啊，谁都不会错过，终于迎来今天这欢聚时刻……”宋晋安浑厚的男高音深情舒缓地将《同一首歌》打开，随着歌声结尾的到来，全场激动的气氛也再一次被推向了高潮。

我，静静地倾听着；我，细细地体会着。在这炽热的气氛中，我只觉得心底又有一股热乎乎的暖流，顺着歌声，流出了心窝……

且看英雄的锡伯族人

（7 月 10 日，星期五，晴，38℃）

一

说来也怪，离开“援指”视线的我，才不到一天时间就突然生出一种被家人“遗弃”的感觉。我不禁又想到了细君公主……

当初，细君公主不就是在被汉武帝“委以重任”后成了那个时代的一枚战略棋子吗？当然，和公主相比，我似乎什么也不是，可还是萌生出一种同命相连的感觉。在这种感觉的激荡下，我仿佛听到作品《刘细君》中的细君公主临终前面向长安发出的一声呐喊：“大汉……你为何要‘弃’我而去？”我想象中公主的这声呐喊，就像一根尖利的长矛，直穿我的后背，让我的心一直痛到极限。此时，泪流满面的我，已分不清自己为谁而流泪？是为了细君公主？还是为了自己？不知道，真的不知道，也许都是。因此，整个上午我的情绪都陷在了公主的这句台词里，哪儿也不想去，一任自己蒙头思痛，直到下午屈寒青来到我的楼下。

去察布查尔的路上，我的灵魂始终沉浸在公主那句悲怆的呐喊里，一颗悲哀的心迟迟不能自拔，唯有盛着心的皮囊默默地跟着车奔跑。

开出了很远，多愁善感的我才将注意力转移到正在开车的刘格华身上。格华是寒青的朋友，也是伊犁著名音乐人王理人的夫人。格华看上去一身的清秀典雅，说话柔声细气，无论从哪方面看她，都像是我们江南的女子。一位如此柔弱的女子，却来为我们开车，我心中真是不忍。出于感激，我经常陪她聊两句来为她解乏，有时候也和寒青说两句，慢慢地，我也走出了自己先前的情绪。

察布查尔自治县是全国唯一以锡伯族为主体的多民族聚居地，锡伯人爱骑马射箭，因而也被称为“射箭民族”。一小时后，我们终于来到了锡伯民族博物馆，细心的寒青为我请来一位锡伯族姑娘当导游。

在博物馆，我了解到早在一千五百多年前，锡伯人的祖先鲜卑人是怎样离开茫茫的大兴安岭——嘎仙洞，一路翻山越岭，从而演绎出一段惊心动魄追梦中原的雄壮历史；我了解到公元 1764 年，锡伯族全体官兵及家属 3275 人，为了保卫祖国边陲，又是怎样从东北沈阳出发，经过一年零五个月的艰苦跋涉，历经千难万险，终于来到伊犁的悲壮历史；我也了解到他们几经风霜后，还能完整保留下来的语言文字，以及他们独特的民俗风情……这些历史遗迹，无一不给我留下了深刻的记忆。锡伯人，不容易！伟大的锡伯人，了不起！

带着对锡伯人的崇敬，于黄昏时分，我们离开了察布查尔，又回到了伊宁市南郊的伊犁河畔。说起婀娜多姿的伊犁河，它发源于天山山脉，是新疆境内最大的内陆河，也是一条跨境河。它自东向西而来，一路浩浩荡荡，绵延伸展了一千五百公里，将素有“塞外江南”美称的伊犁河谷分成南北两岸，再经霍尔果斯河口，流向哈萨克斯坦。

我们走在伊犁河的晚霞里，河畔的繁花仿佛知道我是远方的客人，纷纷迎上来将我热情地簇拥。我友好地手拂鲜花，沿着宽阔整洁的滨河大道又来到伊犁河北岸，一座老桥旁边的美景顿时将我吸引。岸边浅浅开满的紫罗兰色、黄色、粉色的小花，与河面的睡莲，配成了莫奈的一幅印象派油画，浓浓地闪耀出清新淡泊的生命姿态，也是我倾心追求的一种生命姿态。此时，我呆呆地站在桥上，凝视着河面上的纤纤柳丝是怎样被一阵风儿轻轻撩起，再去挑逗那些安睡的碧莲；凝视着那虚晕的天光云影是怎样在水下荡漾徘徊，再将薄透的雾气湿润地罩住我云游的魂魄……恍惚中，我就在这云烟雾气里沐浴，像经受一场前所未有的灵魂洗礼。

是啊，我的灵魂，终于可以随伊犁河任意地呼吸了。这既是一个真实的存在，又是一场虚无的梦境。哦，神奇的伊犁河啊，我随着你落日黄昏的脚步，隐去了人间的一切浮华，我的生命，从此也随同你的生命，一起虚实同行，淡淡生灵。

二

从察布查尔回来，天色已经很晚。娴静的格华，将我们带到了一家叫阿依努丽的维吾尔族餐馆。

这家餐馆干净得一尘不染，清一色的维吾尔族服务生也给人留下赏心悦目的印象。那些维吾尔族姑娘长得就像月亮，而小伙子们长得就像太阳，他们个个帅气阳光，看着就赏心悦目，让人食欲大增。

格华熟练地拿起菜谱，不用说，一看就是阿依努丽餐馆的常客。在她点的餐食里，羊肉抓饭是必需的，羊肉串更是主角，其他各式各样的维吾尔族小点心也应有尽有，摆满了一桌。

我一向以为，只有我们南方熬制的粥才是美味可口的，不曾想到，这家餐馆的“皇帝粥”竟将我牢牢地套住了。什么是“皇帝粥”呢？人家请看：“皇帝粥”的底色是淡黄的，它以南瓜为主料，再配上一些不知名的红白小块食材，还有些许米粒和几颗红枣，那粥面上还漂着一层薄薄的油花，看上去色泽诱人，喝一口更是清香嫩滑。那羊肉抓饭的滋味更是妙不可言，且看那一颗颗饱满的米粒，个个润泽晶莹，其中辅以羊肉块、西红柿、葡萄干、小肉丸、松子仁等配料。一盘抓饭，硬是做出了丰富多彩的效果，那以红黄白为主的主色调，一闻一看就色香迷人，抓一把送入口中则油而不腻，松香绵软，美得我抑制不住地欢呼起来：“啊，太好吃啦！”

尝着可口的维吾尔族美味，听着维吾尔族小伙子优美熟练的钢琴曲，赏着维吾尔族姑娘柔美奔放的新疆舞，我整个的身心都陷进了一种唯美的艺术享受境界。

美食真的样样拿魂，晚餐结束前，我申请将剩余的抓饭打包带回并且向毛主席保证：厉行节约，反对浪费，坚决做到颗粒归“仓”。

回到宾馆，我迫不及待地打开那包羊肉抓饭，像饿死鬼一般走过来一口，走过去一口……走过来，走过去，我的嘴巴不停顿。啊，这美美的滋味，又何以形容？意犹未尽之时，我不禁想到了寒青，在此，我要特别感谢她的一路指引。

轻吻薰衣草的芳香

（7 月 11 日，星期六，晴，38℃）

一

窗外的小鸟，叽叽喳喳地唤醒了我。起床后，我一边与小鸟交谈，一边淡饮清水，细嚼苹果，再塞一嘴昨晚带回的香喷喷的羊肉抓饭……哦，这美好的清晨，这无限的滋味，这幸福的时刻。

不一会儿，寒青的电话准时响起。我一上车，就见到了今天新的领路人，我一时看不清她的脸面，只见她一头披肩长发尽显娇柔妩媚，举止行为有点神神秘秘。初看，觉得面熟，却又一时想她不起。带着满腹狐疑，我送上了一个礼节性的微笑。可是，从后视镜中，我看见头发掩面的领路人好像故意不让我看清她的全貌。最后，我实在忍不住了，就压低嗓门悄悄地问起寒青："这是你的朋友？"

未曾回答，寒青先扑哧一声笑了，前面的那位也甩开了头发，向我转过脸来，连连抛着媚眼。她一边"电"我，一边丢下一句浓重而又特别熟悉的四川方言："看看我，到底是谁？"

"曹力！"我大叫一声，仿佛如梦初醒。"曹力，你这家伙，你想蒙死我啊？"哈哈哈哈……对方发出了一阵爽朗得意的大笑。是呀，前两天的曹力一直发束高挽，一副雍容华贵的滴水观音模样，而今日之曹力却摇身一变成时尚女郎，这完全是两个人嘛！大家一阵开怀大笑，还说蒙的就是我这个呆子。好嘛……一路上，我简直受尽了她俩的"欺凌"。

谈笑中，汽车停在了一个养生馆的门前。寒青说，我出门也有些日子，想必已非常疲倦。明天，又要赴新源县则克台镇的齐力盖大草原，所以在我走之前让我解个乏，也好以饱满的精神状态去迎接新的征程。寒青的关心忽然勾出了我的痛处，我不由得鼻子一酸赶紧背过脸去，任那没出息的泪水一串串地溜出眼窝。自从来到伊犁，所有的生活琐事、头疼脑热及工作困难，一件件都要靠自己，一桩桩都要去忍受，一样样都要独自面对。或许，这林林总总的事头对别人来说是小事一桩，可对我这先天体质不足、体弱多病的人而言，却是一场严峻的考验。

《孙子兵法・九地篇》中说“投之亡地然后存，陷之死地然后生”。是的，至少目前为止，我走过了一次“死地”，又奇迹般地“后生”。总之，我有足够的能量去抵御曾经发生或者未来发生的一切！

二

午餐时，来了一位白皙腼腆的女子，她的身边还有一位笑眯眯的小女童，她们也一起加入了我们用餐的行列。

“来来来，我给大家介绍一下。这是一位土家族美女，三年前嫁进了锡伯族大营，做了锡伯人的儿媳妇，如今已生下一代‘优良品种’，就是我们眼前这位可爱的‘小锡伯’。”寒青诙谐幽默的介绍引得众人一阵开心大笑，特别是那个“小锡伯”，可爱的小眼睛笑得弯成了一道虾米，只见她憨羞地依偎到妈妈的怀里，而那位妈妈也羞涩地笑着。这对母女，真的是要多可爱就有多可爱，她们给我们带来了欢乐的喜庆心情。

当我的视线转向餐桌，发现我酷爱的卡瓦斯就在眼前，我端着卡瓦斯，正有滋有味地品梅干菜扣肉，李钰的电话打了进来。她告诉我，资料已放在伊犁宾馆的三号楼前台，嘱咐我别忘了取走。她说本想为我举行个座谈会，好让大家交流一番，可暑假期间两位主要的文史专家都出远门了，所以她先帮我尽可能地搜集了一些资料，希望能对我有用。她说，找到这些资料也真是不容易，其中个别资料已是部门孤本。

闻悉后我迫不及待地赶回宾馆，冲向前台小心翼翼地取回了李钰帮我收集的宝贵资料。

手捧资料如获至宝，我将资料散放在床上，一边翻阅目录，一边忍不住傻乐。因为几乎在每一本资料里都有我需要的“文史大餐”，这真让我爱不释手。此时，我心里的那种爽、那种透、那种无比的惊喜与欢乐，就如同一个在沙漠里迷路的人，经过艰苦的长途跋涉后，突然看见了前方一个汩汩流淌的甘泉，而这个迷路的人便忍不住地甩掉一切辎重，向着泉眼狂奔而去。

我激动着，感动着，是这位布依族女子伯乐般的胸襟温暖了我这匹万里奔来的“万里马”的身心，我该怎样感谢她的知遇之恩啊！此刻，我噙着满足的泪水，抱着眼前的宝贝不停地抚摸着，最后就在一次次重复的动作中安详地睡熟了。

三

一阵电话铃声将我从白日梦中惊醒。睁眼一看，又是寒青的电话，按照约定，我们下午要去霍城县参观著名的解忧公主薰衣草园。

提起薰衣草，相信用过它的人都会说它是神奇的草中精灵。因为在它身上，始终散发着一股淡定优雅的迷人气息，它不仅能平息我们生命中的狂躁，还能安抚我们肉眼看不见的灵魂，也会驱散我们思想深处的不安。于是，我们带着对它的向往，在格华方向盘的转动下，还是由寒青“押车”，一路风驰电掣，向着霍城驶去。

一个小时后，我终于来到了霍城县的一座北道重镇——清水河镇。重镇位于古丝绸之路上，在这里，解忧公主薰衣草园被分为生产加工区、博物馆和香草园三大部分。当我走进这个有着二百多亩生产基地的大型观光园，才知道我们国内百分之九十七的薰衣草都来自这里。这座薰衣草园和法国的普罗旺斯地区，以及日本的北海道地区处在同一纬度上，且都以生产薰衣草为主，所以形成了世界上三大薰衣草种植基地，而这一纬度也具有了一份神秘和芬芳，因为它向全世界散发出令人迷惑的气息。

但让人遗憾的是，此时已错过了解忧公主薰衣草园最佳的观赏季节，大面积的薰衣草都已经收割完毕，留在地里的只有三十多亩，可这并没有影响我对草中精灵的迷恋。此时，沿着田垄轻轻地向它走去，我躺进它的怀中，尽情地亲吻它的芳华，宛如亲吻我逝去的青春……

西斜的夕阳照在一垄垄安静的薰衣草身上，这黄昏的余晖使它那身紫罗兰色的轻纱飘着不可思议的芳香，它们一路散发到田埂的尽头，将无限的奥秘和魅力，幽幽地埋藏在天地之间。

四

当我沉浸在薰衣草的古老与美妙里，不断追逐它暗香的源头时，长得像滴水观音一样的曹力突然来到我面前，随她下车的还有三四位不认识的朋友。

几位朋友中，率先映入我眼帘的是一位活泼可爱的蒙古族“格格”，曹力说，她是伊犁歌舞团的李青梅（李吉·布音其木格）。紧随青梅身后的，是一位表情有点严肃的男子，曹力介绍说，他是北京清华美院的画家官先锋先生。最后，曹力将一位威严高大、受过高等艺术教育的少数民族男子引到我面前，用半开玩笑的口气对我说，她将我的哈萨克“男朋友”送来了。所谓送来的这位“男朋友”，其实是新疆艺术剧院的叶尔江·马合甫什老师。

大大咧咧的曹力就像女汉子，她的玩笑总让人招架不住。她这突如其来的一出还真让我哭笑不得，本来就不擅长开大玩笑的我，这一次是真不知如何接招了。因此，我心里只有对自己骂道：活该，谁让你那天在大家面前开出了一个“民族玩笑”？想到这里，我干脆装起糊涂，只一味向大家点头问好。不过，眼前这位飘着一头棕色短发，有着一米八六个头的哈萨克“男朋友”真让我生出了莫名的眼缘。直觉让我又回到了三十年前，一个从太平洋彼岸飘来的深刻而又痛苦的记忆……说来话长，到此为止。

路上，哈萨克“男朋友”叶尔江告诉我，来之前，他和青梅正合作一项工作，无意中听青梅聊到细君公主的家乡来了一位采风的作家，正在霍城薰衣草基地游览。因着敏锐的嗅觉、职业的本能，以及对细君公主娘家人的偏爱，叶尔江当时就上网浏览了我的资料，随后就决定和青梅一起赶往霍城。

随后，我们就如何推动内地与新疆文化的交流互动问题，聊得兴高采烈，只听青梅用银铃般清脆的声音对我说：“妹妹，在伊宁听说了你独自来疆的目的，作为女同胞的我真要为你有如此勇气而点赞，所以我立刻放下了手上的工作，邀上叶老师一起赶到霍城来看你。”我发现青梅对“大文化”有一种“疯狂”的青睐，不由得为她那种充满活力的青春态势而备受鼓舞！当然，搞笑最多的也是青梅，才三十出头的她，对我一口一声“妹妹”地叫着，可我比她要大许多，我为此多次严正声明，可她仍然一口一声“妹妹、妹妹”地叫，就是屡教不改。我的抗议对她一点效果也没有，她非但不思悔改，还开始变本加厉，只听她说：“不行，你看上去就是比我们小，你就是草原的妹妹，就是我的妹妹。”

听听，大家听听，这位憨爽任性的“格格”！

“妹妹是我们草原人对你的‘爱称’，再说了，看上去，你就是比我们小，你就是我们草原人心目中的妹妹。”一旁的叶尔江老师，还认认真真地帮腔。他们的齐心协力终于淹没了我的独家宣言，把我抛进了一个回天无术的境地，我只有安慰自己：妹妹就妹妹呗，来到草原，本来就是“学徒”，矮下一截又有何妨？想到这儿，我便摆出一脸无奈的神情，将手一挥，假装含糊不清的口齿对他们嘟嘟囔囔地哼唧：“罢罢罢，我说不过你们，由你们乱叫吧！”

哈哈哈哈……见到我如此的惨状，草原的胜利者，非但不对我加以同情，反而还发出一阵更加爽朗得意的大笑。

五

我们一路走着一路聊着，很快就来到霍城县一家叫十里香的农家风味餐厅，餐厅主人王总接待了我们。宾主入席后，东道主王总向我们这些远方的客人作了简短的欢迎致辞。

在来之前，我就听说这家的牛骨头远近闻名，如今听了王总的推介，我这个食肉动物的胃口又被吊起来了。我怀着非常好奇的心情，开始了迫切的等待。

十多分钟过去，几盘富有地方特色的民间菜肴一股脑儿地鱼贯上桌。接着，几盘硕大的牛骨头也被堆上餐桌。定睛一看，是白烧的，心想这能行吗？我吊起的胃口，似乎有点削弱。看身边的人们都开始动手了，我也跟着戴上薄薄的塑料手套，略显迟疑地取了一根最小的牛骨头递到嘴边。入口之际，我先撑开鼻翼闻了一闻：浓浓的，香香的。接着，又伸出舌头舔上一舔：鲜鲜的，咸咸的。这一闻一舔，可了不得了，害得我张开嘴巴就狼吞虎咽，还边啃边语："有味！真的，不吃不知道，一吃吓一跳。"这王总家的牛骨头不仅味鲜汁满，而且肥而不腻，既烂嫩松软又不失劲道，真是人间美味，果然名不虚传！我不吃则已，一吃则与牛骨头变得难舍难分，并且一气啃了三四根，最后只能冲牛骨头干瞪眼了，因为再吊人胃口的牛骨头也啃不下去了。

吃到中途，大家高兴，不知谁发出提议：接下来，大家能喝酒的喝酒，不胜酒力的就表演节目，什么都不会的就多啃一根牛骨头。好，这提议政策宽松，此言一出，节目便热烈展开了。

首先，作为远方的客人，画家官先锋最先用他那带有浓郁四川乡音的男低音深情地朗诵起一首柔美忧郁的情诗来。其次是青梅，这位憨美可爱的蒙古格格，在大家力邀下就像一只欢乐的百灵鸟，婉转而又大气地亮出了她那清亮的歌喉，唱起了一首纯净优美的草原民歌。甜美的歌声，仿佛将我们带进了辽阔的草原，躺在那长满鲜花的草丛中，仰望着苍穹，看自由舒展的雄鹰在蓝天白云中尽情翱翔。青梅的歌声刚刚落下，寒青就被大家推举出来。据说，论血缘她也是一位蒙古格格。此时，只见严谨老练的寒青落落大方地站了起来，对我请她看过的在创作品《刘细君》中的楔子，以其精湛的语言叙述能力认真地点评起来。她说，看了这段楔子，感到像有一列辗着历史车轮的火车，正载着她厚重的责任与使命，以千钧万鼎之力呼啸着向我们隆隆地驶来。大家都听得入了神，猛然间我也受到了巨大鼓舞，同时也感到非常惊讶。昨天在车上我并没有发现她在阅读和思考，怎么到了今天就能一下子侃侃而谈？这真的让我激动不已。此时，我心头不由得一热：寒青，你真的比我还“懂”我！然后，又是曹力，她以非凡的语言表达能力绘声绘色地说了一段四川方言，在她的模仿中，我仿佛见到了四川人餐厅里那热腾腾、麻辣辣的火锅，仿佛火锅的阵阵香气，正充满诱惑地向我飘来。最后，文弱静美的女子格华说她不擅长表演，大家也就没有勉强她。于是，她就悄悄地端着相机，默不作声地为大家记录着这个美好的时刻。格华，就是一个这样的女子，只要在场的人无意中看她一眼，仿佛就能嗅到一丝薰衣草般的气息，就算是再烦躁的人，也能收获一种心神安宁与淡定如磐的真感觉。

就在大家长袖挥舞、各尽所能的时候，坐在我右侧的叶尔江老师也见缝插针地为我讲述起一些有趣的哈萨克民间习俗来。比如，当小男孩对着溪水撒尿的时候，长辈们就会说：“你在上游尿尿，如果下游的人喝到了你尿过的溪水，你的小麻雀上就会长出疙瘩。”当孩子们去折树枝来玩游戏，老人们就会警告说：“你们今天折断的是树枝，明天就会有人折断你们的胳膊。”当孩子们在草地上挖坑玩耍，老人们就会说：“知道你们在挖什么吗？你们挖的是自己的坟墓。”

除了牛骨头和大家的表演，叶尔江的一条条经典的哈萨克小典故，乍一听去浅显逗人，甚至简单可笑，可当你细品，就不难感受到草原上那股淳朴而富有哲理意味的气息正向我迎面扑来，他让我这个听故事的人很快就陷进沉思的境地。

这股气息，让我强烈地接收到一个信号，那就是在草原人面前，大自然已神圣化了，而被神圣化的大自然自然就形成一道他们心中不可抵御的超自然之力。面对这种力量，他们除了崇拜与依赖，就是奉若神明，并一代接一代地传承下去，使草原的子孙后代都永远循环在一个爱护自然、感恩自然与敬畏自然的大境界中。

六

就在我们聊意正浓的时候，朋友们的掌声打断了我们这两位“民族代表”的神聊，原来该轮到叶尔江老师出节目了。

作为哈萨克的著名演员、新疆艺术剧院的导演，叶老师也以小品表演而著称。今天，因身体的缘故不能多饮美酒，他便以几年前的一个亲身经历为题材，为大家即兴表演了当时在皇城脚下发生的一段往事，大致情节如下：

一个夜晚，主人公叶尔江老师出差到北京，当他从新疆驻京办事处出来站在门口等出租车的时候，一个奇怪的现象出现了，一部部空车一辆接一辆地从他的面前驶过，任他如何召唤就是不停。刚开始，他觉得有点纳闷，后来似乎有所醒悟，便灵机一动走到附近一家外国领事馆门前……很快，奇迹发生了，一辆的士呼哧一声，停在了他面前，紧接着就是一声亲切的问询：“哈啰？”

“哈啰。”叶老师也回敬一句。作为受过高等教育的人来说，这后一声发音，自然要比前一声发音来得更为洒脱流畅。

相信在北京打过出租的人都有一个体会，长期生活在皇城脚下、整日南来北往、阅人无数的北京的哥，早就被“熏”成了一个个具有北京特色的“政治家”。主人公一上车，的哥就热情地问开了：“是哪个国家的？”“来北京感觉如何？”“你的国家怎样？”总之，上至政治、经济、文化，下至天文、地理、历史，是无所不聊，无所不通。就这样，叶老师只有用半生半熟的汉语，来硬扛的哥的提问，碰到招呼不上的话题，叶老师就用“哈萨克英语”沉着应战，一路上他们就这么扯着、诌着，好不容易到达了目的地。

下车后，的哥再次友好地冲着叶老师挥了挥手：“谷地拜……”

此时的叶老师再也忍不住胜利的喜悦，他拍着车窗，将一番肺腑真言以排山倒海之势劈头盖脸地向着的哥倾泻而下：“哥们，我现在正式告诉你我是哪国人，你可给我听好了：我是——中华人民共和国新疆维吾尔自治区乌鲁木齐市的一位哈萨克公民！”

一语既出，的哥惊愕！哈哈哈哈……留下一串大笑后叶老师甩下呆若木鸡的的哥，扬长而去。

看着叶尔江老师惟妙惟肖的精彩表演，一桌子的人几乎从头笑到尾，就差将根根神经笑断。好一位叶尔江，好一位哈萨克，今天就让我们为你的机智灵活，为你的多才多艺，为你的威武尊严，为我们多民族的今晚，共同举起美酒，一起干杯！

则克台小镇上的苦恼

（7 月 12 日，星期日，晴，37℃）

一

中午时分，霍城诗人谢晓宁匆匆赶到了伊宁。万里之外，能见到在新浪博客交流了七八年的老友，真是一番别样的感慨。

谢晓宁的草原新诗，写得清亮、哀婉、悠长。每每看他的诗，我都会有一种身处塞外边陲的感受。可最近不知为何，这位仁兄好像停下了诗人的脚步，让我心生一丝困惑。霍城薰衣草的幽香还在千丝万缕地飘，生活在如此如梦如幻的世界里，难道就再也撩不出几许迷人的诗意了？

“崇生，别发呆啊，快走，大家还等着我们呢！”屈寒青的催促打断了我的思绪。今天，诗人刘军要请我吃伊犁河冷水鱼，等我们匆匆赶到时，刘军、李青梅等文友已经在座。

再次见面，少不得又是一场文心雅趣。素以诗词拿手的刘军，竟敢接受以歌舞著称的蒙古格格青梅的挑战，他们即兴编词编曲，说唱就唱，你来我去，一唱一和，有时声情并茂，有时唇枪舌剑，一时难分高下，餐桌顿时成了他们对决的擂台。

就在刘军和青梅说唱之间，一条清蒸大鱼“游”上了餐桌，大家介绍，这就是当地的冷水鱼。说起来，伊犁河冷水鱼也属淡水鱼的一种，可细细品尝，却全然没有淡水鱼的泥腥味，这种鱼不仅肉质紧实，还有一丝海鱼的鲜嫩，口感也相当鲜美纯正。眼下，有了这盘美味的助兴，载歌载舞的对决又被推向一个新的高潮。

当刘军听说我要前往昭苏县探望我们的扬州公主刘细君时，就对我说：“特克斯有位文史奇人，叫沈建国，建议你到昭苏路过，顺便去拜访他。因为据我所知，这是一位热爱汉家公主文化的‘疯子’。他本是伊犁州电视台的编导，因酷爱家乡历史文化，退休后情愿放弃在伊犁州首府伊宁市的优越生活，独自回到特克斯县，专门研究‘汉家公主西嫁乌孙’的文化，并一待就是十多年。应该说，在这方面他最有发言权了。”接着，刘诗人又指着青梅对我说：“喏，青梅以前是特克斯副县长，对于沈建国老师，她比我了解和熟悉。”

青梅听后随之接茬：“是哎，妹妹，你就不要请你们‘援指’来安排了，就让我来帮你落实特克斯之行吧。”好极了，这真是一个意外的收获！因为我要寻访的正是这种奇人。于是，我再也顾不上去纠正这位小我很多的蒙古格格那一口一声的“妹妹、妹妹”了，赶紧端起酒杯，依次向刘诗人和青梅格格表示了十二万分的感谢。

意犹未尽之时，我接到伊犁州煤炭工业管理局在则克台镇挂职的苏全治的电话，苏书记告诉我，我到则克台的行程不变，只是他本人临时有急事一时走不脱，就安排了则克台镇水电站的陈玉龙送我，他明天上午赶回，送我到齐力盖大草原。

此时，手表指针已指向下午两点。我赶紧举起浓郁的美酒向大家一一致谢，在欢声笑语中我向朋友们发出邀约：“请‘腰缠十万贯，骑鹤上扬州’，我在扬州等你们！”

二

下午三点多，我们从伊宁出发，前往新源县则克台镇的路上崎岖不止，坑洼不断，而汽车的制冷效果也欠佳，车内又闷又热，我索性打开车窗，反而舒服许多。

途中，我总想拍些窗外的景色，可颠簸的路面使相机根本就不能端平，只能任由一路的奇山异水、仙林梦境和我擦肩而过，而窗外刮进的扬尘也夺去我不少雅兴。见我情绪低迷，细心的陈玉龙告诉我前面的路况不错，风景也特别优美，到时我们可以停下拍上几张。

沿着巩乃斯河，我们一路向东行进，没多久就进入新源县境内，我们的车像开进了巩乃斯河的腹地。只见半边天空洒满了夕阳的余晖，开阔的河面上，一座座空翠烟霏的岛屿，像一张张绿色的草甸，轻盈地漂浮在水面，或远或近，像在悠然地闲逛。

下车后，我活动着久坐的身体，轻松地环顾四周，一汪汪清凌凌的河水，一块块翠绿的草地，一片片玄黄的土地，顿时将我紧紧地包围。它们相依相偎，连成一片，通体闪着五颜六色的光彩，如同一块巨大的天然翡翠，仰卧大地，熠熠生辉；同时，又似一帕挂在天空的湿画布，立体精美，清凉欲滴，在炎热的余晖下，让我受之若宝，不忍拂去。

一山一水，一草一木，都是天然成画的好原料。这里无需画家去调色，因为巩乃斯河本身就是一块巨大的调色拼盘。这里可省去上色的环节，只要画家带上一双脚，走到哪里，哪里就是一幅画；只要带上一双眼睛，看到哪里，哪里也是一幅画。打开感官，一切所能感受的地方，都是一幅任性的画了。

深陷如此的美景，我又怎能不流连忘返，可在陈玉龙的催促声中，我只得依依不舍地回到车上。

汽车穿过新源县城，我顺势将随身带回的资料交给了张英明兄弟保管。接着，又随陈玉龙北上十二公里，当时针指向傍晚八点，我终于钻进了一个灰蒙蒙的小镇——则克台。

三

在通向则克台小镇的路上，只见沿途的枝叶都顶着重重的灰尘，变成了铁红与土黄的颜色，它们在夕阳的涂抹下闪出一片令人焦虑的色彩。随着车轮的速度，这些色彩更加猛烈地撞击我的眼球，让我的灵魂剧烈疼痛，仿佛整个天空都蒸腾起来，整个世界都燃烧起来。

这就是则克台？一个被黑纱笼罩的小镇？我几乎看不清它的青山、

它的绿水。可我别无选择，只有纵身向前，也变成这里的尘埃，让自己这张花容失色的脸，也涂满小镇的悲哀。

十九世纪，以莫奈为首的一批印象派画家，曾以艺术的形式竭力地将自然从沉睡的世界唤醒。可他们万万没想到的是，才时隔一个多世纪，那个让他们救活的充满生机与活力的大自然，正逐渐被一群疯狂的“超现实主义者”所破坏，他们的理由是：为了缔造所谓“现代文明”。

“上帝让谁灭亡，必先使其疯狂。”没错，这场伟大的“现代文明”确实给人类带来一场物质的盛宴，而繁荣的背后又是什么？它的背后，就是一堆无边无际的精神垃圾和物质垃圾。如今，正是这些庞大的“垃圾”形成了地球的“肿瘤”、河流的“血栓”。它们在不断地堵塞、坏死、扩散，再波及太空，成为宇宙新的垃圾。或许，在宇宙的另一端，一个未知的新世界，正等待着这些新“垃圾”去成为创造它们新生命的最好原料。

也许，宇宙，是造物主用垃圾拼成的一个大沙盘；地球，则是造物主用垃圾制作的一个小沙盘。而造物主总是喜欢在沙盘上玩一个重复的游戏，这个游戏的规则是：先用垃圾捏出地球，再撒出一把沙子，变成河流、山川、森林、动物、人类。然后，造物主向地球洒下一瓶“极度物化的催化剂”，当人类接收与利用了这种“催化剂”，人类的欲望就得到迅速的发酵与膨胀，直到这种欲望成长的速度超过了地球成长的速度。终于有一天，地球因头重脚轻而站立不稳，它在难以支撑中万分痛苦地轰然倒塌，并以铺天盖地的怒气狠狠地砸向人类，此时，人类连同其苦心经营的“现代文明”，瞬间被砸得头破血流。人类这狼狈的最后一幕，自然博得造物主一阵开心的大笑，而人类作为他游戏的垃圾，自然又回归上帝的沙盘。

其实，我们的儒家思想文化早就告诉我们，人类社会的伦理秩序，就是大自然规律和秩序的体现。如今，人类自己却硬要打破这种伦理秩序，遗弃和背叛大自然给我们制定好的生存条件和自然法则。

如今，一切该发生的都开始发生，一切该来的也都接踵而至。怪谁？怨谁？人类自觉自愿地钻进了自己生产的垃圾堆，又麻木不仁地钻进了自掘的坟墓，心甘情愿地成为造物主手中的玩偶与傀儡。不是吗？我们由宇宙垃圾演变而来，再经“地球文明”的传播与加工，将自己又还原成新的宇宙垃圾，难道这就是我们的宿命：遵循造物主的旨意，舍出全部的自己，不断地成为造物主手中一个又一个新的玩偶与傀儡？

“哦，停止吧，人类！请认清造物主与你们开的这场残酷的玩笑，请收起你们无休无止的贪婪。否则，这场游戏很快就以你们的灭亡而宣告结束。”可是，任凭一些先知先觉者喊破喉咙，而“向现代文明一路狂飙”的人们，就是不能听到这充满哀伤与凄婉的悲鸣。他们似乎已经收不住这疯狂的步伐，只能看着他们一步步沦陷，更不要说，他们还能执行什么。

总之，黑色的尘土飘落到这里的路面、屋顶、树梢、山梁、清亮的河水、人们的脸上，无处不在。我感受到大地因失望痛苦而一阵阵地痉挛，听到了万物内心那一声声艰难的喘息。

而我，面对小镇上厚厚的尘埃，悲哀，悲哀……除了悲哀，也只有悲哀。无处不在的尘埃，令人悲哀，可比尘埃更令人悲哀的，是那些拥有至高无上权力的人手中的权力。人类的行为，看似应该理解，却又是那么不可饶恕！不管这些尘埃是属于“国产”的还是“国际”的，只要它们属于人造尘埃，都不可饶恕！

物质的多少，并不能决定我们精神的善恶。人类，你又何必去肆意挥霍与啃噬这无辜的大自然？它可是我们赖以生存的家园啊！还是留下一片晴空，好让我们的子孙能深深地呼吸吧！

四

当晚，我住在则克台镇的一个小旅馆。当我准备将洗好的衣服晾在旅馆的小院时，好心的老板娘来告诉我，不要将白衣服晾在外面，不然第二天会沾满灰尘。听了老板娘的提醒，我不禁又吃一惊，心想：

又是灰尘。

累了一天的我，终于躺下了。或许是白天经历了太多尘埃的缘故，我的心此刻也有点灰蒙蒙的，甚至变得脆弱和孤独起来，想到明天就要前往原汁原味的毡房生活，心中更加惴惴不安。

想着那未知的草原环境，我不知它的安全状况怎样，生活状况又是如何。将有怎样的困难在等我？我该注意什么？这些烦恼在我的脑海里不停地叠加，越来越多，竟使我无比沮丧起来，甚至对自己的选择也有了懊恼与后悔的感觉。我不由得开始想家，开始没命地想家，想着家的温馨、家的安逸，还有家的舒适。可以说，直到今天，我才意识到家的存在——有多么重要！此时，我蜷缩在床头，白天所有的疑惑、所有的不解，都一股脑儿地涌到了我面前，汇成一股委屈与恐惧的洪流，使我再也忍不住地抽泣起来。

是的，经过这样令人沮丧的黄昏，谁都有理由让意志堕落与沉沦，我也不例外，可是我总要想办法摆脱眼前的困扰，去迎接“那一定会出现的明天”吧！于是，我一边抽泣，一边想着该怎样“自救”，或向谁“求救”。此时的我，正急需一股外来的能量来补充与挽救自己突然脆弱的灵魂，不管这股外来的能量来自哪里，又是一种怎样的补充与挽救形式，都将成为我生命中最重要的一根救命稻草！

哦，已经等不及明天了，因为今晚，就在今晚，我的灵魂就会因枯萎而“亡”。现在，就是现在，我必须对它实施“现场救援”。我开始极力地搜寻那股为我所急需的、合适的能量。哦，天山的雄鹰，请快来带上我，远离这迷茫的不解，飞向云的深处……

有了，叶尔江·马合甫什——曹力在霍城“送”给我的那位哈萨克“男朋友”！眼前，这可是我在草原上认识的唯一受过高等教育的哈萨克友人。对呀，他的民族，他知道！于是，我用微信向这位哈萨克乃蛮部落曾经的“王子”发出了“求救”信号：“叶老师您好，明天我就要前往贵民族的另一个夏牧场生活。据说，那里和我前一次生活的阿尔善夏牧场有所不同，那里还保持着牧民原生态的生活方式，所以，我心里有点紧张，不知该注意些什么，想到您具有的本民族问题的权威性，因此，很想得到您的赐教。冒昧打搅，还请原谅！”

“朱老师，您不用担心，有史以来，我们哈萨克就是一个非常热情好客的民族，只是作为女性，您独自入住毡房，是应该有个思想准备。比方说，如果遇到喝过酒的男子，您就尽量离他们远点，他们的豪爽往往容易造成酒后失性，所以您要有自我保护的意识。其次，当您和牧民交流时，千万不要说你们‘哈’族怎样怎样，而一定要说‘哈萨克’的全称，否则他们将视作对他们的不敬与侮辱，从而引起他们的强烈反感，甚至仇视。这些都是必须注意的细节。至于说其他礼节性的问题，您可以现场模仿，或直接向他们请教。另外，毡房不具备让您洗澡的条件，或许这正是您最受不了之处。草原上，我也有不少的亲戚，偶尔做客，总会受到他们的热情挽留，尽管亲戚的条件在牧民中算是比较好的，我却再也不习惯那种生活环境，便总是婉言谢绝。所以，在这一点上，您也要有个思想准备。”严谨的叶尔江用微信，细致耐心地提醒着我。

“叶老师，关于您说的不能冲澡的问题，本月上旬在阿尔善村夏牧场，我已完全领教，我想应该算是过关了。只是今天……”这时，我突然犹豫起来，变得吞吞吐吐，这毕竟牵涉两个民族之间的交往，我担心话一出口，会不会伤害到人家的故乡情结，甚至引发一些不必要的误解与矛盾。可转而一想，叶尔江老师毕竟是受过良好高等教育的哈萨克同胞，况且从他的言谈举止也都可以看出他对我那种发自内心的友好与信任。所以，我还是将今日的负面情绪，坦率而忧伤地倾诉给他。尽管在说与不说之间，我的内心深处还在拼命挣扎，但我终于还是对叶老师说道：“所以，叶老师，我是真的想家了……”

“一部好的作品，往往是在痛苦和磨难中形成的。不要说你们女士，就是我们，也有想家的时刻，坚持！加油！”看到叶老师这条简短有力的信息，我的泪如决堤的洪水，一下冲走了所有的委屈，被鼓舞的士气顿时激活了我有点萎靡的心。经过泪水冲刷的眼睛，也突然明亮起来！在这股力量的鼓舞下，我对草原的感情回升了，我感到自己又走进了广阔无垠的大草原。原来，民族和民族之间原本看似无关紧要的理解、配合和支持，在关键时刻是如此重要。

由此，我想起时人经常挂在嘴边的一句话——不忘初心。在叶老师的精神援助下，我终于从奄奄一息的沼泽里，从一望无际的荒漠中，奋力地走了出来。蓦然回首，我又看见了自己来时那颗跳动的“初心”，还有远方一条清亮的河流……

一个原始欢快的夏牧场

（7月13日，星期一，晴，39℃）

一

“朱老师，您醒了吗？镇上旅馆的条件不好，我们去接您出来用餐吧？”一大早，我就被苏全治的电话铃唤醒了。

“啊？您不是在伊宁吗？这么早！难道您已经回来了？”接到苏全治的电话，我特别惊讶。

“哦，昨天突然有点急事，耽误了陪您到则克台。今天我要亲自送您上山，就起早赶回了。朱老师，您现在准备好了吗？如准备好了，我们马上来接您。”听完苏全治的解释，我彻底惊讶了。从伊宁到则克台的路需要三个多小时，加上因施工绕路多出的一个多小时，就将近五个小时。我想象不出，为赶这段路，他起得有多早！因此，苏书记的话，把我这个以赖床著称的“女神仙”吓了一跳。

“苏书记，让您起这么早，太不好意思了。这样，早餐您和我就别客气了，按平时习惯，我身边有苹果、鸡蛋和坚果吃，您放心好了。等您用过早餐再来接我，您看行吗？”为亲自送我上山，苏书记起了一个大早，这已经使我心里充满了内疚，所以我根本就不好意思答应出去用餐。

“好的，朱老师，我就不和您客气了，咱们饭后见。”

“好，饭后见。”

没多久，从伊宁起早赶回的苏全治与镇城管处的刘凯和阔克英村的治保主任努尔·布拉提一起来到了我“下榻”的小旅馆。昨天，已在电话里认识的苏全治，今天见面才知是位成熟、老练、敢闯、细心的年轻人。寒暄两句后，我们紧接着出门，他们将我领到了当地的一个大超市，帮我补充了一些生活用品，然后调换了一辆白色的越野吉普，准备上山。

吉普车开出大约半小时光景，就停在了定居点的一个牧民家门前。苏全治指着一位迎向我们的哈萨克姑娘说，这是阔克英村的党建干事阿尔达克，今天到她家是为了让我体验一下牧民在定居点的日常生活，中午我们就在她家用餐。

苏全治的话正合我心意，对于年轻书记的细心，我当然是既感激又好奇。

二

走进阿尔达克家的小院，各式各样的花草树木枝繁叶茂一片，它们将庭院深深地覆盖，炎热的高温被绿荫隔绝了。站在树下，我感到一阵清凉，不由得爽心了许多。

这时，我才有心思打量阿尔达克家的院子，只见她家院子的右侧有一排羊圈，几头老实本分的山羊，正吭哧吭哧地埋头吃草。我忍不住上前，对它们友好地嗨嗨了两声。它们抬起头来，只默默地看了我一眼，那眼神好像在说："你好，对不起，我们没有时间和你玩，孩子们还等着我们的乳汁呢。"然后，它们低下头去，继续吃自己的美食。

跟在女主人的身后，我们走进了她的正房。所谓正房，外观其实和内地的砖木瓦结构平房一样，可进去一看，里面的结构和布局就大不相同了。在他们正房的大门内，有一条铺着羊毛毯的内走廊，卧室、餐厅，沿内走廊内侧依次而设。他们的餐厅，同时也作为客厅使用。宾主脱鞋后进入铺有鲜艳花毯的餐厅，一张类似我们客厅茶几的长方形餐桌，就摆在客厅的中间。茶几上，各色各样的瓜果与糕点构成一幅好看的图案，摆满了一桌。如此丰富的食物，真的让人既养眼又垂涎，我赶忙和大家一起在餐桌边席地而坐。

“朱老师，阿尔达克是我们二大队（阔克英村）年轻有为的女干部，她是一位聪明漂亮的哈萨克好姑娘。听说您要来，怕你吃不惯草原上的食品，她就特地为你准备了汉族午餐。”苏全治正说话间，阿尔达克就将一盆炒茄丝端上了餐桌。

虽然这炒茄丝的酸甜程度并没有完全拿捏到位，但作为草原姑娘，能做出一盘这样的淮扬菜，已实属不易。我一边品尝，一边赞美阿尔达克的手艺：“阿尔达克，你也会炒我们的淮扬菜，真是太厉害了！”

阿尔达克有点羞涩，她微笑着招呼我说：“朱老师，我也就胡乱地学着做点，不一定合您的口味，您将就着吃点吧。”

“这么香！草原也有大米？”紧接着，阿尔达克又端来一盆色泽晶莹、清香松软的白米饭。我忍不住尝了一口，只觉得入口糯滑甜爽，简直妙不可言！我敢说，让我这“肉食动物”闻香就发出一声赞叹的大米，一定堪称极品。

只见苏全治抢着回答：“有啊，这是察布查尔大米，可好吃了，它可是我们伊犁河谷的特产。”年轻书记那自豪与骄傲的口吻，让人听了实在羡慕，仿佛整个伊犁都是他的家。最后，阿尔达克端上了一道“压轴菜”，是一碗金黄灿烂、清香怡人的甜点。甜点的质地松软，在玲珑剔透的小玻璃碗的陪衬下，显得非常诱惑迷人。我心想，是冰淇淋？不对，因为它看上去有点纤维感，是人造食材？更不像，那它到底是什么呢？嗨，不管它，尝一口再说。于是，我挖了一小勺，用舌尖小心翼翼地舔去，只觉得甜点入口即化，满嘴酸酸甜甜，随之而来的又是一阵清凉，这清凉顺着咽喉一直沁入脾肺，而口中余津无穷。

“嗯，是冰淇淋？如此美妙的口味，我还是第一次享受。阿尔达克，请你快告诉我，这到底是什么？”面对这令人心醉的甜点，我一边品尝，一边赞不绝口，一边急呼呼地寻根问底。

“这不是冰淇淋，朱老师，这是我用熟透的杏子做的‘冰杏’。就是将杏子去皮后，用冰糖腌制，再放进冰箱冷藏，取出后，就成了这样。”漂亮的阿尔达克笑眯眯地为我揭开了谜底。

“啊？杏子！太蒙人了。阿尔达克，你太厉害了！我再尝尝。”于是，我借机又尝了几口，整整一小碗“冰杏”就成了我腹中的天然“空调”，一下子暑气全消。吃得好，说得好，辞行前，我高兴地提出和阿尔达克一家合影。于是，我们一起来到树荫下，就在苏全治按动快门的一瞬间，我突然觉得右胳膊上一阵痒痒，心想一定是树上掉下了毛毛虫。扭头一看，原来是阿尔达克嫂子怀中的小宝宝，正将他肥嘟嘟的小手，在我的胳膊上亲切地抓挠呢。

“呵呵，原来‘毛毛虫’是你啊！”毫无心理准备的我被宝宝弄得直痒痒，忍不住地咧开大嘴笑了。与此同时，苏全治咔嚓一声，就将我和哈萨克的这一家，永远定格在了那个欢乐的时刻！

三

吃过午饭，已经两点多钟，我们告别了阔克英村的阿尔达克一家，开始向齐力盖大草原上的夏牧场出发。

“朱老师，这条盘山公路一直通向北山后的夏牧场，虽然只有二十多公里，但路况不好，可能要走三个小时，今天我们就走这条道。”驾驶着越野车的苏全治，一边聚精会神地开车，一边向我介绍路况。

“好啊，不过这条路看上去可不好开，难道就没有别的路？”漂亮的白色越野车却不能有效制冷，我们只得打开了车窗。窗外，迎面扑来的热浪卷着一路的沙尘伴随剧烈的颠簸。一起向我发难。见此情景，我不由得害怕，便试探着问苏全治。

“有，后山还有一条道，可以节省很多时间。”年轻书记回答我。

“既然能省时间，那为什么不走？”我又追问。

副驾驶座上，憨实的刘凯代苏全治向我解释说：“朱老师，那条道上的山势很险，路也陡峭，雨季还经常滑坡，很不安全，我们通常都不走那边。”正驾驶座上，那位可爱的年轻书记一边开车，一边自信满满地安慰我说：“放心吧，朱老师，今天我亲自为您开车，保证您稳稳当当地到达夏牧场。”很显然，他已经看出了我的顾虑。

“书记，您以前开过这条道吗?”我看他开得生疏，一旁的刘凯还不停地指挥着他，这时我更加担心了。

还是刘凯代他回答了我：“苏书记这是第一次，没事的朱老师，有我呢!”我的天，这位年轻书记今天是要借我“肥”他的胆啊！正寻思间，又一个强烈的颠簸袭来，我像皮球一样被再次高高弹起，然后又重重跌回原位，我呆坐无语，看上去像傻掉一样。好吧，既然无法改变一切，也只有努力向现实靠拢。于是，在颠簸中我不停地表扬着苏全治“高超”的驾驶技术。在一阵令人翻肠倒肚的颠簸后，趁偶尔平稳，赶紧举起手机拍下这一幕幕令人终生难忘的场景。

我拍山、拍水、留风景。

我拍人、拍事、留影音。

当我将镜头移向努尔·布拉提时，不知为何，他本就高原红的脸显得更红了，不知是因为高温，还是因为害羞。我却毫不留情地逮住了他：“布拉提，看着我笑一笑。”果然，布拉提红着脸冲我笑了一笑。我越看他脸红，就越是得寸进尺地步步相逼。“请你跟我们的同胞打声招呼，就说朋友们好。”

“朋友们好!”他对着我的镜头，低低地说了一声。

“不行，大声点，再说一遍!”我对他的要求已越来越高。

这次，他笑眯眯地提高了分贝，用不太熟练的汉语，真诚而友好地对着我的镜头，落落大方地说道：“朋友们好！见到你们很高兴!”听布拉提还补充了一句，我的心里就甭提有多美了：“呵呵，真棒！谢谢!”

一路说笑倒让我忘记了先前的恐惧。其实，这一路的灰尘、酷热与汗水又算得了什么，真正恐怖的还在后面……

四

当我们一路跌跌撞撞，快到一个盘山公路的拐角时，前面突然出现了一辆超长的运煤车，这辆车摇摇晃晃地挡住了我们的去路。

运煤车被沙尘包围着，就像一个密不透风的“黑家伙”，拖着沉重的轮子，正艰难地向前“蠕动”。而当下路况，却使我们没有半点超车的可能。不得已，我们只有减速慢行，而且还一头扎进了它扬起的沙尘里，直呛得我咳嗽不已。随后，让人惊魂难定的恐怖，就接踵而至了……

当我们“蠕动”到山路的拐角时，一幕更为恐怖的情景出现了，迎面又来了三辆庞大冗长的黑家伙，它们在起伏不平的山路上，正歪歪扭扭地向我们驶来，那昏沉欲坠的架势犹如酩酊大醉的醉汉，仿佛随时都会醉翻在我们身上。见状，前面的那辆黑家伙先停了下来，而我们这只跟在它后面的小“白壳虫”，也被迫停在它屁股后面。我本能地将头探出窗外，哦，老天啊，真是不看则已，一看心惊肉跳：我们的车紧压着山路拐角的边沿，且不说路面高低不平，最可怕的是山体内侧，要比我们所在的位置高出许多，如此，就形成了一个可怕的斜坡。天哪，万一对面的黑家伙在斜坡上失去平衡，猛地“醉倒”怎么办？再看看我们车轮下，就是悬崖峭壁。哦，这可是典型的鬼门关啊！怎么办？怎么办？我在心里不由得暗暗惊叫起来。

此时，对面那三个面目可憎的黑家伙已呼哧呼哧地向我们身旁的斜坡吃力地爬来。当路过我们时，黑家伙的车身呈现了大幅度的倾斜，仿佛随时要压向我们的头顶……天哪，我又是一声惊呼，那颗快被惊呆的心一下子就吊到了嗓子眼。左侧有三个黑家伙，前面有一个黑家伙，右边是悬崖，后面是崎岖高低不平的山道。左侧的黑家伙真要倒下来，这可是躲——没地方躲，让——没地方让，敢情就活生生地让它“包了饺子”啊！我等岂不都成了它们的“腹中之馅”了吗？

我本能地抬起手腕，手表整好显示四点，一个多不吉利的时刻！看来，我今天要被这段索命的山道扼住小命的咽喉了，也体会了坐以待毙的滋味。其实，我并不担心明年的今天会成为我的忌日，而是此行尚未完成的重大使命将会化为乌有，这使我真的心有不甘。想到这里，紧张到极点的我已透不过气来。可怕，可怕，真的越想越可怕。可我的脸上却不敢有丝毫的泄露，咱可不愿让草原人当作一个孬种。

可谁又能知道，我的心里此刻正阿弥陀佛、阿弥陀佛地狂念不止……

“呵呵，首战告捷：同志们，我成功了！”就在这时，苏全治发出了一声来自肺腑的欢呼，我从惊恐中被他叫醒，睁眼一看真的已经“轻舟已过万重山”，难怪他会发出这声惊呼，作为第一次驾车行驶这种山路的人，他是应该比我们多上一分成就感。

“彩虹总在风雨后”，确实，在万分恐惧的煎熬后，我们终于顺利地闯过了“鬼门关”，车上的人们也都着实松了一口气。

五

甩开那些歪歪扭扭、庞大负重、穿梭不停的运煤车，我们很快就拐上了一条岔道，虽然山路还很颠簸，山体却平缓了许多。我不由得抹下一把汗，又理一理被吓坏的三魂七魄。

“那拉提的盘山公路那么好，可为什么这里的山路上全是沙石？还会出现这么多的运煤车？还有，则克台上空的黑灰又是从哪里来的？”一连串的提问，像连珠炮一样，冲出了我的嘴巴。

“朱老师，怎么说呢？作为景点，那拉提自然是重点打造的地方。而则克台地区，还没有进入重点打造的计划。”“至于路上为什么会出现这么多的运煤车，是因为在山的那边有首都伊犁钢铁有限公司和伊犁钢铁有限责任公司，这些焦炭是运往生产基地的。而则克台镇的黑灰，就是从工厂那边飘来的。”他们七嘴八舌，你一句他一句地告诉了我事情的原委。得知实情，刚刚轻松一点的我又变得沉重起来。面对这样的问题、这样的环境，也真不知说什么好，我只能无言以对。

一路上，车在默默地开着，我也在默默地想着心事。快到下午五点时车突然停了，苏全治和刘凯跳下车，一前一后地向右边的小山包一路小跑。我见他们上蹿下跳地忙个不停，也不知道他们在捣鼓什么。刚开始，我以为他们是找地方上厕所，后来又感觉不对。于是，我也下车，跟着他们爬上了小山包：“喂，你俩这是干啥呢？”

只见刘凯拿着一根树枝，正伸到一个洞里搅和，他告诉我说：“有一只旱獭钻到洞里了，它狡猾得很，咋整都不出来。”我近前一看，真有一个碗口大的洞，缺牙断齿地敞着门户，看来他们已经将人家的大门砸开了。

见状，苏全治说：“这样没用，得用水灌。”

就在一筹莫展的时候，还是刘凯急中生智：“可这里没水呀……有了，用烟熏！”

趁他们瞎折腾之际，我在不远处又发现了另一个洞口，赶紧别有用心地喊道：“不行不行，这儿还有一个洞口，烟会从这里跑掉。”为了珍爱生灵，为了平等地对待眼中的一切生命，我想趁此机会消灭这两位年轻兄弟的斗志，瓦解他们的决心，也为那只素未谋面的小旱獭解除警报。

果然，他俩怏怏不乐地离开了小旱獭的家。走到这片群山的高处，苏全治指着更远的群山，骄傲地夸赞起自己的“领地”来：“此处山景独好。朱老师，我们过去走走，再拍上两张照片？”听到年轻人的招呼，我赶紧快步地跟上。

走上高地，我看到了一望无际的草原，看到了齐力盖大草原那更高更远的山峰，如同看到了自己心灵的归处，如此说来，我就要摆脱尘埃了。此时此刻，我的心情要多舒畅，就有多舒畅。

六

三个多小时，二十多公里，在阔克英村治保主任布拉提的指引下，下午五点十分，尘土飞扬的崎岖山道终于被我们甩在了身后，一大队（则克台村）的夏牧场——齐力盖大草原，出现在我的眼前。

远远地，我看见了一座毡房，和周围的毡房相比，这座毡房气派了许多，布拉提告诉我，这是一大队的指挥部。我跟着大家走进毡房，里面比较干净，就是没有太多的生活气息。毡房的四周，随意摆放着一些零散的生活用具，而这些生活用具的旁边，有一堆堆人畜的粪便，成群的蚊蝇就在粪便上嗡嗡地乱叫……尽管每次经过它们，我都十分小心，唯恐踩上一脚招惹蚊蝇的攻击，尽管我小心再小心，还是一次次将蚊蝇惊动了。它们每次都轰的一下四散逃开，然后就没头没脸地撞在我的身上，在我左闪右躲时又惊动了更远的蚊蝇，于是我便遭到新一轮的攻击……总之，处处让我避让不及，害得我根本无处站脚，只得狼狈地逃进毡房，等候发落。

这时，一位哈萨克中年男子向我们走来，苏全治告诉我，这是一大队夏牧场的负责人。我上前试图和他交谈，可这位哈萨克汉子有点闷，汉语也半通不通，显然我们无法正常交流。再后来，我看到大家聚在一处，用汉语和哈萨克语混杂地交谈着，看得出来，他们在商谈着安排我的事。

过了一会儿，苏全治指着牧场的那位负责人对我解释说："朱老师，我们本想将您安排在一大队夏牧场的，可他家属过两天才上山，所以，生活设施还不太齐全，周围环境也不太卫生。刚才，我们又重新商量，决定送您到二大队（阔克英村）的夏牧场去生活。"

原来，这里的女主人还没到呢。加上没有网络，自然就无法提前通知，我又来得仓促，他们只有临时踩点了……我回应说没关系，怎么方便就怎么安排。

告别了那位哈萨克中年男子，我随着苏全治一起去巡查周围的夏牧场。这时，已换作刘凯驾驶，越野车在草原上自由地奔驰起来。

七

这里的草地，虽没有了山路的颠簸，可也会遇到一些小麻烦，比如，经常有一条干枯的小河，会突然地横在我们面前。有时，我们能一冲而过，有时，却发现它如同沼泽，让我们很难越过。

每逢这样，我都特别担心，因为年轻气盛的刘凯往往不甘后退，他总是希望能像前面一样，可以幸运地开过，没想到好几次都越陷越深。这次，同样的情景再次出现。我依然像上次一样，大声地发出告诫："不能硬过，还是像刚才那样后退！"

“退？怎么退？这次已经陷得很深了。”刘凯兄弟有些无奈。

“不着急，我们下车，先减轻车的重量。现在看来，已无法垂直后退，也不能向上游的高坡上退，看准下游的坡子没有，你就顺着右面的河沿，一点一点斜着退。”从不驾驶的我，在查看了一番地形后向刘凯提出了建议。刘凯兄弟小心地一次次尝试。在几番迂回之后，终于冲过了前面的泥潭，大家又都松了口气。

《周易·系辞下》里有这么一句：“穷则变，变则通，通则久。”在关键时刻，总有古人为我们备好最佳的答案：呵呵，变——则通！

正当我们即将返回山道，准备向纵深处进发时，我发现数十米之外，有一条四五米宽的小溪出现在我的眼前。那小溪晶亮闪烁、欢腾跳跃地自上游而下，一路蜿蜒曲折，既像一条素净的白练，又像一把银色的五线谱，绕着草原，在轻盈流畅地飘飞。

不远处，有一群草原的孩子，他们或坐在岸边玩耍，或潜在水中闹腾，正欢闹不休。此时，夕阳也悄悄地走来，轻吻着孩子们光洁滑溜的小小脊梁，而光影的重叠使他们的全身又像涂满了古铜般层次丰富的晕色，一如天堂泄下的余晖。安静时，他们如一组栩栩如生的群雕，流荡着多姿多彩的光辉；嬉闹时，他们又像一组鲜活梦幻的动画，在闪亮的水花中，变成草原上一道最原始迷人的风景。他们是如此虚拟，又是如此立体，仿佛一群从天而降的童子，落进了一个人间的童话。他们那小鸟般清脆的童音就像长了翅膀的风声，叽叽喳喳地飞进了我的耳朵：哈哈哈哈，我们是小小的精灵，我们顺着天堂的河流而下，一路不停地欢呼雀跃；余晖用银色的线条拉出了一条条优美变幻的乐谱，甩出了无数高音与低音的符号，符号弹奏着潺潺跌宕的流水，时而叮叮咚咚，时而哗哗啦啦……我们就是那生动活泼的小小音符，我们就是那水中快乐游动的小小蝌蚪。哈哈哈哈，此时，我们就在这美妙的五线谱上，歪歪扭扭地舞蹈、舞蹈……

在这草原的腹地，我们不停地颠簸、颠簸，可我的心却和那些快乐的小精灵一样，也在童话里不停地舞蹈、舞蹈。

八

下午六点多，我们来到了二大队夏牧场，布拉提做向导，汽车停在一座灰白色的毡房前。很快，一位年轻漂亮的哈萨克女子向我们迎来，布拉提指着她介绍说，她是这座毡房的女主人，名叫古丽巴。

还未等我们问好，一个两三岁的小男孩不知从什么地方蹿了过来。古丽巴用手牵起他，笑眯眯地告诉我们，这是她的儿子小叶拉萨，今年三岁，看见家里来了客人，他也要来欢迎我们。

这时，我的视线不由得聚焦到可爱的小叶拉萨身上。大大的脑袋，圆乎乎的小脸蛋，小脸蛋上一双灰蓝色的大眼睛，此时这眼睛正用清澈乖萌的神情，忽闪忽闪地打量着我们。随后，他竟向我们大大方方、郑重其事地伸出了小手，当我接住他肥嘟嘟的小手轻轻一握时，他胖乎乎的小脸一下就绽开了胜利的花朵。因着我们的到来，越来越多的邻居也渐渐围过来。此时的小叶拉萨开始兴奋起来，他不断挥舞着小小的臂膀，就像巢中跃跃欲试的小鸟，扑棱着稚嫩的翅膀，随时准备飞翔。

"古丽巴，叶拉萨的动作很美，他这是在做什么啊？"面对这有点熟悉的动作，我向女主人请教。

"噢，他想跳一个'黑走马'舞，来欢迎远方的客人。"真是知子莫若母，古丽巴骄傲地向我们解释。

"哦，难怪看这舞姿如此眼熟。这太好啦，我们快为他鼓掌，大家欢迎！"我话音未落，就带头鼓起掌来，大家也跟着拍起了巴掌，在热烈的掌声中，小叶拉萨又开始翩翩起舞。

小叶拉萨的舞蹈，时而彪悍有力，如雄鹰展翅；时而温和柔滑，如鱼翔浅底。最有趣的是，他一边舞，还一边唱，当唱到高音时，儿童稚弱的气息会迫使他突然中断，这往往会引起大家一阵哄堂大笑，他却毫不气馁，很快地就跨过高音部分，接着再唱。而最为可爱的是，一个连说话走路都尚未稳健的幼童，为了使自己的动作能发挥得更加完美，经常会将自己绊得东倒西歪。就在引得在场的观众忍不住发出一阵阵开心的大笑时，小叶拉萨却最多轻描淡写地看我们一眼，然后依旧不慌不忙地继续“工作”，几乎不受丝毫干扰。

看着小叶拉萨的表演，我不禁受到了感染，忍不住也想展翅欲飞，可生硬的“翅膀”，又怎能像草原人那样自由地“飞翔”。

此情此景，让我惊讶于一个小小萌童表现出的淡定与从容，或许也只有萌童，才能真正拥有这份淡定与从容。总之，他的一招一式，无不立体地展示了草原的性格，无不丰盈地蕴含着草原的文化元素。今天，他就是代表草原欢迎我的小天使！

你听那牛羊啃草的鼻息、马儿惬意的嘶鸣、婴儿满足的呢喃、儿童调皮的嬉戏及妇女幸福的欢笑……这一切，形成了一曲立体纯净的和鸣。它们如此清脆悦耳，一波一波传向草原的深处，而后又荡出悠扬的回音。

这令人迷幻的草原啊，让我的灵魂和宇宙交融得那么紧密，我不由得也飘成了空透的时光，跟随着小天使的舞步，一起走进神话……

九

随着小叶拉萨“黑走马”舞蹈的结束，古丽巴将我们迎进了毡房，她安顿好我的行李，就在毡房的中央铺上一块蓝底白花的台布，再用清洁铮亮的小瓷碗，倒上了白玉般的马奶子。

大家互敬，我也跟着端起了小碗。轻轻一闻，有一股温和清新的奶味迎面扑来，感觉还行，可一想到阿尔善村的马奶子那股咸涩的酸劲，我又失去了品尝的勇气。这时，斜坐在炕边的古丽巴，热情地鼓励我尝一口试试。草原人的礼节，总是让人盛情难却，我尽量缩紧鼻孔，非常小心地呷了一口。

“咦，怎么不酸？还有点甘甜，也很清凉，挺好喝啊！一样的马奶子，这是怎么回事？”我感到纳闷了，不等他们回答，径自喝干了碗底。我一边咂吧着残存在嘴边的酒液，一边自言自语地嘀咕：“哪有什么酒味？这不就是饮料吗？外面咋传得那么玄乎？”

“饮料？这可是有度数的酒哦！记得第一次喝它，半碗就将我醉倒了……朱老师，您没事吧？”见我一饮而尽，苏全治有点惊讶。

“不知道啊，也许马上就倒。”不知怎么，我的回答像有点卖弄，又像是要唬人。唬人？唬谁呢？真是可笑的儿童本性！

天色已经不早，苏全治和布拉提又吩咐了古丽巴几句，然后对我说：“朱老师，古丽巴就一家三口，家中经济状况中等，卫生条件也行，最重要的是她读过双语（汉语和哈萨克语），交流起来会比较方便。她丈夫也会汉语，人也实在，今天下山去了。所以，我们经过反复商量，决定还是将您安排在她家比较放心，您看了，觉得怎样？”

“挺好的，这不，一来我就喜欢上这对母子了，布拉提人缘好，大家个个跟他熟，所以我也跟着沾光啦。”说着，我对布拉提翘了翘大拇指，说了声谢谢，布拉提又红起脸膛，回说不用谢。见我们一来一去，甚是有趣，大家的脸上不由乐开了花。

“好，您满意就好！总之，我跟古丽巴说了，您有什么需要了解的，生活上有什么需求，尽管跟她说。另外，就是这里没信号，我们必须提前定好下山的时间，到时好来接您。”听苏全治这么说，我有点犹豫。因为，早在七号，在芳香那拉提广场，那位烤羊肉串的维吾尔族兄弟德勒木拉提就曾告诉我十八号是斋月结束的日子，也就是伊斯兰教的开斋节，又叫肉孜节，他希望我能去参加他们的节日。可今天上山，我又想留在这里与牧民们一起庆祝节日，如此我就要和山下的维吾尔兄弟违约了。所以，我心中有点矛盾，只好将想法一股脑儿地倒给了苏全治：“喏，书记，事情就是这样，我害怕爽约影响形象，您比我了解他们，就请您帮我做个选择吧。”

得知我的担忧，苏全治建议说：“应该没关系，再说，您又没和他们说死。其实无论是在山上或山下，他们过节的形式基本都一样。只是过节这天，我必须到牧民家中走访慰问，所以就没法接您。我看您还是十七号这天下山吧，通常情况下，人在山上三天就受不了。十七号，都第五天了，我看您也该差不多了。”

“好，就听您的安排，麻烦您十七号再辛苦一趟啰。”

“好，说定，咱们十七号见。”

目送着他们远去的身影，我的心里竟生起了一股莫名的惆怅。在这广袤的草原，在它一望无际的浩瀚中，我不知自己身在何处，又感到自己是多么渺小。此时，我眼前又浮现出七月三号黄昏的那一幕情景：在阿尔善村的沃尔塔交塔之上，那只与羊群失散而一路哭喊着寻找妈妈的小羊……难道我还不如一只小羊？嘿，羞愧！当下，我就决定重归小羊精神，融进自己的“羊群”，去找回自己的“妈妈”。

一想到这里，我就坚定地转过身来，向着灰白色的毡房，向着正在微笑的古丽巴母子，欣然地走去。

十

几个小时的颠簸使我全身像散了架一样，在古丽巴为我划拨的一块毡炕上，我摊开酸软的四肢，仰面躺倒，贪婪地深吸着带有青草芳香的空气。此时，我就像一粒细小的尘埃，怀着满满的幸福与安定，轻轻地飘落到眼前这一片绿色的草地上，吸附在频频含笑的小花与小草的根上，亲密地连成一体，一起隐伏在迷人的宁静中。

如同在那拉提大草原，蓝蓝的天空又一次走进了我的梦中，还是那么爽、那么透。但仔细一嗅，我便感到空气里似乎还藏匿着什么。对，是一股撩人的膻味，对于这味儿，我似曾相识却又一时说不清楚。此时，它混合着泥草的芳香穿过毡房下口的缝隙，时浓时淡地向我一阵阵扑来，并顺着我的气管，一路溜进了尘封已久的丹田，不停地煽动，使我的神经根本来不及作任何抵挡，就被它刺激得神清气爽，眼明心亮。我被这一股股草原的膻味彻底征服了，它让我备感亲切。对我来说，尽管它还是一个谜，可也许这就是齐力盖大草原所特有的一种标志性“体味”！

而现在，不管它是何味，我实在疲累至极，已无意去追寻这个草原“体味”的来源，只愿意接受它给我带来的无尽慰藉，并在它亲切的爱意中迷迷糊糊地睡去。哦，草原，我和你认识，哦，《草原，你是我前世的初恋》：

万里之外的我
追寻马奶子的清香
万里之外的我
奔进了草原的阳光
……

吸吮清甜的乳酪琼浆
醉卧在辽阔的草原
梦里依稀
沿着天山的呼唤
还是少女的我
舞蹈在这蓝天白云之上
初恋是一阵风儿的温柔
初恋是一只野兔的慌张
初恋是一种神秘
点亮了心房
点燃了久违的渴望
……

哦，我来了
如同一颗你昨夜的小星
在你的面前
唱一首前世落下的草原情歌
……

哦，哈萨克
你是那么熟悉

又是那么亲切
让流浪的灵魂
仿佛飞进了自己的归巢
尽情释放着温情
哦，哈萨克
你这草原的雄鹰
飞翔，是你的名字
你这草原的骏马
奔腾，是你最美的舞蹈
你有母亲的温暖
你有花儿的甜蜜
哦，哈萨克
我要依偎在你的胸膛
亲吻你如须的绒草
你就是我的爱
你就是我的芳香
……

哦，倾心的草原
我将自己的每一根神经
交给你在远方的地平线
我将自己的每一滴热血
交给你天边烧红的晚霞
我的灵魂就是你的灵魂
我的生命也是你的生命
我要将纯情的我
无私地交给你粗犷的胸膛
让我倾听你马蹄般狂野的心跳
请你拥抱我

让我化作遍地的马兰花

万里之外的我
既然来了
万里之外的我
便不再离去
……

哦，天山，感谢你释放了我生命中全部的自由，我要用灵魂，蘸着你流淌着花香的奶蜜，为你书写更梦幻的篇章！

哦，哈萨克，我已经深深地爱上了你。

十一

“姐姐，我要去挤马奶了，您过来看吗？”睡梦中，我听到了古丽巴的召唤。按照在阿尔善村夏牧场的惯例，我又成了齐力盖大草原的“姐姐”。听起来既顺耳又亲切。

“当然，我要帮你干！”闻声，我一跃而起，一边摩拳擦掌，一边跃跃欲试地走了过去。

“好，姐姐，那一匹不行，我们先挤这一匹。”

“为什么呀？”

“那匹马脾气大，你不熟练，万一弄疼它，它会尥蹶子踢你的。”

“啊？会踢我？”

“是哎，它们就这样，不高兴了就踢人。”

“会这样啊？！”

听完古丽巴的解释，刚刚还兴高采烈的我一下子哑口无言。跟着古丽巴，我蹑手蹑脚地在一旁蹲下，紧盯着她的一举一动。只见她将干净的铁皮奶桶放在马乳下方，两手拽着母马的乳头，向下左一下右一下地又挤又拉，动作均匀有力，而奶水入桶时的哗哗声显得短促而又有节奏，如同泉水欢跳的音乐。被挤奶的母马，安详地垂立在那里，像在默默地享受，又像在认真地思考，也不知它在思考什么。看上去，人畜的配合是那么协调，又是那么默契。

“古丽巴，你看它很享受哎。”

“是哦，帮它将奶挤出来，它乳房不涨，就舒服了。”

“呵呵，古丽巴，让我也来试试吧？”

“好，您慢点。”

“嗯，我知道！”我一边答应，一边将双手伸向了母马肉红色的乳头。刚刚触碰，我就受了一惊，本能地缩回了伸出的双手：“呀，怎么这么热？”

“呵呵呵，它跟人一样，也是有体温的。”见我一脸惊讶，古丽巴忍不住呵呵地笑起来。

“呵呵……”我也讪讪赔笑，并再次壮起胆子，模仿古丽巴的动作，开始左一下右一下地挤拉。没过一会儿，我的两条胳膊就渐渐发酸，双手也不听使唤，败下阵来。

“姐姐，你尝一口新鲜的马奶吧！”见我一副垂头丧气的样子，古丽巴舀了半茶缸马奶递到我面前。

“这……刚出的……马奶，能……能……喝吗？”我疑惑地向缸子里看了一眼，白玉般的新鲜乳液飘着一丝淡淡的腥味，我好像又触到了热乎乎的母马乳头，结结巴巴地问道。

“刚挤的马奶最干净了，它很养胃，也能治好胃病。姐姐，您尝尝就知道了。”聪明的古丽巴笑眯眯地又将缸子向我递了递。

“噢……我……尝尝！”对着缸子，我满腹狐疑，就像刚喝马奶子一样，先小心翼翼地抿了一口，又咂巴咂巴。温温的，还有点香醇，我又喝上一口，再细细品尝，觉得这马奶不仅温热可口，还有点清甜滋润，入口也舌底生津。没想到人间竟有如此奇妙的滋味，今天既让我碰上，又岂能轻易放过？于是，我端起茶缸，一气喝了个底朝天。

我舔着嘴唇，有点意犹未尽，可看到辛苦劳作的古丽巴，终究没好意思开口再要。心想，这毕竟是第一天，还是留点想头去丰富来日的生活吧。不过，今天我一定要非常负责任地大声宣告：马奶——绝对是所有天然乳汁中的最上等饮品！

十二

晚上七点，这里的太阳还迟迟不肯下山，好像在等男主人叶尔波森的归来。

忽然，毡房外传来了一阵摩托的轰鸣，接着便听到小叶拉萨欢快的叫声："阿克……阿克……"我出门一看，原来是男主人叶尔波森从则克台镇购买日常生活用品回来了。还没等车子靠稳，高兴的小叶拉萨立刻就欢叫着迎了上去。听到小叶拉萨的欢叫，叶尔波森脸上露出了慈爱的微笑，于手忙脚乱中将买的西瓜、甜瓜、黄瓜、核桃、洋葱、包菜、土豆等碰落了一地。

男主人叶尔波森，一看就是那种含蓄而不失阳光的青年，在他身上，我突然看到一个长大了的小叶拉萨形象。这父子俩，长得不能再像了。见到我，叶尔波森送了一个友好的微笑，脸上没有露出一丝意外的表情，好像我是他家的老熟人。不等古丽巴介绍，我和他就聊上了："你好，叶拉萨叫你'阿克'，'阿克'是爸爸的意思吗？"

"是呢！"

"哦，你经常下山购物吗？"

"不是，下山一次，够在山上吃用三四天呢。"

"山路灰尘很大，骑着摩托来回应该很辛苦的。你每次下山，一般需用多少时间？"走过这段山路的我，显然深有体会。

"夏天，单程只需一个半小时；而冬天，路上冰雪覆盖，只能骑马下山，一来一回，就得整整一天。所以，每次下山，我们都要购足一周的生活用品。"叶尔波森的回答，已不似刚才那样腼腆。一阵闲聊后，他说时间不早了，要去后山赶羊，便骑上马走了。看着叶尔波森策马扬鞭的背影，我心里好生羡慕。

这时，顺着叶尔波森上山的方向，来了一位骑枣红马的男子。看上去五十岁左右，他头戴一顶酷酷的黑色休闲帽，帽子下面隐着一副棱角分明的汉化欧罗巴面孔。他的怀里坐着一个一岁多的小女孩，小女孩身着红衫，在她稀疏绒黄的头发下是白中透红的小脸蛋，一双大眼睛带着野性，眼珠骨碌碌地乱转，透着机灵。男子的左手夹着烟头，持着缰绳的右手还握着孩子的零食，而小女孩的手中也捏着一块蛋糕。一看到我，这一老一小连同他们的枣红马一起停在了我面前，三双好奇的目光齐刷刷地射向了我。

“嗨，你是谁？这是你的孙子吗？”他们直勾勾的打量，使我猛地想起了动物园里供人欣赏的猴子，于是我也就“不客气”地甩上一句。可男子一声不吭，只在原本好奇的脸上加进了一丝友好的笑意，依旧直勾勾地看我。我一瞧，傻眼了，因为他根本就不是陪我“吵架”的对手，我只好掉头问古丽巴，他是谁？

“姐姐，他是我们的邻居艾登江，喏，就住在我家右边。”说着，古丽巴就用手指着叶尔波森上山路过的那个毡房给我看。

“那孩子是他孙女吗？”我指着小女孩问。

“不是，是他女儿阿哈弥儿。”古丽巴回答我的表情，有些古怪。

“女儿？不会吧？他看上去都这把年纪了，还能生出这么小的孩子？”听古丽巴这么说，我开始纳闷了。

古丽巴看我不解，就将我拉到一边，压低了声音，对我说：“姐姐，这孩子是他儿子生的头胎。”

“是他儿子生的？怎么会成为他的女儿？”我一听，更加云里雾里地找不到方向。

“姐姐，是这样的，我们这里有个规矩，就是不管是儿子还是女儿，生下的第一胎都要送给自己的父母做孩子。”古丽巴的解释，又向前迈了一步，可我却听得彻底迷糊了。

“那以后的称谓怎么叫？”我急呼呼地想知道这些。

“以后，这孩子就管爷爷奶奶叫爸爸妈妈，与亲生父母就以兄弟姐妹相称了。”这是什么逻辑？古丽巴的解释，把我听得目瞪口呆。

“古丽巴，这是什么逻辑？这完全不通嘛。为什么要这样做？你又为什么没将叶拉萨送给他的爷爷奶奶?”我想，这才是问题的关键。

“他们因为不和父母在一起生活，怕父母孤单，就立下了这样的规矩。而我们和父母在一起生活，所以就不需要这样做了。”古丽巴道出原委。

“噢，竟有这样的习俗，可年幼的孩子交给年老的父母养育，虽然对化解他们的孤独寂寞不失为一个办法，但考虑一下幼儿的成长，这样安排，你认为是否合适?”我向古丽巴提出了一个新的问题。

“姐姐，就是这个问题。所有送给父母的孩子，脾气都大得很呢。长大了也很难与人相处。为了不让这种情况在小叶拉萨身上发生，我们才决定和父母一起生活。”古丽巴进一步说明了真相。

听着古丽巴的言谈话语，我想眼前这位青年女子的观点倒是不俗，应该不失为一位明智的当代哈萨克女子。这时，我打开了一个全新的视角，本能地向艾登江父女看去，只见离我已有一小段距离的艾登江父女还在马背上傻傻地打量着我，我也朝着他们的方向将目光傻傻地回敬过去。

十三

骑马的艾登江父女，又优哉游哉地向西去了。

而我和小叶拉萨，则坐在毡房门前的草地上，彼此开始细细地打量。这时，古丽巴搬来一张长方形的小桌，放在我和小叶拉萨中间，这才隔断了我们这一大一小的视线。古丽巴切开一只明黄澄亮的香瓜，递一块给我：“姐姐，这是新疆甜瓜，你尝一块，可甜了。”

我手捧甜瓜，只见剖开的瓜肉上一点一滴的瓜液不断地向外冒着，然后汇聚一处，准备慢慢地往下滴。还未入口，一股清香诱人的味道便跟着扑来，它猛地激活了我的味觉神经元。眼看那一颗颗晶莹透明的甜液就要垂垂滴落，说时迟那时快，我赶忙伸出舌头一口将这美妙的甘露接了个正着，一股清甜如蜜的甘爽犹如在肖尔布拉克酒厂品尝的原浆，顿时就从舌尖传到了心间。

“太好吃了，古丽巴，这是我平生所尝过的最甜的瓜了。”在恋恋不舍中，我将最后一口甜瓜慢慢地咽了下去。然后，我一边用舌头舔着残留在唇上的甜汁，一边将意犹未尽的感受反馈给女主人。

“是呐，姐姐。你吃核桃，补脑子的，好吃得很。”我还沉浸在甜瓜的甜蜜里，古丽巴又捧上了一把新核桃。

“是吗？这个核桃，它不涩吗？”好吃？老实说，我还真有点不信。虽然我也知道核桃的作用，可总觉得吃着涩嘴，剥起来又费事，所以一直不怎么喜欢。

“这是刚摘的，特别新鲜，和你吃的不一样。”古丽巴一边说，一边举起刀背，对准核桃突出的部位轻轻一敲，坚硬的核桃就一分两半，露出了雪白雪白的果肉。

“哦，老天，刀还有这个用处！呵呵，我也会啦，这真的太方便了。”印象中，在没有专用工具的情况下，通常我们都喜欢用榔头敲它，假如连榔头也没有，我们就将核桃放在门缝之间，再将门一推，核桃在门框的挤压下一准忍受不了，随着咔嚓一声就四分五裂了。然而，那门缝两侧，一定也留下受伤的痕迹，从而造成两败俱伤的结局。而今天，古丽巴这个破壳方式，真让我大开眼界。

“是啊，姐姐，吃啊，你吃。”忙过甜瓜忙核桃，见我沉思，古丽巴以为我在犹豫便又招呼我。

眼前被破开的核桃肉似乎还冒着细小的白浆，看上去水盈盈、嫩汪汪的。这确实和家里的不一样，不知品起来是怎样的滋味。看小叶拉萨吃得香香甜甜的，我的味蕾也开始有所躁动。我取了一小块，开始用牙齿轻轻咀嚼，用舌头细细鉴定……不仅没有涩味，还甜浆满口，这时我才知道世上还有如此美味的果肉！没有尝过它的人们，可能永远也想象不出这种鲜香清甜的滋味。

我一边吃着核桃，一边不忘抬头看小叶拉萨一眼，只见对面的小叶拉萨先用肥嘟嘟的小手，对躲在核桃壳里不肯就范的果肉不停地扒拉，然后将扒出的果肉一块一块地往嘴里送。他扒着，送着，吃着，小脸上写满了心满意足。面对草原人的口福，我的脸上写满了羡慕。

其实，我已经拥有了这样的幸运，我的心正飞翔在大草原的天空。这至纯至美的享受，正不断地传入我的口中、我的心中。哦，草原，你已经不再是我的一个梦。

来呀，来喝马奶子、烤地锅馕、学薅羊毛

（7 月 14 日，星期二，晴，40℃）

一

清晨，我被一习轻轻的凉风从甜蜜的梦中唤醒。我懒懒地开启眼帘，瞥见似穹庐一般圆圆的毡房顶口，已挂起了一片蓝天。一汪清辉顺着顶口倾泻而下，将我和毡房的每一个角落照得一片通明。

原来，毡房里勤劳的主人早已打开了房顶天窗，敢情是催我这百无聊赖的懒姐儿同那刚刚露脸的日头，一起到草原的晨光里去对话吧。于是，我“怒”伸了一把懒腰，顿时心神荡漾，啊，这将是草原上美好的一天！不负主人不负天，就去闲聊一个昨日的“无稽之谈”，就去吹上一股来时的“空穴来风”，就去帮忙说醒今日的小树小草，也去悄悄吹开一地的野花。

“嘿……嘿……”

一个夯实有力的童音划过清晨的天空，童音从毡房的外面传来，一声接着一声。我揉着惺忪的睡眼，循声向外走去，原来是叶拉萨这位“草原小王子”。只见他提着一根羊毛搓成的缰绳，卷成一道道均匀的绳圈，再左手抓住绳头，右手举起绳圈，对准他的“骏马”——草原上个头又高、又显眼的乌头草，一遍遍地甩将过去。

“嘿……嘿……”，收绳、圈绳、甩绳。

“嘿……嘿……”，再收绳、圈绳、甩绳。

缰绳在小叶拉萨小小的手中放出如龙，收回如虫。他每一个重复的动作都做得不厌其烦，每一个动作都做得潇洒娴熟；每一次的失败，

也见不到他的妥协与退却，反而更加增添了一分勇猛与谨慎！

看着叶拉萨矫健的小小英姿，昨天的“草原小天使”，今天又摇身变成了“草原小英雄”，我的精神不由得为之一振……透过眼前的这位小小孩童，我仿佛看到了一个未来的少年叶拉萨和青年叶拉萨，在他们逐渐高大的背影中，我更加清楚地看到了一个游牧民族那特有的灵魂质地。

二

早晨的洗漱，与阿尔善村一样，还是冰冷的山水配上少少的热水；早餐，也依旧是一碗牛奶，一小块馕饼。行过感恩礼，我开始细嚼慢咽，为了生存，我必须习惯草原的生活。

喝完牛奶，古丽巴见我只喝奶茶，干啃馕饼，就将一个盛着像黄油一样东西的小碗推到我面前：“姐姐，这是酥油，你用馕饼蘸蘸它，很好吃的。”

“是吗？可我怕酸？”其实，我早就认出是酥油，可就是不敢尝，因为在阿尔善村，我就领教过那说不清的怪味。

“不酸的，真的好吃，姐姐不信试试！”古丽巴每次的推荐都充满自信。见古丽巴说得肯定，我也就半信半疑地将蘸过酥油的馕饼慢慢地递到嘴中。

“咦，真的不酸，还有点香香的甜味。这怎么回事？怎么酥油也和阿尔善村的不一样？难道这酥油也有品牌的差异？”我有点蒙了。

见我发愣，古丽巴才开始告诉我：“姐姐，这酥油和马奶子，都是我自己做的，您觉得和阿尔善那边的口味不一样，可能是因为他们是在山下买的，时间一长就会变味。或者是不小心进了水，味道也会有变化。”当古丽巴的声音落下，我开始张了张嘴想说些什么，可终究一句也没说出。

吃完早餐，感恩礼行毕，古丽巴又开始干活了。只见她手持一根两三米长的木棍，在一个白色的大塑料桶内不停地搅拌和冲捣。当木棍提起时，我发现木棍的那端还缠着塑料皮。我伸头朝桶里一看，里面有半桶白色的乳液，在古丽巴的搅拌下泛着大大小小的气泡，可以肯定这是奶制品。可我搞不清是牛奶还是马奶。反正，对古丽巴这个重复而机械的动作，我充满好奇，这是在捣鼓什么？

“古丽巴，你在做什么呢？”

“做马奶子啊！”

“做马奶子？就这么冲捣？”

“是啊！”

“像这样，一天需要冲捣几次？”

“没有数，有时间就冲一会儿。”

“那何时能做成？”

“第二天就可以了。”

敢情这马奶子做法竟这么简单，趁古丽巴停下，我从她手中接过木棍，学着她的模样也装模作样地玩耍起来。我一边玩耍，一边想：来到草原，为什么总听人们说起马奶子，却从未提及过牛奶子或羊奶子？今天，在这个貌似简单的动作中，我终于找到了结论：马奶含有较高的糖分，通过搅拌可以发酵成酒。而牛奶或羊奶中的糖分不具备发酵成酒所需的量。顿时，我茅塞顿开，就将自己的想法班门弄斧一通，没想到古丽巴听了连连点头称赞。在我玩耍的空儿，古丽巴从外面又提了一桶马奶进来，搁在另一边，我问：“怎么不倒进来呀？”

“等这里的快喝完再倒。”

“这么多？啥时能喝完啊？”

“很快的，邻居们马上就来做客了。”

“邻居来做客？能喝这么多？”

“嗯，能喝掉。”我向酒桶扫了一眼，估计桶里的马奶子足有十公斤，说实话，我真不相信他们一天能喝完。古丽巴见我疑惑，接着说：“最多的时候，邻居们一天就喝了十五公斤呢。”

为了满足好奇，我又盘问起古丽巴家的私事：“古丽巴，你家有多少匹马？它们来得及产奶吗？”古丽巴听了，非常坦然，一五一十地告诉我："哦，姐姐，我家有四头奶牛，五头母马，一百八十头羊。奶牛早晚各挤一次奶，而马就不一样了，它们需要两小时就挤一次，平均每匹马每天产奶三四公斤，一天六七次，算下来，也有二十五公斤上下。所以，也够喝了，喝不完再卖掉。"

听完这些数字，我也悄悄地扳起手指头：一头奶牛五千,一匹马一万,一只山羊大的八百，小的六百，按均价七百计算。她家除去山下定居点"冬窝子"这个固定资产，古丽巴家的"活家私"就近二十万。除却人工及种苗的购进，几乎没有饲料成本，而"活家私"给她家所带来的附加值又是多少？比如，各种奶制品的剩余与销售，这些未知，我就没好意思"深挖"下去，怕引起主人的不快。

我想，这就是目前草原上一个中产阶级游牧家庭的经济现状了吧，以当地的生活水准衡量，我也算是投奔了一个小康人家。

三

果然，和古丽巴的对话刚刚结束，邻居们就陆陆续续来了。最先上炕的就是昨天认识的艾登江"父女"，接着是其他几位邻居。

这些邻居中，有一位男邻居显得特别调皮，古丽巴告诉我，他叫别克波力，今年三十八岁。这位邻居，大概有一米七八的个头，一张长方形的脸，在他高而见方的额头下闪着一对炯炯有神、漆黑乌亮的圆眼睛，他油亮的皮肤泛着些许小麦色，溜滑的颧骨也稍稍突出，他那精致的鼻梁下，两条凹凸分明的人中线将那富有弹性的薄嘴唇衬托得自信而调皮。总之，他全身上下都透着一股机灵劲儿。此时，他正用一种"坏坏"的眼神，上上下下地打量着我，显然他将我当作了同龄人，否则是断断不敢用这样的眼神来看我的。

看他逗人的样子，我忍不住乐了，也开始用"坏坏"的眼神打量起他："喂，你叫别克波力？"

"咹……"别克波力依旧坏笑。

"你很调皮，看上去像个坏人哎。"虽然我嘴上展开了"挑衅"，可心里还真有点毛毛的，心想：狭路相逢勇者胜！不管他，我先发制人再说。

“嘿嘿嘿，所以，你就要当心啦。”看我这么说，别克波力的坏笑竟然更欢了。

“可我不怕你。昨天古丽巴就告诉我了，说你们这里有一个叫别克波力的坏人，让我注意点这个人，没想到你今天就来了。”我先编个瞎话，将古丽巴拉进来好帮我一起抵挡。

“没用，你们两个，都不是我的对手！”天哪，真是个“又坏又狡猾”的家伙。

“你还敢明目张胆地‘威胁’？行啊！但我也通知你，昨天听古丽巴提到你这个坏人后，我就上了后山，给伊宁的一个朋友打了电话，我告诉他这里有一个‘很坏很坏’的人，名叫别克波力，如果我在草原失踪，一准就是他干的，到时候找他要人就是！”我一边信口开河地胡咧咧，一边歪过头来看别克波力的表情，心里偷偷地乐着。

“你的朋友找不到我的。”别克波力嘴上还不服输。

“找不到你？搞笑吧！知道我朋友是谁吗？他可是你们哈萨克著名的演员兼导演——叶尔江·马哈甫什！你们哈萨克人应该都知道他，只要他动员哈萨克同胞，一声令下，对你实行全族搜捕，到时就不信你能跑得了！”在我“震慑与恐吓”他的同时，我又将手机里与叶老师的合影，递到他面前。

“知道、知道，我们看过他的戏。”别克波力及旁边的古丽巴，一起异口同声地说。

“所以嘛，从现在开始，我的安全就全部交给你负责啦，你可要认认真真地将我保护好，不得麻痹大意！总之，我和朋友说了，不管出现什么情况，都是你的原因！你的责任！”当我一本正经地说完，自己先忍不住大笑起来，大家也跟着一阵大笑。

古丽巴家的马奶子又香又甜，牧民们就利用上午的空闲聚在一起，像一家人似的盘腿围炕，在这其乐融融的气氛中，我和他们一样，静静地喝着、品着、聊着、倾听着……

四

中午一点多，我跟随古丽巴到西边的邻居家做客。一进毡房，就见叶尔波森和艾登江已坐在里面，大家见到我纷纷招呼我上炕。

叶尔波森告诉我，在炕中间的那个位置坐着的就是这家的男主人沙吾列别克。沙吾列别克请我在他的左边坐下，而叶尔波森两口子，就靠着我依次而坐。我们前面的毡炕上铺着一条粉蓝色长方形的餐布，上面放着六七只白底红花的小碗，不用说里面已倒满了香甜可口的马奶子。照例，大家行完感恩礼后，纷纷端起了酒碗。这时不知是谁弹起了冬不拉，大家在一片欢乐的音乐声中，一边弹、一边饮、一边唱，毡房里顿时充满了人性的温暖，以及我们人类一直在梦寐以求的安全感。此时，我将自己的身体蜷成一堆无用的皮囊，往炕头那么一扔，只取出自己的灵魂，搭乘在一首首悠扬静美的草原之歌上，看着人们的欢快，像满满的流水一样溢出毡房，再幸福地滚落到外边的草地上……

“姐姐，昂沙尔正在做馕，你快出来看看！”就在我想得出神时，外面传来了古丽巴唤我的声音，那声音听来有点遥远，我赶紧将魂魄从幸福的歌声中拼命地拽出，又钻回了端坐的皮囊，再闻声走出毡房。

在门口不远的地方，女主人昂沙尔和古丽巴及几个孩子，正围着一个小坑。小坑里冒着火苗，也不知燃烧着什么。一只平底锅就支在小坑上，几串文火正轻柔地吻着锅底。女主人昂沙尔，一位和古丽巴长得有点相似的女子，一对亮如宝石的黑眼睛镶嵌在红红的脸蛋上，唯一不同的是昂沙尔比古丽巴高挑一些。记得就在刚才，她还半坐炕沿为大家左一碗右一碗地斟酒，却不知何时她和古丽巴及几个孩子就不见了踪影，原来他们已悄悄出来烤上了馕饼。

“嗨，馕在哪儿？”我兴奋地问。

“就在里面。”古丽巴指着锅回我。就在我急呼呼地想看到馕饼的时候，昂沙尔一把掀开了锅盖，只见一枚状如圆盘的馕饼，嫩黄灿亮地闪亮登场。馕饼中间薄边沿厚，表皮还有一些简单的花纹。为了均衡受热，女主人将馕饼翻了身，但见这馕饼的边花纹凸出的部分变成了老成的金黄，而凹陷的部分仍然闪着嫩金黄的余晖，它们相间在馕的表皮，色香诱人至极，让我忍不住口齿生涎。

“熟了熟了，可以吃啦……”我在一旁拼命鼓动，女主人却笑而不答，只是笑眯眯地盖上了锅盖。其实，说是锅盖，造型却和锅一个模样，只不过是一个在上一个在下，位置不同罢了。

“咦？不是好了吗？怎么又盖上啦？”我有点着急地问。

“没好呢，得再烤一会儿。”女主人昂沙尔终于开了腔。然后，她又从坑里夹出三四块像焦炭一样的燃料，放在了锅盖上面。

“这是什么东西？好像不是煤炭，为什么要放在锅盖上？”我指着锅盖上那几块黑乎乎的燃料问。

“这是干羊粪，用它烤出来的馕叫‘它扒’，又称地锅馕。这种馕在和面时，就加进了盐和牛奶，摊成圆饼，在锅里浇上羊油，再用手指顺着饼的边沿，均匀地戳出圆边和大小不等的圆点，烤好后味道可香啦。将燃烧的干羊粪放在盖上，是为了让两面同时得到烧烤，这样馕就可以同时熟，颜色也会一样漂亮。”古丽巴的详细回答，更加剧了我的新鲜感。

老实说，自从来到草原我还没有看过刚出炉的馕饼呢，更不要说去品尝。可怜我小人家围着馕坑，一边观察，一边眼巴巴地盼着馕烤熟……

没多久，一块焦黄油亮的馕饼终于热腾腾地出锅了，那一股子香喷喷的气味向我迎面扑来，将我的馋虫勾引得满腹爬动。眼看着昂沙尔将馕饼小心翼翼地摞好，我却偷偷地咽着那不争气的“哈喇子”，生怕一不小心就让它们溜出自己的“闸门”。

一个不折不扣的“食肉动物”，竟被一张刚出炉的哈萨克馕饼诱惑得如此狼狈，说起来也真够丢人。但不管怎样，咱终究没有开口，只冲着这一点，就值得懂我的亲友们赏我一个赞。

五

“姐姐，我们到那边玩一下吧？”下午四点多，古丽巴指着南面山坡上的一座毡房，征求我的意见。可我听到古丽巴的声音时，竟觉得肚子里还空着。

“好啊，那边有个羊圈，我们一起去看看吧！”顺着古丽巴手指的方向，我发现一个羊圈，就在百十米开外，还看见不少的羊被关在里面。羊圈旁的草地上，蹲着几个大人和孩子，我寻思：天色这么早，主人怎么将羊关在圈里呢？他们蹲着地上忙活什么呢？是挤羊奶？可又不像。疑惑中，小叶拉萨已经撒开了脚丫子。我也顾不得继续思忖，更顾不上空着的肚子，就和古丽巴一起向山那边去了。

越过山谷，羊圈越来越近，我已经清晰地看见几十头黄白相间的羊正躲在羊圈一角，它们挤成一团，正咩咩地叫着。这些长着不同毛色的羊儿，远远看去倒形成了一个自然的、不规则的黄白相间图案，还折射出一种高透明度的、充满现代色彩的时尚感，可这种时尚感却让我的眼睛产生了一点疲劳。就在这个视觉疲劳还没有完全生成的时候，我的眼睛又被每只羊身上深孔雀蓝的符号，以及天空的天空蓝与偏暗色的绿草地组合给吸引住了。就在这种偏暗色的绿草地的衬托下，草原上又形成了一幅高透明度、低饱和度的黄白画面。所有的色彩和融呼应，形成了一道别样的风景，不仅没有让我的视觉疲劳下去，反而给我的视觉带来了一股清新清爽的感受……这让我不得不赞叹：大自然，才是真正的艺术家！

然而，一旦真正走近，我就再也不忍心欣赏这一道独特的风景了。这些羊大部分都低垂着头，像是不敢见人似的，让我不禁联想到“待宰的羔羊”，难道牧民们真的在进行一场宰杀？带着满腹的疑虑，我开始搜寻答案。当我的目光移到羊圈出口，又发现几头蜷成一团的羊正静静地匍匐在地上，它们一声不吭，就像死了一般。

这到底怎么回事？我凑上前去才见它们的四肢已被绳子捆住，一老一少的两个牧民正各自按着两头绵羊。他们的左手轻轻地护着羊的腹部，右手则持着一把结实有力的超长剪刀，正对着羊毛的根部咔嚓咔嚓地剪着……旁边，一个包着红头巾的年轻妇女，正笑眯眯地看着。在她右边的胳膊上，还靠着一个穿白T恤的小男孩，她的左手就轻扶在孩子的右膝上，而小男孩也惬意地斜躺在她怀里，一起静静地“观摩”着眼前的一幕。

“古丽巴，原来他们在剪羊毛！”这时，我才明白他们在干什么。难怪它们躺在地上温顺得一声不吭，想必它们自己也觉得，在这酷热的夏天，主人能为它们一卸如此厚重的“冬装”，是一件求之不得的美事，原来它们正享受着主人给它们带来的清凉啊！

“是的，姐姐，夏天嘛，帮它们把羊毛剪掉，它们就凉快了。”古丽巴说道。再看看眼前的牧民，他们正忙得不亦乐乎，自然也就懒得抬头多瞧我一眼，人家正在享受收获的喜悦呢。也罢，无论是主人，还是羊儿，看起来他们都各得其所。

看到这里，我不由得想起人们常挂在嘴边的一句老话：这个世界，谁离不开谁？是的，这句看似经典的民间语录，确实拯救过人间不少的痴男怨女，也拯救过不少爱钻牛角尖的人。可作为从大自然中走出的人类，不管今天已经发展得多么庞大、文明和先进，终究还是大自然生物链之间的一个环节。如果总是对自己的“左邻右舍”挥刀相向，那么人类与自然就会产生严重的脱节，乃至对立，最终人类势必会成为垂死挣扎的孤家寡人！今天我站在美丽的齐力盖大草原上，不得不发出一声与众相悖的声音：在生死存亡的需要下，这世界上谁又能离得开谁？

总之，人类只有将自己的身心无条件地贴近自然、融进自然，直到最后将自己重新化为自然的一分子，从此随着大自然的呼吸和脉动，一起因势起伏，千回百转，反复推进，才能真正地获得无穷无尽的智慧和力量，才能找回我们最为渴望的创新与发展的永生之路！

六

“姐姐，这是叶尔波森堂叔努尔哈提的家，刚才的那群羊，就是他家的。”我们爬上了左边的一个山包，古丽巴脸上显出莫名的兴奋，指着一座气派的大毡房告诉我。

“嗬，挺漂亮的一座毡房，你堂叔家不错啊。”看着这座大而气派的毡房，我不禁发出了一声赞叹。

“是呐，他们家条件很好的，姐姐，这是我堂婶。”古丽巴指着毡房前的一位中年妇女，向我介绍道。

“哦，你好，你家的毡房好漂亮哦！”看到叶尔波森堂婶，我顺口来上一句。听到我的赞美，堂婶的脸红了，只听她含糊其词地应了一声，就急忙将我们领进了毡房。面对陌生人的到来，堂婶有点腼腆。

宾主落座，我那一双不安分的眼睛又四下张望起来。我看到堂婶家毡房的中间有一台白色的太阳能主机，主机上罩着一方干净的台布，一部收放机得意地“坐”在上面，正尽情地“唱”着草原牧歌。在太阳能的前面，一块白底绿花的长方形块毯骄傲地盘踞着毡房的中央位置。绿炕毯的前面，一张由红绿黄与紫罗兰等色彩组成的菱形“方队”块毯，也以强大的阵容将炕毯向四周张扬开去。太阳能的上方，一个圆形挂钟吊在高高的毡墙上，指针正不慌不忙地踱着悠闲的步伐。太阳能的两侧，照例是两摞叠得整整齐齐的被子，不过它们每天一早就闪进了帘后，倒是非常低调，只有很晚时它们才温顺地出来，与牧民们开始最“亲切的拥抱”。而被子的两边，两张黑底大红花的挂毯背着“一身”外人分不清的花口袋，既像毡房的摆设，又像牧民用来装小物件的抽屉，反正它们一直就守在那里，也不知它们的肚子里揣着什么？毡房里侧的右角还有一道神秘的帘子。这个角落现在是瞒不住我的，因为从阿尔善村开始，我一直都是躲在那帘子后边洗尽白日铅华的。

堂婶家的台布和帘子都是以白底配上绿叶和小红花的图案，让人觉到非常清爽别致。而所有的挂毯，不仅五彩斑斓，还灿然一新，那热烈奔放的红色、沉稳大气的黑色，让纯情的白色从中跃然而出，它们形成了一种红白黑特有的艺术语言，使毡房的空间变得张力无限。就在红白黑三色为基调的渲染下，毡房里随处可见传统民俗的吉祥意象及异域文化的元素符号，而那浓烈的红色，显得格外鲜明、耀眼，这使得整座毡房都富丽而又亮堂。由此想到作为中国文化的崇尚色——红色，它象征着中国人的喜庆与吉祥啊……再看看眼前的堂婶，四十左右的年龄，她红润的脸膛和微微发福的体形，分明告诉我，她的生活是美满和滋润的。

最后，我的视线又落在她家右侧的简易小碗橱上。其实，说是碗橱，还不如说这是由几根木条和木板拼制而成的架子。小碗橱的正面被一帘浅红色的纱布遮着，那些锅碗瓢勺、油盐酱醋之类的家什半隐在里面，发出明净的光泽。小碗橱下面是一片油亮发黑的土地，而小碗橱的最下层，还有一些顽强的小草，正不屈地探出它们的小脑袋，好奇地东张西望。而那些雪亮的不锈钢盆具和搪瓷器皿，却霸道地坐在小草身上。这“炫耀”的餐具与油黑的土地，在一明一暗中显出了巨大的反差，它们给我带来一股强劲的视觉冲击，将我送进了一个异常静默、无限清畅的境界。

“老天啊，真是太干净了！”这里，没有现代化的天花板、吊顶、瓷砖及各类高端的装饰材料，有的只是一望无际的草地、牛羊和随处可见的一坨坨粪便。在这样的环境里，却能还原出如此一尘不染的世界，这让我又怎能不再次发出由衷的赞叹！

“嗯，婶子家到处都是新的，她特别讲究，所以干净得很。”

“其实，我觉得每座毡房都很干净，特别是厨具。”

“就是。平时，那些干净的碗筷，只要两三天没用，我们就要重新清洗。”

“两三天清洗一遍？为什么？”

“这个……因为两三天不用就会脏，脏了拿出来洗洗，就又干净了，这样客人一来，就可以用。”讲这话时，古丽巴一脸真诚，好像她说的不是一个简单的洗碗问题，而是在说擦拭圣坛前的圣器，这让我又听得目瞪口呆，好一阵发愣。作为内地人，我们一直普遍认为，居无定所的游牧民族由于受到客观条件的限制，卫生状况一定比较糟糕。可眼前，这瓷碗上柔和的白色、这不锈钢盆内外灿烂的银光，还有各种散发着纯净之美的器皿，都让我迟迟不敢相信这个事实，然而这就是事实！一旦无法否定，惭愧便爬到了我的脸上，面对古丽巴和她堂婶的微笑，我有点无言以对。

“姐姐，是真的！”见我愣在那里，古丽巴以为我不信，跟着又强调一句。

“相信相信，我相信！”我连忙给出了一连串的肯定，可心里还在想：相隔两三天就要清洗一遍没有使用过的厨具，在居有定所、装饰豪华的内地，我们能做到吗？在此，我要很羞愧地说：我没做到，相信不少人和我一样，也不一定能做到。俗话说“百闻不如一见”。今天，我身临其境，再次体验原汁原味的牧民生活，终于一扫往日的偏见。同时，也为着自己曾经的人云亦云而从心里向纯净圣洁的草原文化表示深深歉意！在来草原之前，该想的我应该都想到了，可万万没想到的是，草原人会拥有如此超级卫生的“厨房”。

人类的文化，总是离不开吃喝玩乐。毫无疑问，吃是人类文化的第一大要素，在“吃”上的干净具有重要的意义，它不仅反映着一种生活习惯，更代表了一个民族的文化品位和生活质量的高低。所以，我为草原人这种良好的生活状况而感到自豪，我更为草原人这种纯净圣洁的心灵而感到骄傲。现在，谁又忍心否认：我——已经是一个不折不扣的草原人！

七

“姐姐，你抬头看看……”古丽巴的声音将我从沉思中唤醒，顺着她手指的方向，我看到努尔哈提家毡房顶口的梁上垂下两根绳子，绳子的一头系着一块小木板，小木板的一端就搁在一根横梁上。

“那么高？是什么？做什么用？”我急急地问古丽巴。

“姐姐，你猜，它是做什么用的?”说罢，古丽巴的脸上还掠过一丝神秘。我见古丽巴卖起了关子，只有开动起小聪明：挂那么高?是什么需要待在高处呢?对了，是鸟。我想到了鹰和乌鸦，难道是鹰?不，准确地讲，应该是驯鹰。

“古丽巴，是驯鹰，你堂叔家有驯鹰?”

“呵呵，不对，姐姐再猜。”

“啊，不对?那会是什么?肯定是鸟类吧?”

“嗯，是一种小鸟。”

“是小鸟?啊……难道是燕子?”我心下思忖，一块小木板，也不像是燕子垒的窝啊?

“对，就是燕子，姐姐，你快看，小燕子正好出来了!”古丽巴惊喜地指着梁顶，我赶紧看去，真有一只小鸟，正颤巍巍地抖着未丰满的羽翼，还探头探脑地伸出小脑袋。

“这是燕子吗?为什么不是它们自己垒的巢?”我愣着两眼，一脸的迷茫。

“是，是燕子。”见我半信半疑，古丽巴告诉我，在每年的夏季，牧民们都有一个习惯，就是在搭建毡房时，顺便在梁顶造一个鸟窝，以供路过的燕子留宿，或长期休养生息。牧民们认为，谁家的毡房引来了燕子，那么这一家就会特别兴旺。

当我和古丽巴交流时，堂婶在一旁听着，等我们说完，她才和古丽巴低低地咕哝几句，又笑眯眯地看我一眼，那意思好像在说，她也是这么认为。随之，她的目光也落在了梁顶的小燕子身上，并发出一种慈爱的光芒，那神情就像看到了自己的孩子。

透过堂婶一家，我看到了牧民对野生动物的敬畏之心，看到了他们保护野生动物就像保护自己的孩子一样。我终于明白了，他们为什么要将燕子的落脚当作一种吉祥如意的象征。他们深深地懂得，只有生态平衡了，环境好了，自己的子孙后代才能过得更加幸福美满!

八

“古丽巴，你怎么啦？发生什么事了？”七点多钟，我看到平时笑眯眯的古丽巴突然手按腰部，带着一脸的沮丧和痛苦，艰难地向毡房走来。我不知发生了什么，赶紧迎了上去。

“姐姐，我……”古丽巴的声音显得又细又弱，我根本没法听清。

“古丽巴这是怎么啦？”于是，我又问紧随其后的叶尔波森。

“噢，她让马给踢了。”叶尔波森苦笑着说。

“啊！让马给踢了？马真会踢人？伤着哪儿了？”我一听，瞪大了眼睛，连声音也惊慌失措起来。

“可不是？踢到腰上了。”

“它为什么踢人？”

“挤奶弄疼了它呗。”

“要紧不？要不下山看看？”

“不要紧，她歇一会儿就好了。”

“也好，让她先歇一会儿吧。”

默默注视着古丽巴痛苦的背影，我一时也不知说什么好，也许平静就是她目前最好的良药，还是让她慢慢地自我消化这突如其来的疼痛吧。

两小时过去，挤马奶的时间又到了，古丽巴又提着奶桶向草地走去。我默默地跟随其后，希望能帮她一把。小叶拉萨见了，赶紧抢过妈妈手中的奶桶，只见小人儿跟着妈妈，一路脚前脚后，他一边吃力地拎着奶桶，一边仰起小脸用目光关切地看着妈妈，还“切希切希”地说着什么。因不懂哈萨克语，我听得云里雾里，只有问古丽巴：“这孩子，真是太懂事了，‘切希’是妈妈的意思吗？”

“是呢，他问我疼不疼，说他来帮我做。”古丽巴痛苦的脸上有了一丝微微的笑意，在她眼中，我看到了一星闪动的泪花。我知道，这泪花是一位受了委屈的母亲，在得到幼子的关怀后不由自主流露出的欣慰。此时，相信她身上所有的痛，在懂事的小叶拉萨面前都化为了乌有。

古丽巴受伤了，傍晚，我和叶尔波森决定骑马上山的计划也取消了。本来，我想上山与苏全治联系，请他们推迟两天接我，可突如其来的事故让叶尔波森失去了陪我上山的心情。当然，受此影响，我也失去了骑马的勇气，再加上一个令人羞于启齿的原因，在无形地折磨着我的心情，那就是怎么都无法解决的内急问题。

提到内急，我就深深地怀念起阿尔善村的智能厕所来。而这里的如厕，就是在低处挖一个深坑，在四周围上一块塑料布。记得刚才，还没等我在厕所蹲稳，成群结队的蚊蝇就像军队一样开来。它们先将我光裸的臀部重重地围了几圈，然后与坑内的瘴气沆瀣一气，对我一顿猛烈“攻击”。我吓得赶紧抬起身体，半蹲半就。这种姿势已经让我非常别扭，而头顶上如火一般的日头也赶着将我蒸烤，我好不容易培养的那点排毒“信号”，就这么被冲得无影无踪。从昨天到现在我才蹲了一次，此时此刻我心里的那种愁苦，真的无法言喻……

太阳快下山了，叶尔波森才匆匆忙忙地跨上摩托上山赶羊。临行前，他指着毡房右面的那条山道告诉我，顺着那条山道可以爬上最高的山头，也许上面就有手机信号。可我转念一想，好不容易脱离了人间的喧哗，静静地享受这份宁静、自由与浪漫，现在还没有深入体会，怎能又奔回原点？所以，我再没动这爬后山的念头，仿佛翻过这道山梁就又回到了喧嚣的江湖。

九

傍晚，古丽巴从布袋里取出了一些面粉，说是擀面条。擀面条对我这个生活在长江下游的人来说，可是一项重大工程！因此，我一直目不转睛地盯着古丽巴，只见她擀面条的每一个动作，都是那么娴熟自然。

在门口，古丽巴支起了一口大铁锅，她将西红柿、土豆、洋葱及辣椒等蔬菜，一起倒入锅中煸炒，又加水漫过蔬菜，放上箅子，再将面条均匀地摊上，盖上锅盖，古丽巴任小火慢炖，就忙别的事去了。我不由得高兴，回到毡房，一边冲捣马奶子，一边在想：尽管我不知道草原的面条是什么滋味，但至少这一顿，我可以告别馕饼了！

时间过了五十分钟，外面传来一阵哞哞的羊叫声，我向羊叫的方向望去，只见远处的山腰上，叶尔波森正赶着一大群羊摸黑下山。见叶尔波森回来了，古丽巴就朝昂沙尔家的方向高声唤回了玩耍的小叶拉萨。我们一家人，终于又在炕上团聚。

古丽巴托着小盘子，给我们每人盛了一盘炖熟的杂菜，杂菜烀得很烂，也很香。古丽巴在炕中间，又摆上一大盘蒸熟的面条，外加几块硬硬的馕饼。我挑了几根面条放在盘子里，与杂菜拌了拌，就送进口中，感觉味道还不错。心想，尽管没肉，但能有点蔬菜的滋味也是很滋润了。古丽巴边吃边教我，说可以用馕蘸着杂菜汤吃，于是我掰下一小块馕饼尝试蘸汤，感到是好吃一些。这让我不禁又想起昂沙尔家那块刚出锅的热乎乎的馕饼，不由得食欲大振。再不多吃一点，我真要饿晕了，想到这儿我便大口大口地啃起来。盘中的那点菜，很快就被我扒拉一光了，怎么办？想着古丽巴做得并不多，再看大家还在吃，也不知可不可以添加，我真不好意思向主人张口，好在古丽巴眼尖，很快又帮我盛了一份。这次，我没敢再像饿死鬼一样吞咽，而是用一大口馕饼就一小口杂菜，尽量细嚼慢咽。总之，我拼命克制着自己的馋瘾，生怕再像之前那样风卷残云，一下子就将盘子来个底朝天。就这样，我克制、克制、再克制，可就是如此克制，盘子还是提前见底。

“姐姐，再来点吧？”古丽巴温和地询问。

“啊……不用，不用，我吃好了，谢谢啊！”我非常不好意思，连忙回她道。说实话，如此违心的回答，换来的结果只能是一个，那就是一个劲儿地干啃馕饼，这总比没盐又没奶的面条好吃。

直到这时，我才清醒地意识到：馕——我已经深深而又无奈地爱上了你！不，而是我必须要爱上你！哦，这撩动人心的大草原啊，你已经彻底颠覆了我生存的习性。从此，我只有与你“捆绑”一起、“胶着”一处。

看哟，看宰羊、赛马、叼羊、做奶疙瘩

（7月15日，星期三，晴，42℃）

一

早上，我正和古丽巴盘炕聊天，外面传来一阵羊儿咩咩的惨叫，我和女主人的聊天也就此中断。门口，一头灰色的绵羊在叶尔波森和艾登江的牵扯下倒在了毡房门前。这是一头肥壮有力的绵羊，此时正对着天空无奈地叫唤，那悲伤的神情仿佛在向谁求救。

“姐姐，我们行礼吧！”我还没有反应过来，就听到古丽巴招呼我行礼的声音。

“行礼？行什么礼啊？”我不解地问。

“嗯，我们行巴塔礼，就是为我们向安拉祈祷、祈福的意思。”古丽巴的解释，还是让我一知半解。

“噢，好的。”我一边模仿古丽巴行礼的动作，一边揣摩什么是巴塔礼。等行礼完毕，门外的叶尔波森和艾登江也向我们回敬了一个巴塔礼。仪式后，他们就将绵羊的腿绑上，再连拖带拽地拉走。而那头可怜无辜的绵羊，一边做着徒劳的挣扎，一边恐惧地尖叫，它的叫声一声比一声高，一声比一声惨，这让我觉得它像一个即将被押往刑场的无辜“罪犯”，临刑前正向我投来“冤死”的目光。

“古丽巴，他们抓羊做什么啊？是剪羊毛吗？”

“不是，是为了宰羊招待您！”

“就为了特地招待我？”

“是的，您远道而来，就是我们草原上的贵客，对待贵客我们必须宰羊接待，这表示我们对贵客的尊重。”

“那我周一就到了，为什么没有宰呢？”

“那是因为不知道您晚上到，叶尔波森又回来得晚，所以就没办法宰了嘛！”

“是这样啊，那为何不在昨天宰？”

“昨天是星期二，我们觉得星期三的日子好，所以就定在了今天。”

“哦，原来是这样……只是为我特地宰羊，真是让你们破费了，姐姐真不好意思，谢谢你们啊，我请真主保佑你们全家幸福！美满！安康！”我一下恍然大悟，赶忙起身下炕，重新行礼相谢。这头无辜的羊儿是因我而牺牲性命，故而我要默默地相随一段，也算送它最后一程。当然，也不排除自己的好奇，因为我还没有见过宰羊。

当我出来时，只见那头拼命挣扎的绵羊已被艾登江和叶尔波森用力摁在了地上。随后，艾登江从腰间一个精致的刀鞘里拔出了一把灵巧尖利的小刀。对着雪亮的刀口，艾登江轻轻地吹了口气，再将小刀放在左腕的袖管上来回荡了两下，便举起锋利的刀尖，对准绵羊的喉咙一刀刺进，并迅速地切断了它发出惨叫的喉管……

面对裸露在骄阳下的血光，我突然有点血晕，于是赶紧一步一步地后退，一直退到门口，再一个急转身，一溜烟地逃进了毡房。

二

不知过了多久，外面断断续续飘来几句大人孩子的对话……我想一定是宰羊的前期工作告一段落了，便大起胆子再次走出毡房。

宰羊的肢解过程，艾登江也进行得井井有条，他那一刀刀高超专业的技法，相信会让每一个观看的人都瞠目结舌。只见他紧盯着手中的刀尖，仿佛在用意念指挥它巧妙地游走于羊关节之间，在一个没有任何间隙的地方，艾登江愣是为他的刀闯出了一条这世上本没有的路，并且还走得如此得心应手，游刃有余。我敢说，他宰杀的成功，是归结于摒弃了所有像皮肉和骨头这样连带的“社会关系”，摒弃了周围存在的整个世界，只剩下眼前的刀、猎物，以及他自己。

“我之所以这么聪明，是因为我从来不在不必要的事情上浪费精力。生活中有太多这样无用的知识，但是在生活中，确实有不少人专心致志、兴高采烈、兴趣盎然地用琐碎的知识，把自己的人生切割成碎片。”由艾登江宰羊，我突然想起德国哲学家尼采在《我为什么这么聪明》一文中写下的这句话。此时，主刀手艾登江的形象在我的面前瞬间也变得高大起来，显然他已成了我眼中像尼采一样的聪明人。不是吗？此时艾登江的身份，已不能用一位纯粹的“屠宰匠”来称谓，也不能当作一位术业有专攻的“技术家”来尊重；他宰羊时心念所抵达的境界，早已不自觉地成了一位合格的“哲学家”。谁若不信，且看古有庖丁解牛，今有艾登江宰羊，两者又有何不同呢？哦，只是时代不同，“屠夫”不同，被宰对象的不同罢了。然而，宰杀的程序及意义所留给人们的反思，谁又能分出两样？

所以，当看完艾登江“宰羊表演”的最后一幕，我发现艾登江——还是以前的艾登江，而我——却不似从前的我了。因为，我终于发现自己是看不得这等宰羊场面的，就是说我的人性的温热还没有被彻底冷却，我还有着一点点微量思想的支援，我还能幸运地排在性情中人的行列……

虽然我明白，当人类征服了地球上的所有生物，并从它们中间脱颖而出成为它们的主人时，就注定了它们中的一部分会变成服服帖帖的家禽，再以老老实实的态度生长，好将它们“卑贱”的小命，无私地奉献给我们人类，比如让它们成为我们的一件衣服、一个工具或者一盘食物什么的。其实，无论它们成为什么，显然已不重要，重要的是我们已经对它们拥有了“生杀大权”，接受它们的“牺牲”，当然是“天经地义”的事情。我也知道，事实早就如此，可当我亲眼目睹或者说已经间接地成为宰杀它们的“帮凶”时，在我这个“食肉动物”的身上，还是体现出了一丝人性的善良与踌躇，在此也属难能可贵了吧。

是的，我如是安慰自己，目的就是为了卸去自己当下背负的精神负荷。可我心里又何曾不知，自己就是那个“杀死”绵羊的真正罪人，一个不折不扣的罪人。为此，我的全身不由得打了一个接一个的激灵。

然而，批判归批判，和各位看官一样，我心中的万般不忍，也只能随着那一堆泛着猩红血沫的气泡，一点一点地隐灭。

其实，当绵羊的喉管被切开的瞬间，它的生命和皮囊就已经没有了任何本质的联系，有的只是一个新的孤独个体的产生。现在，是需要按下自己那颗颤抖的小“心”的时候了，也免得无端地拂去了草原人一片美好的情谊。在此，只要艾登江的刀足够锋利，艾登江的意念足够“哲学”，绵羊的痛苦就足够的短暂，而我——也就再也不能“假惺惺”地整出这场猫哭老鼠的游戏来了。

三

当一切准备就绪，叶尔波森将羊肉投进了一口盛满清水的大铁锅，他盖上锅盖后，对我说道：“老绵羊要煮两个多小时才能熟，而小羊只需要一个小时就可以吃了。”

“啊？两个小时？要等到五点开饭？可赛马四点就开始了，这来不及啊？”我抬腕一看，已是下午二点五十，我忍不住着急起来，当然还有一句潜台词没好意思蹦出口：“兄弟，你可知道？我腹中已唱起了空城计。”

“没关系，来得及，我们吃过了就去。”叶尔波森还是慢悠悠地说。

“来得及？”我惊讶地张开嘴，心里急着：等吃完，再赶到马场，只怕是黄花菜都凉了，还看什么赛马呀？唉，我说兄弟啊兄弟，你可知道，对我来说，能碰到一次牧民自发的赛马活动，该有多么不容易吗？你说，我能因为这顿羊肉而误了这场赛事？

可是，急有何用？趁此机会，我赶紧猛饮起了毛冬青茶，因为我还有一件更头疼的事，就是要尽快解决内急，现在这真成了我的大麻烦。其实，趁早上日头温和，我已经蹲了两次“深坑”，可蚊蝇始终埋伏在那里，它们好像专门在等我去“寻仇”，可怜我的脸已憋得通红，心里那个躁啊，只等着疯去。突然，我想起来时的路上，刘凯兄弟和我曾经开过的一段玩笑：

“朱老师，不知道你上山能不能受得了？”

“为什么受不了？我已在阿尔善村待过几天啦。”

“两边条件不同。听曾经住过的人说：第一天上山，会非常新鲜和兴奋；第二天，就有点难受和焦躁了，想着快点下山；第三天，就开始要发疯，只想尽快逃离。”

“啊？有这么玄乎？那是他们。你姐姐我可是天生的‘贱命’，适应能力强着呢。没事的！兄弟。”

今天，是第三天开头，接下来还有两天，刘凯的“预警”正在耳边回响，这让我有点惴惴不安。想着在家的清晨，我总是喝一杯清水，啃一只苹果，吃一枚鸡蛋，一切自然顺畅。即使偶尔上火，喝一两杯毛冬青茶也会很快见效。而在这里，从昨天到今天，双倍的毛冬青茶下肚，就是不见“办公”的信号，这怎么办？说真的，此时我只想大哭一场，可在茫茫的大草原上，到哪里去找哭的掩体。

“第三天，就开始要发疯。”第三天？今天？刘凯的“预警”似乎已慢慢出现。想到这，我有点慌神，开始反复地追问自己：亲爱的，你能行吗？

是啊，我能行吗？可开弓没有回头箭，既然君子一言，自当驷马难追！一想到对刘凯兄弟的表态，我的信誉和承诺就庄重地回答自己：行，也得行！不行，也要行！

四

熬到下午四点，山上和山下的亲戚和邻居终于陆陆续续地来了。其中，最先到达的是叶尔波森的小妹妹绕先和妹夫江达列提；接着，叶尔波森的大妹妹古丽扎及长着红脸膛的妹夫海那尔也来了；再后来，就是古丽巴两位文静的弟弟塞尔江和叶力江。

此刻，锅里的羊肉还没有完全煮好，就见古丽巴先端上一盆，请绕先和江达列提夫妇品尝。一旁的我，见绕先用肥肥的右手拿起小刀，她先切下一块羊肉放在左手手心，又用右手抓起羊肉，大概是为了防止肉汁滴落，绕先的左手一直跟在右手的下面移动，直到慢慢地递到嘴中……我的肠胃再也忍受不了这一连串动作的刺激了，它们在“五脏庙”里斯文扫地，一起叽里咕噜地抗议起来。可不经主人招呼，哪有强行“化缘”之理？因此，我只好干瞪着眼睛，咽下了一口口充满“嫉妒”的酸水。

“你一个人，怎么……敢到我们的大草原上来的？”就在我“痛苦不堪”之际，江达列提竟操起不太顺溜的汉语，也像邻居别克波力那样对我开始“发难”。

“为什么不敢？难道草原上有坏人吗？”我不假思索，随口迎战。

“有啊，有坏人的。”

“在哪里，我咋没见着？”

“怎么没有？你看，我就是一个很坏很坏的人啊……”

“啊？你是坏人？你很坏吗？你坏一个给我看看？让我知道，你坏起来是个什么样子？”对于再次出现的草原“坏人”，我用一连串反击，拳拳击中要害，江达列提被我追击得哑口无言，一句话也回不上来。一种胜利的喜悦让我暂时忘却了饥饿的烦恼，发出一阵肆无忌惮的大笑。

“姐姐，快，我们现在就走！”我“追击”过江达列提，又开始为饥饿和参观赛马的事急得抓耳挠腮，就在我坐立不安的时候，叶尔波森火急火燎地闯了进来，没头没脑地对我来了一句。我抬腕看表，已四点十九分。

“好，马呢？我只敢骑老实一点的马哦。”

“骑马？来不及了，我们开摩托去。”

“好，我们快走。”

刚要出门，又觉饥饿难当，此时我的斯文已彻底扫地，向着草地上忙活的古丽巴铆足了劲叫道：“古丽巴……古丽巴……有没有吃的？馕饼？一小块就行！”

“有的。姐姐，我就来。”说着，古丽巴钻进毡房，从毡墙上取下一个用餐布扎起的布袋，放在炕上打开，原来，我们每天吃的馕都收在这里了。古丽巴迅速取出一大块，向我递来。

看着这干巴巴、硬邦邦，曾经连一口也咽不下去的馕饼，我心里不由得发出一阵苦笑：唉，这时要是有一只昂沙尔家那块刚出炉的新鲜馕饼该多好啊。可是，饿极了的我已经流下了口水，心想别得陇望蜀，有吃的就不错了，闻一闻，还觉得挺香！此时此刻，馕饼——就成了我生命中一道必不可少的美味，一道令我馋涎欲滴的大餐。饥饿已容不得人多想，我从古丽巴手中迫不及待地接过馕饼，一把塞入嘴中。

一辆摩托车，小叶拉萨坐在叶尔波森前面，我坐在叶尔波森后面，我们一路向西，叶尔波森的摩托在草地上轰鸣起来。

我一边欣赏着草原上美丽的风光，一边有滋有味地啃着、咀嚼着、吞咽着手中的馕饼。素以肉食与水果蔬菜为主食的我，今天就被这草原的馕饼彻底征服了，谁能说这不是出现在我身上的一个“伟大奇迹”？

不是吗？一切的转变，都源自于生存的力量，生存的力量是伟大的！伟大——促使我全力消化着陌生草原上的一切。

五

走着走着，在我左前方的视野，不经意地走进了一个牵马的少年。

我定睛看去，只见少年身穿一件圆领的短袖T恤，腿上着一条高卷的长裤，一顶太阳帽随性地扣在头上。我们隔着一条河流，他也在向我张望，终因太远，我到底还是没看清他衣服的颜色，但可以肯定，这是一位调皮而又精干的少年。旁边，伴随他的还有一位英俊“少年”，只是这位英俊“少年”有一条尾巴，尾巴的上部已被一根绳子轻轻束起，想必是它的小主人为了减轻它在参赛中的阻力而发明的吧。这位英俊“少年”还长着一身油亮的皮毛，它们在阳光的照射下显得流光溢彩、闪亮生辉。这时，英俊“少年”身上深枣红色的“全毛”

外套被阳光清晰地衬托出来，让我终于看清了英俊“少年”——小马身上的皮毛色彩。

少年与马儿，沿着柔软的草地，不疾不徐地走着。偏西的日头将刺眼的余光尽情地洒在他们的身上。远远看去，犹如一幅三维立体的黑色圆雕，广阔青翠的草地是黑色圆雕色彩明快的背景，这不仅让沉着的暗与鲜亮的绿得到了最完美的搭配，还多角度地衬托出少年与马的精练之壮与力量之美，使这座栩栩如生的“黑色圆雕”即将被我呼之欲出。

“嗨……嗨……我说那边的小朋友，你咋不骑上去啊？”隔着一百米的草地，我一手扶着摩托，一手拼命地挥舞，那块没啃完的馕饼就成了我向小朋友挥舞的“信号旗”。

“呵呵……姐姐，太远了，他听不见的。”见我激动得如此大喊大叫，叶尔波森忍不住笑呵呵地提醒我。

“听得见，听得见，至少他看到了我在向他打招呼。”就在我自信满满地回应叶尔波森的时候，对岸的少年突然向前紧走了两步，轻轻地抚摸起他心爱的坐骑来。而可爱的小马，也垂下了它那骄傲的脑袋，并用自己的脸去磨蹭少年的手，小马温顺地回应着少年的每一个动作。我久久凝视着他们彼此的亲昵与友好，凝视着他们彼此发乎本性的用情之举，我一下子就忍不住落下泪来。我知道，那是孩子在心疼自己的小马，舍不得赛前就让心爱的小伙伴受累，而小马也完全听懂了少年的心声，以亲切舔舐的方式来答谢少年。面对如此纯真的一幕，我惭愧了，因为这种骑手与坐骑之间心灵互动的默契所给我带来的震撼，岂能用几滴眼泪就表达清楚，可眼前只有眼泪能代我表达出那最为激动的心声……

就在我无比感伤的时候，只见对岸的少年左手一边持缰，一边抓紧前鞍桥，左脚轻点马镫，右腿一个飞跃，已然翻身上马。还未等坐稳，他鲤鱼打挺似的挺直了腰板，然后向右一个急转身，将右手潇洒自如地搭在了后鞍桥上，接着便将目光默默地投在了我的身上。

少年与他的小马，以极其干净利索的节奏骄傲地缓步向前，那轻松洒脱的漫步，在空中留下了一道又一道优美流畅的弧线……这使我想起了旅法画家常玉笔下的油画：不管是黄沙漫道的雄关，还是绿草如茵的大地，只要是渺无人烟的背景，就去“捡”几根最简洁的“枝条”，随心所欲地“搭”成一幅幅具有丰富行为的人和动物，再“填”进画家自己的一分高雅和孤独。

然而，常玉的油画，又怎能和我眼前的这幅草原“油画”相比？因为他的作品总是情生悲凉，常常失去心的归宿，而眼前这位充满朝气的哈萨克少年与小马，他们和我一样：情——早就紧紧地系住了今天的赛马场，心——也深深地驻扎在了壮美的天山脚下。

六

我和对岸的少年，就这样一边默默地隔水行走，一边时不时地互相抬首瞭望。

一刻钟后，前方终于出现了一群云集在一起的骑手和骏马。这时，我一阵兴奋：啊，一直向往的赛马场到了。当我再次回头寻找少年，蓝天下早已不见他的踪影，不知何时，他已融进了赛马场。

叶尔波森的摩托也兴奋起来，它一直“吼”到骑手中间，最终在一排威风凛凛的老者面前才掐断冲天的嗓门。一位“汉家小女子”的突然出现，使在场的大小骑手都充满了好奇，他们的视线唰的一下，不约而同地都射在了我的身上。而一米五九身高的我，在跳下车后，显得更矮了一截。面对骑士们的包围，我只有面带微笑，仰起脸来，逐一环视。可我的头不仰则已，一仰起来竟有一种沦陷的感觉，这感觉像闪电一般惊遍全身。

原来，这赛马场上，除了男人就是马匹，要说区别，那就是老少的区别，高矮的区别，不过骑手当中还是少年占据了多数。可是，不管是成年骑手，还是少年骑手，只要是男人，他们的脸上或多或少都残留着一抹微醺的高原红，想必是午饭时让那又香、又甜、又酸的马奶子醉醺的，这使他们的形象变得更加威猛、彪悍和粗犷。至于这里的马儿，它们要么不停地甩着尾巴，要么快活地喷着响鼻，要么高兴地昂首嘶叫，那欢快的劲头，再伴着骑手们叽里咕噜的交流，让草地呈现出一片轻松自在、野性勃勃的欢腾景象。

然而，我既听不懂马儿的嬉戏，也听不懂骑手们口中的半个单词，更无法得知哈萨克对我这位贸然闯入者的真正态度，心下难免小慌。可我并不死心，我倔强地瞪大双眼，努力在人群中搜寻？可放眼望去，偌大的马场却见不到一个我想找的目标，除了我这位外来的“入侵者”，竟没有一位妇女存在？呜……草原啊草原，难道你真是一个男人的世界？此情此景，让“小胆包天”的我瞬间紧张起来！

“叶尔波森，这里……怎么……全是男的啊？”听得出来，我说话明显结巴了。

“赛马本来就是男人的事，女的不用参加。”一脚撑在地上，一脚跨在摩托上的叶尔波森笑眯眯地告诉我。

“他们……好像都喝酒了……”我先用手指悄悄地指了指人群，后又压低嗓门，小声地问叶尔波森。

“没事的，姐姐，您不用担心！”叶尔波森仍然面带微笑地安慰我，听叶尔波森这么说，我的心才逐渐踏实下来。

我打开手机的镜头，对着骑手们细细地“扫荡”开去，这时我才敢从镜头里偷窥。只见他们有牵马散步的，有骑马溜达的，也有三五成群席地而坐的。特别是那些青少年，他们有趴在马背上的，有斜跨在马背上的，也有仰睡在马背上的。远处，还有几位少年骑手正在策马扬鞭、奋力角逐。现场，骑手和骏马像一个个千姿百态的草原符号，在草地上尽情地嬉戏、追逐、跳动、翻滚……一个曾在电影和想象中才能见到的镜头，如今就活生生地出现在我的眼前，这叫我如何不兴奋？如何不跳跃？叫我的心如何不重归儿时的梦想，也随着他们蹦进了这鲜活的世界？

当镜头落到叶尔波森父子身上，我停了下来，对着叶拉萨的小脸来了个大大的特写，接着又来上一句：“啊……我的房东……咯咯咯咯……”未等说完，自己先忍不住地乐了起来，叶尔波森也跟着高兴地笑开，而我们的小叶拉萨却仰着充满稚气的小脸，对我不解地眨了眨灰蓝色的大眼睛，用一对清澈乖萌的眸子静静地观看我用来壮胆的这场热身“表演”。

随着镜头的慢慢推移，里面终于出现了刚才的那几位哈萨克老者，我突然惊喜地发现，我要找的目标也出现了。我拉着叶尔波森来到最前面的那位长者面前，叶尔波森介绍说他叫阿德勒拜依，今年六十六岁，是山上年纪最长的一位老人。在他的怀里，坐着一个小男孩，叶尔波森说这是老人的孙子。看着这位具有欧罗巴面孔特征的老人脸上那种智慧、威严与慈祥的神情，我的兴奋一下子升温了。眼前的这位老人，不正是我笔下那位即将出现的六十九岁的主人公“乌孙王”的形象么？今天，一个难得的巧遇，让我幸运地捕捉到了一个多么神似的人物“模型”，当我给他注入一点二千年前的蒙古血统，再给他套上乌孙国最高贵的王冠，这不就是远古草原上那个曾经出现过的最伟大的乌孙王形象？

阿德勒拜依，一位令人尊敬的草原长者，今天我以万分激动的心情感谢您的出现。现在，请允许我为您牵起缰绳，我要借助缰绳这条扯不断的纽带，在我们民族之间架起一座最新的桥梁，我要将我们汉家最真挚的友谊，用一颗最虔诚的心向您传递，向着草原上世世代代的子孙不停地传递！

七

从赛马场回来已经五点多了，我感到一阵口渴，就站在草地上，捧着一大杯水大口大口地喝了起来。

过足了水瘾，我美美地向远处瞭望，恰巧见到一群嘶鸣奔腾的骏马像一团黑压压的乌云，从东面的山坡俯冲下来。一群马背上的少年，手中挥舞着缰绳，口中嗷嗷地叫着，个个威风凛凛，争先恐后。他们的方阵，聚时叠成一堆，散时游若棋子，那聚散有形的激烈气氛让我的血也跟着沸腾起来。

“古丽巴，快看……他们又赛马了！”

“不是的，姐姐，他们在叼羊比赛。”

“叼羊比赛？就是传说中的叼羊？”

“是啊。”

“真的？我要去看！”

“来不及了，等我们走近，他们就过去了。”

看着他们的背影，我一阵遗憾。我只能瞪大眼睛，向百米之外的赛场看去，果然看见了一个白色的物体正被骑手们争来夺去，其争斗之激烈如同大型的足球比赛。不同的是，这个比赛的场地会一直移动向前，而用来比赛的“足球”则换成了一只羔羊。

不等我看饱，这一支征战的马群便从我的前方像旋风一样疾驶而过。留在空中的烟尘如滚滚硝烟遮蔽了我的视线，最终羊落谁口？我不得而知。无论是这个民族，还是这些坚韧贵气的马儿，他们都从远古的沙场走来，带着一股勇敢征战的遗风，带着一种智慧与力量的合成之美，成为草原的精灵，在静和的时空里不停地驰骋、角逐、嬉戏……

啊，草原，就是他们的天堂！

八

目送叼羊比赛的人群消失在天边，我转身回到门口又碰见了古丽巴，此时她正掀起锅盖向热气腾腾的大铁锅里撒着少许盐巴，然后用一个大铁勺伸进锅中轻轻搅拌了几下，又将锅盖盖上。一锅原味的羊肉看来已炖制而成。

“姐姐，羊肉汤烧好了，一会儿就可以开饭啦。”古丽巴笑眯眯地招呼我。

“烧好了？不放葱姜和其他调料？”羊肉已烧好，可是除了盐，我没有发现她放别的调料。

“不放。我们草原人吃羊肉只放一点盐就行，清汤原味最能滋补养人呢。”叶尔波森抢先解释。大铁锅再次沸腾了，一向重口味的我却没有闻到通常吃羊肉的那股膻味，于是，我又好奇起来：“叶尔波森，这满满一大锅羊肉，咋就闻不到膻味呢？”

“姐姐，山羊才有膻味，而这是绵羊，所以你就闻不到啦。”叶尔波森一听笑了，一边用勺子搅拌，一边开心地回答我。

“那你家养的都是绵羊？”我还是好奇，接着刨根问底。

“不是，也有山羊。只是现在只有绵羊肥了，等到十一月，山羊的膘才能长满呢。”叶尔波森不厌其烦地解答着我的疑问。

“哦，原来是这样。”只知张口就吃的我，这才弄懂山羊和绵羊之间还有如此区别。十一月还早呢，遗憾我等不及了。叶尔波森的解答让我的馋瘾一下泄了气，终于我也就“心死眼闭无妄想”了。

不一会儿，羊肉汤终于正式出锅。叶尔波森家的毡房里一下子又涌来了很多邻居和亲戚，令我奇怪的是，无论是从山上到山下，还是夏牧场的各个山头之间，应该说大家都相隔很远。可在没有任何通信网络的条件下，才三四个小时的时间他们就接收到叶尔波森家宰羊的信息。更为奇怪的是，他们从四面八方赶来，几乎像掐着点一样同时出现！这使我不得不联想到上古时代，同样作为游牧民族的匈奴每次出征集结的速度之快也是令人匪夷所思。我不禁暗自思忖：难道远在几个山头之外，他们就能闻到叶尔波森家宰羊的血腥气息？

话说回来，就在叶尔波森两口子笑呵呵的招呼声中，大家分成了三组，分别盘坐在炕上。这时，女主人古丽巴踮起脚尖，从毡墙的内壁取下了一个挂着的包裹，从包裹中抽出几块漂亮干净的花布，仔细地铺在了每一组邻居中间，形成了大家的餐桌。随后，一盆盆带着骨头的羊肉，通过主人和邻居的双手被纷纷摆上了餐桌。接着，一位身穿黑衣的男性长者，不紧不慢地举起了小刀，将羊肉从骨头上一刀一刀地削下，再一块一块地放进盛有面条的盘中。

至于餐前的感恩礼，自然是牧民生活中一项必不可少的用餐礼仪。现在，他们行礼完毕，就用右手将抓起的羊肉或面条放在左手微微拢起的掌中，然后将左掌微微抬高到嘴边，又用右手捏起食物，慢慢地递进嘴巴……他们说，微微拢起的左掌相当于我们汉家使用的碗，而捏起食物的右手，自然就是一双筷子。

大家都兴高采烈地吃着，每个人的双手和脸颊都沾满了肥肥亮亮的羊油，放眼看去一片油腻腻的世界，而他们却那么满不在乎，仍然津津有味地享受着真主赐予的人间美味。或许，这正是他们所追求的一种理想的生活状态和一个美好的生命过程。

然而，当肥嫩鲜美的原味羊肉真正摆在我的面前，特别好这一口的我却在愧疚中倒了胃口。与往日不同，可以说今天的这顿美餐皆是由我而引发的一场血腥换来的，而目睹了宰羊全过程的我已经失去了最佳的胃口。在大家的热情鼓励下，我只好挤出一丝“苦恼人”的笑，但随着众人勉强用了几口后就再也难以下咽了。

说到这里，也许有人会说：吃就吃了，又何必矫情。是矫情吗?我倒希望是这样，因为矫情本身就是一块最好的“遮羞布”，至少可以让我装聋作哑地犯糊涂，可以让我将所有存在的、不忍直视的现实通通藏进那忸怩作态的框架中，可以让我有理由跟世俗众生一起，活活地把自己伪装成一个“大目盲”，可以不用去看清自己那“内心的真相”，也免得让这一惊一乍的“大疯话”吓到自己，又吓坏了旁人。

九

一个小时，不知不觉地流逝了，毡炕上的客人依旧不停地唱着、笑着、友好地交流着。他们的欢声笑语，一阵阵地飘出毡房，久久地回荡在叶尔波森家的上空。

说到坐炕，草原上的规矩可不含糊，如果说能像男人们那样盘腿打坐倒也舒服了许多，可他们对于妇女的要求明显要严格得多。女人的双腿必须顺着同一个方向，侧坐在炕沿，如果累了也可以换成跪坐的姿势。此时，正在炕上的我，已被草原人的热情团团地围困在里面。因为，按草原人的规矩，左边位置为大，为表示对远方客人的尊敬，我自然就被奉上了这个宝座。

来做客的亲友已越聚越多，大家不管是主人还是客人，照例都要脱鞋上炕。早在阿尔善村，我就有过这样一个疑惑：大家都脱鞋上炕，为什么就闻不到脚臭的味道？而今天叶尔波森家的炕上，足足坐了二三十位草原汉子，这么多人，在四十摄氏度的高温下，还一起脱下鞋子，你想这毡房里能不臭气熏天吗？想到这儿，我又开始好奇，我开始用自己那只特别敏感的鼻子仔细地搜猎……可结果是：除了第一天闻到的那股子特有的草原体味，并没有闻到一点点的臭脚味道，哪怕是一丁点臭味。这真是一个奇怪的现象，到底是怎么回事？我感到非常纳闷。

试想，如果在内地这么一个小小的空间，肯定会有一两双臭脚将四周熏个底朝天，而人们呢，还不敢有半点“指控”，只能捏紧鼻子慢慢地忍受、忍受，一直忍到嗅觉失灵，大家臭作一处。

一时想不明白的事还是放下好，当下真正令我头疼的，还是现在的坐炕。对于今天的坐炕，一开始我习惯了向左侧坐的姿势，可时间长了，左边的腰就疼得厉害。于是，我就改成了右侧坐，心想这样总会好点，可是很快右边的腰也开始疼了。我索性改成跪坐，可时间一久，脚腕和双膝又酸胀起来，而且还引起了一阵阵麻木，想再挪动坐姿都有点困难了。这一坐就是半天，我想下地行走，又怕触犯到草原的礼节。于是，我只有在“宝座”上不停地扭来扭去，妄图减轻坐炕给我带来的烦恼。

在万般无奈中，我将好奇与求助的目光，移到了炕上其他女人的身上，我见她们的脸上不仅没有流露出丝毫的痛楚，反而洋溢着幸福愉快的微笑。尤其是女主人古丽巴，只见她右腿盘起，左脚落地，斜坐在右边的炕沿，正笑眯眯地招呼客人。见此情景，我的脸上不由得露出了羡慕与佩服的神情，心想：真服了你们，还能有说有笑，而我已累得腰酸背痛了。可怜的我，心里一直在叫苦不迭。

坐炕的烦恼使我想起了和哈萨克女子曾经共同生活过的经历，这个经历让我发现哈萨克女子的脸上一般都会挂着温和的笑容，在这温和的笑容里，往往又隐藏着一丝淡淡的忧郁，这使她们的心思显得别样地敏感和细腻。她们面对父母和公婆，一定是谦恭、纯良与畏惧的；她们面对丈夫，充满了体贴、服从和谦卑；她们对于同辈，总是充满了团结、友爱与宽容；而她们对待邻里，又是热情、友好与谦让的。唯独不同的是面对自己的儿女时，常见她们摇身一变，就换了一副面孔。这种面孔，我在前面就曾经提过，那种状态真是异常严厉、苛刻与无情，以至于我一想起来就莫名其妙地不寒而栗。

平日里，我从不见她们大声吆喝，她们文弱的样子就像草原上的小草，总是细声细语。大部分的时间，她们的身影都在毡房与草地的牛羊之间来回地穿梭，也是很少说话，总在默默地干活。

有时候，我甚至好奇地在想，如果让她们换上汉服，再让她们悠闲地走上内地的街头，谁又能认出她们是读书并不多的哈萨克女子？然而，这些哈萨克女子身上的的确确透出了一股子温和的儒雅之气，这样的内涵倒让我这个冒冒失失的汉家小女子着实惭愧起来。

十

连日高温，使草原上到了下午六点还持续着中午的酷热，本就闷热的毡房让人们的喘息变得更加困难起来。外面，此起彼伏的人声使毡房里又多了一分心情上的燥热，这迅速飙升的温度便使人格外难熬。终于，我再也熬不住了，便以给大家拍照为由，从毡房的里口小心翼翼地爬下了“火”炕。

出来后，或许想释放掉在毡房里积压的暑气，我对着远处长长地舒出了一口闷气，接着便打量起这里的草原。这里和阿尔善村的地理地貌有所不同。阿尔善村的草原上时常会出现一片小松林，它们像严阵以待的战士，整齐地排在山坳里。而这里的草原，除了这山见到那山，就是那山见到这山，在绿草如毯的山头，我几乎看不到一棵像样的松树，更别说一片清凉的小树林了。难怪这里的温度要高出阿尔善村。

“啊，好舒服哦！”等我痛快地伸了一个懒腰，又深深地透了一口气后发现在门外的阴凉处还有好几位客人。

“是哦，门外有风，比里面凉快，姐姐，你就坐这吧。”本来在毡房里的古丽巴不知何时也出来了并将一只小板凳递到我面前。

“噢，谢谢啊！古……古丽巴，里面很热，我出来凉快一下，然后再进去，你看……这样行吗？”我坐下后，小心地征求女主人的意见。

“可以，可以的。”啊，真好，古丽巴没有反对。

“没想到外面也有客人。古丽巴，我留在这里帮你招呼，里面的客人不会生气吧？”为了不回毡房，我又开始试探古丽巴。

“不会的。姐姐，里面热，你就不用进去了。”古丽巴的体恤让我感到她太可爱了，不愧是一个新时代的哈萨克。

我坐定后，看见草地上有一只干净明亮的不锈钢盆，里面装满了状如白雪的“面粉”，这盆“面粉”在阳光的照射下，不仅晶亮如蜜，还有湿润如霜的感觉，这引起了我强烈的好奇。

“古丽巴，这是什么？是面粉吗？”

“不是，这是酸奶子。”

“酸奶子？这怎么吃啊？是晒干了做奶粉吗？”

“不是，不是。是做酸奶疙瘩用的。”

“酸奶疙瘩？可颜色怎么不一样呢？”我很惊奇的是，那泛着老黄色的酸奶疙瘩是由这一堆雪白的“面粉”做成的。

“是呢，姐姐，奶疙瘩就是用这个做的，你看……”古丽巴一边说，一边从盆里抓了一把“面粉”，用手将它们捏实，等捏到厚两三厘米、直径五六厘米的时候，再挨个放在一块干净的木板上。直到此时，她才对我说：“喏，姐姐，就这样，等它们晒干，就变成了你说的那个颜色。”

“哦，原来是这样。”我一下恍然大悟，可还有一事尚未明白，“那酸奶粉又是咋来的？牛奶可是稀的哦？”我用手指了指盆里的“面粉”，又继续追问。

“我们将煮熟的牛奶倒进袋子，然后再加进发酵的酵子，扎紧后放在干净的草地上，让里面的水流尽，一天后，就变成酸奶子了，就是你说的酸奶粉。”听完古丽巴的讲解，我才知道做酸奶疙瘩原来这么简单。由此想到那硬邦邦、酸溜溜的奶疙瘩，我的口水竟不由自主地滑出了嘴巴。

不过，这次的口水与我啃甜瓜时所流的口水是不一样的，不是被酸奶疙瘩馋出来的，是被酸奶疙瘩给酸出来的。

十一

帮邻居们拍过照片已快晚上九点了，在意犹未尽中，牧民们三三两两地散去，叶尔波森的家又恢复了往日的平静。

“姐姐，我去努尔扎提家，你跟我一起去吗？”古丽巴邀请我到东边的邻居、叶尔波森的堂姐、双语学校的汉语老师努尔扎提家去。

“好，你等等，我就来。”正在看书的我听说又要串门，我一边忙不迭地应声，一边放下书本，爬到炕头拿上手机，就穿鞋下炕了。

跟在古丽巴身后，我小心翼翼地走着，因为要让开地上那一坨一坨“大模大样”的畜便，如果不小心踩了它们，是干粪还好，假如是一坨刚拉的新粪，那就真有活干了，所以还是小心为妙。因此，我一路左转右绕，宛若蛇行，那忸怩作态的样子，不知情的人还以为我在“邯郸学步”，又或者“别有用心”地偷学草原舞蹈呢。

好在一百米的草地转眼就到。努尔扎提见我们走进她家毡房，赶紧起身相迎，待我们坐定，女主人在炕上照例铺上了一块漂亮的花布，随即端上一盆黄澄澄的馓子，又给我们每个人倒了一碗马奶子。

“朱老师，不知你喝不喝得习惯？不行，我就给你冲奶茶去。”女主人将马奶子端到我的面前，非常礼貌地征求我的意见。

“能，能喝的。”未等我反应过来，古丽巴就抢在我的前面为我作下应承，然后才对我说：“姐姐，没事的，再尝点吧。”

“好啊，我少喝点试试。”昨天在沙吾列别克家，由于急着看昂沙尔烤的“地锅馕”而失去了品他家马奶子的机会。今天别无他事，我可要好好地尝尝努尔扎提家的美酒，看看同样的食材、同样的制作工艺所酿制的马奶子会有什么不同。我一边想，一边喝了一小口，入口就觉得很酸，我不由得轻皱了一下眉头，心想：看来是女主人的“功课”没做到位。

这时，刚出去的女主人努尔扎提手提着一瓶吊水从外面回来了，只见她将吊水递给古丽巴，古丽巴接过吊水后，从带来的布包袱中取出了一根打点滴的针管。老天，她们这是在干什么？是给牛羊打针？可身边并不见牛羊啊？一时，我真有点“丈二和尚摸不着头脑”了，只有呆呆地看着她们。只见努尔扎提捋起袖管，将裸露的手臂伸到古丽巴面前，而古丽巴用一根皮管紧紧地扎住了女主人的手腕，然后托起对方的手背，轻轻地拍打了几下，接着又取出一块酒精棉球，在女主人的手背上擦了擦，最后她才举起针头，对准女主人的静脉迅速地刺了进去。

不能不说，我被眼前的一幕给彻底地惊呆了。因为古丽巴为女主人作静脉注射的整个操作过程，看上去都进行得那么麻溜，这完全符合了一个职业护士才具备的专业水准。而这一切操作让我真的很难想象，竟出自草原夏牧场上一位普通的青年妇女之手。

由此，我生出了一个困惑：哈萨克的女子啊，究竟还有多少神秘的潜能，藏在你们那深不可测的内心世界？

十二

从努尔扎提家回来已快到晚上十点了，可太阳依旧懒懒地赖在山上，迟迟不肯退去。后山，也不见叶尔波森赶羊归来的踪影。不用说，离晚饭时间还早。我站在门前，又开始了漫无边际地瞭望。

瞧，还真有一匹年轻的马儿正孤独地立在山顶，太阳的余晖将它枣红的皮毛涂抹得更加顺滑油亮。偶尔，它也会低头啃上一口青草，再洒脱地轻摇一下漂亮的马尾，动作的得体与优雅如同一位刚下马车的绅士，用手本能地整理一下胸前的领带一样。其余的时间，它都静静地凝望着天空。顺着马儿的视线，我也望去，只见那枚熟透的、沉甸甸的落日，正乖巧地躲在一片辉煌的宁静里。我的视线，也早已伴随幻想越过了山冈，仿佛看到了山的那边，那无边无际的云海与起伏壮观的山峦。

敢情这马儿和我一样，也喜欢独自看景！

半山腰上，牛羊们像队伍一样在我的眼前过来过去，就像在妈妈的怀里，始终那么悠闲自在。整个后山都陶醉在温情的黄昏里，一边闪烁着灿烂眩幻的金色，一边弥漫着阴柔清凉的暮霭，还时时向我发出一个个不可思议的诱惑。嗨，老天，你该不是存心嘲笑我吧？这不高不陡的山丘，牛羊们能上，我怎么就不能？我箭步一冲，不就是一口气的工夫？过两天我就要撤退了，今天是我小人家征服你的时候了。

说动就动。我先在草地上蹦跶了蹦跶，接着又来上几个扩胸运动，然后撒开脚丫一蹦三跳地冲下山坡，借助惯性跳过山沟里的小溪，一气奔到了对面的山脚。然而，这里除了草坡就是草坡，根本就见不到一条能遛弯上山的小道，我不由得皱起了眉头：怎么办？是直线上山？还是顺着牛羊踩出的盘山小道慢慢攀爬？想到这儿，我不由得抬头看了看天空。此时，太阳正撑着她那通红的脸蛋，伏在山顶向我轻轻地微笑，好像在揶揄我：就给你这点时间，看你怎么办！

怎么办？我看着草坡，心想：好办！

我迅速地猫下腰去，放开了手脚，一把揪住结实的草桩，开始了一步一步的直线攀登。随着高度的上升，我突然觉得山坡变得陡峭起来，趁喘息的当口，我向下看去，发现爬了半天怎么就上来一点？再回头看看山顶，觉得更加奇怪，这原本平缓的山丘何时变得又高又大又陡了？老天！我抹了一把额头的汗珠，看着天色还亮，便决定直线攀爬。我又硬生生地攀爬了一会儿，腿脚就感到一阵酸软，我忍不住大口大口地喘息起来，并就此败下阵来。看来，直攀已力不从心，只能采取直攀与绕行相结合的方式了。于是，我转到牛羊踩出的界限模糊的盘山小道，瞅准草棵的空隙，一脚一脚地插进去，向前、向上，再向前、再向上……沿途枯老的草桩，不仅将我裸露的胳膊划出了一道道血口，还常常绊住我的裤腿，拉扯半天；最可气的是，也不知是什么植物种子，竟然刺穿我的衣服，再刺进我的皮肉，或者钻进我的鞋子，死死缠上了我的袜子。每当脚一落地，它们就像蜜蜂一样从四面八方涌来，再恶狠狠地蜇上我一口，直痛得我小人家“花容失色”。我只有上一段坡，脱一次鞋；再上一段，再脱一次。就这样，我没完没了、不厌其烦地清理着这些“不速之客”，然后继续前进！

记得刚来到草原时，我面对着一座座的山包，有过无数次窥探，眼中呈现的都是一片毛茸茸、绿茵茵、细密而又均匀的绿毯。今天，如何到得近前，却发现山上的草儿竟比我矮不了多少？它们不仅身披牛羊往来所给它们带来的厚厚扬尘，还怀上了一肚子草种，在我“侵入”的时候就立刻作出反应，上前竭尽全力地将我“撕咬”一番，就好像一位母亲为保护自己的孩子而战一样。而其余的时间，它们倒是非常低调深沉，总是喜欢垂着枯黄的脑袋，对谁也不招不惹，真的温和极了。因此，面对这样的“伟大母亲”，我只有发出苦恼人的笑了，谁让我是一个“不速之客”？

形象的狼狈、体力的消耗，都不能让我迁怒于草原“妈妈”为捍卫“主权”而对我进行的抗争，真正让我气愤的是额头上那不断滴落的一串串如雨的汗珠。它们，不仅盐渍着我的伤口，还毫不留情地冲进了我的眼窝，它们将我的眼球刺激得一阵阵模糊。终于，我的泪水夺眶而出，此时已分不清这是委屈的泪还是疼痛的泪。总之，它们和汗水汇作一处，正向我发难。我只有眯起通红的双眼，拖着酸软无力的双腿，强忍下钻心的疼痛，艰难地咬紧牙关，在连滚带爬、跌跌撞撞地摸索、攀登。

就在我已经蓬头垢面、浑身臭汗、又累又饿，一路不知经过了多少迂回曲折而快累趴下的时候，心头突然想起了《飘》中斯佳丽逃离亚特兰大回到塔拉庄园时哼唱的一首歌：

累人的重担，还得再熬几天……

是啊，我现在这“累人的信念，还得再熬几秒”。和斯佳丽一样，我的脑子里也开始一遍遍地哼起了这首经我改编的歌："累人的信念，还得再熬几秒。"

就这样，我一边攀爬，一边在心里一遍接一遍地唱："累人的信念，还得再熬几秒。"我不知唱了多久，时间也不知过了多久，等我直起腰来抬手甩出一把额头的汗珠，才见天边的晚霞已燃烧成满天炽热的火焰。终于，一阵带着浓郁草香的清风，毫无遮拦地吹过了我的身心。啊，年轻的马儿，我来啦！我冲着山顶那匹沉静的马儿发出了一声开心的问候，然而对于我的友好，枣红马只从容地摇了摇尾巴。于是，我又大声问道："你好啊，马儿！你也在向我问好吗？"可那马儿依旧一声不吭，只是瞥了我一眼就将目光又移向天际。

哦，远处那层层叠叠的绿色终于又映入我的眼帘，我看到临晚的露珠已悄然蛰伏在漫山遍野的草地中，似有若无地闪烁着清明的凉意，仿佛要将大自然中无数的生长、喜悦、欢乐以及对将来的未知，都高调而又绝不喧哗地隐闪在其无限愉悦的色彩里。

一切都静止了，微笑的日头时而躲进云层，时而穿过云洞，将最后一道华丽的光柱射向草原。在它的照射下，我的身心一片澄明。哦，这又是一架通往天堂的阶梯，我走在上面，已分不清自己是走在了宇宙的边缘，还是走进了一个时间的裂缝。

总之，远处变得很近，我却触摸不到，所以我要请所有的时间、速度、距离和方向全为我停止和消失！因为，我正和这里的山河日月、花草树木、牛羊万物举行着一场最为隐秘动人的合唱。所以，我要请你们将眼前这个原初的世界，为我永远地停留、停留……

十三

回到山下，天色已黑，趁大小男主人还没有露面，累透的我赶紧躲到了帘子的后面，将自己从上到下狠命地搓洗一遍。说也奇怪，伤口的疼痛竟减轻了许多，我寻思着，难道草原的山水还能止痛？

"姐姐，吃饭吧。"古丽巴将半碗新鲜的酥油递给了我，并指着奶茶和干馕招呼我用餐。

“谢谢哦！”我喝一口奶茶，啃一口蘸着酥油的馕饼。“啊，这酥油清香清香的，实在是太好吃啦。古丽巴，给我再来点好吗？”

“好的，新鲜酥油就是好吃，姐姐，爬山饿了吧，你多吃点。”说着，古丽巴往我小碗里又添了一勺。

“嗯，确实很饿，今天，我真要多吃一点呢。”我终于为自己的馋瘾找到了最佳借口。我又如饿死鬼一般，在香喷喷地海吃一顿后，才感到自己的肚皮已经发胀，我干瞪着黄澄澄的碗底，咂吧着嘴，用只有自己才能听见的声音悄悄地嘟囔着：“这么快就饱了，真不经撑！”

饭毕，早已哈欠连天的我恨不得倒头就睡，可见古丽巴一直忙着，并没有铺床叠被的意思，我想一连几天都是让主人伺候，心下也着实过意不去，于是决定不等女主人了，自己动手。可是，面对毡房中间那两摞高高的、叠得整整齐齐的被褥，我根本无从下手，也不敢轻易下手。因为，自从我走进毡房，就看见正中有两摞物件一直被漂亮的花布罩着。从那一刻起，我只要一面对它们心中就会莫名地生起一股神圣、神秘与敬畏的感觉。原因是笨手笨脚的我害怕破坏了它们的妆容后就再没有恢复它们的能耐。故而这一刻，我又傻了眼。

“姐姐，你想做什么？”看我对着被褥一阵阵发愣，细心的古丽巴便上来询问。

“嗯……我看你……看你忙，我想……自己铺被子……”看着那两摞子“圣物”，我吞吞吐吐地说。

“姐姐，你困了吧？没事，我来。”古丽巴一边问我，一边将被子一床一床地搬到炕上。

“那我帮你吧。”说着，我就拉开了一床。

“不用，不用的，被子上有记号，你看不懂的。”只见古丽巴对着每一床被子，都进行了仔细地辨认，这才将被子一一分开。

“古丽巴，是什么记号啊？为什么要用记号？”见状，我睡意全无，心里愈发好奇。

“噢，姐姐，是这样的，你看，我们草原上不是经常有客人来嘛，所以，我们就要多准备一些被子不是？为了不搞错主人和客人用的被子，我们就用针线在上面做个记号，还有盖被和垫被，也要做上记号，另外，被头和被尾也要做上记号。”“记号……记号……”，一提针线就头疼的我，一下子就被古丽巴的“记号”给绕晕了。

“记号……哪里有记号啊？”我一边说，一边像只没头的苍蝇，不停地扒着被子乱翻乱找。

“姐姐，你看，这个记号代表被头。这个……人的脚脏是不是？所以嘛，不能将盖脚的这头盖到脸上去，那样不好的！”说着，古丽巴将被子翻过来给我看。在被头的里口，果然有几排密密实实的针线。

哦，哈萨克啊哈萨克，有谁能想到，在这貌似简单的毡房里，竟藏着那么多的讲究，可惜我现在已无力“巡察”，因为我累得也快成草原上一个永久性的记号了。

十四

深夜，我被一阵窸窸窣窣的响声从梦中惊醒，隐约中，我好像听到了急促的喘息和低低的呻吟声。还在迷迷糊糊中的我，终于反应过来，这是不是那对可爱的小两口在进行着伟大的“造人运动”？

一想到这儿，我那永远长不熟的小脸竟突然开始发烫，那情景就像是做了贼一样。此时，虽说夜幕掩护了我脸上的红潮，可心里的那份破坏人家“造人运动”的罪责感还是让我在劫难逃。不是吗，同一个毡炕，相隔三四米的距离，让我如何能假装睡去？好在此时有了一丝尿意，我赶紧披上法兰绒的红色外套，打开电筒，偷偷摸摸地溜出门去。

推开柴门，一股逼人的寒气向我直扑而来，我不由得浑身一抖，重重地打了一个冷战。看看天空，到处漆黑一片，我还未稳住神，门前就响起了猎狗的叫声。接着，远处的猎狗也跟着叫了起来，我已分不清声音的方向，只觉得耳中响成一片，喔呜……喔呜呜呜……如此情景让我一下惊呆了。你听它们如临大敌、煞有介事的叫声，难道仅仅是因为我么？至于吗？如果不是，那它们又因了什么？难道有狼？这想法刚刚萌生，我从头皮到四肢就都像被电流击中一样，我定在原地，一步也迈不出去，因为我的腿不仅在颤抖，还一阵阵发紧……天哪，我生生地倒吸了一口冷气，怎么办？是进？还是退？

进，妨碍人家“造人”，有失风雅，有失道德；退，这能退吗？对着狗儿，我只有无奈地说：“朋友啊朋友，你造反就算了，还要呼应同伙，我说你夜晚的精力咋那么旺盛？你知道我怕你，你还摆出这么大的阵势，你就不怕累得慌？你看，咱又不是偷儿，咱可是你家的客人，友好一点，友好一点不好吗？现在，就请你让我过去，上厕所，咱就上个厕所……”面对这忠实的猎犬，我是又打躬作揖，又好话说尽。见我如此，说也奇怪，它的叫声竟温和了许多，最后终于偃旗息鼓。我绕开白天放羊血的那个小坑，一边招呼狗儿，一边跌跌撞撞地走下山包，一脚又踏在了那臭烘烘、黑洞洞的茅厕上。

如厕归来，只见满地的露珠和漫天的繁星，在天上地下眨巴一片，仿佛这草原的夜到处长满了星星的眼睛。我羡慕地仰望着它们，仰望着它们的清纯，它们的灵性，以及它们的自由。白天，它们可以像烟雾一样地隐去；晚上，又可以像神仙一样地登台，除了它们，谁还能有如此的快活与逍遥？

此时的我，已完全忘却了恐惧，即使狼真的来了，也不会觉得畏惧，因为广阔的草原上有我的坚强后盾，不信你看：那只蹲着的猎犬已经不再呼唤，它除了友好地看我一眼，就和我一样呆呆地守望星空。此时，我们都成了夜幕下大草原的“守护神”，成了毡房里“造人运动”的“守护神”。

是的，守护草原，就是守护自己；守护他们，就是守护天地万物！

“草原阿帕”上山啦

（7 月 16 日，星期四，晴，43℃）

一

“起开起开……快起开……”清晨，还在酣睡的我，突然被一阵吆喝声惊醒。又是迷迷糊糊的我，艰难地将惺忪的睡眼启开了一道缝，费力地迷瞪着周围，不知发生了什么。

很快，我就觉得自己的身体被什么东西狠狠地顶了一下，这让我慌张起来，刚想大叫，那东西又开始顶我，一时间毡房的内侧就像波浪一样起伏开来，我的身体也跟着起伏。哦，天哪，这是什么鬼？地震？不像啊！野兽？对，是狼！一定是狼！我知道，草原上有狼！

“喂，来人，快来人啊……古丽巴，古丽巴……这里在动，这里有狼……”草原的墙壁竟然会动，睡惯了城市火柴盒的我哪里经受过这等架势，当时就吓得差点没晕过去。我终于忍不住地哇哇大叫起来，然后又裹着被子像弹簧一样猛地跳起。

“没事，没事，姐姐别怕，我在这儿呢，我……”还没等古丽巴说完，毡墙又顶了我一下，紧接着，外面就响起了一阵吆喝声。这声音里，除了古丽巴的女声以外，还有男主人叶尔波森那雄浑的男低音。

“古丽巴，你们在干什么呢？快来啊，这里有野兽！”直到现在，我还蒙在鼓里。

“不是不是，是一头小牛在毡房边吃草，它们吃着吃着就在毡房上蹭痒玩耍了。”古丽巴在外面没好气地告诉我。

“就在我旁边？那动的就是它？”我一听，还是慌。

“是，不要紧，我们已把它赶走了。姐姐，你别怕，继续睡吧。”古丽巴的解释让我哭笑不得，好在一颗上下忐忑的心终于安定下来。继续睡？还能睡得着吗？还不如起床洗漱，免得邻居来了尴尬。

我起身下炕的时候，看见毡房那头的小叶拉萨打开了一个瓶子，我不知他要干什么，便好奇地看着他。叶拉萨见我盯着他，漫不经心地看了我一眼，然后用右手的小小食指伸进瓶里，不慌不忙地抠出一小块白色的东西，接着将那玩意儿往自己的小脸上抹去。直到这时我才算整明白，敢情这小人儿是在搽雪花膏呢！我顿时被小人儿的举动狠狠地雷倒了，不由大惊小怪地嚷嚷：“古丽巴，来看，你快来看，你儿子会搽雪花膏哎……”闻声进来，见此情景，古丽巴笑了：“早上起床，都是他自己洗脸，自己刷牙，自己抹雪花膏。”听完年轻妈妈的介绍，再看看脸上被抹得黑一块白一块的小人儿，我不禁又惊了个目瞪口呆：“啊？拜托，这可是才三岁的孩子？”

自从叶拉萨和我熟悉以后，他便经常挨到我的怀里来撒娇，当他一指我的手机，我就知道他是想看照片了。这不，抹完雪花膏的小家伙又向我的怀里奔来，我赶紧上前搂着他，再打开手机让他欣赏，于是，他边看边乐，尤其是看到自己的照片时，总会忍不住地对我扬起得意的小脸。

就在我和叶拉萨一起享受和谐的幸福时刻，东边的邻居艾登江悄悄地走进来了，只见他温和安静地坐在炕上，只等女主人倒上香甜的马奶子。

正所谓怕什么来什么，我一边低头看看自己尚未“换防”的睡衣，一边瞧着又盯着我研究的艾登江。老天，这位“哲学家”的眼光犀利得就像他宰羊的小刀一样，那“刀锋”旁若无人的走势真是所向披靡……这可如何是好？这时，我束手无策，也真的乱了阵脚。

入乡随俗，也罢，既然草原人无束，也别怪我这位汉家小女子无拘了。想到这里，我牙齿一咬，心下一横，拎起衣服，老起一张小脸就闪进了帘子后面。等我像小偷一样快速地将衣服“调包”以后，再出来一看，我们的“哲学家”艾登江先生已经将他的“研究课题”，转向了正品尝的马奶子上。

然而，衣服虽已换过，可我那被黑暗侵蚀了一夜的头脸，还眉目不整地废弃在一片清冷的晨荒中。此时，就算我的气场再强大，也断然没有勇气当着一位陌生男子的面从容地清理自己的小样儿。面对如此窘境，我心里开始念叨：艾登江啊艾登江，请您快快喝完马奶子吧，再请您快快起身走您的人吧。可此念一出自己立马脸红，人家做客，不仅仅是因着主人家香甜的马奶子而来，更重要的还是因了邻居间的友谊而来。同是做客，自己怎可有如此“险恶”动机？不可啊不可！

此念一经封杀，我便立刻行动。我先硬起头皮，将所有的洗漱用品一股脑儿地塞进脸盆，再端到门外，放在了一块能避开艾登江视线的草地上。在一阵手忙脚乱后，原本狼狈不堪的我，终于还原了清新的面貌。这时，我才像阿 Q 一样，以一个全新的“精神胜利者”的饱满姿态，信心十足地返回了毡房。

二

“古丽巴，你怎么啦？”早饭时，我发现古丽巴的胃口很弱，看上去一副无精打采的样子，我便关心地询问。

“她昨天累坏了。”见古丽巴有点不好意思，叶尔波森就替她回答了我，他说话时的神情依旧有点腼腆。

“昨天刚宰羊待客，今天邻居们应该不会再来，你们也可以好好休息了。”我向他们建议说。

“这个……不一定啦。”叶尔波森的语气比刚才放松多了。

“对了，总是见别人来你家，咋不见你出去做客？叶尔波森，今天你也出去做个客吧，好让古丽巴轻松一天。”我突然开起了叶尔波森的玩笑，他们一听也都笑了。

“好，今天……我也出去做客！”一听口气，就知道叶尔波森是用了很大的力气来回答我的。

“呵呵，就是嘛！我建议你就到那位来你家最勤快的邻居艾登江家里，这样不就满足了邻居每天都想见面的愿望啦？”听完我的调侃，大家又是一乐，一阵说笑过后便各行其是去了。作为闲人，我自然又躲在毡房外的阴凉地界，津津有味地啃起书来。

就在我啃书上瘾的时候，古丽巴招呼我：“姐姐，查姆家正在‘油煎肠子’，你也去看看吧。”

“查姆？就是东边的艾登江家吗？什么是‘油煎肠子’？”我听得稀里糊涂。

“是。什么是‘油煎肠子’？你去到就知道了。”古丽巴的回答有点神秘。我们走进查姆的毡房，见查姆和一位妇女正围着油锅炸麻馓。哦，原来如此，我一下恍然大悟。毡房里本来就有三四个叽哇哭闹的孩子，我的小房东叶拉萨也顺理成章地闹将其中，再加上我们和昂沙尔带来的两个孩子，外加一口沸腾的大油锅，毡房里很快就热闹成一团。既来之则安之，我端起一碗马奶子，也加入了这油气腾腾的行列。

很快，麻馓出锅，我趁热尝了几根，不想牙齿一咬，却感到软乎乎的，完全没有往日的香甜酥脆。见我一脸失望，古丽巴告诉我要等上几分钟，冷了才好吃。于是，我忍了一会儿才又将金黄的麻馓一根一根地送进嘴巴，果然又香又脆。一时间，我竟舍不得停下自己的“油手”。

吃饱喝足，我待了一会儿就觉得全身刺痒挠心，于是不停地蹭着痒痒。最后，我再也忍受不了这滚滚的热浪，站起身来悄悄跟古丽巴耳语了几句，表示我想回去。古丽巴说让我先回，她随后就到，说罢又随手塞给我一把麻馓，说路上吃。于是，我行过感恩礼就一骨碌翻身下炕，向众人告别，一溜烟地穿过草地，又回到我的临时卧室安稳地看书去了。

看书，总能让时间飞跑，眨眼就到了正午，高温又气势汹汹地袭来，草地上很快就升到了四十多摄氏度。此时，草原上的每一寸草地都在遭受着高温的炙烤，草原上的每一片天空都在不停地散发着阵阵热浪，这使毡房的内外都失去了藏身之地。原本猖獗的蚊蝇也来趁火打劫，它们的叮咬使我身上更加奇痒难忍，只有不停地抓、不停地挠。

如此这般，谁还能顾得上啃书？我看着红肿的皮肤，沮丧地呆在那里。无奈之际，脑海里突然灵光一闪，想起了箱子里还有一瓶风油精。我找出风油精，赶紧对着自己和周围疯狂地喷洒了一遍。一阵忙乎过后，蚊蝇虽没有被完全驱散，但它们丑陋的影子却也消失了不少。

与蚊蝇大战了一场的我好不容易定下神来，便趁稍微安静一点的时刻赶紧酝酿一下“内急”的大事。

其实，今天是“无便”的第四天，我早已过了第三天那种发疯的感觉，取而代之的是下腹的一阵阵发紧发胀。尤其现在，任凭怎么用心酝酿也挤不出丝毫的便意。我的大脑已经发“呆”，唯一能做的就是在毡房里走过来、走过去。

有进口就有出口，和草原人一样，我也连接着大自然，自成一个小小循环链，总有一刻会循环畅通。面对这样一个无奈而又残酷的现实，我只有一边苦笑，一边自勉：他们能活，我就能活，不管怎样，我一定要活到明天！

三

古丽巴说，草原人习惯了上午串门下午干活、休息，可今天却一反常态，午饭刚过，邻居们就像约好似的一窝蜂地涌进了叶尔波森的毡房，他们坐在炕上，又开始慢条斯理地喝起了马奶子。

几天的同吃同住，使我对草原的生活有了大致的了解。其实牧民们的生活都非常简单，他们每天的主食几乎就是奶茶和馕饼，人们往往在早餐后就去邻居家串门，大家聚在一起，喝上几口马奶子，对牧民们来说，这是非常快乐的时光。也许是因为古丽巴酿制的马奶子特别好喝，在我住下的这几个上午，邻居们都是到她家来喝酒聊天。

通常情况下，我也会和大家一起谈天说地，借此了解牧民们的生活习俗，可他们一聊就是半天，直聊到我的两腿发麻。今天，我实在是坐不动了，便探询古丽巴可不可以离开，女主人说不一定总陪着他们。有了尚方宝剑，我赶紧向人们打了个招呼就端上一只小木凳，到门外找一处少得可怜的阴凉地坐了下来。

呼吸到外面新鲜的空气，心性自然就顺畅了许多，我仰起头来，对着一动不动的蓝天尽情地伸着懒腰，我深深地吸了口气，自由真爽。我开始埋头看书，就在我聚精会神之际，白底黑字的纸上突然多了一个特大的“黑体字”，而且这个“黑体字”还会移动，仔细一看是一只苍蝇大小的虫子正滥竽充数地来书中凑热闹，我不由得乐了。就在我瞎开心的时候，脚面上又有了一阵轻轻搔痒的感觉，低头一看原来是一只小苍蝇正趴在我的脚上辛勤觅食。哦，小朋友，也真够辛苦的，不过它们也提醒了我，下课时间到啦。

于是，我合上书本，再次仰望天空，只见一只雄鹰在我的头顶上悠闲地飞翔。有时，它会翻上几个筋斗，再昂首冲向蓝天；有时，它会嗖的一下，插向那明朗的天际线。我看它上天入地的如此自由，不由想起了伟人毛泽东在《水调歌头·重上井冈山》里那句“可上九天揽月，可下五洋捉鳖”的诗词来，说不定鹰也懂得效仿伟人那种容天纳地的胸襟与气概。

不管怎样，低头见蝇，抬头见鹰，如此感受，倒也生出一番别样的情怀，再辅之以鹰的气势、伟人的精神，我的情绪顿觉饱满起来。因此，无论那些蚊蝇在我的面前怎样煽情表演，而我不是淡定地看天，就是从容地看地，又或者安之若素地点啄书中的一粒粒“小黑米”。

四

太阳慢慢西去，门口的草地终于有了一片阴凉，邻居们也带上一分满足，恋恋不舍地散去。

送走客人，古丽巴端起一大盆脏衣服，找了一块阴凉的地方蹲下，开始慢慢地搓洗。一旁的小叶拉萨也没有闲着，只见小人儿先将他的小袖管高高地卷起，然后抡开小胳膊露出一双肥嘟嘟的小手，毫不犹豫地插进了泛满肥皂泡的水盆里。他和妈妈头对着头，模仿着妈妈的每一个动作，一把一把地搓洗起来。小人儿像模像样的架势，让我扑哧一声笑了起来："瞧瞧，古丽巴，看看你的小叶拉萨，这一招一式，真不比你差哎。"

"是呐，姐姐，每次洗衣服，他都会来帮忙。"古丽巴仰起的脸上堆满了自豪与骄傲。

"是吗？这家伙，太厉害了！"水盆边的小叶拉萨可不像别的孩子那样借洗衣服来戏水，而是在认认真真地洗着，且不说他小小的双手能否将衣服洗干净了，只说他小小的年纪就具有了如此执着的劲头儿，就让我们这些大人也有点自愧不如。

我呆呆地看着围着水盆忙碌的古丽巴母子，凝视着那些散放在草地上的五颜六色的衣服，继而又环顾着安静柔和的草地，最后将目光落在了漫山遍野的牛羊身上。冥冥中，我感到这是一幅多么熟悉的画面，如此温馨的一幕到底在哪里见过？我一时竟想它不起。

想不起就不想了，还是回到眼前的现实世界吧。

在他人眼中，也许这遍地的牛羊马群就是纯粹的金银珠宝，可在我的眼中，却是一幅静美和谐的画面。或许，眼前并没有美国画家摩西奶奶画笔下那么多的人物，看上去似乎少了些许活力。然而请设想，这里如果有了太多无所不能的人类，谁能保证他们不会给这里的草原带来一场破坏与灾难？而现在，你看这幅画面上的每一寸低调的土地、每一株沉默的小草、每一只安静生活的动物，沉思无语的万物苍生，它们无不闪烁着原初世界的静谧和温馨，无不散发着大自然的元气和精华，这使我清楚地看见了自己灵魂的本真。

我从拥挤的人群中走来，回顾身后，我看见人们还在相互碰撞，还在行色匆匆地奔走街面，他们想要挣脱什么，却不知所向何方。而被人流推向了边缘的我，灵魂也被抛向高空，喧嚣的世界离我远了，我的视野却更为广阔，我看见了更多孤独的灵魂，都在茫然地走着。或许，这正验证了人们常说的一句话：每个人都是一个孤独的个体。如此，也就难怪摩西奶奶的画幅上为什么会有那么多人物的场景，我想，这一定和她晚年的心境有关。所以，我觉得，一个人晚年的孤独才是真正的孤独，为了打倒这些孤独，或许摩西奶奶才以她老人家七十六岁的高龄提起画笔，用惊人的创造力为自己和全世界的老人营造了一幅又一幅充满“人造温馨”的画面，以此为空巢的老人画饼充饥。然而，如此画饼，又怎能敌得过这宽阔空旷的草原给人们带来的最为真实的轻松、实在、安全和温馨呢。

幸运的是，此时的我已沉浸在这宁静却并不寂寞的世界里，享受在这平和却并不失激情的阳光下……纵然知道总有一天会终老病死，我的灵魂却不再感到孤独。

五

傍晚，远处又传来了马达声，蹲在地上洗衣服的小叶拉萨嗖地站起，像小鸟一样头也不回地向着响声那边飞去。我也循声看去，只见一个骑着摩托的人影正翻过东边的山包朝我们驶来，不用说，一定是叶尔波森回来了。

果然，顶着满头满脸灰尘的叶尔波森很快就来到了我们面前，先扑上去的当然是小叶拉萨。和上次一样，叶尔波森从山下购回了一些瓜果蔬菜，可小叶拉萨的表现却和上次不一样了，上次迎接叶尔波森时口中叫的是“阿克阿克”，而这次呼唤的却是“阿帕阿帕”。

阿帕？阿帕是什么意思？原来，从摩托的后座上还下来了一位胖而结实的中年妇女。只见这位中年妇女头裹一方蓝底银丝的条纹头巾，身着一条黑底大白花的宽筒连衣裙，左手的无名指上套着一枚镶有蓝宝石的硕大银戒指，左手腕上还戴着一只宽边花纹的银手镯，脚上套着一双低腰的黑胶鞋。在她泛着高原红的脸上有一副略高的颧骨，颧骨上面，一双深不可测的眼睛正有力地深藏在薄薄的眼皮里。总之，她从上到下的装扮及神情充满了当地民族情调。此时，刚刚下车的她，紧紧地闭着嘴唇，仅用一双阴沉有力的眼睛威严地扫向四周。当她的目光落在正扑向她的小叶拉萨身上时，脸上顿时换成了慈祥的笑容。显然，小叶拉萨口中的“阿帕”就是她了。

从眼前这位“阿帕”的年龄看，不是奶奶也应该是外婆的级别。

好啊，毡房真正的“首领”来了，于是我也笑眯眯地迎上前去：“叶尔波森，叶拉萨的阿帕就是你的妈妈吗?”

“是，阿帕就是奶奶的意思。”叶尔波森低低地回答我，果然被我言中，我心里自是一番得意。

“那阿帕知道我在这儿吗?”一阵得意过后，看着没有一丝笑容的阿帕，我的心里突然升起了一股莫名的寒意。

“知道，她知道你是谁，在山下就听说了。”叶尔波森的声音好像还带着一点怯意。

“山下就听说了?”看着叶尔波森讪讪的表情，我心想，难道这位“首领”真是来“巡察”我的吗?这使我心中的寒意变得更加凝重起来。

确实，阿帕的到来使家里的情形立刻发生了变化。最明显的要算是儿媳妇古丽巴了，婆婆的到来使她的言行举止一下子变得特别小心谨慎。叶尔波森在一旁低低地告诉我，不仅古丽巴非常敬畏婆婆，就连他自己也是非常害怕妈妈。而我们的小叶拉萨就不一样了，他先围着奶奶一口一声“阿帕阿帕”地欢叫着，然后就开始和爸爸妈妈不停地胡闹纠缠，再以后就欺负起我这个外乡人了。不信?你看小叶拉萨一次又一次向我发起的“猛烈攻击”，他不仅用力地拉扯着我的衣服拼命地将我推搡，小嘴里还叽里咕噜地说着一些我根本听不懂的哈萨克语，那表情好像在说：“我阿帕来了，我再也不需要你这个‘假阿帕’了，走……你走!”

见状，不远处的古丽巴赶紧亮开了嗓门，她一次次呵斥着小叶拉萨，可小叶拉萨再也不像以前那样将妈妈的警告当作圣旨来执行，他仍然不停地攻击着我这位“假阿帕”，这是继我在阿尔善村遭到“草原小公主”的攻击后，平生遭到的第二次儿童的攻击，当然鉴于对手的不平等性，我只能摇身变为叶拉萨小拳下的活靶子。想着孩童对大人的攻击，应该是没有原因没有理由的，有的只是莫名其妙，接着就是没完没了。想到这儿，我的脸上不由得堆满了苦笑，任凭小朋友的拳头像小雨点一样落在身上，而我只当是小朋友为我搔痒罢了。也就是一个小小顽童而已，就用我“重于泰山”的担当与责任，来维持与保护我内心那平和宁静的草原生活吧。

为了减少或阻止小叶拉萨的频频“入侵”，我主动和“首领”阿帕套起了近乎，心想这样也许管用。可“首领”对热情并不予以回应，她严肃的脸上竟连一丝笑竟都未曾赏我，其无动于衷之状使我不禁又想起儿时看过的电影中那“奴隶主婆”的神情来。

眼前的这位阿帕的确有那么一点威严，她能让毡房里的大大小小见了就像老鼠见到猫一样地绕道行走，我也未能幸免于难，在不知不觉中也钻进了“老鼠”的行列。

六

天色逐渐暗去，转眼一片漆黑，伸手不见五指的草地暂时使我失去了所有的妄想。此时，古丽巴将一盆热腾腾的羊肉抓饭轻轻端上了毡炕。闻着香喷喷的味道，我们在“首领”阿帕的率领下，正准备动手。突然，不远处又传来了一阵摩托的轰鸣，这声音由远而近，最后嘎吱一声停在了门口，乐呵呵的叶尔波森领着三个灰头灰脸的男子走进了毡房。

“叶尔波森，他们是谁？是你家亲戚吗？”见状，我笑眯眯地看着来人，起身将客人的位置让给了这三位夜访的朋友。

“不是，他们是我山下的朋友。”对于客人的到来，叶尔波森显得非常兴奋，脸上终于露出了一个成功爷们才有的得意与自豪。

“哦，”随后，我笑眯眯地问三位刚来的客人，“你们是怎么上山的？路上一定很辛苦吧？”

“噢，我们是骑摩托上来的，就用了一个多小时。”为首的那位青年男子抢先大大咧咧地告诉我。

“山路那么崎岖，就一部摩托，你们三个？”我脸上堆满了疑问。

“对啊，三个人，一部摩托就上来了！”男子仰着头，用非常得意的口吻回答我，他那仰起的额头上还扬起了几道年轻自信的皱痕。面对年轻男子的满不在乎，我除了脸上堆满疑问、瞪大双眼，就只剩下哑口无言了。

直到这时，我才开始仔细地打量他们。与我对话的青年男子有着一头浓密的自来卷黑发，他圆圆的脸上，一双黑亮的眼睛炯炯有神地看着大家。由于灰尘几乎覆盖了他的全身，我一时也无法辨认出他原有的肤色，只感到他的眼睛和嘴巴不停地向大家兴奋而友好地转动着、表达着。在青年男子左边的，是一位比较年长的男子，他那已经秃顶的长脸上，比青年男子明显地多了一分矜持与稳重。最后，我的眼光又落在了青年男子右边那位沉默寡言的少年身上。少年虽未开口，却一直面含微笑，他小小的四方脸上一对乌黑浓密的剑眉棱角分明，如同刀刻一般，而深邃的大眼睛就紧紧地藏在剑眉下方。他小脸上端正的鼻梁以极其威严挺拔的走势，一路高耸，直指人中，作为“五岳”之首，且越走越高越阔。他微微上翘的小嘴以及前凸的下巴，既厚实有力，又精致端庄。孩子面部五官的组合显得非常坚强有力，这与他的小小年纪有点不相吻合。我隐约感到这是一支黄白混合血统的族裔，而眼前这个族裔的孩子，还有着一张长满故事的小脸。

“你们……是亲戚吗？”这老小三代的组合使我不得不这么想。

“不，我们是朋友。”少年突然发声了，其汉语的麻溜程度绝不亚于我们汉家子弟。再有，最令人称奇的是他独特的音质，可以用四个字来形容：咔嘣脆响！

“是朋友？”我真好奇了，便反问过去。

“对，是朋友。”见我反问，少年加强语气，又回答了一次。经过一番交流，我才知道，孩子名叫吾热克尼，今年十三岁，是柯尔克孜族。孩子说，在他爸爸的爷爷辈时，他们就从中亚的吉尔吉斯逃难来到了昭苏，后来他的父辈相继生病过世，小小的吾热克尼成了流落异乡的孤儿，在邻居朋友们的收留下才一步步地成长到今天，现今他还居住在昭苏。在讲到自己因亲人的离世而沦为孤儿时，我发现在孩子的小脸上，并没有露出丝毫的忧伤，他的表达总是那样干脆和硬爽，仿佛描述的是别人的经历而与他一点牵连也没有，这使我感到非常惊讶。到底是什么样的力量能使一个这么小的孩子过早地具备了如此强大的承受能力？这不得不让我想起了寄养在阿尔善村阿依努尔家的少年阿玛卓利。是的，阿玛卓利与吾热克尼完全不同，阿玛卓利看上去一直沉默寡言，但究其本质，他和眼前的少年都有一样的内在特质。因为他们都让我感受到了一种异乎寻常的坚毅与顽强。

柯尔克孜，一个起源于吉尔吉斯斯坦、让我听起来感到非常陌生的民族，今天竟很快从这位十三岁的少年身上感受到了这个民族的性格。临行之前还有机会增加一个新的认知，倒不失为一个意外的收获。最后，吾热克尼指着那位青年男子和中年人说，他们都是照顾他的哈萨克朋友，这次到新源，就是为投奔他们而来。

“你是柯尔克孜，他们是哈萨克，你们能生活到一起吗？”问到这里，我顿了顿，接着说道，“还有，不是说你们都生活在昭苏吗？怎么又到了新源？”

青年男子又抢先回答了：“能！我们都是游牧民族，他们有很多人都信伊斯兰教，所以在一起生活没问题。到新源是为了找工厂打工。”

“哦，是这样。那你说打工，又为什么要来新源？昭苏没有工厂？”

“有，但没新源多。”

“那你们今天是放假吗？”

“不是，今天夜班，我们跟工厂请了两小时的假。”

“两小时？上山就用了一个多小时，一来一回，这够吗？”

“没事，迟就迟呗。”

“啊……”

“大家都这样。”

说完后，青年男子又冲我憨厚地一笑，我却一时不能完全反应过来：迟到？早退？拖假？这在辽阔的大草原，可能不算一回事，可高速运转的工厂……这还能正常运营吗？看着他们喜滋滋用餐的样子，我却为那些来西部淘金的人在心里重重地打起了小鼓。

七

山下的三位朋友带着酒足饭饱的醉意，随着摩托突突的吼叫，告别了我们，消失在茫茫的夜色。这时，草原的温度也从白天的四十摄氏度退到了晚间的五摄氏度左右，随着夜色的加深，我感到越来越冷。

按着每晚的惯例，古丽巴先为我铺好了两床厚厚的羊毛垫胎，又覆上一床厚厚的盖被，这可是我们长江中下游地区的家中最冷的冬天才用得上的被褥啊！户外，天上的小星才不管凡世间越来越低的温度，只自顾自地越升越高，然后汇聚在一起快乐地跳动。它们总喜欢欺负那已经疲惫的小灯，而劳碌了一天的人们也懒得去管它们的破事，随着主人的手起灯灭，大家也就一起钻进了被窝，各自急急地酿起最美的梦来。

我也轻轻地躺下，无余地融进了草原之夜，与绵延的山川、与无边的大地紧紧而又愉悦地交合在一处。我的梦中，有雄鹰展翅，有骏马奔腾，有无数的牛羊缓缓而来。满地的野花开了，我的梦就张开了幻想的翅膀，向着夜的深处不停地飞去……

或许，置身于一顶没有私人空间的毡房里、一片无法正常如厕的草地上，对一个特别重视私密的都市人来说，是一种很残酷的煎熬，这使我不断生出一种迅速逃离的欲望。可一想到为创作古代人物传记《刘细君》而未到达的两个主要采风点特克斯与昭苏时，那些幸灾乐祸的蚊蝇，以及其他难以言状的困扰就变得渺小起来，直至无踪无影。时至今日，我的脑海里已经刻下了众多哈萨克同胞立体鲜活的面容，刻下了他们的年龄、姓名以及他们内心深处最闪亮的人性光辉，也正是有了他们，才有了我未来作品中栩栩如生的人物形象，那些暂时的困难与如此巨大的收获相比，又算得了什么？

这时，一阵深沉浓甜的鼾声从毡炕的另一头毫不客气地向我袭来。夜已走进深处，而一个爱丽丝般的仙境却迟迟地不肯退去，它又以一个更加清晰的轮廓萦绕于我心神遥荡的梦境：这是一片没有城墙的城池和森林，里面铺满了摩西奶奶温馨的人间画面，我就在她澄明的世界里飘移、遨游，尽情地享受着这信马由缰的至高境界。人们与我自由地交换着生命中最优秀的基因和密码，待将和平与友爱的种子撒进巷陌的每一个角落，撒进草原的每一寸土地。哦，就请静和的清风，去传播阳光的温暖吧，就让人间最快乐的种子在神秘的大地竞相破壳、出芽、生长……

“天地与我并生，而万物与我为一。”草原的风，带着一种莫名的远古的气息不断地呼唤着我的灵魂。我知道，从走进这块美丽的土地那一刻起，我就注定将成为庄子《齐物论》中这句话的一个验证。所以，就让我留在今晚的夜色里吧，我愿在今晚的夜色里一直做甜蜜的梦，并一直在梦中驰骋，永不醒来。

我天然地属于这里，我生命中的一枝一叶都已经在这片古老的山水里生长，并随丝路的风一起脉动，一起写意着下一个远古的足迹。

开斋节前夕的沸腾

（7 月 17 日，星期五，晴，42℃）

一

一早起来，那庄严的草原阿帕便开始忙里忙外，而小叶拉萨则“阿帕、阿帕”地跟在她的脚前脚后。有时，他也会回头瞧我一眼，一时兴起了，再奔过来突袭我一把。

我回头看看小叶拉萨，又看看正严肃地忙碌着的草原阿帕，悄悄将古丽巴拉到一边，鬼鬼祟祟地对她耳语：“古丽巴，你很怕你婆婆吗？”

“嗯，害怕。”说着，古丽巴还用眼角飞快地瞟了婆婆一眼，再对我偷偷地抿嘴一笑。

“那她对小叶拉萨为什么会这么娇惯呢？”我接着问古丽巴。

“是呐，她对他就是那样。喏，奶奶一来，小叶拉萨就不好管了。”看着阿帕忙前忙后的背影，我在草原新一代儿媳妇古丽巴的脸上，看到了一种万般无奈的神情。原来，草原阿帕也和我们的中原奶奶一样，都有着隔代亲的毛病。我打量着这位一直紧绷面孔的阿帕，打定主意，准备和她逗上一逗。想到这里，我拉上翻译古丽巴走到阿帕面前，用非常礼貌的态度问道：

“夹士曼（你好），您是叶拉萨的奶奶吗？”

“是的。”

“那您今年多大？”

“你多大？”

“我？肯定比您大。”

“我四十八岁，你呢？”

这位草原阿帕扛不住了，终于亮出了底牌。当古丽巴转告她我的年龄后，只见阿帕的脸上露出了非常惊讶的神色。她与古丽巴又叽咕了几句，古丽巴告诉我，阿帕原以为我只有三十多岁，没想到一问，还比她大出几岁。古丽巴的转译让我一下子就乐了，亲爱的阿帕，您看不懂我，难道我还看不懂您吗？我说您会输，您就一定会输。与我熟悉后的阿帕，脸上终于有了讪讪的微笑，尽管语言不通，但并不妨碍我们用眼神和手势来传递彼此间的友好与善意。在我的印象中，草原母亲对于孩子的管教都是非常严格的，阿帕对孙子的这种溺爱与纵容，便让我有点费解。于是，我上前一把拉过阿帕，又对她毫不客气地“盘问”起来。我先是伸手拍了拍阿帕的胸口，再将手指着小叶拉萨，脸上摆出一副慈祥而温和的笑容；然后，我继续用手拍了拍阿帕的胸口，又用手指着古丽巴，脸上摆出一副严厉而冰冷的面孔。看着我的比划，阿帕紧绷的脸上竟飞出了一缕淡淡的红晕，那一直紧闭的嘴唇也自然地绽开了一道月牙般的缝隙，终于，阿帕笑了。

显然，草原阿帕看懂了我的手语，那威严的阵势便被我的手指轻轻点破了。但是，阿帕的这一笑是远远应付不了我全部疑问的，于是我又拽来了古丽巴。当古丽巴用怯怯的声音向婆婆低眉顺眼地转译完我的意思后，只听对面的阿帕随口向我甩来一句：“等你的儿子生了儿子，你就什么都懂了。”

“哈，好一个等我的儿子生了儿子！好，回答得好。但我还是要向您请教，同样作为小辈，那您对儿子和媳妇的态度却为何如此冷漠？”被我一语点中要害的阿帕，本能地瞄了古丽巴一眼，随即脸红了，便不好意思地笑了起来。随即，我这不依不饶的小“破嘴”又补上一句：“嗨……别生气啊，我是跟您闹着玩呢。”

彼此交锋，草原阿帕总能以极其警醒的状态不动声色地避开我的锋芒，就凭如此机智的一面，以后有谁还敢小觑草原上的奶奶？其实，从阿帕对小叶拉萨的娇惯中，我看到了一种再正常不过的祖孙之情。

在阿帕眼里，小叶拉萨俨然就是她一生中最完美的作品，是她生命的真正延续，而她的职责自然就是对孙子无条件地呵护。

至于说对于孙子的教育，那是小叶拉萨父母的责任，已经不属于奶奶的职责范围了，对此，我表示非常理解。而草原阿帕对儿子和媳妇的严厉态度，那是一位母亲对儿女应尽责任的体现。应该感谢草原阿帕，让我在一个普通的草原牧民家中深切感受到家庭成员间那种上慈下孝的传统美德。

二

不知深浅的太阳又觍着火辣辣的老脸，不知趣地向我的头顶慢慢靠近。而躺在小草身上滚动的露珠也吓得对太阳退避三舍，它们和我一样，都准备悄悄地隐去。

今天，是我在齐力盖大草原的第五天，也是与外界失去联系的第五天。在这失联的五天里，吃什么、住什么，不重要；中午的高温、苍蝇和蚊虫，也不是什么不可逾越的难题。那什么才是我真正的痛苦？什么才是我真正的烦恼？排“毒”——那就是排“毒”！

说起来已有整整五天的时间，我只象征性地排了两次“毒”，对于一个有着良好生活习惯的人来说，这意味着怎样的煎熬？所以，我现在已经被憋得神志不清，头晕眼花了。真的，我感到自己的根根神经都开始麻木。此时，我既盼着以光的速度逃离，又因“壮志未酬”不甘离去。况且，在这失去了“现代文明帮凶”——网络的境遇下，且身处一个山水相连又相似的草原，我这一直生活在以农耕文化为中心地域的小人家又怎样能与山下取得联系？抑或“逃”往他处？就在这理不清的思绪中，我不由得苦笑两声，算是给自己解个困顿，而后又使劲眨巴一下眼睛，可还是什么都看不清。干脆，我端来一只小凳，放在毡房西头的阴凉地，再揣上一颗纠结的心儿，像一座精致木雕，面无表情地端坐在那里，一边闭目养神，一边静候着越野吉普的到来。

等待的时间，总是显得格外漫长。整整五天，让便毒胀昏了脑袋的我，最多就是无精打采地看一眼欢快舒展的小草，看一眼忙忙碌碌的古丽巴婆媳，以及看一眼逍遥自在的牛羊，重叠相拥的丘壑，还有飘成迷离的晨烟……这一切，竟让我突然觉得自己是草原上的多余者，不折不扣地多余，多余得连一点用处也没有。甚至，我为自己此时的存在而感到一阵混沌和沮丧。我开始羡慕眼前的古丽巴婆媳，我凝视着她们，凝视着她们在这个空透无形的晶体里，是如何幻化成一个个鲜活灵动的影像，美妙轻盈地流动。此时，我唯恐惊醒这一片奇特的天外世界，因此我不忍发声，更不忍用手指去触碰，我只敢游离在这个“晶体”的边缘，好奇地向里张望，张望那一草一木一生命的传奇……说来也奇妙，就在这不知不觉的幻化中，我原本的混沌和沮丧竟也被眼前流动的影像一点点剥离、肢解和零落了，于是，我又迎来了一颗无比欢喜的心，并将它放飞到无形的“晶体”里，让它也成为一个流动的影像……

一个多余，一个多余得不得不成为草原上现实的存在，如今，她的存在已是那么服帖和自然，竟成了自然草原的一部分。或许有一天，这个“多余的自然”，会将草原的自然改造得更加自然。

三

不等晌午，一直伺机发飙的日头终于憋不住一腔邪愣的老火，引来了更多丑陋的蚊蝇。它们一起扑向正在草地上忙碌的人们，并开始了肆无忌惮的燃烧、撒泼……

然而，不管老天散发的热有多么残酷都阻止不了伊斯兰教的重大节日——开斋节的来临。信奉伊斯兰教的穆斯林们，拥有古尔邦节、开斋节和圣纪这三大重要的宗教节日。而明天的开斋节又名肉孜节，和我们重视春节一样，他们一早起来就忙着除尘、沐浴和更衣，今天就相当于他们的除夕了。不同的是，我们的春节是在冰雪消融的初春，而伊斯兰教的开斋节，却常常在“怒火万丈”的夏季。

“过来……快点过来。”玩兴正浓的小叶拉萨，被他的“切希”古丽巴一把逮过来，按在了一只盛满温水的大红盆边。

“古丽巴，你这是干吗？要放水养鱼吗？”当看到叶拉萨被“切希”从上到下剥成一丝不挂的小模样时，我真是开心极了，也趁机上前，“幸灾乐祸”地戏要起这条顽皮的“小鱼儿”来。

“呵呵，养鱼？对，养鱼，明天过节嘛，这个……今天要给他洗洗。”古丽巴拍着小叶拉萨光溜溜的小脊背，以极尽疼爱的口气呵呵地笑着。听古丽巴提到过节，我突然如梦初醒，想起明天是什么日子，也真正理解了草原阿帕昨天上山的全部含义。

此时，已经坐在盆里的小叶拉萨真像是一条游在水里的小鱼儿，他用小手兴奋地拍打着水面。而可怜的“切希”一边躲闪着四处溅起的水花，一边还要搓洗这条活蹦乱跳的“小鱼儿”。经过一阵激烈的水战，“小鱼儿”终于出水，只见他全身挂满了亮晶晶的水珠，远看就像一粒粒沉甸甸的小银豆，小银豆沿着他稚嫩的小脊梁顺顺溜溜地往下滚。此时的“小鱼儿”通体发出清洁的光泽。一旁的我，忍不住再次失声叫道：“呵呵，太好玩了。”

“是呀，他就喜欢洗澡，让人可累了。”

“为儿所累，痛并快乐嘛。”

“呵呵，是呀、是呀……”乐呵呵的古丽巴倒掉盆里的水，又忙别的事去了。而我这时，是既看不进书，也不能静心发呆了，心想还不如找点活干，也给草原留下一个好印象。说动就动，我开始瞄来瞄去，最后，还是将目光落在了左腿半曲、右膝落地、正在给母牛挤奶的古丽巴身上……我快步走向奶桶，对女主人说道：“古丽巴，让我把奶桶拎回去吧？”

“嗯，好呐。”听到我的声音，古丽巴便将右膝前的奶桶让了出来，然后一边左手撑腰，一边慢慢站起，这时我才发现她的脸上已淌满了汗水。等我拎着空桶返回，看见母牛那粉红的乳头又被可爱的小牛犊牢牢地叼上了，而古丽巴却用看强盗一样的眼神紧紧地盯着小牛。

在开满小花的草地上，小牛犊一边喝奶、一边摇尾、一边还忘不了在妈妈的怀里左旋右转地撒欢胡闹。喝着、喝着，突然，我发现小家伙用嘴巴一下撞向了自己的“饭碗”，接着又开始吸吮。这个奇怪的举动把我看蒙了：“古丽巴，它这是在做什么？”

“这个……它喝得太快，奶水没了，拱一拱就又下来了。”

“啊？太有技巧了，呵呵，长见识、长见识啦。”

小家伙酣饮如蜜，我也跟着偷偷地享受着。就在我们喝得开心、看得痴迷的时候，古丽巴却一把拽起了小牛犊嘴边的缰绳。只见小东西的头先是往下一沉，然后尾部向上一翘，它让整个身体向后倾斜出四五十度后，四足原地发力，全身铆足了劲地往后赖……显然，它在进行着“拼死”的抵抗，它是想永远赖在牛妈妈那温暖的怀里。

其实，就在小牛拼命往后退的时候，我的心也在随着这可怜的小东西顽强抵抗。自从来到这里，我就发现每当小动物们喝奶时，古丽巴总是在一旁紧紧地盯着，还没等它们喝上几口，她就上前将它们强行牵走。对于女主人多次不近人情的举动，我早就感到不满与困惑了，这次，类似的情况又一次发生，我就不得不真生气了：“嗨，我说古丽巴，你为什么总是在小牛喝得最开心的时候把它拉开？”

“姐姐，不是我不让吃，是它们不能多吃，吃多了会撑死的。”古丽巴辩解道。

“撑死？难道它们吃饱了还不知道停下？”我还是半信半疑。

“不知道。它们就是管不住自己，所以才要看住它们。”这一次，古丽巴的语气非常肯定，已容不得我有半点置疑。

“那……这几天，我真的冤枉你了，实在对不起哦。”有错必纠，我立刻认错。

“没关系的，姐姐又不懂。”古丽巴的笑声中还带着一点哭笑不得。也是啊，这半晌的时光，我尽与小花、小草、小动物及小孩儿们成群结伴了，这见识，少不得也跟着萌动的稚趣重归儿时的懵懂，重归通明的心中一个深藏的永不老去的童话。

其实，如此“返老还童”神话的实现，正是当今被裹在钢筋混凝土结构中的人们所梦寐以求的幻想，所以，加拿大完美主义画家布莱恩·拉萨加在他的丙烯画中，那一幅幅徐徐流淌在画布上鲜活动人的孩童、动物等美好事物的幻象，便诗意地出现了。这份可贵的生命艺术，在温情地慰藉着每一个临近绝地的心灵；同时又在提醒人们要珍藏好心中那份清醒的纯真，从而让迷茫的灵魂挣脱出纷乱无序的现实。然而，这个现实外的存在无异于海市蜃楼般的幻影，而短暂的欣赏与沉浸无异于望梅止渴，说白了，这份可贵的生命艺术只能对那落魄的灵魂提供一时的慰藉，又怎能恒久地将人类的灵魂渡向真正的彼岸？故而我幸运，因为我今天无需依傍人为的艺术作品，就实实在在地进行了一次回归儿时的完美穿越，因此我会永远地珍惜！

四

“姐姐……姐姐……车来了。”不知过了多久，我听到古丽巴一阵惊喜的叫声，抬头看去，果然有一辆白色的吉普车从西边的地平线上缓缓地探出了“脑壳”。

哦，谢天谢地，“救星”来也！看到远处的汽车，我从心底舒出了一口长长的气息。没过多久，只听嘎吱一声，吉普车便到了我面前。不等车停稳，调皮的小叶拉萨就乐颠颠地跑了过去，而我这尊已经蜷曲了多时的木雕，也堆出了一脸的喜色。我拉直自己的神经，准备上前和救星们打招呼。

下车的人中，除了曾经送我来夏牧场的苏全治、刘凯和努尔布拉提，还多了一位身着天蓝T恤的汉族男子。见我站起，苏书记上前关切地问道：“朱老师，怎么样？这几天还习惯吗？”

“呵呵，还好、还好啦……这不还活着呢吗？谢谢你们了，让大家又为我辛苦了一趟。”话一出口，连我自己都觉得惊讶，到了这般田地，我还能开出这逞能的小玩笑。

“没关系。朱老师，您看上去精神不错，这么多天能熬下来，真是不容易。您看现在离午饭时间还早，我们就利用这个时间到各大队夏牧场的贫困牧民家中走一走，走访慰问的过程中也正好排查一下节前存在的安全隐患。朱老师，如果您的身体允许，我们想邀请您一起参加，顺便再请您帮我们拍上几张工作照，您看行吗？”苏全治一气说完他的意图，就向我投来了探询的目光以征求我的意见。

“客串？好啊，我正想感受更多的牧民生活呢，我们马上就走。”既然主人如此信任，我自然没有将自己拒之门外的道理，更何况还正中下怀，很快，我们的车又穿梭在绿色的草原上。

在走访的每一处，我都惊喜地发现，苏全治——这位年轻而又充满活力的基层民族干部，一旦进入工作状况就变得有板有眼、细心踏实。且不说他对困难牧民家中的情况、草原所存在的安全隐患如数家珍般的了解，只从他踏进每一座毡房时牧民们对他的亲热与熟悉就不难看出，他因落到实处的帮扶工作而在牧民心目中树立了良好形象。

当然，除了完成本职工作，我也带上了一份对贫困牧民的真爱，以极其恭敬的心走进了他们的毡房。当我用自己的双手紧紧握住牧民的双手时，我感到自己的手也被牧民们那一双双粗糙而又温暖厚实的手给紧紧地握住了，仿佛我才是受他们慰问的对象。此时，有一股暖流从我的心里喷涌而出，流遍了我身心的每一个角落。

我忘记了自己客串的身份，我的眼中早已装满了被慰问牧民们脸上那一朵朵雪莲花般的笑容。午时的阳光，将我夺眶而出的泪水照得滚烫滚烫。这每一滴泪水，都闪耀着热情的光芒，在我的脸上幸福地流淌。哦，这每一滴泪水，都是我和牧民们之间无声的交流，此时，它成了我们之间最美的语言。

五

返回古丽巴家中，一大盆热乎乎的羊肉抓饭已放在了毡炕中间的桌布上。在草地上转了一圈的我们此时腹中早已饥肠辘辘，一进门就闻到这股诱人的饭香，垂涎欲滴的我便迫不及待地爬上了毡炕。

在我们认真地行过感恩礼后，用餐正式开始了。我左手当碗，右手当筷，将一大撮羊肉抓饭满满地塞进了嘴巴。一想到这是我在草原的最后一顿大餐，眼前这些一直没能完全接受的馕饼、抓饭、酥油、奶酪和马奶子竟成了我口中一道道垂涎诱人的美味，我要深深地记住齐力盖大草原上这淳厚迷人的芳香。

一阵风卷残云，人们很快酒足饭饱，这时我才定下神来从容地呼吸。突然，一股脚臭的味道时浓时淡地钻进了我的鼻孔。说来也怪，这毡房里天天有客造访，有时一天就有二十多位，人人都脱鞋上炕，却没闻到一丝脚臭的味道，而今天只有区区四位客人，咋就有了？对此，我百思不得其解。

我不由得揣测：大家同为华夏民族，是不是因为生活区域、饮食和生活习惯不同，身上的体味也就不尽相同了呢？这种特征差异，投射在草原朋友身上，就是我七月二十一日上车时闻到的那股“草原体味”，而他们脚的气味，想必和这种“草原体味”是同一种味道，只是因我连日的融入与适应，对它们不再敏感，闻不出来了？相反，离开从小生长的环境时间长了，对中原同类的“中原体味”却变得敏感起来，就像现在，哥几个一上炕，便触动了我敏感的嗅觉神经。想到这儿，我突然感到不对劲……尽管我所说的都是客观事实，但嘴上还是有个把门的好，否则万一说远了，恐怕不仅会招来草原朋友的一顿“痛打”，还会惹来中原同类的一阵“怒骂”。到时候可就里外不是人、两头不讨好，就真应了家乡的一句歇后语——“驼子跌跟头，两头不着实”。

总之，则克台镇父母官苏全治一行的到来，给叶尔波森一家提前带来了节日的气氛，面对我的即将离去，草原上老老少少的脸上都挂满了不舍，就连早上还“袭击”我的小叶拉萨也变得像我来时一样乖巧，平日里不善辞令的叶尔波森此时也变得活跃起来。他打开手机，笑呵呵地走到我的面前，红着脸说：“姐姐，要走了，我们一起合个影吧？”

“好啊，那我们一起……”与我已经熟络的草原阿帕也在和我的对视中会心一笑，那眼神里明显写满了分别的遗憾，这让我的心里生出了一股离别的酸楚。听到叶尔波森的提议后，我走到还有点害羞的阿帕面前，将她亲热地拉了过来……石头、剪刀、布……咔嚓咔嚓……

随着苏书记连按快门的声音，从此，我和这一家人的笑容，就留在了男主人的手机中。

或许即将离去，正午的草地竟更加青绿起来，天空的烈日也温柔了许多。走出很远，当我再次回头时发现人们还站在那里，我的鼻子猛然一酸，一股深情的泪水止不住地涌出了眼窝。

我不知道，这一去何时才能再来？我在这短短的几天里已经深深地爱上了这里的一切，此时，我只想化作一束淡淡的光和影，永远隐形在这浪漫多情的草地上，隐形在这蜿蜒古老的山水中。

六

三点多钟，我们离开了阔克英村夏牧场。这次下山，我们选了另一条山路，这条山路的山势非常陡峭，有多处滑坡，一路下来直让人心惊肉跳，但我们只用了四十分钟就驶上了一条平坦的大道。

这时，每个人的手机都开始咕嘟咕嘟地冒起了信号，只见苏全治看着手机自言自语道："明天，又有人要办事了。"

我好奇地问："办喜事吗？"

"不是，是镇上一位工作人员过生日。"

"哦，他们请领导出席吗？"

"有时也请，不一定。"

"假如请了，那你们去不去呢？"

"如果少数民族，可能会去。"

"空手去吗？"

"怎么会？"

"难道还要'放血'？"

"是啊，必须'放血'！"

听说他们不能空手赴宴，我感到诧异。年轻书记却肯定地说，他不知道别人是怎么处理的，反正他为了不影响工作，在实在推辞不掉的情况下，会封上一个红包，而且还比普通人的多。他说自己大小也是个领导，总得比别人多拿两个，如果出少了，面子上挂不住。

看着眼前这位性格开朗的年轻人，我突然有点心疼起来，从年龄推测，他应该是“疆三代”吧？于是，我安慰他说，好在少数民族地区的工资待遇都还不错，这一点礼金应该能对付得了。当然，关于新疆工资待遇的信息，还是我在中学时期听那位从乌鲁木齐回来借读的有着“维化”面孔的女同学说的，所以至今我都这么认为。

听我如是说，年轻人那中正又不失稚气的脸上突然绽开了笑容，他说不知内地的工资水准怎样，反正他现在的工资平均下来就是一个月三千多元，也算马马虎虎了。听他的口气，还挺知足。而我听了，却不知该如何回复。

是啊，人知足就好！只有心态平衡的人，幸福指数才会一路飙升，就像我眼前这位付出并不算少的年轻人。

七

回到新源贵宾馆已是下午四点多，一号大厅里还是那位漂亮的哈萨克女生当班。她一见我回来，就笑眯眯地说1303号房间还给我留着呢。一听说新源的“家”还在，我就特别激动，看到我幸福满满的笑脸，她也笑了，说下次还给我留着。

哦，多好啊，她甜甜的笑让我真的感觉回到了家。

与苏全治告别前，他说明天要去牧民定居点走访，如果我有兴趣，可与他们继续同行。其实，我很想参加他们的活动，可一想到之前与维吾尔兄弟德勒木拉提一家共度开斋节的约定，就只好忍痛谢绝，我不能给维吾尔兄弟留下一个没有信誉的不良印象。

送走了苏全治与刘凯，我赶忙奔回房间，一头冲进了卫生间。当看见洁白如玉的坐便器时，我竟感到无比亲切，我迫不及待地靠近它，如同一个饥饿的人看见了盛满饭菜的饭盆。这个比喻用在这里确实有失“违和”，但是我真的被憋坏了，实在顾不上去修饰自己的任何行为与颜面了，此时我只想抓紧时间“出口”。

从卫生间出来，我虽然有些软手软脚，形同虚脱一般，身心却变得异常轻松，我倦倦地躺下，等体力稍稍恢复就开始处理身上的灰尘。我将那双沾满了草原“特产”的鞋子放在浴缸里不停地冲刷，特别是鞋底的凹槽，宛如一道道沟渠，沟渠里挤满了草原的粪便，它们经水一泡全都胀开了，那烂糟糟的黄黑色粪渣几乎漂满了浴缸。找不到鞋刷，我便急中生智，顺手拿起一柄一次性牙刷作为淘粪的工具。有好多次，我稍不小心就被牙刷带出的粪便喷了一头一脸，将自己活脱脱地掏成了“满头满脸黄金甲”。哦，老天，谁还有更好的办法，来帮我整好这一切？可这里的午后，到处悄无声息，我只有皱起鼻子，闭紧嘴巴，屏住呼吸，将头扭向一边，继续无奈地掏着、刷着……

经过好一阵折腾，我终于倒在了床上，刚有如释重负的感觉，受伤的头顶又开始炸炸地疼起来。此时，心里那种说不清的憋闷、那种四面楚歌的悲凉，在全身渐渐蔓延，脸上两行无助的泪水顺着面颊，酸酸地滚落到枕头上。

不知昏睡了多久，醒来时已是晚上八点多，我轻轻地摸了摸脑袋，似乎清醒了一些。窗外，草原的日头还亮亮地撑在那里，就是不肯轻易下山。我擦掉脸上风干的泪痕，赶紧打开手机翻看信息，一个接一个地回拨着电话。最后一个拨通的是叶尔江老师，当得知我顺利下山后，叶老师为我松了一口气。电话里，他像草原的“家长”一样，详细询问了我在山上的情况，我向他一一作了陈述，他听后非常欣慰，并将我称赞了一番。

“正因为没有希望，希望才给予了我们”，十九世纪的犹太学者瓦尔特·本雅明就这么说过，因此，我也相信，一个人如果沮丧到绝境，一切生机就即将到来。再一次受到叶尔江鼓励的我，竟像尝到了冰山上那阴柔不屈的雪莲，不仅气顺许多，那头疼脑胀的感觉也消失得无影无踪。

八

夏季，是草原上最欢快的季节，扬州“援指”的人们几乎都引着来草原逐梦的朋友纷纷奔向了天山深处。一直弥漫着浓浓乡情的“援指”食堂由此暂时关闭，我就尝不到家乡口味的饭菜了。

也罢，累了一天的我也不想出门觅食了，我取出从山上带下的一小瓶马奶子，一边自斟自饮，一边接通了总台的电话。很快，一个由甜瓜、油桃、马奶子葡萄组成的水果大拼盘就被服务生端进了房间。接着，一条清蒸白鱼、一盘大对虾、一盘清炒油麦菜、一大盆羊骨头汤也相继被端了进来。

看着这一盘盘油色清亮的菜肴，我的口水早已禁不住流淌下来。因为我一眼就能看出，这绝不是用地沟油搅和的菜肴，看来这里的人们还没有学会勾兑地沟油，我希望他们永远也不要学会那下三滥的玩意儿。正因如此，眼前的每一道菜肴才有各自的风味，而被馋坏的我一口气就将它们化作了残羹剩饭，用餐之狼狈状可想而知，当算是我人生中最落魄的形象了。

挺着饱胀的肚皮，我散开疲软的四肢，躺成了一个舒缓的“大”字，两眼茫然地盯着天花板，排解着心中的浮气、浊气和躁气。这时，我的身体也越来越沉，沉重得仿佛要压穿床垫，渗进大地，与之交融一体。我感到自己的毛发，化作了草原的树木花草；我的皮肉，化成了草原的泥土沙砾；我的筋骨，化为了草原的峰峦山脉；我的血管，变成了草原的小溪河流；而我的眼睛，则变作了草原上一汪清澈明亮的湖泊。草原的魅力啊，终于消融了我疲倦的身心，在草原那广袤的怀抱里，我随着它一起沉沉地睡去……也不知过了多久，这场酣甜的大梦，就被一身闷热的大汗痛苦地淋醒了。

醒来后我才发现，这山下和山上虽属同一个地区，气温变化的差异却非常大。前面我曾经提到，这几天，山上白天的温度已达四十摄氏度左右，可到了晚上，却需要用厚厚的棉被才能御寒。而这里的山下，白天只比山上的同期温度低五度左右，可晚上比白天差不了多少，温差小得可怜，所以到了晚上，别说是盖一床棉被，就是眼下的这一层床单也被我一把掀开了。听服务员们说，伊犁河谷的夏夜一向非常凉爽宜人，因此，这里的宾馆根本就不需要配制冷空调，可今年的夏季一改往年的“习性”，自从我走进天山垭口，就给了我一次次的下马威。官方宣称，这是河谷地区数十年来罕见的高温，难怪我晚上被热醒。

面对这挥之不去的汗水，我只有醒一次，就冲一次澡；醒七八次，就冲七八次；不停地醒，就不停地冲。最后，几乎整整冲了一夜，也好，就冲出一个痛快，冲出一个爽，冲去在山上积攒了好几天的尘埃污垢，再将这些尘埃污垢悉数还给草原，让眼前这一场残酷的现实，成功地转化成一夜的嬉戏和娱乐。

游牧民族是草原的精灵

（7 月 18 日，星期六，晴，35℃）

窗外早已大亮，而被酷暑折腾了一夜的我，竟呼呼地一觉睡到晌午。

午饭后，一位哈萨克女服务员进来，她一边打扫卫生，一边热情地告诉我今天是他们的节日，家家户户都做了很多好吃的食物，她说明天会给我带上一些糕点。一听有这等好事，我也就笑眯眯地表示了谢意，并祝她节日快乐。

“喏……今天，给您尝一尝我们新疆的大西瓜。今天过节，外面很热闹的，您不出去转转吗？”下午，又是那位女服务员，只见她抱着一只特大的西瓜，兴冲冲地走进了我的房间。

“哦，出去，一会儿我就去芳香那拉提广场。”因为，我要去德勒木拉提的那个羊肉小吃店。

“下班后我陪你去吧？正好女儿在家，我问她去不去？”女服务员又对我说。

“好啊，人多热闹，就等你通知啦！”听她这么说，我当然高兴。后来，我一直等到下班，都没有等到那位热情的女服务员的影子，于是，我就自己溜出了宾馆的后门，按着事先与维吾尔兄弟德勒木拉提的约定，独自优哉游哉地向着芳香那拉提广场边的那家小吃店走去。

走到小吃店的门口，只见里面空无一人，冷冷清清，咦？是我来迟了？我心里一边犯着嘀咕，一边转身向广场走去。路边浓浓的树荫下，比晚间又多了一层空透的情调，我选了一家比较安静的摊位，点了一杯冰镇的卡瓦斯，又要上五根肥瘦相间的羊肉串，开始慢慢享受。

在享受的过程中，我一边打量着身边的街道与广场上的行人，一边静静地陷进了沉思。

游牧民族——这一群草原上的精灵，真是一个不可思议的民族。在他们很多人的身上，始终充满了一种神秘的特质。有时，他们的热情如同草原上奔腾的骏马，豪放不羁；有时，他们的敏锐又如山涧淙淙的溪水，细碎闪亮；而他们的浪漫，更像在蓝天散步的白云，悠悠荡荡；最美的是他们的允诺，就像歌声一样甜美感人，然后，却随着风儿自由地飘散，使人来不及追寻他们的踪影。我惊讶于他们中的很多人不受承诺与君子协定的牵绊，好像在他们的眼中只有草原，其他即便比草原更美的风景都不会永恒地定格在他们记忆的深处。一切的发生，都随风而来，再随风而去。他们的生活总是如此洒脱与自由，同时，他们又是时光框架里最典型的现实主义者。他们的气质在纯良中带有一股野性的魅力，具有一种强烈而漂泊不定的阳刚之美，这与汉家后期深不可测的阴柔之美，恰好形成了鲜明的对比。

总之，他们的状态一如变幻莫测的“黑走马”舞蹈，会不停地变化自己优美的身姿，或许，这正是他们在草原生存的一种人生节奏。

为牧民找到一把“解惑”的钥匙

（7 月 19 日，星期日，晴，37℃）

一

上午，我正在整理收集的资料，突然，房间里的门铃叮咚地响起，开门一看，原来是昨天那位女服务员进来打扫了。只见她进门就满面歉意，说昨天下班太晚，所以没能陪我去芳香那拉提广场，早上从家里也来得匆忙，又没有来得及给我带些糕点。我一听就笑了，说没关系，等有机会再说，让她不必放在心上。听完我的安慰，她好像如释重负，也轻松地跟着笑了。

“咦，西瓜咋没吃啊？”当看到昨天的西瓜还原封不动地待在桌上，女服务员就关心地问起我来。

“没刀剖开，再说这么大，我也吃不完啊。”看着那只一动也不动的“大呆瓜”，我一脸无奈地回道。

“哦，对对对……我去、我去想办法。”说着，她就搬走了西瓜。

“太多了，麻烦你帮我端到前台，分给大家一起吃吧。”待女服务员再来，那只“大呆瓜”已经四分五裂、青红黑白地躺了一盘。

“不行……不行……上班时间，我们不能随便吃东西。再说，那是安排给你的，我们怎好意思吃？”她又是摇头又是摆手，连说不行。

“噢，没关系的，那就下班吃，你先端去放着。”我挑了几片“呆瓜”留下，将剩余的全部递给了她。当她再次返回，见我热得难以入睡，便又转身出门。过了一会儿，她费力地推来了一台水冷空调并教会我如何使用，而她临出门时，又叮嘱我：三小时加一次水。

三小时加一次水？如果在深夜，我能准时醒来伺候它吗？这个要求让我感到头疼。但头疼归头疼，我总要先请上这位“水冷空调”先生干起活来再说。可更加令人头疼的是，它除了会喷一些薄薄的水汽，是既不会制冷又不懂换气，没过多久，房间就变成了桑拿室，虽说温度低了一点，可空中浓密的水汽，让我透不过气来……哦，老天，这位帮倒忙的“水冷空调”先生真是不干则已，一干噎人，想请它停工吧，房间又燥热难当，怎么办？我不由得留恋起坐办公室的惬意来：二十四摄氏度的低温，思维被空调吹得冷冷静静，清清爽爽，干起活来真叫一个爽。可在这里，联想无异于望梅止渴。就在这时，我头上的伤口又疼起来了。无奈之下，我只有将空调时开时关，这让我既看不成书又写不成作业，更睡不成觉，除了坐立不安，还是坐立不安。

既然什么都做不成，我干脆在楼上楼下转悠。闲逛中，我发现自己的房间位于一号楼的最边上，和那边的主楼相比，它每层只有两个房间，而且每一层和主楼之间，都有一道门将它们隔开，被隔开的这边就形成了副楼。副楼的一楼设有一扇小门，小门直通外面，如果从外面回来，我可以从小门直接上楼。在副楼的每一层楼梯口，还有一个突出的大落地飘窗，飘窗前的平台上设有两张单人沙发，应该是作为临时会客室使用的。看到这里，我才有点明白：一旦遇有突发情况，只要将主楼和副楼之间的门关上，就可以将它们完全隔断，而我们就可以从副楼的小门离开。

无意中的发现使我不得不佩服这幢楼的建筑特色。记得刚入住时，服务员就告诉我这是一个比较安全僻静的位置，可我当时担心，如此偏僻的位置能安全吗？因此，我当时心里直发毛。今天我才算整明白，这相对安全的奥秘原来都藏在了这里。

当初别人的一片苦心，自己竟不懂得领情，今天想来，直让我抱愧不已。这时，我不由自主地又走到了前台，向着那位正在忙活的漂亮的哈萨克女孩，再次投去了感激的目光。

二

晚间无事，我又独自地走到扬州“援指”门前的小广场上。只见这里的人们有下棋的、有掼蛋的、有打麻将的、也有闲聊的。他们看见我的到来，都客气地向我点点头，然后继续战斗，显然，他们已习惯了我的观战。

通过几次聊天，我得知他们大部分是兵团的老战士，别看他们七八十岁了，聊天的分贝却丝毫不低于那些年轻人。每次和他们聊天都很开心，我总能接受到一种必胜的信念。作为曾经的军人，他们身上那股子特有的阳刚之气依然强劲地盘旋在胸中，并且熊熊燃烧。在他们的眼中，似乎从来就没有跨不过的坎。这不，当说到天山的灰狼时，我问他们怕没怕过？一位老者风趣而幽默地回答我说：“毛主席教导我们‘枪杆子里面出政权’，怕什么？我们手中有枪！”说完，老人举起拳头有力地挥了挥。这个可爱的动作，将一位老军人昔日顽强刚毅的风采淋漓尽致地展现出来。

就在我们聊意正浓的时候，我手机的铃声打断了我们的谈话。电话里传来张金领雄浑有力的男低音，他用非常遗憾的语气告诉我，他很想陪我一同前往特克斯和昭苏，可这两天山上有客，他实在走不开。但为了我和少数民族同胞之间的顺畅交流，他特地安排了一位精通四种民族语言的文化工作者陪我前往。

听后，我感谢主席的细心安排，同时，也就国家有关放牧标准的政策问题向主席进行了讨教。主席说关于这方面的政策，他倒是略知一二，大概就是：两亩草场一个标准畜，一个标准畜就是一只羊，一头土牛等于五个标准畜，一头改良牛、一匹马都等于六个标准畜。七月三日在阿尔善村，我曾就此和阿莱姑娘有过交流并答应她有合适机会时了解一下。听完主席的介绍，我有点如释重负，不由得长长地嘘出一口气。

如此看来，这既不是“老子乱整”，也不是“大家乱整”，而是为了一个共同的目标——更好地保护草原。当我弄明白了这一切，我心中那根一直紧绷的弦也开始慢慢松弛下来。不禁联想到阿莱姑娘那双迷蒙的大眼中紧锁的担忧与困惑，现在，我总算是为她找到了一把排除担忧、解除困惑的钥匙。

与几位哈萨克朋友的交集

（7 月 20 日，星期一，晴，37℃）

一

是夜，仍无眠。我打开电脑，试图将积压的资料梳理一番，然而，抠门的网络却不肯给力，我只好转而阅读，可头痛仍旧伙同着高温一起来欺负我，因此我还是什么都干不成，心里憋得直想发飙。

午时的新源县城贵宾馆，高温愈演愈烈，我只好再一次请出“水冷空调”先生，三下两下地运转，房间又成了桑拿室。我垂着沮丧的头颅，想着如何来抵抗这个残酷的现实。对，让“自然”反击“自然”。于是，我索性推开了门窗，让屋外作祟的热风肆意地窜进房间，如此折腾虽然很热，但总算是透进了一股草原的气息，烦躁的心情倒也凉爽许多。然而，眼前大开的“洞府”却让我难免心惊，可转而一想，我丑女一个且身无分文，又有何惧？还是趁着些许的凉意，赶紧补上一觉。

一阵大汗淋漓，我再次热醒，窗外已是最炎热的午后。这时，我不仅感到头顶疼，头皮上还有一种被若干细针猛扎的感觉，我只好用手按着痛点又去冲凉凉的冷水。我一边冲，一边想自己到底怎么了。糟糕！难道中暑？我突然如梦初醒，一气奔下楼梯。我沿着宾馆右侧的林荫大道走了十几分钟，终于，一爿药店出现在眼前，于欣喜中我一头扎进了店堂。

“哦，好舒服啊……”面对和气的女营业员，我不由自主地发出了一声得救般的长叹，接着便问，“请问有人丹吗？或者是藿香正气丸。”

“有！”说话间，一盒藿香正气丸就递到了我手中。付完钱后，我拧开自带的矿泉水，在几位营业员奇怪的眼神中当即吞服几颗，然后才慢慢地打量起药店。原来，在店铺的一角立着一台立式空调，此刻它正呼呼地向我喷着冷气，敢情这凉爽就是从那儿来的。

“哦，谢天谢地，总算有活路了！”我这句话刚脱口而出，店里的人一听，都笑了起来，他们问我从哪里来，我也笑着回答了他们。当他们听说我是从扬州来的，顿时就对我充满了好奇，同时，又显得非常亲切，其中一位还专门为我找了一把椅子，端端正正地放在空调前，请我坐下说话。此时，我已顾不上客套，立刻上前安身立命。我闭着眼睛，对着空调就一阵猛吹，直到自己燥热的皮囊冷却下来，才睁开眼睛瞧着几位好心人，心想：他们应该都是“疆二代”吧？

又是一番闲聊，果然，他们的祖籍可谓四面八方。或许是在老家有很多亲戚的缘故，这些并非出生在内地的人们，目光中都充盈着一种对故乡魂牵梦绕的苦涩，照他们的话说：面对梦中的故乡，既有着千丝万缕的想念，也有着万般无奈的惆怅。

带着“冷透”的身心，我起身和他们告别。在回住处的路上，已经冷却的大脑清醒地提醒着我：你没看见他们在谈及本地的美食与风光时有多么自豪与骄傲吗？你没觉得他们的眼中透着一股对出生地满满的爱意吗？因为，他们——已经是新疆这块土地上的主人！

二

回到新源贵宾馆，我见大厅的网络信号很强劲，赶紧用手机向我在扬州的资料“仓储者”栾碧军先生发回了一些备份资料。等我抬头，对面的沙发上已坐着两三位漂亮的陌生女士，我定睛一看，她们应该都是哈萨克。

“嗨，各位好，你们都是哈萨克吗？”对于哈萨克面孔已经着魔的我，立刻笑眯眯地迎了上去，毫无顾忌地和人家“聊骚”起来。

“对，我们都是。”一位有着乌黑长发的哈萨克大姐，用自豪的口气友好地回道。

“哦，太好了！自我介绍，我叫朱崇生，是你们在扬州的亲戚，这次来到新疆，是因为一项工作的需要。我要沿着刘细君公主的足迹走进你们的民族，以便和你们更好地交流，相互了解。这不，我刚从齐力盖大草原的夏牧场回来，又见到了民族风情特别浓郁的你们，所以想给你们拍几张照片，不知道可不可以？”我一边说，一边观察她们的表情，脸上自然堆满了迷人的真诚。

“可以啊，在哪儿拍？是站还是坐？”没想到她们竟如此爽快。

“哈，太谢谢了。那就站着，站着拍得好看。”一见达到目的，我越发长精神了。

拍完照片，我们开始攀谈，这才知道，她们来新源是为了参加新疆维吾尔自治区民族语言文字工作委员会召开的一个会议。那位有着一头乌黑长发的大姐，就是伊犁哈萨克自治州民族语言文字工作委员会的副主任娜孜古丽，留着干练短发的女子，是东道主新源县的副县长阿尔达克，而旁边那位年轻娇小的女生，则是娜孜古丽的同事古丽努尔。她们都属于有深度、有内涵的美女型哈萨克女子。在娜孜古丽和阿尔达克的脸上，还明显地带点蒙古裔血统，而娇小的古丽努尔，则有着典型的俄罗斯裔血统的特征。正当我们有说有笑地聊着时，一位带有蒙古裔面孔的中年男子也走到了我们中间。

“朱老师，这是我们新疆维吾尔自治区民族语言文字工作委员会的加尔肯副主任。”娜孜古丽以敬重的口吻向我郑重地介绍了这位哈萨克男子。

“好啊，又是一位亲爱的哈萨克，怎样？请让我为你们再拍一张合影如何？”一看这位哈萨克显得特别和善，我便不由分说地请他也加入了三位女同胞的行列，接着就咔嚓两声。

随后，加尔肯和我聊起了关于自治区民族语言文字工作的重要性。他说，如果忽略民族语言文字工作的重要性，就会影响具体的翻译工作，因为，如果语言文字翻译得不准确，就会导致人们在政策理解上的偏差，严重时甚至会引发不必要的矛盾，从而给边疆带来不安定的因素。加尔肯的一席话，使我深有感悟，他让我真正认识到民族语言文字工作在新疆少数民族地区的重要性。

有了共识，大家的话题自然越来越投机。于是，我针对娜孜古丽开始了一连串的提问："娜孜古丽，作为少数民族人士，你们在走进政府机关与汉族同事们一道担当起治理新疆的重任后，会不会因受汉文化的影响与同化，而丢失一些自己的传统习俗？"

"不会的，在我们这一代人身上应该不会出现，但是，到了下一代就很难说了。比如我的儿子正在内地读书，在他的身上，我就看出了那种像小鸟一样振翅欲飞而不听使唤的苗头，可他长期身处内地，我们又怎能有效地监督或要求他保持草原上的生活习惯？"说到这里，娜孜古丽看了加尔肯一眼，"所以，我们也很担心，时间久了，他们会不会丢掉我们本民族的传统和习俗。"

"您的担心确实没错。但内地的受教条件毋庸置疑要超过本土。所以，让孩子到内地受教，也是为了我们民族之间的文化能更快更好地交流与融合，从而促进彼此间的了解，取长补短，缩短差距。其实，我发现哈萨克的孩子们都是非常聪明好学的，关于这一点，我在阿尔善村就得到过验证。当时，我曾经问过那里的孩子，愿不愿意到我们内地去学习，记得那里的每个孩子都向我表示，他们渴望学习，渴望增长知识，渴望了解外面的世界。可问题是，孩子们一旦进入内地进行长期的学习与生活，就难免会忽略一些本民族的文化传统，仅从人文角度分析，如果这样长期下去，这支民族的文化脉络很难得到传承。如今看来，这也确实是个问题。但不管怎样，身为家长，我觉得还是有必要去采取一些积极的措施，来尽可能地加以弥补。比如在重大民族节日来临之际，你们可以打电话给孩子提个醒，或在可能的情况下请假与他们一起过节。这样，你们既可以看望孩子，联络感情，加深和培养孩子对本民族文化的重视程度，又可以借此饱览一下当地风光。如此，岂不一举两得？"借着娜孜古丽的担忧，也本着杞人忧天的天性，我竟一口气说了这么多。

"是啊，你说得很对，作为我们，是到了应该重视这个问题的时候了。”听了我的建议，娜孜古丽若有所思。

“最近，我身体不太好，明天还要去特克斯，所以今天得加强营养。想请你们共进晚餐，点三四盘菜，人多不浪费，不知两位可否赏光？也算支持我的工作。”当我提出这个要求时，加尔肯与阿尔达克因为有事已离开了，于是我就对娜孜古丽和古丽努尔发出了邀请。

“好的，到七点四十，我们电话联系。”她们一口答应。

此时，我的头痛早已无影无踪。带着意外的满足，我一蹦三跳地跨进房间，又美美地冲了一把冷水澡，再定下闹铃，一头躺下，就别无他想。

三

晚上七点四十分，我拨通了电话，娜孜古丽在电话里说她正在餐厅的二楼布置会场，然后开一个短会，八点下楼会合。

放下电话，我径自向右边的餐厅走去，当走到餐厅门口的小树林，我见古丽努尔正独自坐在一张石椅上，我问她怎不见娜孜古丽。她说，娜孜古丽一会儿就来。说话间见加尔肯从一号楼向我们缓缓走来，见面后闲聊了几句。接着，我又见一位男子向我们这边慢慢地踱步而来。加尔肯指着那位男子，用有点神秘的口气问我：“猜一猜，这一位是汉族还是哈萨克？”

因隔着一段距离，我只好吃力地睁大眼睛，远远地打量那个男子，只见他长着一副长长的国字脸，至于五官，一时还看不清楚。隔着老远，我就向这位陌生人打起了招呼：“喂……您好……请问可不可以向我们走近一点？好让我猜猜您是哪个民族？”这一吆喝，让大家都忍不住笑了起来。

收到我的“信号”，陌生男子果然微调了“航向”，向我们笑眯眯地走来。终于，我看见了他高高的额头、突出的眉骨、深陷的眼窝、挺直的鼻梁，还有微微上翘、棱角分明的微薄嘴唇，俨然一副苏联考古学家为哈萨克祖先所复原的所谓欧罗巴面孔，稍微不同的是，他个子偏矮了一点，脸偏长了一点，且汉人遗风中的儒雅之气也尚有余存。这样的面孔，到底是哪个民族呢？我想了半天，还是认定他是一位哈萨克。当我鼓起勇气交出这份答卷时，大家都笑了，这一笑，直笑得我满腹狐疑：怎么？不对？可他的面孔明明就是一个汉化的哈萨克嘛，怎么会不对呢？

“这一回，你真判断错了，他可是你正儿八经的同胞。”加尔肯终于沉不住气了，他用最肯定的语气将谜底向我作了揭晓。没想到自称已能够区分几大民族脸谱的大话，今天在几位刚熟悉的哈萨克朋友面前一下子就被击破了。想着在草原的这段日子，岂不是白折腾了，我心里不由得感到一阵阵的“失意”。

“你到底是谁？你这面孔，怎么会是汉族？这不是蒙古族吗？”我忍不住将自己所有的失意化为对那个陌生人连珠炮般的责问，然而此公却城府极深，就是笑而不答。

“呵呵，他是我们新疆民族语言文字委员会的逯新华书记。”直到这时，加尔肯才笑着介绍。

“嗐，早说嘛！早说，我就不用费这么大劲了。”说到这里，我顿了顿又道，“行，既然蒙我半天，就请您二位和我合个影吧，我要发给内地的朋友看看，也要将他们狠狠地蒙上一通。”说完，自己先忍不住笑了，大家也随之有说有笑。于是，我们背朝餐厅大门，在小树林的点缀下，每个人都留下了一个无比灿烂的美好瞬间。

由眼前的逯新华书记，我又想起了在阿尔善村邂逅的那两位乌鲁木齐大姐，和她们相比，逯书记还不属于那种最典型的“维吾尔族化”面孔，最多用略似来形容。但不管怎么说，他都是继我在中学校园、乌鲁木齐机场、新源玉器店、阿尔善村等地之后看见的又一位有着维化形象的汉族后裔。所有这一切，难道都是巧合？我不相信。但如果不是巧合，那到底又是什么原因？这使我不得不思考一个这样的问题：“疆二代”乃至“疆三代”形象的维化，会不会和这里的人文水土有关？就是说，他们还在妈妈肚子里的时候，就吸收了当地水土中的化学营养成分，出娘胎后则直接吸收着这里的生长元素，在成长过程中又长期受西北地区卷舌音或后鼻音发音气流对口腔的冲击和影响，他们的面部骨骼便发生了变化，直至体内的“生物菌种”也跟着发生变化。特别是决定他们长相的那群“生物菌种”，变化尤其明显和突出，导致他们的基因产生了一个质的变化，于是就出现了今日之维化现象。听完我的分析和推理，在场的人们都觉得这不像是一个天方夜谭，甚至觉得这番“谬论”还存在一定的道理，至少，他们一时也无法推翻。

假如我的“谬论”成立，是不是可以由此推断：早在上古时期便有中原百姓从黄河流域迁徙到西域，祖祖辈辈在这块土地上生活了数千年之后，他们的面部特征就随着这里的水土条件发生了变化，从而导致了在这块古老的土地上产生了眉凸、目深、鼻高的人群。不是吗？我们的“疆二代”仅仅在这里生活了数十年时间，面孔就有了如此大的变化，何况是在这一方土地上生活了数千年的祖先？所以说，在这里生活的人们，无论是哪一支民族，也无论是现代还是古代，他们本就属于在这块土地上扎根生长起来的“土著”人，而绝非什么苏联专家从东欧帮我们“进口”到此地的欧罗巴族裔。所以，也可以进一步推断：历史上强大的奥斯曼帝国，曾经是东西方文明的分界线，而作为这个分界线以东的西域，其文明属性当然隶属于我们古老的东方文化。

当然，所有的假设仅凭主观臆想是行不通的，一个结论的成立，必须要经过专家的严格论证。我并非人类学专家，故而根本不敢妄下定论，况且此类问题也并不在我的职责范围内。我只是一个在丝绸之路上跋山涉水的“苦行尼”，只负责将我一路的所见所闻以老老实实的态度，认认真真地向那些不曾来过的人们描述清楚，要说“别有用心”，这便是我最大的苦心了。

四

正当我们愉快地交流时娜孜古丽走了过来，我这才觉得腹中早已叽里咕噜地唱起了空城计，于是，我告别了逯新华和加尔肯，和娜孜古丽与古丽努尔三人直奔餐厅去了。

见我们坐下，已得到贵宾馆前台通知的餐厅经理满面微笑地递上了菜单，我们商量决定：清蒸白鱼、盐水基围虾、清炒油麦菜各来一份，外加一份老母鸡汤。三人三菜一汤，绝对不会浪费。二十分钟后，菜肴陆续登场了。

兴许大家都饿了，因此吃得很猛，不一会儿工夫，大家风卷残云，打起了饱嗝，满满的一大盆鸡汤才姗姗来迟。这么一大份！让我等如何能消受得了？三个人你看看我，我看看你，一时都傻了眼。餐厅经理在一旁抱歉地说：“这是现熬的，所以上得慢，实在对不起。”

“啊，没关系，没关系的，谢谢您了。”面对热情的经理、裹着扑鼻香味的鸡汤，我们还能有什么意见？我只有转向那二位：“吃，快吃。趁着食欲未散，赶紧动手。”

“哦，真香啊……”古丽努尔一边吃，一边发着由衷的赞叹。

“消费不浪费，别停啊，继续继续。”于是，我连汤带肉，一人分配了两碗，再看盘中，还多着呢。我只好不停地动员。

“好，为了支持你的工作，我再吃上最后一碗。”面对我的动员，娜孜古丽用力回应着。终于，我们被老母鸡汤“灌翻”在桌，彼此面面相觑，再也说不出刚才的豪言壮语。

“太多了，实在吃不下了。”先是听到古丽努尔的一声咕哝。

“不行了，不行了……肚子里真的没有位置了。”接着，又听到娜孜古丽的声声叹息。最后，我自己也成了残兵败将。面对这半盆香浓欲滴的鸡汤，露出了一脸的无奈与不舍。茫然中，我下意识地四下里打量，希望能有一个救星突然出现。

“咦，有了！”我的眼睛一亮，“娜孜古丽，快看，那边是谁？”只见邻桌上，逯新华和加尔肯也在用餐。

“走，过去打个招呼。”娜孜古丽建议说。

“对，看看有没有鸡汤？如果没有，又不嫌弃的话，正好端过去，给他们也补补身体。”我高兴得灵机一阵乱动。

“好主意，问问去。”娜孜古丽表示赞同。说话间，从逯新华和加尔肯那边的餐桌过来一位我不认识的男子。他自我介绍说，他们都是一个会议上的，娜孜古丽便试着征询男子的意见，没想到他竟很高兴，一口便答应了。

说真的，三人三菜一汤，这要在扬州的餐桌上，恐怕连盘子都要舔个精光，而在这里，我却没想到差一点就造成了浪费。先不说那三盘菜肴的质量与数量究竟如何，单是那一份满满的鸡汤就足以将我吓倒，更不用说这鸡身上的零件是一样不少。而在内地里，不要说是一只现做现熬的整鸡，就是半只也常会缺胳膊少腿。

总之，这是一顿令人难忘的晚餐，在这一顿晚餐里，我看到了新疆人至真淳朴的一面，一向吃粮不管事的我被深深感动了。我愿他们在这一望无际的草原上、在这纯净无尘的青山绿水中，能永远珍惜生态，远离虚假，永远真实而积极地生活！

特克斯晚宴上的赤谷城之争

（7 月 21 日，星期二，晴，38℃）

一

上午十点多，我接到张·克里木的电话，他说汽车已停在楼下，我前往特克斯和昭苏就由他来负责陪同。

我赶忙收拾行李下楼，拉开车门的瞬间，车里一股齐力盖“草原体味”般的气息向我的鼻翼猛烈扑来，瞬间就逼进了我的喉咙深处。顿时，我整个的身心开始翻江倒海，一股浓稠的酸水也一次次冲到嗓门，我只有拼命地压制、压制，再压制。终于，我好不容易扼制住了它们的喷涌，同时也成功地闭合了口鼻，然而，却引发了一阵阵窒息。就在这短暂的眩晕中，我迅速收到了一个来自大脑皮层深处的信号：糟糕，没法上车了。怎么办？我急得直想大哭，但很快就被另一个强大的信号所覆盖：不行！不能！因为我很清楚，此时，即使是自己一个下意识的举动，都可能伤及少数民族兄弟的情感。

哦，镇定！我要镇定！在难以言明的痛苦中，我将鼻翼艰难地松开了一道缝隙，好让那被“草原体味”裹挟的一丝氧气，慢慢地挤进我生命的殿堂。我强忍着嗓门下一波又一波即将喷涌的酸水，在几近昏厥的纠结里，强行地让自己清醒过来并作出了一个艰难的抉择：上——车！我看准副驾的座位，以一种山都挡不住的勇气毅然钻进去，再有力地关上车门。

“你好，朱老师。”上车后，一个粗犷浑厚的男中音传进了我的耳帘，回头一看，原来是已经坐在司机后座上的张·克里木。

“哎，你好张主任，这次要辛苦你啦……”我赶忙接腔，生怕他察觉到我刚才的窘态。

“不辛苦，应该的。这是玉素甫江，这次就由他为我们开车。”张·克里木指着驾驶座上的小伙子向我介绍。这时，我才看清左边坐着一位高鼻深目且有一头棕色浓密头发的小伙子，小伙子看上去瘦高精干，身上还透着一股特别的机灵劲。小伙子告诉我，他是维吾尔族，今年二十七岁，开车也有年头，算得上是个老司机了，他让我尽管放心地欣赏沿途的风光。短短的几句话，让我一下子就喜欢上了这位小伙子，因为，他是如此善解人意，最重要的是，他比我远在太平洋对岸的儿子只大了两岁。

我一边赏景，一边想着上车时的那一幕，心想，多亏一切发生得如同闪电，甚至我相信，在车上的人对此还毫无察觉的情况下，一切就悄悄结束了。一想到这里，我就感到特别庆幸。

当然，也不知何时，在我敏锐的嗅觉里，那股“草原体味”已化作了草原的清香……这是一件多么不可思议的事情！然而，它就是一个事实，它就是一个刚刚发生的事实，并会成为一个最真实的故事。终于，在这个最真实的故事里，我正式地踏上了寻找我们大汉公主、扬州姑娘刘细君足迹的赤谷城之路。

二

从新源出来，在寻找刘细君公主的路上，我们的车西行了一个多小时后就驶上了一座平直的大桥。在桥上，我突然发现桥下一片恍若仙境的美景，且眼看要与我们飞快的车擦肩而过了，我急得一下子从座位上跳了起来并大声喊着停车。见我如此激动，张·克里木赶紧叫玉素甫江停车，于是，甫江转了一个大弯，将车直接开到了桥下。

当我们连人带车一起冲上平缓的河床，我真想大声地吆喝点什么，可张了张嘴，竟一句也没有喊出，这种感觉就像在梦里迟迟不能醒来一样。眼前的景色将我彻底惊呆，我愣愣地注视了很久，才慢慢地缓过神来，那一直憋在心底的声音也终于爆发出来：“嗨，特克斯河，我来啦！”

笑盈盈的河水早已将我勾引得心花怒放，我脱掉鞋子，急匆匆地奔进了清凌凌的水中。凉丝丝的水漫过了脚踝，我一边挥舞，一边欢呼，一边向着河水的深处奔去。然而，脚下的鹅卵石却调皮地戏弄着我，它们先用长满青苔的身体将我滑得东倒西歪，直到让我洋相出尽才允许我蹚过它们的脊背，向一棵婆娑起舞的野生小榆树踉踉跄跄地靠去。可是，在这貌似平静的水中忽然又来了一股凶猛的暗流，它们也凑热闹般拼命阻挠我的双脚，死死地不让我迈出一步。就在我即将滑倒之际，只觉得有一只有力的大手向我伸来，将我的后背牢牢地撑住，回头一看，原来是一直跟在我身后的克里木。面对自己的狼狈，我尴尬地笑了，这一笑，算是感激，也算是自我解嘲，而身边这位看似粗犷的多民族混血汉子，也冲我友好地一笑，然后将我小心翼翼地护送到小树边。

小树，一棵棵清秀动人的小树，它们在亮晶晶的水中出生，它们在干干净净的水中生长，阳光将它们呵护，风雨教它们玩耍，在千古的河道中，它们时而扑朔迷离，时而明明白白。在清澈的水中，陪着小树成长的，是大大小小的鹅卵石，它们和小树不同，喜欢安闲地躺在那里，一动也不动，只有在阳光的追逐下，它们才懒懒地洒出五彩光芒，如果遇上阴天，它们也就乐得在水中蛰伏安家。

此时，我轻扶小树，临水而立，如同一尊静止的雕塑，与仙境融为一幕空灵梦幻的景象。一路走来，我看过“一江雪水向西流”的巩乃斯河，时而水流湍急、时而水静如潭，相比之下，这“一江雪水东流西转”的特克斯河，却宽阔得清新莫测。最让我感到神秘的是，我看不见它跳动的水花，却能听到它欢快流动的歌唱，这歌声仿佛从遥远的天外传来，又向着我的耳蜗一路奔去。

天边，又来了一群探头探脑的云儿，它们倚靠蓝天，拉拉扯扯，既像羡慕人间的烟火，又像对着特克斯河如镜的水面梳理云妆。远处，一匹红色的骏马风驰电掣般地冲来，奔跑的四蹄“弄花”了蓝天白云在水里的妆容，它却没有一点怜香惜玉的姿态，依旧我行我素地奔跑，马蹄带出的一路水花狠狠地迷蒙了我的视线，我只能依稀看到它腾云驾雾，不停地飞呀飞……啊，这让我好生嫉妒！

我想起了《红楼梦》里的“任凭弱水三千，我只取一瓢饮”，便掬起了一把特克斯河的圣水，痛饮一口，再将手中饮剩下的水大度地洒向天空，好让它们升华，不想正有一阵清风路过，于是，它们又扑回了我的身上。此时，我的口中含满了甘甜的玉液，身上也挂满了清凉的玉珠，心中自然就忘却了对马儿的“嫉妒”。此刻，时光如此惬意，自己又怎能独享？我赶紧用手圈成喇叭，将那比马儿还快乐的心声，顺风传给了远处洗车的玉素甫江。

听到我的喊声，玉素甫江一手提溜着抹布，一手也圈成喇叭，回应说马上就来。而周围的人们都在嬉戏、拍照、捡宝贝、开车溜水……他们尽情逐梦在这如画似梦的山水间，对于我的疯狂，又有谁会留意？因为他们和我一样，也沉浸在疯狂里。只有一位趴在男友背上的女孩冲我好奇地笑了，想必此时的我，已然被她当作了眼中的一道风景，正如她也是我眼中的风景一样。

然而，我并没有完全疯狂，我又清晰地看到了两岸起伏的青山，作为天山中脉的生长地——乌孙山（阿拉卡尔山），它几乎已“赤身裸体”地走进了夏季，但些许的残雪裹着嫩黄的茸草，在阳光照耀下仍呈现出一派庄严圣洁的气势。其实，无论是被冰雪覆盖的乌孙山，还是被绿草加身的乌孙山，冰雪和绿草都遮不住它父亲般的伟岸胸膛，也挡不住它男儿般的英雄气概。此刻，它正以深情脉脉的目光凝视着特克斯河那母亲般的轻柔坦荡，同时又纵容着特克斯河那女儿般的任性辽阔。哦，巍峨雄伟的天山，正是你绵延数千里的情怀，孕育了这条哈萨克母亲河的浩瀚与博大；正是这条哈萨克母亲河的甜美乳汁，滋润了这片无垠广袤的草原；正是母亲河对这片草原几千年的浇灌，使这片肥沃的土地孕育出那么多英雄的草原儿女，积淀了那么多宝贵的民族智慧，浪淘出那么多璀璨的历史文化，又洒下了那么多人文精神的光辉。哦，奔流不息的特克斯河啊，你总在不停地滋润着天山的生灵万物，也正是你这种源源不断的奉献精神，铸就了这片土地上生生不息的民族之魂。哦，特克斯河，一条伟大的河，一条英雄的河，你无愧于哈萨克母亲河的光荣称号！

面对如此奇异的人间美景，我尽情地抒发着对特克斯河如痴如醉的情感，久久地深陷其中。最后，还是克里木将我的思绪拉回到现实中来。克里木兴奋地告诉我，我们已经到了巩留县境内，刚才经过的地方是特克斯河上的龙口大桥。大桥西边是阿尕尔森乡，新疆著名的回族花儿歌唱家，也是他兄长的苏尔东先生，即将在那里建一个占地三百多亩的回族花儿影视研究中心。克里木话音刚落，我就赶紧祝贺，又趁机索要门票，克里木一口应承，并笑呵呵地说中心建成后，门票的事就包在他身上了。

克里木的爽快让我再一次开怀大笑，还有洒脱的河流、圣洁的天山、浪漫的白云、蔚蓝的天空、活泼的小树、奔腾的骏马、欢乐的人们……也都陪着我笑了。不仅在笑，还在舞蹈、在思想、在歌唱……哦，伊犁，你这“塞外江南”的伊犁，你是“江南中的江南”，你是“天堂中的天堂”，你——就是我们可爱的新疆！当你对一个远方的游子张开温暖怀抱的那一刻起，她就深深地爱上了你，并要为你永远地歌唱。

当一切正美得饱满、美得空灵、美得使人玄幻到窒息的时候，我的笑、大自然的笑，就笑成了一个全身心的绽放。这才是一个真正绽放的世界，在这里，我终于深深地呼吸到了天地的气息，也找到了神灵的魂魄，还有我灵魂的归宿。

三

怀着依依不舍的心情，告别了神奇梦幻的特克斯河，我们朝着西南的八卦城方向又开始我的寻梦之旅……

颠簸的乌孙山山路使车身不停地摇晃，我的心却一直陶醉在龙口大桥的仙境里难以自拔。就在我的灵魂还在特克斯河的上空遨游的时候，那位与我在霍城邂逅的北京画家官先锋先生打来了电话，画家用一口浓重的川音关切地询问我身在何处。我便对他的关注表示了谢意并告诉他我刚出巩留，正在去特克斯的路上。画家一听，高兴起来，说他今天也去特克斯，也刚从巩留出发，预计到达时间和我差不多。一听如此巧合，我便想起了人们常挂在嘴边的一句话：不到新疆，不知中国之大；不到伊犁，不知新疆之美！新疆如此之大，伊犁如此之美，文友又如此巧遇，自然要见上一见。于是，我痛快地蹦出了一句："好，特克斯见！"

画家的电话刚断，一阵年轻响亮的男高音又从我的手机里传来。原来，看我们迟迟未到，接应我们的特克斯县文物局局长黄江勇不放心起来，在得知我们还有四十分钟的路程后，他说他们已经在库热冲的特克斯检查站等我们了。如此炎热的中午，他们已早早地在路上等候，我心里顿时生起了一股温暖、感动的心情，一时也无法用语言形容了，只觉得心里一阵不安，心想：自己何德何能，使边疆的兄弟为我承受这样的辛苦。日后，自己又将如何报答这些为了我所谓的"边疆文化事业"而无私奉献的人们？就在一路的忐忑不安中，我们的车终于到达了特克斯检查站的三岔路口，不远处，一辆白色的车正停在火辣辣的路面上。

我们的车还没有完全停稳，就从那辆白色的车上下来了一老一少。年轻的那位中等身材，虽说鼻梁上架着一副长方形的近视眼镜，却丝毫掩盖不住他充满热情与活力。不用说，这位精明能干、阳光开朗、字正腔圆的年轻人，就是电话中已经认识的黄江勇了。无需介绍，我三步并作两步地向这位一见如故的年轻局长伸出了双手，非常抱歉地说："路上绕道，害你们在烈日下等了这么久，局长兄弟，真不好意思啊。"

"没有没有……等一下算什么，你们赶路才辛苦。"年轻局长的回答既知冷知热，又干脆利落，我不由得再一次被他感动。

紧跟在黄江勇身边的那位长者大约有七十岁，在他微黄的卷发下，是一张方中带圆的脸，一双银灰色的波斯猫式大眼正忽闪忽闪地向我送来充满善意的微笑，以我的眼光判断，他应该是一位维吾尔族长者。

我心里犯起了嘀咕：咦，怎么回事？我想拜见的沈建国老师呢？再看看黄江勇的身后再无旁人，难道这位长者就是特克斯著名的“研究汉家公主西嫁乌孙”的文史奇人沈建国？我纳闷起来：“这位是？局长兄弟，沈建国老师呢？”

“来了。您看，这就是沈建国老师。”黄江勇赶紧退后一步，笑眯眯地将那位维吾尔族长者请到我的面前。

“啊？您……您就是沈建国老师？这……这怎么会呢？这到底是怎么回事？”看着这位从上到下一副维吾尔族面相特征的老先生，我不禁惊叫起来，老先生却微笑着表示默认，我更是丈二和尚摸不着头脑了。见我一头雾水，老先生才用他那金属撞击般的嗓音，向我说起了他的身世。

原来，沈老师的父亲是浙江金华人，母亲却是维吾尔族人，或许母亲的基因格外强大，他长得就特别维吾尔化了。正是这样的形象，给他在呼吁保护历史文化遗产的进程中增添了不少小插曲，因为汉族这边喜欢将他归类为维吾尔族，而维吾尔族那边又名正言顺地将他归类于汉族。就这样，大家推来推去，两边都觉得他有点多管闲事，说到最后，老先生叹了口气，他以哭笑不得的语气对我说：“唉，真是报国无门啊，我成了无法归类的一族。”

听了这段故事，我感到有点奇葩，便打趣他说：“是啊，长成这样，是不好归类哦。这不，我不是也被您蒙了一通嘛！您干吗非要长得全像您母亲呢？”我想着说着，大家听了，一阵哈哈大笑。

说笑声中，黄江勇又接上一句：“呵呵，已经中午一点，想必你们都很饿了，我们先去吃饭，然后你们再好好聊聊。可惜这个点啊，大一点的饭店都过了开饭时间，我们就近安排了一家农家乐。朱老师，不好意思啊，委屈您啦，不过，这家的大盘鸡还是非常有特色的，今天，正好也请您尝一尝我们特克斯著名的大盘鸡。”

“多谢多谢，让你们费心了！”我听了连连道谢。

“嗨，这点小事，和您从万里之遥的扬州赶来相比，又算得了什么。”看着这条灼热到瘫软的柏油马路，听着年轻局长口中滚烫的语言，我的心不由得也跟着滚烫起来。然而这颗滚烫的心，并不是因受了烈日的炙烤变热的，而是被草原人的这份诚挚给烫热的。这一切又怎能不让我在深深的感动中，发出一声来自肺腑的谢意。

谢谢了——亲爱的特克斯人！！！

四

几分钟后，我们来到了一家名叫马白开来羊排揪片子的农家餐厅，马白开来？好奇怪的名字。

在这家餐厅长方形的院子里，开满了姹紫嫣红的鲜花，几棵垂着果实的杏树沉甸甸地挨着院墙，三三两两地立在那里。还有一棵紧贴着墙根的杏树，竟将挂满金色果子的枝条卖弄地伸出了墙外。和院中的热烈气氛不同，餐厅正房的墙面刷满了绿色的涂料，它们头顶红色的瓦当，在屋后一排高大挺拔的白杨树的护衬下，显得既鲜亮又静谧。显然，这是一座有着强烈民族风情的农家餐厅。

餐厅的包间已经客满了，我们就在院中的树荫下落座。利用等待上菜的时间，我和传说中的伊犁奇石收藏家、伊犁电视台前编导、特克斯研究“汉家公主西嫁乌孙”的文史奇人沈建国先生交流起来，还没说上几句，一只盛满了羊排揪片子的洁白大汤盆就被服务员端上了餐桌。只见大汤盆的上面漂着一层清亮的油花，油花间漂浮着星星点点的绿色葱花，那红色的胡萝卜片、嫩黄的土豆块、滑爽的面片，以及些许的洋葱与西红柿，就隐藏在油花葱花的下面，而作为这盆菜的主角——羊排揪片子，此刻或显山露水或深藏不露地混迹于热腾腾的高汤中。还未入口，一阵麻辣辣的鲜香就冲着我的鼻子直扑而来。

“真香啊……这家的羊排揪片子真是鲜嫩极了。马白开来？这名字好怪！”猛吃几口的我，抬头又见到了那个奇怪的店名。

“呵呵……这是一家回族餐厅，马白开来是店主人的名字。他家的羊排揪片子之所以口感好，是因为他们在选用食材上比较讲究。您看这些羊排，都是用小羊做的，它们的年龄不超过八个月，可都是一些没有结过婚的‘童子羊’哦。”黄江勇兄弟的几句话把大家逗引得哄堂大笑。让人没想到的是，在我们江勇兄弟的肚子里还深藏着这般幽默和风趣。

接着，店主人赠送了几碟爽口的小菜，虽说炎热的夏季让我们吃得一头大汗，可特克斯县城终究比新源县城凉快了许多，加上眼前这赏心悦目的小院、别具风味的羊排揪片子……真是一顿惬意的午餐。

当我们顺着太极岛酒店中弯曲纵深的小路，沿着藏在树枝后的路牌摸到三号楼的时候，时间已是下午三点。

劳顿的我们在美美地睡了一个午觉后，又恢复了来时的元气。四点半，我叫醒了楼下的张·克里木和玉素甫江，我们与黄江勇和沈老先生会合，然后穿过一条绿荫遮蔽的小径，来到了画家官先锋下榻的一号楼前。新老朋友见面，少不了一通寒暄。一阵热聊过后，我们一起来到大厅，再齐整整地留下一张合影。少顷，又一番合议，待目标一致后，众人便鱼贯而出，直奔特克斯的八卦公园去了。

五

出了太极岛酒店，我们向西北的八卦公园进发。在经过一条宽阔浩荡的大河时，沈建国老师指着河面上一座凌空飞起的大桥，向我们细心地介绍起桥名的出处。老先生说，这是特克斯河，上面是孟布拉克大桥，哈萨克语中，“孟”是千的意思，“布拉克”是泉水的意思，起名“孟布拉克”，是形容这里的泉水特别丰富，仿佛有数千个的泉眼在向上翻泡。

哦，你好啊，特克斯河，我们又见面了。一听到你哗哗的水声，就知道这是你我重逢的欢笑，这使我感到无比悦耳和亲切。知道吗老朋友，一路上，我总是回味着你给我带来的全新而美好的体验，我的心也在不停地向你倾诉着爱的衷肠……哦，特克斯河，我是深深地爱上了你啊。

就在我与特克斯河神聊不休的时候，汽车转眼就驶进了堪称当今世界上唯一保存完好、卦爻完整、规模最大的八卦城——特克斯。我们从博斯坦街向西，穿过四环路与阔布街的十字路口，我们又到了阿克奇街。这时，沈老师说，八卦公园快到了。

果然，一扇雕梁画栋、飞檐翘角的朱漆大门很快就出现在我的眼前，门楣上有块匾额，只见“八卦公园”四个黑漆烫金的大字赫然在目。在大匾额的下方有一个小匾额，上面也用黑漆烫金书写着“循道得城”四字，这四个字的内容，颇令我好奇，何谓“循道得城”？我想，此“城”一定在说：我虽然有着一定的规律和定律，但我真真假假的表象也会迷惑你们。所以，假如你们没有经受住真假的考验而抛弃了本质不变的原则，并由此生出妄念，那你们就再也寻不到进城的真正之“道”了。如此说来，我小人家唯有一步三思，小心翼翼，恭恭敬敬，方可“摸道”进城。看完“循道得城”，我又见到两旁粗大的红漆抱柱上，易学泰斗刘大钧先生“祥云浮游特克斯，天风鼓吹八卦城”的题联赫然在目，刘先生的题联宛若一幅天书，仿佛也在渲染着“循道得城”的神话。这些还不够，门廊两侧雕着精致窗格的大窗户中间，还自上而下地镶嵌着五枚自由呼吸先天之气的阴阳鱼图案。总之，我还未入其中，八卦公园的门脸就向我抛来一个玄幻莫测的神秘。

怀着期盼的心情，我跨进了公园的大门，各种生动的景观一一呼之欲出。我贪婪地游转在公园的每一个角落，博物馆、书画院、文王铜像、大易碑廊、书画长廊等景观，让我眼花缭乱，目不暇接。公园正中的那座文王铜像最是让人难忘，它坐北（坎位）朝南（离位），正以知天晓地般的威严气势屹立在庞大的八卦图地雕中心的阴阳鱼之上。面对这位曾经埋下“灭商建周”重大伟业之伏笔的明君，我的心中顿时涌出无限的膜拜与景仰。或许有人会问，文王怎么会在特克斯？和人们一样，我也想知道文王怎么会来到这里。在此，还是请上中国的历史“老人”来简单地给我们小补一课吧。

公元前十一世纪，还是西伯侯的姬昌，不幸被荒淫无道的商纣王帝辛投进了羑里监狱。而一直有着能推知过去、预测未来、深有王者之风的姬昌并没有因此而沉沦，身陷囹圄却胸怀大义的他，凭借着自己非凡的智慧在望天、观地与想人的思想活动中慢慢地悟出了物态与人心、事变与世变之间的关系，并借鉴着伏羲的先天八卦图，硬是用蓍草摆出了一部东方文明的奠基之作——《易》。商朝覆灭后，在《易》这部周文王自创法典的指导下，中国创建了有史三千多年的记录，其中包括长达八百多年统治的周家王朝，这不能不说是文王后世践行《易》之宝典的有效成果。面对如此辉煌的一页，中国浩瀚的历史长河里又有谁能与之抗衡？因此，作为生活在世界上唯一的乌孙文化与易文化融合之地的特克斯人，请来易文化的开山鼻祖、德高望重的周文王他老人家来“镇宅护院”，自然就在情理之中了。

参拜过文王老人家，我又徜徉在博物馆的珍奇世界里。这些珍贵的文物大部分是从齐勒乌泽克乡出土的，此刻，它们正整齐有序地排列在清洁明亮的橱窗中。你看那些早已风干成不朽化石的海象和海贝，最小的也有三百万岁，最年长的大约已有三千万岁了；再看看那些青铜时代的铜剑、铜刀、铜凿、铜马镫，它们中最早的宝贝要追溯到公元前两千年。还有唐代的石刻藏文、草原石人、立羊柄铜镜，以及汉代的铜耳环、铜戒指、铜簪、汉简、瓦当、玉璧、铜镰、石杵等稀世珍品，它们无一不吸引着我的眼球。

然而，最令我眼睛发亮的，还要数立在这里的近百尊隋唐时期的草原石人。这些草原石人的身量、长相、着装以及它们的家世各有不同，唯一能够统一的，就是它们都庄严肃穆地立着，据黄江勇兄弟介绍，它们出土时几乎都面朝着同一个方向——我们的华夏中原！神秘的草原石人，我不知道是谁创造了你们，也不知道是谁主宰着你们，可是，我却能看到你们心中的归宿，或者说，是你们心中的向往——我们的华夏中原！

正当我欲走进草原石人的内心深处，去触探它们为何要面向华夏中原的秘密时，我们的画家官先锋先生引着一位身着白色中装的儒雅老者向我们走来。一见老者，黄江勇兄弟抢先一步伸出了双手，这一举动，足见我们年轻局长对老先生的敬重之情。原来，这位带有一身“道家仙气”的老者，就是我准备拜访的八卦公园文化顾问，也是特克斯史志办原主任、特克斯《周易》学会会长、伊犁州书协副主席、中国书法家协会会员杜殿卿老先生。只是没想到的是，画家和杜老已是老交情了，还没等我登门拜访，就抢先一步为我请出了杜老，这让我高兴不已，因为对我而言，进入特克斯才是我草原之行真正的开始，相信在以后的日子，八卦城一定会让我有很多的疑惑，我要经常去请教这位老先生。一想到这里，我就不得不为自己的幸运而感到欣慰。于是，我一边像捞住救命稻草似的上前紧紧地握住杜老先生的双手套起近乎，一边笑呵呵地给画家送上一个“挑衅”：“瞧瞧，认识得早，不如认识得巧。我说画家，从现在开始，杜老可不是你一个人的杜老了，他已经是属于我们大家的杜老啦。”

“呵呵，对头，对头。其实，杜老又何止是属于我们的，他更多的应该是属于特克斯，属于天山河谷。正好，我和杜老也有一年未见了，我们何不来一个大团圆合影？”画家操着他浓重的川音向我回道。

在画家的导演下，我们站成一排并将我“插”在了他与杜老的中间。受宠若惊的我正得意地傻笑，前面的相机已咔嚓一声，将我们全部吸进了它的镜头。左起：张·克里木、杜老、本小尊、官先锋、黄江勇……五个人？好像少了一位？对，是少了一位，因为，此时的他，正站在一个我们看得见、众人却看不见的位置上，站在一个为我们做着“无影英雄”的位置上——此时，他就在我们的对面。

今天，怀着对这位“无影英雄”的无比敬意，我就不轻易地说出他是谁了，而是想请大家来认真地猜一猜：他是——谁？当然，我会将谜底在下文告知。

六

傍晚，太极岛酒店的一号楼前已经灯火辉煌，我们与画家官先锋的一行人马就兵分两路，分别在一号楼的两个餐厅纷纷落座，而杜殿卿老先生自然是在画家那边叙旧畅谈，于是，主客宾朋欢聚两室，各谈各事。

话说我们这边，席至中途，黄江勇和沈建国二位端着酒杯同时走下位置，在一阵耳语后朝我会心一笑并笑眯眯地双双向我走来。看他们这般情景，我心里咯噔一下：不好，酒来了……有情况！

确实，我被他们的古怪神情搞得丈二和尚摸不着头脑，就在我高度戒备的时候，文史奇人沈建国开口发话了："朱老师，在您到来之前，我和黄局便萌生了一个想法，这一路上，我们一直在琢磨合不合适向您提出。刚才，我们又经过反复商量，决定还是向您和盘托出，但是在说出之前，我们想请您务必先答应我们的这个请求。"

"不行，您俩一直神神秘秘，现在还理直气壮了，说啊，到底是一件什么事？还非得逼我先答应不可？说了，也好让我明白，自己是不是够得上这份能力。"此时，虽然我被他们搞得云山雾罩，但就是生生地不入其套，心想：看你们有何高招？能迫使我就范。

"不行，您必须先干了我们敬您的这杯酒再说！"真是害怕什么就来什么。他们不仅不说，还开出了令我最头疼的条件。这还不算，随同黄江勇来的文物局同事，一个名叫艾山吐尔·阿布都许库尔的哈萨克族喜剧型小伙子，也在一旁用半通不通的汉语帮腔："对，朱老师，您先干了这杯酒再说。"

"嗨……嗨……打住。我说你们什么意思？不是说好咱绝不闹酒，文明用餐的吗？"他们话一出口，我便更加警觉。

"不是……不是……朱老师，您真误解我们了。"说完，沈老师一边对我解释，一边转头和黄江勇嘀咕，我有一句没一句地听到他说："怎样？我们还是说了吧？否则，这酒喝不了，事也说不成。"说完，那边的黄江勇还点了点头，随后，两人又推推搡搡地来到我面前。最后，还是黄江勇说出了一个令我大为震惊的"重托"，这个"重托"如一块飞来之石，差点就将我在瞬间砸倒在地。

原来，事情还要追溯到公元前 108 年左右，当时，因为和亲的需要，汉武帝刘彻将江都公主，也是扬州姑娘的刘细君嫁给了乌孙国昆莫王做了右夫人，可来到草原的细君公主，却不能很好地适应草原的生活，于是，老昆莫王就为公主打造了一座汉式宫殿，后经不断改造扩大，就形成了历史上的赤谷城。然而在后来的史书文献中，并没有关于对赤谷城具体方位的记载，因此就造成了后人对这个历史遗留问题的纷争，首先在学术界，大概有以下两种观点：

一种观点是：赤谷城是在吉尔吉斯斯坦境内的纳伦河流城；另一种观点是：赤谷城是在中国的特克斯河流域，中国的历史学者丁谦、孟凡人等学者都坚持这个观点。两方观点都有一定的证据存在。现在，我们撇开前面认为赤谷城在吉尔吉斯斯坦境内纳伦河流城的看法，先说说一个当代的小插曲。

这还得从2008年说起。当时，在乌孙山的最西部即昭苏盆地，有一座规模相对较大的托别（土墓），一直被当地人与后来的有关专家认定为细君公主的墓地，于是，我们江苏扬州援疆指挥组便对此墓进行了修缮和打造，以示人们对公主的缅怀和纪念。由此吸引了不少包括公主家乡在内的全国各地的游客、学者等前来观光寻访。人们理所当然地认为，昭苏就是古代赤谷城的所在地，也就是细君公主当年嫁到乌孙国落地生根的地方。否则，江苏扬州的援疆人怎会将细君公主的墓地建在那里？如果不是接受了诗人刘军与“蒙古格格”李吉·布音其木格（李青梅）的建议，我一定也会按着原计划直奔昭苏的公主墓地去“探亲”，这就意味着我将与著名的八卦城失之交臂。若果真如此，岂不痛惜？！

然而，江苏扬州“援指”这个负有重要历史纪念意义的工程，使同样坐落在特克斯河流域的特克斯县和巩留县相继发出了不同的声音，他们认为赤谷城应该是在他们辖区。于是，一场关于古代赤谷城所处位置的争战在伊犁河谷的几个县之间拉开了序幕。而作为一条非常有特色的国际河流，特克斯河却全然不顾大家对它的特殊眷念，依旧从中国与吉尔吉斯斯坦国界上的汗腾格里峰北面出发，一路向东涌进了中国的昭苏盆地，接着又旁若无人地流过特克斯谷地，再转而向北逛进了巩留县境内。在巩留县，作为伊犁河分支的主汊，特克斯河相继与从新源县过来的巩乃斯河、从尼勒克过来的喀什河这两支分汊汇合，从而形成了一条全新的伊犁河。汇合形成的伊犁河，已经从那三支分叉河流的手中接过了养育与滋润伊犁儿女的重任，便在一路的无私奉献中，以其婀娜多姿、仪态万方的形象又掉头向西，依依不舍地迈进了哈萨克斯坦。

而眼前的沈黄二公，就是坚持认定赤谷城在中国特克斯河流域的典型的地方派代表，他们不仅认为赤谷城在中国的特克斯河流域，而且更坚定地认为：赤谷城就在他们特克斯。尤其是沈老师，他本人就是齐勒乌泽克乡人，当他在七十年代参与该乡一次平整土地的工作时，意外挖出了两座汉墓，从此，他就对当地的乌孙文化产生了浓厚的兴趣。九十年代初，从伊犁州电视台退休回乡的沈老师恰逢新疆大学历史系教授苏北海先生来特克斯考察研究，于是，沈老师就陪同苏北海去到了当时还属于特克斯河北岸的托特库勒村（又名四个池塘，现划归给博斯坦村，已成为国家历史文化名城），还有邻县的昭苏与巩留等地，考察之后，苏教授得出的结论是：赤谷城就在特克斯。受其影响，由此，沈老师就“汉家公主西嫁乌孙”方面的史实进行了长年的搜集、考证和研究。如今，二十多年过去，他的手中早已掌握了大量极具说服力的第一手数据和文物，并认为这些资料足以证明：古代赤谷城的位置就在八卦城的地坤方位，也就是特克斯城西南的齐勒乌泽克乡。

说到这些，他俩都有点激动，特别是沈老师，他说：“有关部门及少数专家学者在听了我的汇报后，在如此大量的事实面前，还坚持认为赤谷城的遗址在乌孙山尾部的昭苏，重要原因就是细君公主的墓地建在昭苏。”说到最后，沈老师甚至气愤起来：“有些专家学者，根本没有来实地考察过就跟着一些纸上谈兵的所谓学者人云亦云。真的，见到他们那种睁眼说瞎话的样子，我们特克斯人的心里就心痛得不是个滋味。更有个别的文化部门，在看到我的外貌特征后，竟觉得我多管闲事，这真的让人很气愤，您说这是不是‘是可忍，孰不可忍’？”原来，就是在这种背景下，我突然出现了，而他们在还不清楚我是哪根葱哪头蒜的情况下，就将我一把拖来当了救命稻草。于是，二位大人就想出了黄局长方才对我说的那一份“重托”的“计谋”：请我撰写一篇以“赤谷城遗址之争”为话题的论文，然后刊登在扬州的媒体，形成一个内地与特克斯之间的呼应。他们说，因为这是细君公主家乡的刊物，所以容易造势，借助这种特别的影响力，就可以从源头上达到以正视听的效应。

我相信，黄局长和沈老师绝不是受狭隘的地方保护主义观念驱动而萌生如此设想，一切源于他们对历史真实面貌所持有的一种虔诚、尊重与还原的态度，是他们出于对家乡文化的热爱所迸发出来的一股激情。这股激情与苦心深深地打动了我，也由此引发了我热爱家乡的强烈共鸣。然而尽管如此，我还是被他俩的这种想法给吓到了，因为我自知他们对我的这份期望值实在是太高了。因此，等他们话音落定后，我便缓缓而又认真地告诉了他们我此次是为创作古代人物传记《刘细君》而来伊犁采风的，并反复地强调：我只是一个自由创作的“文学个体户”。最后，我用诚恳的语气对他们说：“所以说，文史不是我的强项。这次来伊犁寻找公主在古代乌孙的家乡赤谷城只是因为我个人写作的需要。虽然说，此行得到了各界的支持和帮助，但这并不意味着我如此单薄的肩膀就能扛起你们的重托，因为，这份托付实在是太重，只怕我要让你们失望了。”

可他们听完我的解释并没有就此打住，沈老师仍以充满期待的口吻对我说：“您只要写上一篇两千字左右的论文，在你们那边的刊物上发表一下，至少让细君公主的娘家人知道，以后探亲该往何处去。”

面对沈老师这样一位执着的老人，他的话的确触到了我内心深处那块也深爱家乡的柔软之地，这使我心头一热，差点掉下泪来。而年轻局长与这位年迈学者依旧充满期待的目光，终于把我那番继续请辞的话语狠狠地堵在了嗓子眼。心想：还有什么能比他俩这份酷爱自己家乡文化的大爱情怀更为重要的呢？还有什么能比他们这种坚持与执着的精神更加感人的呢？难道是我那部心心念念的作品？那写作又是为了什么？想到这里，一份强烈又莫名的共鸣终于坚定了我的信心，也找回了我来时的初心。不是吗？我为什么要独闯边疆，不就是为了寻找细君公主两千年前的家而来？既然如此，还有什么理由再去推卸这一份也属于自己的责任呢？想到这里，我当下端起酒杯对他们说：

“哈，我若不应下，只恐您二位今天的酒杯就真的要为赤谷城遗址而永远地高高举起了……看您二位把我逼的，这可如何是好？你们看这样行不行？我就按您二位的要求写上一篇，至于说其中的‘文史含金量’如何，我也只有尽力而为了。不过，如何去写，得等我去过博斯坦古城和昭苏后再定，因为，我不能只听特克斯的‘一面之词’哦。当然，我也有个小小的请求，就是将这篇‘计划外作业’作为我未来小作的一个附录放在书后。这样处置，一是符合我现有的身份，二是其未来的影响力只会更加广泛长远。不知您二位意下如何？总之，不管二位是否同意，我也只能作如此状了。”我一气说完，看他俩还蒙在那里，我不由得释怀大笑。

这时，隔壁的画家也端着酒杯过来敬酒，我也顾不上黄局长和沈老师是否同意，就趁此将沈黄二公与画家的敬酒并作一杯饮了，酒酣耳热之时，谁也没有在意，接着，大家就开始了以酒为媒的交流。酒至浓处，几位少数民族同胞竟情不自禁地“裹胁”着汉家兄弟黄江勇且歌且舞起来，欢声笑语顿时响成一片。置身于热烈的歌舞气氛与浓郁的异域风情之中，身为一个没有半点歌舞细胞的汉家小女子，我只有傻笑一旁，尽情享受这欢乐美好的时光。

等我们稍作清醒去敬画家与杜老酒时，隔壁已是人去楼空，服务生说，他们早就大醉而归、酩酊而散了。也罢，今天就请允许我们以醉为美吧，美酒已让我们飘到了生死交接的临界点，让我们看见了万物的存在和虚无。酒——就是我们今晚生命存在的最高哲学境界！

探秘四大天景中的赤谷城

（7 月 22 日，星期三，晴，33℃）

一

推开窗户，几丝凉爽的清风伴着小鸟欢快的晨唱，迎面飘进了我的身心。哦，这就是太极岛酒店的早晨，一个令人惬意的清晨。带着一身的轻松和愉快，我们跨上了黄江勇兄弟的白色越野，向着东南八卦城风巽方位的喀拉峻景区出发。

沿途所经之处，除了不尽的花海与牛羊，在五十公里的草原之路上，还不时出现一座座平缓宁静的浅驼色山腰、一段段水流洋洋的绿波大河、一株株如草原哨兵般临风而立的贞柏劲松。总之，眼前所呈现的一幅由绿野黄石与碧水青天绘成的画面上，不仅散发出浓浓的祥和仙气，更暗藏着时尚与贵气的色彩，就像大自然为我精心安排的心灵港湾，又像《山海经》中西王母宴请周穆王的“瑶池仙境”，使我不停地产生着想停泊靠岸的强烈欲望。冥冥中，我仿佛听到了一个温暖归宿的召唤。

是啊，这大气磅礴的高贵之势，这淡定从容的温柔之景，让我的目光从欣喜变成呆滞，让我从感叹转作无语，让我的灵魂被一片通天接地的温暖光晕紧紧地缠绕起来，甚至，我的心也被自己这股异常向往的迫切之感搅和得一阵阵痛。

这时，我痛苦地想：世界有没有起点？无从知晓。但我知道，我的起点就在出生的那一刻。有了那一刻，才有了我对天堂的无限渴望；有了那一刻，才有了我对通往天堂之路的顽强追逐，一直追逐到今天。

今天的世界又清楚地告诉我，在我途经的每一程，都有一座生命的天堂在静静地等待着我归来。而天堂到底是什么模样？现在，我终于隐隐地知道，每个人的天堂是不一样的。我的天堂，可以是眼前的河流与山川，也可以是远处的日出与鲜花，还可以是随处可见的食物与书籍……总之，我想天堂是什么模样，它就是什么模样。

“是家啊，是一个等待我归来的家……我不走了，我就在这里‘靠山近水扎大营’了，我……我要留在这里。”我木讷的嘴唇，在微微地嚅动，发着连自己都几乎听不见的声音。

“朱老师，这里好看吧？我跟您说呀，您看到的这条河，叫库克苏河，它是从西南流过来的，然后向东北流去，和那里的特克斯河汇合。库克苏河的东面呢，就是达根别勒山，下面这条漂亮的峡谷，叫卡普萨朗沟。现在，我们正沿着峡谷向东南方的喀拉峻开去。”黄江勇似乎捕捉到了我微弱的自言自语，他用手熟练地操着方向盘，自豪地向我说起了这里的山山水水。

一路上，我一边享受着江勇兄弟条理清晰、音质浑厚、不疾不徐的解说，一边用心触摸着一路的大好河山。就在这时，左前方突然又出现了一群身着深色服饰的牧民。他们围绕着一座毡房，或蹲或立，无论男女老少都静静地低垂着脑袋，沉重得像一座座悲伤的雕像，或许连那进进出出的人们都听不见他们发出的一丝声响。毡房门前屋后的草地上弥漫着一股死寂般的气息，这种气息甚至蔓延到原野和天空。我隐约听到了天空中被紧紧锁住的哀泣，也看到了原野上流成了江河的汩汩泪水……一幅多么悲怆怵人的画面啊，悲怆得无声无息，这让我的心猛然一阵紧缩：哦，亲爱的朋友，发生了什么？你们为何沮丧悲哀成这般模样？我一定要下去看看，看看到底是什么，让一个能歌善舞的民族变得如此悲伤。

可是，我强烈的申请却遭到了年轻局长手中方向盘的“否决”，他不但没停，反而像逃一般地加快了油门：“朱老师，那是穆斯林的葬礼，他们不让人看的。”

“可我想看……我可以站在远处，我想了解他们，感受他们。”

“那就……那就等回头再看。”

“回头？还能在吗？”

“在，肯定会在。”

……

对于穆斯林的葬礼，想必这里的人们早就熟悉，所以大家一般不会到灵堂去惊扰他们的“归真之路”，对此，我很是理解。于是，汽车与毡房一擦而过，我只有遗憾地掉过头去，无奈地凝视着那越来越远的忧伤，仿佛这样就能分担他们的痛苦。这时，窗外的天色也暗淡了下来，狂风开始游走，不停地恐吓着快乐的花草，这一切，总使我不由得想起那些静默沉哀的人们，和他们一样，我的心也在悲伤。

原来，这穆斯林的葬礼只要看上一眼片段，就能感到一股令人震颤的悲哀，就会在刹那间泪流满面。我相信，这是一个葬礼最好的原初形态，也是一种对亡者应有的尊重与情感。

我发自内心地羡慕着生活在这里的穆斯林，因为，在如此美好的山水里，他们的灵魂只要一个轻轻转身，就能轻易地回到自己的天堂。想着有一天，我也躺下了，希望亲友们千万不要用吹拉弹唱的噪声来善意地折磨我的灵魂，也希望亲友们不要用无休止的大声哀泣在无意中惊痛我的灵魂。请记住：只要一曲舒伯特轻柔婉转的《梦幻曲》来助我入眠，又或者是一曲救苦救难的《大悲咒》来度我升天。因为，那时我的灵魂正在通往天堂那漫长的路上，那时从人间传来的一丝丝痛苦的气息都会让我心痛地迷失自己的方向。哦，就让我像看到的穆斯林葬礼最安静的那刻一样，虽也是哭哭啼啼地来，却能够安安静静地走，就让我带上一颗来时的初心，无牵无绊地飘向归途。

二

转眼，又是苍莽起伏的草原，无边的草地，长满了青嫩的牧草。那绿茸茸的品相显得疏密有致，远远看去，如同被美国电影中的剪刀手爱德华先生刚刚修剪过一番，使我忍不住想上前一吻它的芳泽，然后置身其中，任性地翻滚狂欢。

这时，黄江勇的方向盘猛然一转，我们就进入了一个大草甸子，如此，便极大地满足了我小人家对这里的疼爱之心。正当我们左转右拐、纵横驰骋的时候，远处的地平线上突然涌出了一大片黑压压的羊群。它们如同奔腾的千军万马，带着一股呼呼的风声，以排山倒海之势奋不顾身地从我的面前嗖嗖地穿过，并留下了一团团滚滚的云烟，浓浓地遮住了我的视线。

如此威严壮观的一幕，一下子就把我看傻了。就在我发愣之际，年轻的局长已激动地抒情开来："看啊……这就是我们的喀拉峻大草原，王的草原！"

"王的草原？不是叫喀拉峻大草原吗？"少做了特克斯县"功课"的我，此时终于暴露了我的无知。当然，这也不能全部怪我，因为我的目光都聚焦在昭苏的细君公主身上了。

"对呀，也叫王的草原。"

"为何？"

"古代的优良牧场，大部分都是王公贵族的封地，所以也叫王的草原了。"

"都成了他们的封地，那牧民们去哪里放牧？"

"去租用啊。"

"啊……这不是和咱们那边的地主老财一个样吗？"

"是啊，要不怎么说天下乌鸦一般黑呢？"

"那奔跑的牛羊是……"

"哦，它们在夏季转场。"

"夏季转场？"

"对，每年有二十万头的牲畜，都要来这里转场和避暑抓膘。"

"天哪，难怪有这么大的阵仗。"

正说着，又一处更为开阔的草地出现在我们面前。一眼望去，绿草如茵的大地上栖满了大大小小的牛羊，它们千姿百态，大多数都蜷着脑袋，安安静静地卧"床"休息；也有少数的牛羊头靠头地围成一圈，好像是一群首领正在议事，又好像是一家子正在私语。总之，在这片旷古高畅的原野上，它们仿佛是从天空坠落的宝石，黄白相间地撒落了一地，它们与漫山遍野的草体交合得那么自然、柔和与默契。

自从我进入天山，如此大规模的牛羊马群的迁徙场面还是第一次看见。面对它们，我们的喇叭轻轻而又礼貌地嘟嘟了两声，可羊儿们硬是假装没听见，仍然纹丝不动地矜持在原地，执着地坚守着。真是好大一副架子，让我不禁想起了白羊座宝宝们那有点顽固的小性格，这么一想，我竟扑哧一下笑出声来。

也罢，既然人家不给咱面子，咱就在它们的缝隙间小心地游走一下吧。大路朝天，各走半边。我说亲爱的羊儿，今天你转场是为了得到明天的美味，而我“转场”却是为了揭开一层远古时代脉络的面纱，和你们一样，我们都在精心演绎着童话里的角色，所以就对不起啦，理解万岁！

三

穿过“童话”中的羊群，一片泛着天光雾气的空中草甸就出现在我的脚下。在一个用若干原木搭建的门楼前，我们停了下来，门额上“喀拉峻”三个大字也随之跳进了我的眼帘。

哦……喀拉峻？原来是王的草原到了。

在离大门不远的地方，几间写满了年头的冬窝子正缩在牧草的深处，它们看都懒得看我们一眼，径自旁若无人地打着盹儿。而那些爬上了“主人”头顶的牧草却率先看到了我们，于是，它们借着今日的东风肆无忌惮地摇摆，仿佛在故意向我们炫耀其资深的履历，瞧那股劲儿，还真是喧宾夺主的角儿。不过，下面也该轮到我们的沈建国老先生激动了。这不，还没等下车就亮开了维吾尔式的金属嗓门，他抢在黄江勇兄弟的前面急呼呼地告诉我，此处就是当初老昆莫王来迎接细君公主的地方。看着这位急性子的老先生，我忍不住乐了，故意用阴阳怪气的腔调逗他，问他为何如此肯定。这一问，他更急了，连忙用手指着远处被雾气笼罩的雪山说："你看你看，那不是吗，马上就看到细君公主翻过南天山的达坂了！"看这老先生一副"急火攻心"的架势，似乎我再逗上一句，他就会立刻"飞向"雪山，扒了那层雾障让我立刻看个分明。

跟在沈老先生与江勇兄弟的后面，我们气喘吁吁地爬上了一个大峡谷的边缘，老先生止住脚步，指着对面火离方位的雪山满面通红地说："喏、喏……这就是南天山，也叫贴尔斯开套山，就是我们特克斯的南朱雀山。这座山有一个垭口，叫阿克布拉克达坂，相传当年的细君公主，就是从这里翻过南天山的……"老先生有一肚子的"宝贝"急着要倒给我，于是我故意点了一根"导火索"，好让他立刻"爆炸"，也算是助他释放一通憋闷了许久的满腹胀气："哦……是吗？您真的这么确定？"

面对雪山草地，我们就邀上鲜花小草旁听，就请来天山雪莲作证，沈老师终于不停地发出了一束束跌宕起伏的"金属之音"，江勇兄弟也时不时用他那洪亮的声音补充。

沈建国先生认为，有很多古代文献可以证明赤谷城就在特克斯。其中，班固的《汉书·常惠传》中说："惠与吏士五百人俱至乌孙，还过，发西国二万人，令副使发龟兹东国二万人，乌孙兵七千人，从三面攻龟兹。"意思是说，公元前72年，西汉外交官常惠为了给被杀害的汉朝使节报仇，在西域组织了军队去攻打龟兹，当时，他是从三个方向来夹攻龟兹的。一是在东面，从轮台和焉耆这两个城池发兵，向龟兹西面发起进攻；二是在西面，从温宿和姑墨两处发兵，向龟兹的东面包抄过去；三是在北面，当时，乌孙国的七千军队由北向南，就是从阿克布拉克达坂翻过南天山。常惠将军为何派乌孙的军队由北向南进攻龟兹呢？因为乌孙的国都赤谷城就坐落在龟兹的西北面，距龟兹最近，就省去了士兵长途跋涉带来的鞍马劳顿之苦，也符合兵贵神速的法则，而古代龟兹国的西北面，正是当今南天山北麓的特克斯。在这里，还有一个小插曲，就是常惠攻打龟兹的想法并没有得到汉宣帝的同意，纯粹是他的个人行为，只有大司马霍光有过"可以权宜从事”的一句话。常惠就靠他带到乌孙的五百名官兵，以其个人影响力联合了西域各国发动了一场攻打龟兹的战争。在此之前，在南疆各国之中，常惠只与乌孙国交往深入、关系密切，有诸多表现，一是他帮助乌孙训练过士兵；二是一起攻打匈奴获胜后的战利品，他都送给了乌孙；三是他用朝廷的金币奖励过乌孙参战的有功人员；四是乌孙的右将军、冯嫽的丈夫曾在暗中相助。鉴于此，乌孙就不是只派七千人参战了，前面所谓“发西国两万人”应该还是乌孙的军队，只是这一路的人马选择了先是向东，在到达轮台和焉耆后又迂回向西，与从北面过来的七千名乌孙士兵，以及从西面过来的温宿和姑墨的人马对龟兹同时发动了进攻，从而形成了一个完美的战略包抄。这更说明，乌孙的兵力基本都囤聚在东部，既是乌孙的兵力都集中在东部，那么就可以认定，乌孙的国都也一定在东部，而当今的特克斯县正处于当年乌孙国东部的位置，也就是说，古代的赤谷城就位于当今的特克斯。

至于赤谷城是在纳伦河流城，还是在特克斯河流域，沈建国先生自有他的一种说法。他认为特克斯河流域的赤谷城是最初的老城，而纳伦河流城的赤谷城是后建的新城，两个赤谷城在历史上都存在过。只是在特定的历史条件下，乌孙国王由“前赤谷城”迁移到“新赤谷城”去了。关于这段变迁，还得从历史的源头说起。

在公元前 54 年前后，因王位的继承问题乌孙国发生了内乱，为了避免内战的发生，汉宣帝将乌孙划为大小两个国家。解忧公主的长子元贵靡被封为大国的大昆弥（大王），分管六万户部族；匈奴公主的儿子乌就屠被封为小国的小昆弥（小王），分领四万户部族。两国以伊犁河为界，河南属大王的领地，河北属小王的领地。在这个时期，大王的地盘中心偏向了西面，加上解忧公主的女儿嫁给了南疆的龟兹王，她的二儿子又当上了南疆的莎车王，所以，从安全角度与战略意义上考虑，解忧公主可能会和大王商量再修建一座新城，并将国都从“老赤谷城”搬到“新赤谷城”去了。“新赤谷城”位于伊塞克湖东南、塔里木盆地西北、南天山阳坡的附近，那里沙漠多草原少，并不利于放牧，所以说，乌孙大王是在特殊的历史背景下搬去的。《汉书》中有

“赤谷城在温宿以北六百一十里处”的说法，这里所指的应该就是“老赤谷城”。而温宿与特克斯之间的距离，也是六百里左右，这正好与《汉书》中所说的“六百一十里”相吻合。十八世纪，俄国的谢苗诺夫在《天山游记》中说过：“中国古地图证明，赤谷城所处的地方，离湖岸有一定距离（是指伊塞克湖），而这种位置完全取决于乌孙王四周要有富饶的牧场……”所以，“老赤谷城”应该是在牧草长势最旺的地方，而特克斯最具备这个条件。

沈建国说，也可以从赤谷城的地理位置、乌孙边界、乌孙古道来探讨它们与特克斯之间的一些关系。

从赤谷城的地理位置考量，班固的《汉书·西域传》中，有这么一段记载：“乌孙国，大昆弥治赤谷城，去长安八千九百里。户十二万，口六十三万，胜兵十八万八千八百人……东至都护治所千七百二十一里，西至康居蕃内地五千里……东与匈奴、西北与康居、西与大宛、南与城郭诸国相接。”中国历史学家苏北海先生在《西域历史地理》中也提到了乌孙西迁伊犁河之后的疆域：“东境以玛纳斯河为界；北境以塔尔巴哈台山拖西直至巴尔喀什湖；西部到巴尔喀什湖及其以南穿过楚河、塔拉斯河中游；向东直至纳林河，克孜勒苏河上游；南境包有焉耆以西的天山中草原。”在此，苏北海先生已将乌孙国当时的边境线描述得很清楚了。沈建国老先生说，他的手上还有一幅古地图复印件，上面标注的赤谷城位置也是在乌孙国境内的东南方。因此，特克斯现在的位置，与《汉西域诸国图》（被收入刘长明《新疆历史名人》）上标注的赤谷城的位置是完全吻合的。

从乌孙边界，特别是乌孙西部“空虚之境”考量，其真正边界在何处？对此，《汉书·陈汤传》记载了公元前36年，西域的都护甘延寿与副校尉陈汤兵伐郅支的战事，其中有这样一段记载：“……其三校都护自将，发温宿国，从北道人（入）赤谷，过乌孙，涉康居界，至闻（阗）池西。”根据这段记载，新疆社科院考古研究所的王明哲与王炳华两位专家在《乌孙研究》中指出：文中的一个“过”字，一个“涉”字，一个“至”字，分别表示了乌孙的西界应以阗池即今日的伊塞克湖为界，也就是说在阗池以东的地方，就是乌孙国了。二位专家认为，如果推断正确，那赤谷城的位置就应该在伊塞克湖以东一千里。简而言之，在我国特克斯河流域寻找赤谷城比较合乎史实，而不应到伊塞克湖的东南去求证。

从乌孙古道的角度考量，当时的乌孙古道有很多，它们纵贯南北，横接东西，相互交错，无论是行人还是骑马都十分方便。早在秦汉时期，汉在西域的长史驻地柳中，即今天的鄯善县鲁克沁镇与中亚的纳林河谷之间，就有了一条最近的“丝绸之路”，这条“丝绸之路”从鲁克沁镇向西又分成了三支：一支是沿北天山向西的“丝绸北道”，一支是沿南天山向西的“丝绸南道”，还有一支是沿天山中部向西的“丝绸中道”。特克斯的位置，正位于天山河谷的中部，而这条贯穿天山中部的“丝绸中道”必然先进入特克斯。根据《汉书·西域传》中的一段记载：“匈奴闻其与汉通，怒欲击之。又汉使乌孙，乃出其南，抵大宛、月氏，相属不绝。乌孙于是恐，使使献马，愿得尚汉公主，为昆弟。天子问群臣，议许，曰：‘必先内聘，然后遣女。’乌孙以马千匹聘。汉元封中，遣江都王建女细君为公主，以妻焉。赐乘舆服御物，为备官属宦官侍御数百人，赠送甚盛。乌孙昆莫以为右夫人。匈奴亦遣女妻昆莫，昆莫以为左夫人。”因此，老昆莫王为了迎娶汉家公主刘细君，准备了上千匹天马作为聘礼，当时，送聘礼到汉朝走的应该就是这条道。这里到处是充足的水源和草地，从根本上满足了游牧民族行军打仗所需要的粮草，一旦有了战事，他们的首选自然就是这条道。这样的战略决策历史上并不鲜见。当初月氏人攻打塞人的时候，从东往西走的是“丝绸中道”；乌孙人打月氏人，走的也是“丝绸中道”；汉代的李广利攻打大宛，第一次沿着天山南麓走塔里木盆地，因沿途水草不足而断了粮草，最后以损兵几万而宣布告终。当他二次出征，就因改走“丝绸中道”而取得了胜利。“丝绸中道”上还有东汉时期关于龟兹左将军刘平国的石刻，对此，黄文弼 1928 年在拜城调查的《塔里木盆地考记》中如是记载：“石上刻有阴文隶书，尚存汉字 101 个。主要记述龟兹左将军刘平国率秦人（汉人）孟伯山、狄虎贫、赵当卑等6人来此凿岩筑亭，稽查行旅，并在此东边修建关城的事迹。时代为东汉永寿四年（公元158年）。石刻附近存有汉代石垒遗迹，沟外平川上有古城废墟。”种种迹象表明，这条由东往西水草充足的“丝绸中道”，也是赤谷城就在特克斯的重要证据。

最后，从特克斯自身的地形考量，四面环山的特克斯自古以来就是一个易守难攻的战略要塞。在西汉时期，阿克布拉克达坂就是从特克斯翻过南天山的一条最近的乌孙古道，也是连接塔里木盆地与伊犁大草原的重要通道之一。而当下，从前面的穹库什太村开始，沿着这条达坂，向南翻过南天山，就进入了古代的龟兹国。在离龟兹国不远的西面，就是拜城的黑英山，而黑英山的西面，又是大月氏国，当时大月氏等西域诸国，还没有与西汉交好。况且，在《汉书·陈汤传》中，还有一段公元前43年匈奴郅支单于西奔康居时的描述：“郅支数借兵击乌孙，深入至赤谷城。杀略民人，驱畜产，乌孙不敢追，西边空虚，不居者且千里。”从这段描述中，我们可以看出，乌孙西部的千里之境都是防御力量的薄弱区域，应该为一片空虚之地，而当时被匈奴打败的月氏人，是一路向西逃走的，所以，刚立足不久的乌孙人，是不可能将自己的国都放在一个离月氏人很近的地方，更不要说西边只是一个无人的空虚之境了。当时，最大的可能就是：因为特克斯的易守难攻，乌孙王自然就选择了此处来坐镇指挥，后来，特克斯理所当然就成了乌孙的国都。如今，在南天山北麓的包扎德尔冬牧场，还有两个乌孙古堡的遗址，相传这里就是当年乌孙国的军营，因为，军营与南天山南麓的龟兹仅一山之隔，当年的常惠应该就是从这里调兵去同东路轮台和焉耆过来的乌孙大军，及西路温宿和姑墨过来的大军一起夹攻了龟兹。当然，还有很多的文献也能证明：赤谷城就在当今的特克斯。

……

尽管沈老先生的“金属之音”还声声在耳，小人家我却真的没有力气再去转述他老人家和江勇兄弟余下的一大堆佐证了。也罢，就留一些未完待续的内容，给各路还没有明白的、还没有相信的，又或者是还没有服气的大神们吧。百闻不如一见，大神们不妨亲自“起驾”到特克斯，也好去认真地询问、追问甚至是责问那些在特克斯土地上酣睡了几千年的古迹与文物，去问问那位在赤谷城的遗址中摸爬滚打了几十年的沈老爷子，问问我们年轻的文物局局长黄江勇老弟。而我并非文史专家，在此不过是一个外来的“传声筒”，绝对无心去扮演那冬窝子头上“喧宾夺主”的草儿。

尽管不散的雾气，使我没有真切地看到那条曾经让细君公主翻过南天山的阿克布拉克达坂、那条承载了历史上形形色色重大战事的阿克布拉克达坂，可是，让我驻足的南天山脚下，应该还是当年的那一片大草甸子，上面仍然开满了一朵朵喜庆连绵的野花，它们风格各异的姿态，仿佛还在展示着老昆莫王当初迎娶汉家公主时的欢乐心情；而那一排排交叠成障的松柏，仿佛还在为当年出征的将士们充当着最隐蔽的掩体。此时，我的心情也和眼前的大草甸子一样，变得无比苍莽辽阔起来。

今天，就让我用尽自己所有的精神能力，去体会与景仰这一片神圣至美的历史时空，去感受与轻抚这一段由雾气连接起来的两千多年的一念之间。没错，雾气遮蔽了我们探向远古的视线，可原始的高天厚土与时间踪迹却给我们留下了不可磨灭的印记。因此，我依然读到了雪山中发生的每一个遥远的故事，依然看到了每一个故事里所绽放的光明。我坚信，这光明将会点亮以后的无数岁月，也使每一个曾经路过这里的生命都得到一个最完美的回放。

四

这时，喀拉峻大草原的风儿醒来了，它们开始吹哨，并且是越吹越神气，最后，竟然将我吹得一路小跑起来。见到这样的风速，黄江勇兄弟干脆就指导我们玩起迎风蹦极的游戏。

蹦得最嗨的，自然是最年轻的玉素甫江，他打开的双臂，就像一只展翅飞翔的雄鹰；而少时折过左臂的我，像残废一样地支着两条胳膊，如同一只打不开翅膀的鸽子，怎么也不能真正地舒展在蓝天；至于张·克里木和沈建国两位，大家只要看到他俩石墩级的体重与年龄，就什么都明白了。蹦够了的我们感到一阵饥饿，江勇兄弟就领着我们到“乌孙夏都”的庭帐，大口喝酒、大块吃肉去了。

今天，我们虽已享受不到草原上当年那宫廷规格的礼仪，却依然享受到了那宫廷规格的饮食待遇。刚坐下不久，主人家就一大盘、一大壶地端上了各种烧法的全羊菜品：烤羊腿、烤羊排、烤羊鞭、烤羊腰、烤羊蛋等，还有红烧五花羊肉、清煮羊骨头汤、红烧羊骨头等。总之，除了羊毛，但凡羊身上的“配件”都能变成这里的一份美食。看着这满满一桌子食物，我真是幸福极了。应该说主人家的全羊席厨艺真是炉火纯青，使我对每一道菜都“爱不释口”。尤其是那道红烧羊骨头，不老又不嫩，散发出一股莫名的香味，这对于一个重口味的食肉吃货来说，该是一种怎样的诱惑？想必当年公主刘细君的送亲队伍，也在这里享受过草原上最高宫廷规格的饮食待遇吧。

一盘又一盘香喷喷的羊肉就着酸甜清香的酥油、奶疙瘩与马奶子，被我囫囵吞枣般地送下肚去。至于那充饥用的馕饼，此刻已被很少沾粮食的我远远地搁在了一边。终于，我的肚皮开始发胀，看着满满的一桌酒肉我不禁打起了饱嗝，口中还喷出一股羊肉的清香。

平日，我一直酷爱着羊肉的膻味，像今天这又肥又嫩的绵羊肉，说实话，我还嫌它膻味不够，或许，只有山羊肉的膻味，才能真正让我过瘾吧？我今天真是酒足肉饱，当年的细君公主是不是和我一样，也这么喜欢吃羊肉？而且，还喜欢吃最膻的羊肉？一想到这儿，我的心里不由得难受起来。一个从小就没有了爹妈的江南女孩该是多么柔弱善感，怎能像我这么一个貌似柔弱而实际充满“野性、邪愣和凶恶”的小女子一样没心没肺、随遇而安？今天，我是爱上了这一桌烟熏火燎的、油腻腻的大肉，并且能坐在这里大口大口地“撕咬”，而从小就吃惯了汉家精致菜肴的公主，当年面对这一桌充满异域口味的食物时，真不知会怎样下箸？而那些酸酸的马奶子、奶疙瘩和酥油她又是如何消受的？真的，我不知道，也无法想象，我只能一味地心疼这位孱弱的汉家公主。

就在这时，张·克里木的电话响了，听口气像是他儿子打来的，他听了半天后才在电话里问客人是不是明天到。随即，又听他说明天赶回新源去。终于，克里木的电话放下了，过了一会儿，他对我说：“朱老师，我明天就不能陪你去昭苏了，因为儿子张玉龙正在拍一部叫《骆驼客》的电影，他的导演明天要飞来那拉提。”我听了，微微一愣，随即回道：“哦，没关系，可怜天下父母心嘛，儿子的前途要紧。”然后，我将脸转向沈老师和江勇兄弟，询问沈老师明天能否陪我去昭苏，正好就关于赤谷城遗址的问题也听听人家昭苏的声音。沈老师和江勇兄弟听了连连点头，都表示同意。于是，我又对克里木说，语言沟通方面有沈建国老师的陪同，应该没有什么问题，只是昭苏那边，还要请他再帮忙对接一下。最后，我想了想，还是又补充了一句：“另外，我就不打电话回新源了，就请你向家里打声招呼吧，也好让他们放心。但不好意思的是甫江不能送你了，只好辛苦你乘大巴回去啦。”我的话音一落，克里木赶忙接腔说：“行，昭苏那边的对接工作我会交代给甫江，您放心好了。”

这边，张·克里木的事情刚告一段落；那边，黄江勇兄弟的电话又急急地响起，只见他听着听着，脸上的表情变得凝重起来。待放下电话，面对大家疑惑的目光，他竟一时语塞。缓了好一会儿，他才艰难而又沉重地挤出了一句：“糟糕……杜老走了！”

“什么……什么是杜老走了？杜殿卿老先生？”一听这话，我突然倒吸一口凉气，一下蒙了。

“是，就在早上，杜老走了……接班人还没有选定，八卦城的很多资料还在他的肚子里……这可怎么得了？”江勇兄弟既像是对我们说，又像是自言自语，他的话让在场的人都惊呆了，尤其是我，还有一大堆的问题要去请教他老人家呢，如今可怎么是好？也就在昨天，昨天的下午，我们还在一起合影聊天，怎么今天他就突然走了？大家静默片刻，江勇兄弟才继续告诉我们，说杜老早晨到自家的菜地里除草时，一不小心摔了一跤，这一摔，就再也没有起来。所以，江勇兄弟要急着回城，因为他要去料理杜老的后事。

回城的路上，大家都沉默了，我也茫然地看着窗外，我的目光终究没有再看到来时的那场穆斯林葬礼，终于，我沮丧地垂下了自己的脑袋，眼前一片空白。

五

下午，我终于真正走进了八卦城，登上了八卦城中心太极图上的太极坛，在那两尾象征着“城心”的阴阳鱼图案中间，我停住了脚步。

初次见面的八卦城，竟似一张巨大的蜘蛛网，赫然出现在我的面前，而我就像大蜘蛛一样，在蜘蛛网上不停地变换着方位，随着我这只“大蜘蛛”位置的变化，巨大的“蜘蛛网”也渐渐舒展开去。哦，特克斯，你到底是一座怎样奇特的古城？如此庞大的一张“蜘蛛网”，到底何时出生？又到底是由哪只真正的“大蜘蛛”所“织”？这一切，对于我这只冒牌的“大蜘蛛”来说都是谜！于是，我在脑袋里不停地翻查起来，想努力找出一个理想的说法：汉武帝时代，细君与解忧两位公主下嫁乌孙时曾经带了众多的随从，他们中不乏儒道之人，故而八卦城会不会就出自他们之手？

此时，我美好的幻想却被沈建国老师的“金属之音”打断了，老先生说：“朱老师，传说八卦城是南宋时期的丘处机建的，只是当时的八卦城地点并不在这里，而是在当今的齐勒乌泽克乡阔布村境内，也就是以前的老县城所在地。直到上世纪三十年代后期，担任伊犁屯垦使的邱宗浚将老县城搬迁至此，又经后人不断完善，才有了今天的规模。”同行的张·克里木和玉素甫江两位听了，都好奇地支棱起耳朵，准备再听下去。老先生接着说，传说丘处机受到成吉思汗的邀请，在赴约途中经过特克斯齐勒乌泽克境内，被藏匿在天山深处具有明显中原文化印记的特克斯河谷深深地打动。于是，丘真人长袖一挥，拂尘一指，就地建下了这座具有八卦文化符号的古城。《伊犁文史资料》第27辑邱建玉的一文指出，邱宗浚在丘真人留下的老城基础上对古城又进行了搬迁与重建，1937 年后，才慢慢地有了今天这张巨大的“蜘蛛网”。

原来，八卦城是丘处机所建，邱宗浚又搬迁重建，他们就是“织就”这张庞大“蜘蛛网”的“大蜘蛛”啊！现在，我明白了，八卦城的兴建、修缮归功于他们，而八卦城的布局则源于周文王的“后天八卦图”。于是，我站在高高的“城心”之中，点开手机罗盘，开始好奇地寻找起进城的那条道。记得我们当时是由南向北进城的，我很快找到了火离的方位，一眼望去，只见在这张大大的“蜘蛛网”上，一条路通着一条路，一个街连着一个街……一切，看似有规可循，却又星罗棋布，一时间，倒真让我眼花缭乱了。见我闹不明白，沈建国老师就指着迎面的一条大道，吵吵似的对我说：“这不，就那条街嘛，博斯坦街，我们就是从那条街过来的嘛。”

“啊哈，还真是。你看，这街一直通到我脚下呢。”恍然大悟的我，一下子好不得意，别忘了我可是一只“大蜘蛛”哦，所以，也不管丘道长同不同意，今天，这八卦城中的每一根纵横交错的“蜘蛛丝”，都应该是从我这只“大蜘蛛”的小嘴里拉出去的。而且，此时的这只“大蜘蛛”已无我地化作了一个“阴阳并存”的整体，在一条“正反一体”的线上，正拥有着“上天入地”的无穷力量，这力量将宇宙的发生和变化都浓缩进了一个太极之初，又瞬间衍生出两仪、四象、八卦、六十四卦之无限的万事万物万象……人类的生存，离不开万事万物万象的产生，而人类由此而产生的过多欲望，却又像垃圾一样阻挡着人类跨进未来世界。因此，我们只有引出那些有利于人类自由出入的万事万物万象之境，才能保证自己的身心可以自由地出入与呼吸……而眼前这座从“易文化”中脱颖而出的八卦城，就是人类可以自由出入大千世界的一个最好见证。

正是在这种“上天入地”的无穷力量的作用下，一座神奇完整的八卦城赫然出现在今天的特克斯河谷。它一环的圆点就蛰伏在八卦图中心的太极图中间，然后从太极图中间均匀地撒出了八条街道。以三百六十米的半径，形成了一环。圆心不变，在原半径基础上又伸出三百六十米，于是二环也出现了，而二环上的街道，就变成了十六条。以此类推，三环四环五环就形成了，且如果保持原有圆心半径不动，半径按三百六十米的增长幅度延长辐射下去，三环就变成了三十二条街，四环就变成了六十四条街，五环则成了一个收圈的环城路，即最后一环，也是最大的一环。现在，我站在高高的太极坛上纵览全城，感觉正置身于一个神奇的迷宫。全城所有的路口，没有一盏红绿灯，行人车马却游动自如。特克斯县城的这座八卦城，谋篇布局如此严谨科班，绝对是以真正的“易文化”为依据而建的。不信？咱不妨走下太极坛，顺着八卦城那像蜘蛛网一样精密的街道，到它的八条街上去走一走。

我们就先从乾位（西北）的古勒巴格街走起。孔子为《周易》写的《十翼·象辞》中关于乾卦的含义里，有一句名言：“天行健，君子以自强不息。”孔子对其他卦位也有相关诠释，至于它们具体是什么意思，我想，应该到比较权威的注本中去寻找，比如高亨的《周易大传今注》与南怀瑾的《周易今注今释》等。在这里，我是真没能耐去“盗”出那些原文来细细说与大家，更不敢去断章取义地胡诌一通了。所以，对于天乾、水坎、山艮、雷震、风巽、火离、地坤、泽兑这八个卦位的理解，我还是以太极坛中的说辞，以及当地人对每一个卦位相对应的陈设为依据，“眉毛连着胡子”地抓上一把，再“依葫芦画瓢”地转手给大家。

说起乾位，特克斯人自有他们的理解：乾位的含义是天，位于西北的位置，具有“民以食为天”的意思，所以，他们在八卦城的乾位上，对应地设下了古勒巴格这条美食街。位于坎位（正北）的是阿扎提街，他们说坎为水，水，流而不盈，行险而不失其信，阿扎提街的北面可通向伊宁，人们还说翻过了特克斯这一道达坂，就可以一帆风顺了。所以，他们就将这条街上的路灯杆都设计成了帆船的形状。位于艮位（东北）的是阔克阿尕什街，他们说艮为山，前有照，后有靠，故曰靠山，阔克阿尕什的汉语意思是“绿色的树”，“绿色的树”长在“靠山”之上，所以，这条街就以“绿色的树”命名了。震为雷，意为春天来了，复苏的大地上，有蝴蝶在翩翩起舞。于是，他们就将震位（正东）霍斯库勒街上路灯杆的上端设计成了蝴蝶的模样，而霍斯库勒的汉语意思是“双湖”，就这样，蝴蝶们在这条如湖泊一样的街面上飞舞，将春天的气息传到九宫新城。位于巽位（东南）的是阿热勒街，巽为风和木，是风调雨顺的意思，于是，在这条街上聚集了特克斯人销售种子、农药、化肥的店铺，春风化雨，不误农时，以此来对应巽位的助“风”润“木”气象。博斯坦街处在离位（正南），因卦象是火，特克斯人不仅将路灯杆漆成了红色，还将其顶端设计成火苗的样子，以此象征离位大街上红红火火的景象。谁都知道，坤为地，厚德载物，阔布是“干沟”的意思，位于坤位（西南）的阔布街便暗含着坤位包容、宽厚的美德。在兑位（正西）上的是阿克奇街，兑为泽，正西为金秋之位，兑位刚中而柔外，顺乎天而应乎人，所以，这条街上的路灯被设计为白天鹅的造型，白天鹅是哈萨克民族的吉祥物，人们就以此来对应兑位上金秋的成熟、收获、交换、喜悦和滋润。

站在观望塔上，我细数着一条条通向四面八方的街道，再看看城中川流不息的车辆与从容不迫的行人，我想，在他们之中，定然有我们中原北上的黄帝的后裔，且这一支当是在此出现最早的中原族群；接着，就是细君公主带进特克斯的一百多随从工匠，这些随从工匠中，势必有人在当地生根开花，还有公主女儿少夫的后裔；再有，就是后来的解忧公主与冯嫽夫人带来的那些随从人员的后裔，以及他们的后代等。这些人的后裔，在特克斯河谷与当地民族经过若干年的交汇融合，后又如蒲公英的种子一样，飘向了天山南北……想到这里，我顿时豁然，这八卦城的出现不仅是上述那些“大蜘蛛”的功劳，也是这些勤劳智慧的天山儿女的功劳。正是因为有了这些天山儿女世世代代的努力，才有了眼前这张完善的巨大神奇的“蜘蛛网”，所以说，他们也是拥有无限魔力的“大蜘蛛”，他们也是建成世界上独一无二八卦城的真英雄。

看到这里，也许有人会笑曰：这像一个美好的神话故事。没错，这还真有一点天方夜谭的味道。但是，谁又能断言作为“假蜘蛛”的我所吐的“丝”就没有一丝一毫的可取之处？我相信任何幻想的产生都不会是一个纯粹的空穴来风。历史常常就是这样，只要你愿意深入进去，总能发现一点蛛丝马迹，牵动着一些看似可笑的幻想。或许，这就是一个历史的巧合。

说到这里，作为“假蜘蛛”的我真的已经很累很累了，现在，就将这些可笑的幻想抛给诸位令人尊敬的文史专家大人去琢磨吧！在此，我这位“门外婆”就深深地向您道声万福了。

六

从特克斯八卦城的“城心”出来，日头已慢慢地向西山滚动，跟着太阳的背影，我们的车轮也紧赶慢赶地向着西南坤位的博斯坦古城一路滚去。

十分钟后，我们的车驶上了齐勒乌泽克乡境内特克斯河上的阔布大桥，因为沈建国老师说，只有上了阔布大桥，才能看清楚这一带的地理地貌。老先生说得没错，当我登上阔布大桥，四周果然变得明朗开阔起来，特别是东南方向的一片山峦，一眼望去竟是那么眼熟，却又一时想不起来，最后，还是老先生提醒了我，他说那就是我们在喀拉峻大草原上看到的南天山（贴尔斯开套山），也是著名的南朱雀山。接着，他又说在阔布大桥的东北方向，便是博斯坦古城（原托提库勒村），也就是乌孙国的国都赤谷城遗址了。一听那是赤谷城的遗址，我的心顿时激动起来，哦，赤谷城……是你吗？我千万里追来寻亲，就是要寻到你的踪迹，因为，你就是我们江都公主刘细君在草原的家啊！

然而，站在桥上，离它实在太远了，我只能看到一个模糊的身影，看到一个还在湿地与草丛中沉睡的轮廓。于是，我迎着朦胧的逆光，又朝大桥西北的阔布村方向看去，只见几座红色的山头正静静地伏在特克斯河北岸，与我默默地隔水相望。这山头奇异的颜色，将我心中那个一直深藏的浓浓的谜团推向了一个即将被破译的边缘，使我再也忍不住地大叫起来：“看啊……看啊……是红色的山。红色，就是赤色。记得班固的《汉书》中说‘乌孙国大昆弥治赤谷城……地莽平，多雨，寒，山多松樠’。天哪，这不是《汉书》中赤谷城的颜色吗？找到了，找到了……我找到赤谷城啦……我终于找到了赤谷城啦！”

一听我喊出了“赤谷城”三个字，沈老师像是找到了知音，连声附和着：“对对对……赤谷城、赤谷城……”是的，红山头的出现，使我激动得语无伦次，我一把拉住老先生的胳膊就上了车，张·克里木和玉素甫江也紧跟着上车。就这样，我们匆匆离开阔布大桥，兴致勃勃地向着西北的阔布村奔去。沈老师说到赤谷城的遗址前，必须先到一座“大院子”去看一看。

一路上，沈老师指着特克斯河东南的山峰说，这就是传说中的乌孙练兵场，它的名字叫达根别勒山，即震位的青龙山。而西侧的山峰，就是阿腾套山，即兑位的白虎山，也是当地人口中的马山，据说这座山就是乌孙国用来屯兵的地方。在阔布村境内的青龙山与白虎山之间，我们穿行了六七里路，才在一座小山包前停下。沈老师说，据他考察，这一带就是当年汉家公主住过的地方，因为四面环山，就被当地人称为“大院子”了，而我们要爬上这座小山包才能看到“大院子”的全貌，于是，我们立刻行动起来。

眼前的这座小山包，与我在齐力盖草原爬的那座山包相比，只能算是一个小山丘，可真正爬起来也是很不容易的。且不说这上一步就要滑两步、又沙又陡的山体，最令人头疼的，是它那长满了一头的杂草，这些杂草与齐力盖草原那座山包上的杂草一样，远看像是一片均匀的草毯，近看却是乱草丛生，几乎每登一步都要招来一身的种子与荆棘。就这还不算，最要命的是我今天脚上穿的还是那双浅口软底的小牛皮鞋，它让我几乎每上一步就会招来可恨的荆棘，这些荆棘在我裸露的脚面上拉出了一道又一道的血印，以至于在又滑又陡的沙土上举步维艰。幸好有克里木和玉素甫江的搀扶，我几乎是被他们连拖带拽地架上了山顶。

“哇，好宽阔的一个‘大院子’啊！”爬上山顶，面南而眺，我发出了一声长长的惊叹。环顾四周，充满《易》之四象玄机的左青龙

（达根别勒山）、右白虎（阿腾套山）、上朱雀（南天山）、下玄武（乌孙山）的“四大天景”，在这里一览无余，它们在“大院子”的四周，形成了牢固的天然院墙。《汉书·西域传》中记载说：“公主至其国，自治宫室居，岁时一再与昆莫会。”这所“大院子”的自然生态环境如此得天独厚，细君公主当年选择在此“自治宫室居”自然就是顺理成章的事了。

沈老师说，在“大院子”的东南方向，有一个托提库勒村（现博斯坦村），托提库勒翻译成汉语，就是“四个池塘”的意思，当地的老人们都说，在“老祖宗的时候”，“四个池塘”的叫法就开始了，并一直沿袭至今。据说当年细君公主来到草原后，一时难以适应草原的生活，而作为从不开挖池塘的游牧民族，乌孙首领老昆莫王就在细君“自治宫室居”的旁边，也就是现在的“大院子”里，为她开凿了四个池塘。池塘的边上还栽上了柳树，老昆莫王将“大院子”建成了江南花园的模样，以此来慰藉公主的思乡之情。如今，古城边“四个池塘”的痕迹还非常清楚，池塘的周围，也出土了很多汉制的拱形石块，应该是汉墓的专用石料，这些石块的凿工也都非常考究。所以，沈老师说除了上午在南天山前告诉我的，这里还有很多的古代遗址可为佐证，赤谷城就在特克斯，就在这所“大院子”里！

沈老师还说，“大院子”所在的阔布村，曾经是特克斯县的老县城所在地，也是伊犁州历史上的两条汉人街之一。在如今的村子里，还有一座早年道观的遗迹。另外，在阔布村的旱田里，还有汉代点将台与祭坛的遗址，据哈萨克的老人们说，这是古代乌孙国的练兵场达根别勒山所在地，乌孙王曾在这里操练过五万士兵。公元前 53 年，西汉的外交官常惠将军，曾带领三名校尉，在此帮助乌孙人练兵屯田。对此，班固曾在《汉书·西域传》中记载：“汉复遣长罗侯惠将三校屯赤谷。”同时，村子周围的山谷颜色也和别处不同，一律是红色。山谷东边的沟口，被哈萨克人称为“柯孜勒吐木斯克”，翻译成汉语，就是“红山头”的意思。山沟的西部，就是我在阔布大桥上看到的那片红色山头，当地人叫它“孜勒塔石”，就是“红石头”的意思。而山沟在西北的山梁，哈萨克语叫它“柯孜莫那克”，汉语是“红山梁”的意思。仔细一分析，我们就会发现，所有名称中的一个“红”字，正应了《汉书》中描述赤谷城的一个“赤”字，而当年嫁过来的细君公主，就住在红山头附近，对此，我们还是以《汉书·西域传》中“公主至其国，自治宫室居，岁时一再与昆莫会”的这段文字为依据，就可以看出，最初的赤谷城，虽然有了宫室，却没有城池，而坐落在“大院子”东南角的博斯坦古城，离传说中公主居住的赤谷很近，再加上阔布村中的汉家文化遗迹，以及与古代赤谷城的“赤”相对应的红山头的“红”所呈现出的极为相同的地理地貌，我们可以认为：公主最初居住的“宫室”，就在现在的博斯坦古城，叫“四个池塘”的地方，而后来的赤谷城是围绕公主的“宫室”而建的。由此推断：古代的赤谷城，就是齐勒乌泽克乡境内的“大院子”。

说到这里，沈老师开始小结，无论是阔布村外围的红山头，传说中达根别勒山的练兵场，由传说中乌孙屯兵的马山而形成的“大院子”周围的“四大天景”，博斯坦古城边的“四个池塘”，村中的汉人街与道观遗迹，村子内外以“红山头”“红石头”与“红山梁”命名的山谷，还是村内旱田中点将台与祭坛的遗址，将它们归纳起来按八卦方位来分析，都具有“进退自如”的军事地理特征。而那些出土的汉制拱形石块，也符合西汉的宫廷形制。据此可以推断，早在西汉时期，这里就有汉人居住了。如此说来，既有汉人居住，又具备《汉书》中对赤谷城描述的一切要素：“乌孙国大昆弥治赤谷城……地莽平，多雨，寒，山多松樠。”应该可以界定：齐勒乌泽克乡境内的“大院子”——阔布村，就是古代的赤谷城所在。

随后，沈老师还介绍了周围几个村子的地理特征，他说这些村子也有一些出土文物可以用来证明赤谷城就在齐勒乌泽克乡阔布村境内，只不过此处的赤谷城，可能主要是解忧公主当年在乌孙生活的城池。比如阔布村北边的苏阿苏村有一座乌孙山，山顶有一座圣人峰，在圣人峰下就有汉代宫殿式的轴线建宫和夯土建宫两座建筑遗址，而在两座建宫旁的东南，还有一座具有防御功能的瓮城遗址。建筑遗址的附近，还有大量的乌孙古墓，加上这里也是红色的山谷，于是，苏阿苏村也有了汉家公主曾经在此居住的传说。阔布与苏阿苏两个村子，都有汉家公主曾经居住的传说，看上去这似乎有些矛盾，但是，传说并没有明确地说明是哪位汉家公主，因此，我们或许可以就此展开一个大胆的推断：细君公主居住的只是相对简陋的宫室，因为，她毕竟在乌孙只生活了四五年；而解忧公主却在乌孙生活了五十多年，以她被乌孙人公认为国母的资格，乌孙王为她在苏阿苏再造一处别殿，应该不是没有可能。因为都是红色的山谷，又都有四面环山的龙脉，先天的地理条件使这里俨然形成了一个天然城池，被古代中原称为赤谷城也就不足为怪了。而两位公主住过的两个红山谷，本来就是一个山沟，只是一个在上游，一个在下游罢了。因此，齐勒乌泽克乡的阔布村与苏阿苏村，应该都是汉家公主曾经住过的赤谷城。

沈老师指着阔布村的东北方向说，那是塔木嘎勒（巴喀勒克）村，汉语是“印章”的意思，该村也有与汉家公主西嫁乌孙王相关的传说。比如，在村子的附近有一个独特的大土包遗址，传说这是西汉政府委封西域当地首领和酋长管理其地方行政事务、颁发印绶印章的地方。《汉书·西域传》中有记载：“最凡国五十，自译长、城长、君、监、吏、大禄、百长、千长、都尉、且渠、当户、将、相至侯、王，皆佩汉印绶，凡三百七十六人。”也就是说，西汉当时为西域颁发了三百七十六枚印章。公元1953年，南疆就曾经出土过一枚“汉归义长”的铜印，虽说特克斯至今还没有出土过这种文物，但“印章村”的地名与传说故事，应该就是一个非常宝贵的非物质文化遗产。在“印章村”中，还有一座叫“康盖依”的乌孙古墓群，它是伊犁地区迄今为止出土的乌孙古墓群中规模最大的一座。另外，这个村还有特克斯县唯一的阿克塔斯彩色岩画和姑娘坟遗址。以上种种遗址迹象说明：历史上的“印章村”也曾是汉人的聚集地，至于它是不是汉家公主居住过的赤谷城，这还有待进一步考证。也许，这里只是赤谷城的一个“卫星”城池，作为右夫人或国母的汉家公主，只是偶尔随同前去视察工作的乌孙王小住几日，却难免留下了一些美好的传说。沈老师说，在阔布村的西北，有一个阿腾套村，汉语即马山村，又名白虎山村，也有一些重要的历史遗迹。比如，这里为什么叫马山？哈萨克的老人说，古代的马山就是乌孙军队放马的草场，所以被称为马山。在马山的山顶，有一座古代祭坛；而前面说过阔布村旱田里的那座乌孙国军队的点将台，就在马山的山脚。无论是马山山顶上的祭坛，山脚下的点将台，以及放马的草场，这三者的地理布局和功能分配是如此科学有序，不得不说，这些遗址不仅存在于人们的口耳相传中，也成为乌孙王朝真实历史的一段见证。沈老师继续说，在阔布村正北的齐勒乌泽克村，还有一处古代冶炼金属的遗址，提及这座遗址，就要说到齐勒乌泽克乡境内的两个木斯沟。哈萨克语“木斯沟”，就是“铜矿沟”的意思，它们分别是中铜矿沟和小铜矿沟。小铜矿沟在苏阿苏村，中铜矿沟在吾尔塔米斯村，两个矿沟应该都是乌孙军队锻造兵器的原料基地。而齐勒乌泽克村出土的古代铜器和冶炼遗址，都说明了齐勒乌泽克村冶炼金属留下的古代遗址，就是当年乌孙军队的兵工厂。

最后，沈老师总结说，在神奇的齐勒乌泽克乡境内，还出土了不少汉代的瓦当、玉璧、铜簪、汉简、铜镰、石杵等，除了出土文物，还有很多流传的历史故事和特定的地理条件，也证明了该乡与汉家文化关系的密切，比如：关于古代藏宝遗址的众多传说，境内纵横穿越的乌孙古道，哈萨克《哭嫁歌》中“圣人峰旁有汉人居住”的民歌歌词，柯尔克孜族《玛纳斯》长诗中“四个池塘下面，有花园和城墙”的诗句，特克斯河阔布村段的对岸，有一位“巨人”为了堵住泛滥的洪水挖来一砍土曼土填住了缺口，后来，就形成了一座独立无靠的叫砍土曼的小山。其实，这就是一个屯田治水的故事，而这位“巨人”正是我们中原与西域在和亲后，用融合的智慧共同屯田治水的一种“力量”的象征。再加上前面我们所举的该乡境内红色的地理地貌，阔布村中乌孙练兵场与屯兵马山的存在，“大院子”周围的“四大天景”，汉人街、道观、点将台与祭坛遗址，轴线建宫、夯土建宫和瓮城的遗址，大量的乌孙古墓等，还有博斯坦村境内博斯坦古城边的“四个池塘”，“印章村”的地名，“印章村”中“康盖依”的乌孙古墓群、阿克塔斯彩色岩画和姑娘坟遗址，以及具有兵工厂痕迹的古代铜器和冶炼遗址，等等。以上这些，是我在沈建国、黄江勇两位讲述之外得到的又一系列宝贵而有力的佐证。毋庸置疑，这些流传了数千年的美好传说都是弥足珍贵的非物质文化遗产，而那些不断出土的宝贵文物，则体现了汉文化对古代乌孙的渗透与影响。所有的一切都足以证明：特克斯就是古代乌孙的赤谷城所在。

在这空阔的“大院子”上空，沈老先生的“金属之音”就像滚动的历史洪流，滔滔不绝地冲击着我的耳膜，或辽阔、或苍茫、或壮美的风光犹如大片中切换的镜头，不断地奔涌在我的眼前和脑际。它们彼此交融，最终汇聚成一桌无比诱人和丰盛的“文史视听大餐”，使我来不及细细咀嚼，慢慢品味，就贪婪地囫囵吞枣，满盘皆收。既然一切生猛下肚，我也就再次拼尽自己所有的精神能力，去消化吸收这顿“大餐”中的营养元素，再反刍给未曾亲临的朋友，以此邀约大家随我一起进入远古的赤谷城，在冥想中的那个陌生而又遥远的历史时空里痛快地饱食一餐。

在这小小的山包上，我迎着貌似清冷空落的“大院子”，透过时空的滤镜，看到了昔日“大院子”所特有的雄浑、厚重、大气，以及聚日月之精华的气势，此时此刻，我终于明白了沈建国先生以上的论点。

对此，我个人也觉得，《汉书》中关于赤谷城之“赤”字的记载，在阔布村的红石头、红山头、红山梁等带有“红”字的名称中得到了验证。除此之外，《孙子兵法·行军篇》中的“凡处军、相敌：绝山依谷，视生处高……凡军好高而恶下，贵阳而贱阴，养生而处实，军无百疾，是谓必胜”，《形篇》中的“善攻者，动于九天之上，故能自保而全胜也”，以及《地形篇》中的“险形者，我先居之，必居高阳以待敌”等一系列记载，也从不同侧面给予了有效验证。这些军事理论都在强调一件事情，就是军队必须驻扎在向阳开阔的高地、远离低洼潮湿的地方，以形成一个攻能进、退能守的战略防御体系。另据《汉书·张骞传》记载：“骞以校尉从大将军击匈奴……是岁元朔六年也。后二年，骞为卫尉……后二年，汉击走单于于幕北……天子数回问骞大夏之属。骞既失侯，因曰……天子以为然，拜骞为中郎将，将三百人，马各二匹，牛羊以万数，赍金币帛直数千钜万，多持节副使，道可便遣之旁国……骞即分遣副使使大宛、康居、月氏、大夏。乌孙发译道送骞，与乌孙使数十人，马数十匹，报谢，因令窥汉，知其广大。”这段文字是说，公元前 119 年，张骞曾二次出访西域，且此行直奔乌孙，其他诸国则派副使前往。由此可以推论，早在细君公主出嫁乌孙前十一年，西汉与乌孙就有了互动，在那时，老昆莫王很可能就受到张骞所带来的中原军事理论的影响，而将都城建在了特克斯这座有着重要战略优势的“大院子”里，即《汉书》中记载的赤谷城所在。到了公元前 108 年，经过细君公主身边精通军事的随从人员的指点，赤谷城的防御措施就变得更加坚固合理了。以上种种，都进一步验证了沈老师的观点：特克斯就是古代乌孙原初的赤谷城所在。

此时，我站在小山包上，背靠着乌孙山，眺望着南天山，欣赏着从“大院子”前流过的特克斯河水。我们一起守护着隐藏在右侧阿腾套山中的粮草和西域天马，我们一起托举着左侧达根别勒山上正在操练的乌孙大军的旗帜。就在这一片水草最为丰美的“大院子”里，就在这一片安全到滴水不漏的“大院子”里，和两千年前的细君公主一样，我也进入了安然有序的生活。

认识历史，就是认识自己；认识自己，就能掌握自己的命运。因此，我万分感激沈老先生送我的这顿“文史大餐”，他弥补了我在西部历史知识方面的严重缺失；我也万分感佩这块神奇的土地，有它才有将多民族的文化汇聚一处的可能，才有一个新社会的重建与延伸，才有东方文明史的旗帜在“大院子”中的飘扬。如今，这里已成为一部中原与西域文化完美糅合的立体教科书，让我们每一个路过的人都能有机会去“阅读”一番，让我们都有加入这座“大院子”里幸福生活的自由。

七

下山的路相对容易，被细碎干燥的山土滑溜溜地推下小山包后，我们又顺着从阔布大桥来的那条老路，朝着小山包东南方向的赤谷城遗址奔去。

齐勒乌泽克乡阔布村段的特克斯河北岸，早已是一片荒芜，我们向阔布大桥的方向只开出三里路，就提前向西拐进了一条田间土路，在田间土路上又开了约三里路，我们的车拐向南面。当车子穿过一片三四里长的苞谷地驶到一座小电房前，沈建国老师叫我们停车，说小电房的西侧就是博斯坦（原托提库勒村）古城的遗址了。

大家都迫不及待地想进入，却被眼前一道牢牢的铁丝网挡住了去路，沈老师只好领着我们继续向南走，试图让我们从河的南岸进入赤谷城腹地。就这样，我又一次走近了特克斯河，并再次沉浸在那一片空灵梦幻的山水里。然而，向晚的天色已经不起我再度流连，在一连串的催促声中，我随着老先生向着赤谷城的腹地走去。正当我暗自庆幸自已不费吹灰之力就钻进了古城时，前面却传来了老爷子沮丧万分的“金属之音”：“这……这里怎么有了沼泽？”

“啊……沼泽？那我们怎么过去？”听到这么一个令人失意的消息，我一下子就愣住了。

“这是连日的雨水造成的，没关系，从旁边绕一下，看能不能过。”于是，我们迂回到沼泽的两侧，在老先生的带领下东一脚西一脚地突围起来。可一番冲刺仍是突围不成，只落下一身的汗水。

“这可怎么办？老先生，看不到古城，我肯定是不会离开的。”见此情景，我真不甘心，连声向沈老师发出“威胁”。

“没事、没事，我们回到那边，就是刚才来的那边。”老先生一边颠颠倒倒地应着我，一边又将我们领回到小电房西侧的铁丝网边。

面对两三米高的铁丝网围栏，众人又是一阵发呆，抬头看了看天，天色已晚，我想，就是钻——也要钻过去！不然还有什么更好的办法吗？于是，我带头用手扒起了铁丝网，可这倒霉的铁丝绷得也太结实了，我“破坏”了半天，铁丝网却纹丝不动，看着大家一头的汗水，心里一阵沮丧。站在铁丝网前，我满含绝望的眼睛像探测仪一样，骨碌碌地乱转起来，希望自己能找到一个新的突破点……突然，我发现铁丝网下端的地面上，有一个小小的水泥墩，尽管这小水泥墩小得只够我踮一只脚尖，但我们可以努力将铁丝摁低，再用右脚踮在水泥墩上，让左腿跨过铁丝网，相信很快就能“偷渡”成功。我一提议，大家就说上就上！个头最小的我，外边被人托起，里边被人接住，连拖带拽地竟也顺利“入境”，大家总算是翻过了铁丝网这道古城屏障。本以为翻过铁丝网就可以“奋勇向前”，谁知一个新的麻烦又跳了出来。原来，我们脚下到处是被牧民割过的草地，那硬刺一般的草桩死死地顶着我浅口的小牛皮鞋软底，扎得我脚掌一阵阵地疼痛，那些残留的像荆棘一样的杂草，也将我的脚面划出了一道道血印，新伤叠加在“大院子”那边留下的旧伤之上，直让我苦不堪言。面对我的痛苦与尴尬，这些草桩与杂草却没有半点体恤与怜悯，相反，它们倒像是一个个齐心协力的刺头，以一种更加顽强的姿态倔强地竖立在那里，好像在发誓永远也不让我走完这片草地。慢慢地，我就被大家抛在了身后。在这片平整的草地上，我是既不好意思请大家再扶我一把，又没有理由请大家再拉我一把。没办法，只有听凭那些硬茬在我裸露的脚踝上刺出一个又一个的红点，任凭那些杂草在裸露的脚面上拉出一道又一道的血印，同时，还要忍下那种渗透到骨子里的疲倦，再像跳大神似的左一跳、右一跳地避开那些刺头。短短五百多米的距离，硬是让我这位向汉家公主刘细君来探亲的“大神”跳了二十分钟。这一路上，我已经沾了别人太多的光，而这种沾光，已成为我生命过程中一条不可缺失的扶梯，可眼前的路还得靠自己一步一步走过，尽管迈出的每一步都是如此艰难，却是我生命之光的一点点汇聚。我想一旦到达彼岸，自己就会聚成一束崭新的光芒，从而照亮一个遥远的未来。

站在汉家公主家残缺的院墙前，沈老师说，这就是博斯坦古城遗址的城墙了。面对尚算完整的三面城墙，我忍不住目测了一番。该遗址是一座长方形的古城，应该在一百亩左右。因多年荒芜，只能隐约看到西边的一段城墙，这段城墙大约一百多米，城墙南面和北面残存的一段，要比西边的部分略长一点。沈老师介绍说，这是一座全面具备了汉式建筑形制风格的古城池。他之前就说过，在齐勒乌泽克乡境内的出土文物中，有不少汉代的瓦当、玉璧、铜簪、汉简、铜镰、石杵，以及唐代带有太极图案的瓦当等，而在古城内外出现的大量细泥质的彩陶、宝剑、铜镜、玉器、石器、家畜碎骨、木屑等则堪称中原历史文化的代表。况且，古城的基底以木板和木棍搭建，再以黄土填实，如此构建形式，完全符合汉代版筑式的形制结构。他说，如此浓重的汉式建筑遗风竟出现在齐勒乌泽克乡，说不准这就是细君和解忧两位汉家公主远嫁乌孙后留下的古城。自从进入特克斯河谷，我一路领略到的都是农耕技术、道家文化及定居理念在这里践行的结果。而这一切，不能不说是细君公主给后世所带来的影响。因此，对于老先生的观点，我唯有认同。

其实，从《汉书》中“赐乘舆服御物，为备官属侍御数百人，赠送甚盛”的重要记载，到“公主至其国，自治宫室居，岁时一再与昆莫会”的场景描述，都可以看到，汉武帝对和亲乌孙的细君公主，不仅赐给了丰盛的宫廷御物陪嫁，还配备了数百名的随从工匠跟随。而到达乌孙的公主，一时难以适应草原的生活，于是，老昆莫王猎骄靡随即下令工匠为公主“自治宫室居”。至此，《汉书》中两处重要的文史记载，都和这里出土的文物及城墙的汉式建筑风格等对应起来，一切的依据都在指向：这是一座汉家建造的古城。

在返回铁丝网的途中，沈老师将我们顺路引到了一座石碑前，石碑的碑身是黑色的，上面刻着几行由汉语和维吾尔语组成的文字，石碑的中间书有“特克斯县城镇博斯坦村乌孙古堡”的字样，石碑的上款是“新疆维吾尔自治区人民政府二零零七年六月十五日公布”，落款为“新疆维吾尔自治区文物保护单位、特克斯人民政府二零零七年四月十八日”。此时，草原的夕阳，将老先生的影子投在了这块石碑上，老先生亲切地抚摸着它，深情地回忆着当年立这块石碑的缘由和情景。从老先生的回忆中，我了解到，他在多年的研究中，囤积了大量“汉家公主西嫁乌孙”的宝贵文化资料，并以此为依据，开始了大声疾呼：在齐勒乌泽克乡境内，有一座汉家古城需要政府有关部门给予立碑保护。他呼吁的过程中，一些怀有共同文化情愫的仁人志士，也不断地参与进来。他们越来越高的呼声终究引起了特克斯县文物部门的高度重视：于2007年夏季的一天，由特克斯县文物局负责人巴合提·拜尔干指挥护送，老先生在次子沈志强等人的协助下，用自己的私家车将这块刻有“新疆维吾尔自治区人民政府”授权发布的石碑，运到了博斯坦古城的遗址之上……

带着敬重的情感，我轻轻抚摸着这一块承载了重任的石碑，一块写满了历史的丰碑，再次打量身边的这位心中揣满了汉家公主的沈老先生，然后将视线又转向了欢乐流淌的特克斯河。原来，只有最简单的人，站在属于他的最原汁原味的土地上，才能让万里和亲的细君公主变得更加真实和美丽动人；才能让历史回到两千年前找到自己的影子；才能让我那高空游走的灵魂降落在博斯坦古城，并且深深地潜进远古的城堡。此时，黄昏的色彩洒遍了古城的每一寸土地，洒向了老先生那刻满沧桑的脸庞，它们如同历史的余晖，瞬间凝固在此刻，犹如一面古铜色的明镜，在生生不息地闪耀并发出厚重的历史光芒。在这历史的余晖下，我清楚地看到了郁郁寡欢的细君公主，正坐在四个池塘边的杨柳下轻拨琵琶的影子；也清楚地看到了活泼阳光的解忧公主，在城门内外不停奔波忙碌的影子；还清楚地看到了昨天在八卦公园门前为我们拍照留念的影子——那位“无影英雄”的影子。此刻，所有古往今来的影子，都被夕阳投放在这座闪闪发光的丰碑上……

而那位“无影英雄”是谁呢？其实，他只是一个为了帮助我们找到汉家公主而长期默默无闻寻觅的人，只是一个简单而又纯粹地奉献着的人，他就是昨天我在八卦公园门口请大家猜一猜的“无影英雄”——沈建国！

八

从齐勒乌泽克乡的博斯坦古城回到太极岛酒店，早已暮色沉沉。

刚刚穿越了汉家公主“大院子”和赤谷城遗址的我，拖着被沈建国先生用“文史大餐”填饱的沉甸甸的灵魂，婉言谢绝了东道主黄江勇兄弟的美意，与张·克里木和玉素甫江二人一起来到了八卦城乾位（西北）的古勒巴格街最热闹的街头，开始寻觅美食。

这条叫古勒巴格的美食街，被当地人习惯地用回语称作大巴扎，大巴扎的街头，到处香气诱人。我忍着饥肠的叫唤，在一家家摊位前耐心地比对着，挑拣着。最后，在一家客人最多的摊位前坐了下来。刚刚坐定，我就被一旁的人群给吸引住了，人群中时不时有人举着一大杯深褐色的饮品从里面挤出来。再看看被人群团团围在中间的摊主，从一口捂着棉被的大锅里一勺一勺地挖着什么，然后放入人们手中高举的杯中。饮品怪怪的颜色，让我一时也不敢断定这究竟是什么，只是看到买的人一个个都乐呵呵的样子，我心想：这味道一定错不了。

“张主任，那边是什么？冷饮吗？”我面向克里木，一副馋兮兮的表情。

“哦，这是土制的冰淇淋。甫江，你去买两杯，请朱老师尝尝。”见我这副馋相，克里木就猜出了我好这一口，赶忙吩咐甫江去买。一会儿，甫江就端着满满两大杯冰淇淋回来了，他一边走，一边兴高采烈地说：“喏，姐姐，您尝尝。一大杯，才要五块钱。”

已经渴极了的我，一把接过了甫江递来的冰淇淋，张嘴就舔。不到一支烟的时间，一杯颜色土冒的冰淇淋，就以它香浓清甜、爽口爽心的特殊滋味，将我“冰镇”下来，还在口腔里留下了一丝略带苦涩的余味。我满足地伸出柔软的舌尖，一边轻轻地舔着沾在嘴角的冰淇淋残液，一边“呃呃”地打起了冷嗝：“嗯……好爽，好爽哦……”

而我们的克里木主任，接过菜单就是一阵猛点，我知道，这是主人怕怠慢了我呢。按照惯例，散着孜然香味的烤羊肉串、烤羊肠、烤羊肝等先陆续登场了。随后小炒羊杂、炒蔬菜、炒河粉之类的接踵而至。还是那句老话，但凡羊身上的宝贝，几乎全部亮相。接下来，自然又是一顿海吃。在酒足饭饱后，我还顺手兜回了一袋清香诱人的新鲜土杏，又捧上了一只金黄滚圆的新疆大甜瓜，这种感觉，别提有多美了。

有时候，人生就和品那杯颜色土冒的冰淇淋一样，在它苦涩的尾子里，总藏着一丝独特的余香……或许，正因为人间有了酸甜苦辣麻的滋味，才有了我眼中赤橙黄绿青蓝紫的色彩，故而，我带着从大巴扎街头俘获的胜利果实，就像鲁迅大人笔下的阿Q一样，迈着凯旋的步伐，骄傲地回到了清凉如梦的太极岛酒店。

今天，沈建国先生送我的“文史大餐”固然是“营养”的，而我们在大巴扎街头的觅食行动，也是饮食文化的一大境界。不是吗？漫无目的地寻找，使我获得了“寻”的妙意，也获得了“吃”的乐趣，特别是那种颜色土冒的冰淇淋的偶然发现，更使我一下子豁然开朗，它和我即时的心情和感觉，在刹那间反应，生成了一种天然对接的快意。如此惬意的觅食之态，着实免去了大众菜肴的俗气，满席佳肴的奢侈，养生之饮的烦琐，过于繁冗礼节的疲累，以及自斟自酌的孤寂。

真好啊……这一切，都应了我与生俱来的动物性格！

昭苏的赤谷城去哪里了？

（7月23日，星期四，多云，28℃）

一

清晨的水汽，还在空中湿漉漉地撒欢，一阵急促的电话铃声匆匆地将它们推开了一条缝隙，直接地冲进了我的耳中。

“朱老师，昨天忙着操持杜老的后事，没能陪您。听说您今天要去昭苏，遗憾我已经在赶往伊宁开会的路上。今天早上只有请同事小张来为您送行了。没能陪您，又不能亲自送您，请多多原谅啊！”电话里，黄江勇兄弟匆忙的语速满含愧疚，令我感到非常温暖与不安。

“哦，是江勇兄弟啊，没关系，没关系，你安心开会。前两日，我已经叨扰了你不少的宝贵时间，这不，心里过意不去，正准备向你辞行呢，没想到你的电话先来了。所以，该说不好意思和感谢的人，应该是我啊……”我满怀感动地回应着江勇兄弟。

“应该的。其实，就特克斯赤谷城遗址的话题，真想和您多交流一番，可惜，您此行太仓促了。”

“是的，想请教你的事也很多，留待以后吧，以后，少不了要经常麻烦你的。”

“那是必需的。有问题您尽管问，我随时恭候。保持联系啊！”

“一定的。保持联系！”我刚刚丢下电话，江勇兄弟的同事小张就来了。早餐结束后，先送走了急着要赶回新源的张·克里木，小张接着把我和玉素甫江送到了建国奇石馆与沈建国会合，然后就告辞了。

赶巧的是，一走进建国奇石馆的大门，又和北京画家官先锋不期而遇。和昨天不同，画家今天的面色有点灰暗，眼皮还浮肿着，眼睛也红红的。一见面，画家就絮叨起来："作家，你不知道啊，杜老可是我多年的朋友了，昨天他这一走，让我的心里真难受死了……真的，我一夜都没睡好。"

是啊，谁说不是呢？在杜老去世的前一天晚上，大家还一起把酒言欢，谁也没曾想到，第二天早上，只在自家门口的菜地轻轻地摔了一跤，人就走了。不要说是多年的老友，就是搁在我们谁的心里，都是一件令人非常心痛的事情。比如说我，就在杜老去世的前一天下午，我们还在八卦公园里一起神聊，一起合影。谁承想我们的合影竟成了他老人家留在人间的最后影像，我每每想起，就和画家一样，心里充满了悲伤。

突然痛失老友，在画家的心中，自然会比旁人更多一分痛楚。所以我宽慰他说："是的，是太突然了……别说是你，就是我们也感到震惊，心里也都很难受……特别是我，还有很多关于八卦城的问题要请教呢，老人家就这么匆忙地走了，真的给我们留下了太多的惋惜，太多的遗憾……可事已至此，还能怎样？我们只有一起节哀顺变。画家，你也多保重吧！"

画家听了，脸上的表情渐渐舒展并连连拱手作别："作家，多谢理解啊……下一站到哪里？"

"上午去昭苏。你呢？"

"我还要去拜访一位朋友，然后，就回北京。"

"哦，看来我们要就此别过了，咱们后会有期。"

"好，保重！后会有期。"

……

看着画家远去的背影，我的心里也在默默地祈祷……我先是祈祷画家能够满载行囊而归，后是希望画家能从失去老友的悲痛中尽快走出，再将那突如其来的悲伤就此深深地埋在记忆中。

再见了……画家保重！再见了……杜老走好！

二

送别了画家官先锋的背影，我的目光又回到了沈建国奇石馆的“宝贝石头”身上。

坐落在博斯坦街上的建国奇石馆，大约有五百平方米，沈老师的上千枚奇石就藏于馆中。这些奇石有的大如磐石，有的小如鹅卵，无论是在高高的货架上，还是在封闭的橱窗中，它们都被主人摆放得井然有序。其中，以人物肖像命名的画面石有红军战士、列宁头像、鲁迅先生、老子骑青牛出关、牧民和哈萨克少女等；以寓意吉祥的图案命名的画面石有中国地图石、奇石宴、孔雀石、福犬望年、金犬望财、八仙过海、蛟龙腾飞等；以及用金、木、水、火、土来命名的阴阳五行画面石等。徜徉在奇石馆中，我像踏上了硕大无边的历史年轮，从北京猿人、石斧、古船、古炮，到中国地图、原子弹蘑菇云……这所小小的奇石馆，既是一个自然万物和谐共生的天然王国，也是一个人类进化与生态相融的自由世界，我饶有兴致地游弋其中，且一直惊叹不已。

建国奇石馆中，各类奇石藏品固然让人目不暇接，但最吸引我的，是墙上悬挂的一幅细君公主的画像。这幅画像的线条特别精美灵动，栩栩如生地刻画出了我心目中完美的细君公主形象。沈老师告诉我，作者是我们江苏人，难怪细君公主身上的江南特质能从这幅画中呼之欲出。目睹画作上稚气未脱的细君公主，我的一腔疼惜之情被再次重重地唤醒，一串忧伤的泪水随之而来，悄然滴落。此刻，我真想尽快赶到昭苏的细君公主墓地去祭奠她，可沈老师却说要到自己的冬窝子里取一些换洗的衣物，于是，我们只有向着他的另一处奇石窝点——齐勒乌泽克乡的老电影院赶去。

十五分钟左右，我们来到了一个长满荒草的大院，一座废弃的建筑正孤零零地躺在那里。院子里，一切静得出奇，甚至静出了一股诡异的气息，这让一向爱幻想的我不禁有点毛骨悚然。而老先生这时却打开了话匣子，他一边走，一边介绍，这里曾经是齐勒乌泽克乡的老电影院，也是老乡政府所在地。现在，特克斯县已拨给他存放奇石与文物了，同时，这里也成了他栖身的冬窝子。听着他的唠叨，我越发好奇起来。我快步走到了一扇陈旧的大门前，老先生赶紧从腰间摸出了一把缠着红绳的钥匙，对准那把老掉牙的铁将军就是一顿猛戳，接着又是一阵推搡，随着哐当一声，那把风烛残年的老锁重重地落下地来。大门吱呀一声，一间八百平方米的大厅就出现在我的眼前，虽然屋子本身显得空旷了一些，屋内的气场却非常饱满，这将我莫名的惊悚感一扫而光。大厅的最前端还有一座舞台，以毛泽东主席为首的几位领袖的大幅画像，正非常醒目地悬挂在舞台的上方。在画像的下方，“为人民服务”的大字工整有力。画像两边横挂着几幅大幅的标语，这些标语为奇石馆烘托出一种独特而隆重的文化氛围。四周白色的墙壁上，也贴满了不同时期、不同风格的画作。而作为屋子的主角，“建国牌”奇石的个头要比博斯坦街上的奇石粗犷了许多。它们不是立在水泥台上就是躺在地面上，整齐划一地就像是操场上列队的士兵，随时等待检阅。地面与墙壁上的内容又彼此呼应，使得一座原本空旷的大屋子，瞬间被乌孙文化与时代精神的浓郁气息填了个满满当当。

在奇石馆的一个角落里，有几块长方形的锥形石头，显得来头久远。老先生说，这是十年前在赤谷城沟口的一个村子里收集的。他说，其中的一块石头已经被老乡砌到了墙里面，可老先生硬是叫人家把墙拆了取出来，再花钱买下，因为，他在这些锥形的条石上发现了明显的人工打造痕迹。当他取回石头，摆成一圈，形成了一个圆形的图案后，他发现，这个图案竟与中原地区的墓穴形制十分相似，他由此断定：该石头应该是汉墓石料。于是，他就追问石头的来历，老乡告诉他，石头是从阔布村的一个山坡上挖来的，而山坡就坐落在细君公主生活过的“大院子”的东南，那里与老昆莫王为公主开凿的“四个池塘”靠得很近。所以，老先生认定，细君公主的墓地，就在“大院子”里的山坡上。

在此，我也非常认同老先生的说法，细君贵为公主，其墓地的选址，随从们定会从堪舆之说中，求证选择出最佳一隅，以便让公主的灵魂得到最好的安息。而位于阔布村山坡上的细君公主墓地，正是四面环山、视野开阔，而在向阳一公里的地方就是川流不息的特克斯河，因此，这里绝对是一块有山有水的好地方，而且，这样的地理环境正应了后人的左青龙（达根别勒山）、右白虎（阿腾套山）、前朱雀（南天山）、后玄武（乌孙山）的阴阳风水玄说。当然，这块墓地当年的风水，是不是符合后人“墓地风水学”中倡导的“自然第一，天人合一”的最佳标准，就不得而知了。在这几块来头久远的石头身上，我又一次感受到了来自细君公主的永不消失的神秘气息。我知道在奇石馆中，还有很多带有公主神秘气息的文物，值得我深久地凝视，可沈老师的脚步已来到墙角的一扇神秘的小门边，我便只好跟随老先生的脚步，一起走了过去。

“哦……老天！”随着小门吱扭一声，小屋顿时洞府大开，几乎所有的秘密都暴露在我的面前，小屋如此坦诚，我却有一种猛然受惊的感觉，发出了一声“见鬼”般的惊叫。是的，一个自以为颇能胡诌几句的人，此刻竟不知用什么样的语言和文字来准确地形容与描述这里的一切。一间很小的屋子，里面凌乱不堪，像是刚刚被抢劫了一番。我还没有缓过神来，就又被一股陈旧的土腥味与刺鼻的酸浆味冲到了，我赶紧伸手将口鼻掩住，然后才定睛向屋里瞄去。除了刚才的小门是连着老电影院的，小屋里还有一扇紧闭的窗户，也可以通向外面的世界。而此刻，那扇窗户却紧紧地闭着，它既像是在打盹，又像是在装死，总之，它一直纹丝不动地封锁着窗内的内幕，仿佛在忠诚地固守着小屋里的神秘。相反，一帘白底淡蓝水墨图案的窗纱倒是将自己的胸襟大方地撩起了一角，斑驳的日光便星星点点地洒进了小屋，也洒在了我的身上，这时，一丝朦胧的诗意在小屋中诞生了，我的情愫也抽出了一瓣新的萌芽。

小屋靠墙的位置有两张高低不平的办公桌，上面堆满了一摞一摞的书籍，这些书籍东倒西歪，在朦胧的光影下特别像一个个变形的机器人，露着一副副破损的面孔。这些变形机器人的上面，不是飘着一根布条，就是耷拉着一张旧报纸。书的缝隙间也挤满了计算机、放大镜、碎纸片、大大小小的纸盒、花花绿绿的包袱布头等杂物。办公桌的下面，还乱七八糟地挤着一坨一坨的蛇皮袋，一摊一摊的废报纸，或一只一只的旧纸箱。办公桌上方的墙面上，有几个老旧的镜框，工工整整地挂着，应该是老先生的父母以及他儿时的照片。在照片的旁边，挂着几幅大小不同、新旧不一、线条粗糙、五颜六色的地图……其中，在一幅最大的蓝色地图的落款处，标有“汉西域诸国图”几个大字。老先生说，这幅蓝色地图是他由新疆大学出版、刘长明先生著的《新疆历史名人录》一书中的《汉西域诸国图》翻印而来的，应该是清朝时期的作品。虽然，这幅蓝色地图给我送来了一束远古的光芒，可眼前凌乱的场景还是让我惊诧不已，眼花缭乱不已。当确认自己的感官一切正常后，我不禁在心里惊叹：天哪，我绝对是一头钻进了“人工垃圾场”啊！

“老先生……这就是你的冬窝子？”

“是呀，这是我的书房。”

“书房？哦……是‘建国牌’书房。那卧室呢？”

“在这边，这边……”

原来，在“建国牌”书房里，还有一个小门，穿过小门……哦，老天，我该怎么形容才能准确到位？只能说，我又荣幸地进入了另一间“人工垃圾场”。在这间“新潮”的“建国牌”卧室里，最先跳进我眼中的，是一张破旧不堪的木床，此时，这张破木床正费力地顶着一张席梦思，而席梦思又被一块深桃红的床单勉强地罩着，一床大红的被褥就懒散地瘫在床上，被褥的夹层里还裹着几件衣物。破木床靠墙的一边，纸盒书本之类的杂物，称王称霸般地占领了半张床面。而床头和床尾，又被一叠叠的棉被和衣物霸占着。这些棉被和衣物，横在床头的，就当枕头；竖在床尾的，就用来跷脚。在床头柜的位置，立着一台双门的电冰箱，它应该是屋里唯一的“大哥大”了。床尾的旁边，有一张用来吃饭的小桌，上面歪歪斜斜地放满了各种颜色的塑料袋、茶杯、方便面、空矿泉水瓶、电视机、锅碗瓢勺等。小桌的左边又是一张简易的桌子，上面有水瓶、汤勺、砧板、碗筷、酒杯等杂七杂八的生活用品。在木床的前面，有一把木椅，上面有唱片、放大镜、打火机及不明塑料袋。地面则被乱七八糟的肥皂粉、水桶、脸盆、油壶之类的器物占据了一部分，另外，还有一盒被打翻在地的方便面……总之，整个屋子绝对是乱出了一个我从未见识也难以想象的水准、境界和高度。而那两扇窗户的光线，倒是比书房里明亮了许多，可它们交叠在一起，却将那劳什子的破面目照得越发“狰狞”不堪……

一个奇葩的书房已经够“出彩”了，现在又来了一个如此“恣肆懒散”的卧室，简直就是“灿烂夺目”。两间陋室并肩连体，如同难兄难弟，共同打造了一个废墟般的“建国牌”冬窝子，这与整洁有序的建国奇石馆相比，形成了巨大的视觉反差，让人怎么也无法相信，这是一个可以住人的地方。

说“建国牌”冬窝子“惨不忍睹”，不仅仅体现为它无法形容的脏乱，还因为这里没有自来水和暖气的供应，甚至连上厕所也要走到百米之外，这可是在有着残酷寒冬的新疆啊！在如此恶劣的环境下，一个活生生的人怎能熬得过去？更不要说还是一个老人。难道说，老先生真的是没有生活自理能力？如果这样，那他的建国奇石馆为什么能收拾得那么干净整齐，品位又那么独特，可见我们的沈建国老先生是把他所有的精力都花在了事业当中。看到我惊诧的表情，他笑呵呵地告诉我，他的两任妻子都从这里“逃”走了。这时，我突然侧过头来，不由自主地重新打量起眼前这位“汉维混血”老人，他的生活境遇让我不禁想起了一个人，这个人就是十八世纪荷兰的后印象派画家——凡·高。在凡·高生前，因作品卖不出去，常常连买衣服的钱都没有，他只能到大街上去捡旧衣服，七拼八凑地穿在身上，如同一个身着奇装异服的怪异者。如此造型的他在大街小巷里穿行，俨然就是一个讨人嫌的孤独的疯子。由此及彼，眼前的沈老先生，虽没有完全落到凡·高当年的狼狈之境，可离凡·高的著名疯相也相差无几了。同时，他也让我想起了我们江南一带对波斯人的一个奇怪称谓——别宝猴子。什么是别宝猴子？早年听老人们传说，在唐代以前，有很多西域的波斯人来我们中原经营珠宝，当时，珠宝对中原地区的人们而言还是个盲区，他们只知道珠宝是异域奇珍，而且真假难辨。可对经营珠宝的波斯人来说，珠宝是他们的家乡特产，从小到大都在摆弄，真假宝贝到了他们手里，一眼便可辨出并总能从别人手中将珠宝低价买走。因此，江南一带的民间，便给他们起了“别宝猴子”的绰号。后来，人们便开始专用“别宝猴子”指称那些懂得寻宝鉴宝的人了。今天，面对这位“汉维混血”的奇石奇人，我不由得就将他和“别宝猴子”的形象联系在一起，所不同的是，他“别”回的不仅仅是奇石和玉石，最重要的是，他将草原上千年的历史文化都“别”了回来。

到底是什么原因促使退休后的沈老先生放弃在伊宁的安逸生活，孤身一人来到齐勒乌泽克乡这个简易到不能再简易的冬窝子，过起了苦行僧一般的生活？正如老先生所言，自他七十年代参与平整土地而掘出古人的坟冢开始，他就对“汉家公主西嫁乌孙”的这段历史产生了浓厚的兴趣，从此，他就利用业余时间干起了捡石淘宝的活计，直到 2007 年退休。退休后，他干脆就从伊宁移师齐勒乌泽克乡，正式干起了这个行当，并且一干就是八年。八年来，他囤下了大量的宝贝，现在，这些宝贝都收藏在两座奇石馆内：其中一座，就是我们在特克斯县城的博斯坦街上刚刚参观过的，之所以将这座奇石馆放在县城，是为了能够更加方便人们集中起来免费参观，从而直接接受他这位来自民间的“爱国主义与民族团结”义务工作者的宣教；另一座，就是眼前齐勒乌泽克乡老电影院里的这座，是为了方便他对“汉代公主西嫁乌孙”的历史研究。整整八年，且不说一位患有糖尿病、肾病、高血压等多种疾病的人捡石淘宝所付出的劳动，只说那些赋予石头生命与灵性的创意命名，就是一项重大浩繁的文博工程了，更不要说在其他人力、物力和财力方面的投入，以及家庭破裂的代价……至今，老先生还坚定地认为，天山奇石寄托了他探秘“汉家公主西嫁乌孙”的独特情怀，同时，也守住了他心灵的一方净土。

朋友，你见过这种爱石头胜过爱自己生命的人吗？你见过这种爱家乡爱到痴迷的人吗？没有，至少我没有见过。今天，请珍惜吧。这位在八卦公园门口为我们按下快门的“无影英雄”，这位为民族的历史文化一直在默默奉献的“无影英雄”，这位令我们唏嘘不已、感叹不已、平凡而又真实的老人，沈建国先生——他就是我们新疆当代最可爱的人！

三

东边的特克斯谷地，西边的昭苏高原，它们一衣带水，长年依偎在特克斯河河畔，究竟谁是细君公主真正的家？我不敢给出最后的答案。或许，前面的昭苏和特克斯一样，也有一大堆关于古代赤谷城就在昭苏的铁证在等待着我的到来，否则，我们江苏扬州的援疆人为何会将公主的墓地安放于此呢？

窗外，大大小小的托别一座连着一座，此时，它们正静静地卧躺在这片广袤的大地上，默默地数读着厚重的特克斯之史，而我的心思，却随之变得困惑起来。我想，一旦昭苏的说辞比特克斯的还要强劲，那是不是意味着沈建国等人关于赤谷城在特克斯的结论将被彻底地推翻？而我对赤谷城在特克斯先入为主的印象，也将被彻底颠覆。一想到这里，我的心中就泛起了一股五味杂陈的滋味。带着这个困惑，也带着被“建国牌”精神洗礼过的灵魂，我出了齐勒乌泽克镇，直奔昭苏高原去了。

走着、走着，右边的田野突然出现了一匹凌空腾飞的白色天马，我惊喜起来：哈，昭苏到啦。是的，昭苏到了！这匹有着十米之高，通体由汉白玉雕刻的巨大天马，以及底座上汉文和哈萨克文的“昭苏”二字都在告诉我：昭苏到了。我忍不住仰起脸来，向在这里“奔腾了数千年”的天马看去，只见这匹俊秀清朗的天马正以奋足扬蹄、呼啸长空、雄悍魁伟的王子气概向我潇洒地奔来。此时，我因早起而生出的困乏被它嗖嗖而来的英气一扫而光。我的精神也猛然为之一振：昭苏，汗血宝马的家乡！我这个带着堂·吉诃德式可爱理想的疯子，今天投奔你来了……

是的，梦寐以求的昭苏，心心念念的公主，我终于来到了你家的门前。我的心，激动得快要蹦出自己的胸膛；我的笑，又携带着心酸的喜悦与悲伤。滚烫的泪水从眼窝奔涌而出，尽情地流淌在我的脸上，滴落在我的心上。满面的泪花，闪着多少我对细君公主的爱；激动的心房，又盛着多少我对细君公主的怜。哦，公主啊，我来了，带着家乡扬州的温暖与爱，我终于看你来了。

一种迫切，一种渴望，使我更深地陷进了对细君公主的思念之中。就在这时，一阵醉人的清香从窗外飘进，轻轻地钻进了我的灵魂，将我从思念的苦水中亲切地唤醒。

哦，昭苏，七月的昭苏，一个油菜花的王国，顺着你流光溢彩的大道，我潜进了一片金色的海洋……哦，昭苏，金色夺目的昭苏，质感如画的昭苏，我看见了你枝摇花动的神采，也看见了你层层叠叠的厚重，还有你含蓄谦和的美德……哦，昭苏，青春亮丽的昭苏，诗意飞扬的昭苏，你每一朵温柔绽开的花儿都是万物苏醒的微笑；你每一个听风而动的舞姿，都是对我最亲切的致意。

哦，昭苏，天山高原的昭苏，细君公主的昭苏，我来了，一个扬州的女儿，带着千万里的深情与景仰，我终于看到你了……

四

一路油菜花的清香俘获了我的灵魂，也沁透了我的肺腑，使我整个的身心都变得轻盈舒坦起来。我兜转了半晌，才走出金色的海洋，一看手表，已是中午两点多。这时，沈建国、玉素甫江和我一行三人，正式跨进了中国的天马之乡——昭苏。

昭苏城里，我们与一位县文化馆的年轻人碰了面。一见面年轻人就自我介绍，他姓李，是受县文联主席董晔女士的委托前来接应我们的。我见小李脸上的气色有点黯淡，一副病恹恹的样子，整个人的精神面貌都有点萎靡不振。我很想关心两句，可初次见面又不好意思多问，因此，我们只简单地寒暄了几句就随他进了一家“农家乐”餐馆。

之后，也没说上几句便各自埋头用餐了。桌上的头菜，自然还是新疆的大盘鸡。

下午四点多，在县委宣传部会议室，我见到了昭苏县的几位文化界人士，他们分别是县政协副主席江阿勒克·努尔塔扎，县文联主席董晔，县委党校副校长巴拉提·塔布斯别克，县机关效能办公室副主任波拉提江·毛勒多斯盼，以及县旅游公司经理白天明等。座谈会由年轻的文联主席董晔女士主持，在她作了自我介绍后，我才得知，她刚刚调进文联任职，对于县里的一些文化工作还没有完全熟悉，因此，她特地请来了县里几位比较有权威的文化界人士。

座谈会上，我说明了来意，接着就提出了一些关于古代赤谷城所在区域的疑惑。比如：古代乌孙国的国都赤谷城是不是在昭苏？如果赤谷城在昭苏，那么遗址又在哪里？还有赤谷城里有没有细君公主留下的生活遗迹？所有这些，有哪些出土文物可以佐证？针对这一系列问题，我希望能够获得本地权威人士的有力诠释。

坐在首席的江阿勒克主席看上去是一位有着蒙古裔血统的哈萨克，在听了我的来意后，他操起了不太流畅的汉语，开始对细君公主当年在昭苏生活的缘由进行了一番认真的阐述。

江阿勒克主席首先介绍说，古代的乌孙人冬天在吉尔吉斯斯坦境内的伊塞克湖一带生活，夏天在昭苏的夏塔一带活动。昭苏境内有两座乌孙遗址，一座是夏塔古城，在昭苏县城西南七十多公里的地方；另一座是波马古城，在昭苏西边的第四师七十四团场，距县城一百一十公里的中国与哈萨克斯坦边境处。这两座古城相距三十八公里，传说细君公主的《悲愁歌》就是在波马古城写下的，诗中的描述与当地的饮食习惯、生活习俗都非常吻合。讲到这里，主席提醒我说，可以到现场去看看。

接着主席又说，早在 1962 年，国家考古人员对昭苏就进行过一次考古性挖掘，新疆社会科学院副院长加合甫·木尔扎汗也参与了挖掘工作。出土的文物包括一些金器，比如女性用的金戒指、金耳环、金面具等首饰。当时，加合甫院长还特别指出，这些金器的纯度非常高，甚至现代人的提炼技术，都达不到那样的要求与标准。

据民间老人口传，当年，有一位叫布杰的君侯协助乌孙王料理朝廷的政务，还负责照顾细君公主的饮食起居。而布杰的真实身份，其实是乌孙王的嫡亲舅舅，所以在布杰死后，乌孙王就将他安葬在昭苏境内的大洪纳海河与小洪纳海河之间。主席说，昭苏唯一的遗憾，就是没有将布杰的墓地及时地修整出来。所幸的是，2004 年发现的细君公主墓在经过国家文物局古建筑专家组组长、中国文物学会会长罗哲文先生的鉴定后，很快得到了修缮，并于 2005 年 6 月在夏塔举行了盛大的揭幕仪式。

直觉告诉我，坐在我对面的波拉提江主任应该是一位非常精明聪慧的哈萨克，同时，也是一位明显有着汉家血统的哈萨克，一位热爱家乡文化的哈萨克。因为会议期间，针对江阿勒克主席的叙说，他会时不时地以相对流利的汉语给予补充。波拉提江说，国家对昭苏文物的针对性挖掘工作，在上世纪六十年代就开始了，因为昭苏没有博物馆，所以那些出土文物有的被考古人员带走了，有的被伊犁博物馆收藏。至于没有及时修整的布杰墓地，是因为他们没有像发现细君公主墓地时一样及时地加以考证，而当年那些参与挖掘的考古人员大部分又去世了，所以时间一久，事情就拖了下来。不得不说，这是昭苏文化工作中的一个重大遗憾。

最后，白天明向我们美美地形容道：细君公主的墓地就坐落在昭苏县西南七十五公里处的天山脚下。墓地三面环山，前有夏塔河，可谓头顶青山，脚踏绿地，腰缠绿带，一片山清水秀……

会上，最可爱的人要数江阿勒克主席了。可能是觉得用汉语陈述不能完全尽兴，他干脆换成了母语，与波拉提江等人叽里咕噜地交谈起来。而此时的我，便成了聋子的耳朵——摆设！

昭苏的文史信息，也如一盘美味的早餐，被清清爽爽地端上了会议室的桌面。我一边专心地嗅着“盘中”的气息，一边不时地瞄一眼带着翻译身份的沈建国老师，意思是说：听见了吧？老先生，人家昭苏也有一大堆的说辞，证明古代的赤谷城是在他们这里，我们的细君公主呢，自然也生活在这里了。现在，该轮到您老人家出面一争长短了吧？沈老先生好像并没有明白我的意思，他是在故意装聋作哑，还是真没有看懂我的眼神，就不得而知了。总之，此时的沈老先生一边操着老本行忙着现场拍摄，一边不时地向我翻译几句江阿勒克的哈萨克语。对于昭苏的文史“挑衅”，他倒显得很淡定自若。

好啊，既然“皇帝”都不急，我这“太监”又何必急呢？这时，我发现昭苏和新源一样，到处都没有配置空调，下午的会议室里显得格外闷热。一个多小时过去，在座的各位好像都有点心神不安，估计大家也说了不少，想必已没有太多更有价值的资料可以抖落，不如趁天色还早赶紧到昭苏的大地上请出昭苏的“土地公公”，告诉我细君公主的家，究竟在哪里。

这时，一种秘境探幽的迫切心情强烈地刺激着我的神经。正如伟大的波兰天文学家尼古拉·哥白尼所说的名言：“人的天职在勇于探索真理。”探索——也是我的本性。

于是，我匆忙谢过众人又道出自己的想法。大家听后一致觉得剩下的时间只够去哈萨克民俗文化馆参观，至于探访细君公主的墓地及夏塔古城等，就只能留待明天。说动就动，五点二十分，我们随着小李兴冲冲地朝着喀夏加尔镇的方向赶去。

五

昭苏，天山高原的盆地，境内除了有起伏的山峦、连片的湿地，还有坦荡的平原。一路向南，我们穿过了横在昭苏县城与喀夏加尔镇之间亲切而又熟悉的特克斯河，在五十分钟后，一座静谧的边陲小镇就出现在我的眼前。

如果在扬州，下午六点多已是傍晚的时间了，而这里的太阳还挂在天空。午后的高温，还在小镇的上空热气腾腾地盘旋，想必是敌不住烈日的余威，整个喀夏加尔小镇的居民仿佛都躲在了家中，正懒懒地午休。一路上，我们小心翼翼地行驶着，唯恐打破了小镇的安宁。

当行至小镇的一角，我们的车停了下来，眼前出现了一座铁锈红的红房子，仿佛正在黄色的栏杆里静静地打着盹。红房子迎面的门脸上方，有哈萨克语和汉语写的“哈萨克民俗文化馆”两行大字。哈萨克民俗文化馆到了。这座民俗馆红房子的前面和两侧，被平坦宽阔的沙石大道环绕着。一坨深褐色的畜便正心安理得地躺在路的中间，仿佛也在享受午后的宁静……总之，淳朴的小镇，到处透着浓浓的乡野气息。

我们走到门前，却见院子内外被两位“铁将军”把了门，我丧气地败下阵来，退在一旁，眼巴巴地盯着小李：“怎么这样？不对外开放啊？”而小李的脸上也一片茫然，只听他说：“不知道哎……我打电话问问乡里吧。”几分钟过去，电话终于通了，小李对着手机一阵叽里咕噜，我却一句也听不清楚。当我问小李时，他含糊其词，我听了半天也不明白他的意思，没办法，只有在烈日下等候。

二十分钟过去，沈建国和玉素甫江再也经受不住烈日的熏烤，一会儿转到院子的东面看看，一会儿又转到院子的西边扒扒。我知道，他们一定又怀着侥幸的心理，幻想着能像在特克斯的博斯坦古城一样找一个突破口。然而，他们每一次都无功而返。就在他俩来来回回折腾时，从右边的村子里来了两个骑单车的小小少年，他们一边骑车一边谈笑，清脆的童音给寂静的小镇带来了一丝生气，也给无可奈何的我带来了一丝新的期盼。

两个少年如同小小的飞燕，带着一身轻盈的灵气，从民俗馆的门前轻轻掠过。小镇，又恢复了刚才的平静，一种出奇的静，一种隐藏在人间烟火里的静，一种让我孤立其中的静。

半个小时过去了，经不住大家一再催问的小李，再次拨通了电话。又过了十分钟，一位中年男子才向我们慢慢走来，跟着他，我们终于跨进了哈萨克民俗文化馆的两道门槛。从赤日炎炎的路面，转到清凉幽静的文化馆，大家都长长地舒出了一口暑气。小李说讲解员马上就到，于是，我开始环顾展馆。展馆入口处有一行“穿越文化、地理、政治的界限，让人类实现更深一层的相互理解”的大字，旁边，还有一个醒目的木质铭牌，上书“时间跨越 30000 年”。这些文字内容与空间搭配里透着新颖的前瞻性和奇特的超越感，它让我一进门就被深深地吸引了，好像我不是在参观一个普通的文化馆，而是在瞬间走出了地球的三维空间，来到了浩瀚的四维宇宙。我的灵魂，就在三维与四维的中间地带轻轻游荡，游荡中突然感到一阵难以抑制的扩张与膨胀，最后竟不知不觉地飘浮起来……

正当我浮想联翩的时候，从外面进来了一位身披白纱的哈萨克美女，她就像仙子一般飘进了展馆，只听她真诚地招呼着我们：“啊，让你们久等了，真不好意思。”如梦初醒的我赶紧接腔道：“噢，没关系没关系。”哈萨克美女又自我介绍说，她叫莱扎提，是喀夏加尔镇政府的工作人员，在哈萨克民俗文化馆的讲解工作是她的兼职。莱扎提接着告诉我们，文化馆由一座废弃的工厂改建而成，占地一千多平方米，资金都是镇政府负责筹集的，在策划人李华的大量创意编排后，几经挫折，才于去年对外开放。

听着莱扎提的讲解，我的脚步也随之移动。在一个充满哈萨克民俗风情特色文化的展厅里，有以综合艺术内容为主的展区，也有以物质文化内容为主的展区，还有以精神文化内容为主的展区。展区内丰富多样的文化元素凝聚了设计师独具匠心的奇思妙想，一切都巧妙地展现了哈萨克特有的民俗文化、民族韵味和历史发展轨迹。

在所有的展厅中，最让我难以忘怀的要算各展厅的灯饰了。在迁徙之路展厅里，设计师灵活机动，就地取材，将小灯泡装在马车的木轮上，活灵活现地展示了哈萨克这个游牧民族的迁徙特点。在驯鹰文化展厅，设计师用小雨滴造型的吊灯形象地再现了伊犁河谷一个雨水充沛的场景。在服饰展厅，设计师将小灯换成了雪花的形象，当灯光射向地面，无垠的雪花便落在地上，而御寒的服饰给人们带来了冬天里的温暖。在草原文明展厅，设计师又将灯饰设计成了云朵的模样，并将之拼成一个哈萨克民族集中游牧的草原版图，以此隐喻草原文明在这里的发源和生长。这些展厅精巧的谋篇布局，无不浓缩了大草原文化的无穷寓意。

最后来到一个貌似毡房的展厅，从一片“星光”灿烂的穹顶下穿过，我在哈萨克伟大的思想家、哲学家、诗人阿拜的雕像前停了下来。我凝视着展厅中阿拜作品的手迹和书稿，凝视着墙体上巨形笔尖造型的浮雕，凝视着从巨形笔尖下流淌而出的三十三个金色哈萨克语字母。面对着这种精致的布局和设计，我顿时肃然起敬。从这支巨形浮雕设计的笔尖下，我仿佛看到了阿拜作品给哈萨克民族文化所带来的推动和发展，也看到了他们对知识的信仰和崇敬，更看到了这个民族欣欣向荣的未来……

当我走回入口，抬头又见到“穿越文化、地理、政治的界限，让人类实现更深一层的相互理解”这行大字。从这段话中，我能明显地感受到一股力量，而这股力量使我的灵魂不得不产生强烈的震荡。

迈出文化馆的大门，我留恋地回头张望。小镇，依然一片宁静，只是阳光比来时柔和了许多。就要离开了，心里难免会有一丝惆怅。幸运的是，我在这里看到了很多哈萨克民族文化历史的成长足迹，也感到了哈萨克民族在成长过程中所获得的赖以生存的民族精神，更领略到了哈萨克人在这种民族精神的指引下对理想的追求和实现。所以，今天我要感谢这座叫喀夏加尔的边陲小镇，正是有了这座小镇，我才幸运地触摸到了属于这片草原的远古时空。

六

从喀夏加尔小镇回来，一路上，小李时而无精打采，时而又热情有加，这让我有点“丈二和尚摸不着头脑”，欣赏窗外美景的心情也多少受了点挫伤。看着眼前这位小伙子一副不情不愿的样子，我忍不住揣测他是不是不喜欢自己的工作？于是半开玩笑地说：“嗨……我说小李同志，一天都打不起精神，是不是不喜欢自己的本职工作啊？”

小李一听，赶忙解释道：“啊……没有没有。这不是昭苏的天马节刚刚结束嘛，这些天累坏了，正感冒发烧呢……”我这才知道，小李一副郁郁寡欢的样子都是感冒发烧给闹的。换位思考，我已经非常体谅并争取不给他增添新的麻烦，便对他说：“哎哟，发烧了？怎不早说？早说了，可在镇上帮你配点药。”听我这么一说，小李突然精神一振，好像身体已好了许多：“没关系的，朱老师，我吃过药了。马上就到县城了，还有一点时间，正好可以参观一下圣佑庙。”虽然小李的情绪发生了逆转，可我心下还是有所不忍，于是又对他道：“圣佑庙？这里也有庙宇？好是好，问题是你在生病……能行吗？”见我迟疑不决，小李更加干脆，说：“能行，没问题！”

小李的语气如此肯定，我当然求之不得，玉素甫江也将车开出了一个激情的速度，这种速度将我和沈建国老先生颠得前仰后合，却应了我们此时迫切的心情。

八点多已经进入用晚饭的时间，而我们此时还在路上，正兴致勃勃地朝昭苏县西北的圣佑庙直奔而去。不知过了多久，我们的车在一个用红砖铺就的小广场上停了下来。我四下看去，小广场上立着一块长方形的黑色大理石石碑，石碑上首用哈萨克文和汉文篆刻着“全国重点文物保护单位”一行大字。石碑的中间，则用蒙古文、哈萨克文和汉文三种文字共同篆刻的“昭苏圣佑庙”几个大字。石碑的下面，又是用哈萨克文和汉文写的“中华人民共和国国务院，二〇〇一年六月二十五日公布。新疆维吾尔自治区人民政府，二〇〇九年五月二十五日立”四行落款。石碑上所有的文字，都是统一的黑底烫金。而石碑的后面，就是小李口中的昭苏圣佑庙了。

在强烈好奇心的驱使下，我一脚跨进了昭苏圣佑庙大门，奇怪的是门内空无一人，面对如此安静的庙宇，我不由得发出感慨：真是一个安心参禅拜佛的好地方啊！而当我们踏上通往正殿的台阶时，才发现殿门已紧紧关闭。小李见状恍然大悟，说寺庙属于景点，人们已经下班。可不甘心的我仍忍不住地在大殿门口东张西望，这时，我是多么希望能找到一个来为我们打开神秘殿门的人啊。可是看了一圈，除了我们四个还是我们四个，万般无奈之下只有死了心。

其实，仅从圣佑庙的外围来看，它和我们内地的寺庙一样，院墙里也是古木参天，殿堂宏伟，清幽肃穆。所不同的是，在正殿的廊上，我看到一排圆柱形的转经筒，这些转经筒经过人们长年累月的触摸，已经变得油光锃亮。我和其他信徒们一样，也上前去开始转经。在庙堂的空地上还竖着许多桅杆，其中有不少是直接用粗壮的松树制成，无数条彩幡就系在桅杆和松枝上，再辐射到四面八方。这些五颜六色的彩幡在晚风的吹拂下不停地鼓动着，飞舞着，仿佛在召唤那些迷途的灵魂……这是一座藏传佛教寺院，就是我们内地人口中的喇嘛庙。受这里藏传佛教气场的影响，我开始用手指、用眼睛、用心灵沿着编钟转经，并虔诚地摸遍了每一座编钟。在和编钟的每一次接触中，我们仿佛在彼此给予着什么，是什么呢？我猛然意识到：它给予我的是一丝清凉的禅意，而我回报它的是一份功德的明亮。

不得不说，此次伊犁之行对我而言终生难忘。一路上走来，我看到了穆斯林的真主胡大，也看到了从西方泊来的基督上帝，还有幸在特克斯见到了多神明的丘处机，可就是没有见到在中华民族土地上土生土长的孔老夫子，更没有见到伴随了中华民族两千多年的观世音菩萨。对此，我很感诧异。我相信哈萨克民族对于伊斯兰教的信仰是忠诚、客观、理性与非极端的，我为这个民族的繁荣而感到高兴，也为西方基督教在此的成功渗透而感到羡慕，却为世界文化视野范围内独具中华特色且历史悠久的儒释精神的缺席而感到巨大的遗憾与悲哀。偌大的天山河谷，我只看到了南北朝傅翕先生的“道履”之足，却没有看见他老人家“儒冠、僧衣”的文化背景。如此看来，一路所见所闻的那些“无形、不治、难为”的残缺现象就不足为怪了。其实，只要留下一丝缝隙，儒释文化的异彩就可以射向这块流满奶蜜的土地；而儒释文化的精神，在多民族多文化的滋润与浇灌下，就能一如窑变的兔毫瓷器那样，焕发出一种不可预测的瑰丽神奇之彩。

且不说东道主胡大，也不说依傍特克斯风水而扎根下来的丘处机，就说一直生活在西方的上帝，都能将远隔重洋的教堂大屋不远万里地搬到属于中华大地的伊犁河谷，还让自己的亲生儿子基督入住其中，为什么儒释文化的精神却在这里找不到立锥之地？本来，世界就有三大宗教，基督教、伊斯兰教与佛教，而作为三大宗教之一的佛教又分为汉传佛教和藏传佛教两种，早在东汉明帝时期，汉传佛教就传入我国而与华夏文明结缘，并陪伴历朝历代的百姓共同成长。如今，代表着中国儒家学派的孔子学院也已经遍布海内外。而新疆本就是一片融多民族文化为一体的沃土，为何儒释（此处指汉传佛教）之花就不能在这里美丽绽放？这确实让我百思不得其解。

在此，我并非要特别地礼赞哪个文化学派，或者哪个宗教门派，而是认为，任何一个文化与宗教都有其存在的必然意义和价值。无论这些政治和宗教分出了多少种类和门派，可归根结底，其目标只有一个，那就是带领人类抵达一个理想的彼岸，换句话说，就是攀上一个哲学的尽头或巅峰。其实，世界上的文明形态本没有高低贵贱之分，也没有哪一种文明需要另一种文明来俯首称臣，所以，不同的文明应该相互理解，相互尊重。对于信仰，我认为人们有权利选择或者重新选择，任何人都没有权利和理由去强迫别人选择或重新选择。人们选择文化学派与宗教门派的自由不应被某个不相干的地区或某个人的野心与权力所绑架，从而达到他们更快争夺特殊利益的目的……我认为，所有的“路”都应该展示在人们的脚下，让人们自己去判断，去认定，从而选出一条属于自己的路。

就在我一边转经、一边胡思乱想的时候，小李的声音打断了我的思绪：“朱老师朱老师……您在想什么呢？时间不早了，我想和您合个影行吗？”看到小李的精气神不错，我也高兴起来，赶忙答应：“行啊，就在门口拍吧。”拍完照片，天色已经非常暗淡了，而我的心神又回到了刚才的思绪中。

在圣佑庙院墙的外面，说不定还有无数未曾安放的灵魂一直在彷徨，一直在等待。也许，他们正在等待一种新的宗教载体，或者一种新的文化形式的到来，以此来满足他们心灵的需求与渴望。为此，我要衷心地为他们祈祷：祈祷他们的心灵，能够被早日安放到属于自己的理想的精神家园。

七

回到昭苏县城的国泰悦港大酒店，天空已是一片漆黑，小李将我们引进了离酒店不远的一家餐馆，说这家的冷水鱼烧得好，值得品尝。或许太饿的缘故，我的喉咙突然被一根冷水鱼的软刺“锁”住了，万般无奈之下，我只好又是喝醋又是咽菜又是干咳……一番折腾，直把我呛得满脸通红，全身起火。一时间，汗水和泪水被逼得顺流而下，折腾半天才将这根软刺“请”了出来。

“瞧，这顿饭吃的，我终于知道如鲠在喉的滋味了。”出得餐馆大门，我和玉素甫江及沈建国老师轻松地开起了玩笑。

“是呀，谁让你吃饭狼吞虎咽，体会到如鲠在喉的滋味了吧？呵呵……”沈老师幸灾乐祸地说道。

“你这个老先生，想必是被鱼刺卡多了，所以特别有经验吧？不然，怎么会教我喝那么多的醋。”沈老先生的揶揄让我“恼羞成怒”，想到他刚才不停向我劝醋的场面更是气不打一处来，于是狠狠地回击道。这一回击，直使玉素甫江笑得前仰后合，而老先生则笑得更加酣畅。

我们一行三人就这样一边散步一边说笑，没走几步就来到了昭苏的乌孙文化广场。广场上，一丛一簇的鲜花尽情忘我地盛开着。而独霸广场一方的“街舞团”大妈，也和全国各地的广场舞大妈们一样，潇洒地扭动着、摇摆着，一副独领风骚的模样。

其实，真正有生命力的主角是广场上的一对人物雕像。雕像一男一女，都面西而立，右边的男子应该有六十岁了，只见他头戴毡帽，将左手的执鞭撂过肩膀，右手则优雅地捋着胡须，此刻，他正威严淡定地眺望远方……而左边的女子应在二十岁左右，她头梳汉式发髻，身着汉服棉坎肩，左手执一卷竹简，双臂垂放胸前，彼此轻轻交叠，此刻，正知性而优雅地看着远方……稍稍懂点西域历史的人，想必已经知道他俩是谁了。没错，男子正是古代乌孙国的老昆莫王猎骄靡，女子就是为了西汉的政治需要而去乌孙和亲的大汉公主刘细君。两千年前，他们就结成了一对和平夫妻；可两千年后，他们却一边一位，成了乌孙文化广场上的一对“守门神”。

我这么说，绝非插科打诨，在班固的《汉书·西域传》中就说，公元前108年，细君公主嫁给老昆莫王做右夫人时，老昆莫王就年事已高，一年后，老昆莫王想让孙子岑陬军须靡续娶公主，可作为从小就饱受汉家文化熏陶的细君公主怎能接受如此风俗，所以，公主就此上书汉武帝，汉武帝却回信说：“从其国俗，欲与乌孙共灭胡。”细君无奈，只得遵从当地的风俗和汉武帝的指令，转嫁给老昆莫王的孙子军须靡。在我看来，老昆莫王这么做无非有三个原因：一是言语不通；二是年事已高，无力行“周公之礼”；三是疼惜已是孙子辈且无父无母的细君公主。因此，从客观上讲，老昆莫王和细君公主的夫妻名分，本就是有其名而无其实。假如说细君公主的“政治婚姻”是在老昆莫王身上完成的，那她的“现实婚姻”则是在军须靡身上得到了实现。既然如此，后人将他们在乌孙文化广场上分开，也算是对这段历史的歪打正着。

“怎么啦？小顽童，看你家公主孤零零的，是不是又如鲠在喉啦？”沈老师见我叹息再三，忍不住又来半开玩笑地逗我了。

“你说呢？老顽童？”我脱口回敬，又向他翻了一个白眼。可我心里清楚，沈老师的玩笑是一语中的。就在我和沈老师的对话还没有终止时，突然一阵狂风骤起，黑压压的云团像大军压境，迅速地爬上了我们的头顶，天空顿时漆黑一片。紧接着，一道道闪电劈来，将天空和广场撕成了一块块碎片。

沈老师说雷阵雨到了，我们没有带伞，得赶紧回去，他一边说，一边就带头跑了起来。我和玉素甫江紧跟着他也抬腿就跑。刚奔进酒店的大门，大雨就倾盆而下。

我愣愣地看着窗外的大雨，想着雨中的细君公主，心里又万分地疼痛起来。公主，是你在哭么？是你将心中两千多年的委屈化作这一场大雨，痛痛快快地向我尽情地倾诉么？哦，公主，哭吧，哭吧，哭尽你所有的悲伤和委屈。哦，公主，我亲爱的公主，哭吧，哭吧，今夜属于你，今夜也属于我。请你尽情地哭，我会安静地听……

烈日下，在细君公主墓前止不住的长泪

（7 月 24 日，星期五，晴，35℃）

一

一早出门，温度凉爽舒坦，空气湿润宜人，空中薄云滚滚，地面水汽浓浓，眼看细雨将落，却又欲坠而止……高原昭苏没有一丝烟尘，干净极了，我们一路西南，向着夏特柯尔克孜民族乡境内的细君公主墓地而去，正是：昨夜狂雨今晨阴，上天助我去探亲。

沈建国老师一路上都在对我和玉素甫江说，昨晚下了一夜雨，天气预报说今天还是大雨，看来这是公主用大雨来考验我们呢。听着老先生的警报，我心想别说下雨，就是下锥子、下刀，也不能妨碍我的行程！再说了，我相信公主她也想早点见到我，所以她一定会为我撑起昭苏大地的这片天。就如同昨晚，等我们跑回酒店，才掀起了那场狂风骤雨，仿佛公主在向我淋漓尽致地倾诉一切。

一路山水湿地，一路诗意连绵，既让人目不暇接，又叫人浮想联翩。应我的要求，玉素甫江的车开得很慢，因为我不忍从细君公主走过的大地一闪而过。可时空总要过去，历史的车轮也总要滚滚向前，所有的人都拽不住路过的风景，和人生一样，总是一路经历，一路前行。

上午十点二十分出发，沿途我看见了太多的小城镇，和普通小城镇不一样的是，它们的外围都是封闭的，加上白墙红瓦或黄墙红瓦的映衬，就显得格外安全与温馨。午时，我们路过第四师七十五团的时候，天空突然放晴，可爱的阳光洒满了大地，这使我的心头为之一震，眼睛也为之一亮：公主，是你吗？是你听到了我走近你的脚步声吗？

一定是你洒下阳光，为我引航。哦，公主，我的公主，我已经听到了你激动的心声。

安静的夏塔河畔，一条蜿蜒的乡间土路将我引向一片群山，引向了一条纵深的石级小径。小径的尽头，就是细君公主的墓地。一尊白色的公主雕像立在三层台阶之上，台阶上写着“细君公主”四个大字，落款为“江苏省扬州援疆干部援建”。小径围着公主的雕像轻柔地绕了一圈。墓地的四周，温情的芳草野花正深情地簇拥着孤单的细君公主；远处，三面清秀的群山又将公主亲切地揽进了怀中。此时，我强按着心头的激动，小心翼翼地踏上了这条清深幽静的小径，一步一步地向着公主走去……咦，为何我的脚步越来越沉？公主，是因为我听到了你远古悲泣的呼唤，就再也不能向你挪动一步？我只有停下自己沉重的脚步放眼向你，可我却看不清你的面容，是因为悲恸的泪水模糊了我的视线么？哦，公主，我只看见白云低首，青山肃穆，风儿凝滞，河流呜咽，还有簇拥着你的野花小草默默围成了你的天然花篮。

哦，公主，忧郁的公主，我挣脱了自我的羁绊，怀着泣血的苦心，从千万里之外挣扎着来了，我一步一步地向你靠近、靠近……终于，我看见了小径的尽头，你正背靠东海，面向西域，手执《悲愁歌》的竹简低眉长叹，眺望远方。此刻，我轻抚着你瘦弱的娇躯，哦，一个多么柔弱的女孩啊……可你单薄的肩膀却硬是担起了西汉和平的重担。早在公元前 105 年，作为江都王刘建的女儿、扬州的女儿，你遵从汉武帝的旨意远嫁给西域乌孙的老昆莫王猎骄靡做了右夫人。后来因着老昆莫王年迈，又按当地的风俗转嫁给猎骄靡的孙子岑陬军须靡为妻，生下了女儿少夫。在这段艰难的日子里，你除了克服水土不服的不适与思乡之苦，还要以非凡的毅力与智慧从气势上压倒那位贵为左夫人的匈奴公主，为乌孙和西汉开辟了一个和睦共生的崭新局面，筑成了一道共同抗击匈奴的坚不可摧的屏障，并将这良好的气象一直持续下来。直到公元前 101 年，军须靡遵从你的遗愿，续娶了汉家公主刘解忧，使得乌孙与西汉共同筑就的合作屏障更加牢不可破。

哦，公主，《汉书·西域传》就全文记载了你的《悲愁歌》：“吾家嫁我兮天一方，远托异国兮乌孙王。穹庐为室兮毡为墙，以肉为食兮酪为浆。居常土思兮心内伤，愿为黄鹄兮归故乡。”公主，说你是西汉时期杰出的女诗人，一点也不为过，因为身为叔祖父的汉武帝看到你这首《悲愁歌》时不禁龙颜大悲，不仅派人又送了很多的汉家车马服饰来安抚你，还受你的影响，定期地召集群臣吟诗作赋。你的《悲愁歌》因思念家乡扬州而作，理当属于扬州诗歌，因此，说你是扬州诗歌的先驱者，更当之无愧，因为在你之前，扬州诗坛还没有出现过创作扬州的诗歌作品。

哦，公主，你知道吗，晋人傅玄在《琵琶赋·序》中，曾对琵琶进行了追根溯源。他在序里详细地为你写道：“闻之故老云：‘汉遣乌孙公主，念其行道思慕，使知音者裁琴、筝、筑、箜篌之属，作马上之乐。’观其器，盘圆柄直，阴阳序也；四弦，四时也。以方语目之，故曰琵琶，取易传于外国也。杜挚以为兴秦之末，盖苦长城之役，百姓弦鼗而鼓之。二者各有所据，以意断之，乌孙近焉。”这里的“乌孙”，就是指公主你。再有石崇，在他的《明君词·序》中也说：“昔公主（刘细君）嫁乌孙，令琵琶马上作乐，以慰其道路之思，其送明君（王昭君）亦必尔也。”这里的“昔公主嫁乌孙，令琵琶马上作乐”，指的还是你。还有唐人段安节，在他的《乐府杂录》中明确地说：“琵琶，始自乌孙公主造。”此处的“乌孙公主”，指的也是你。所以说，你是乐器琵琶的首创者，你为我们的中华文明作出了极大的贡献。

哦，公主，谁说你孱弱到只会拨弄琵琶，吟诗呻吟？事实证明：在家难与皇恩相互缠结的环境中成长起来的你，以你感性与理性兼具的双重性格有效地将乌孙从匈奴的盟友中瓦解出来，扼制了匈奴对我华夏的入侵与骚扰。公主，你以坚定不移的信念抚慰了不平的大地与阴柔弄祟的丘壑，直到咽下最后一口气，直到浇灭了当时燃烧在华夏边塞上空的烽火硝烟……十七岁远嫁西域，二十二岁魂消异乡，一个多么短暂的生命，在我们现代人的眼中，这还是一个尚在父母面前撒娇的年龄啊。可就在这个年龄，你已经成为一个民族团结的使者，一个统一的多民族国家形成初期的拓疆者，也是一个早期西部开发的先行者，更是一个陆上丝绸之路初始阶段的践行者。不是吗？你带来的农耕技术、定居理念和“易文化”等都是有力的证明。你的历史功绩，只有后来的唐代文成公主可相提并论。所以，今天我要大声地对你说：公主，你和唐代的文成公主一样，也是我们中华民族精神的展示者和守望者！

哦，公主，今天，你孤独悲愁的目光还在凝视着华夏大地么？你凄楚哀怨的眼神是不是在说：南来北往的天鹅啊，何时我也能像你们一样，可以自由地飞回自己的故乡？是啊，公主，我知道前面的张骞、后面的解忧都回归了故里，只有你还飘零在他乡；我也知道在你我的悲喜之间，任何文字和语言都成了多余的存在，唯有无言的泪水才是你我最默契的交流。今天，就让你积压了两千多年的迷茫、心痛、委屈和情感，全部浓缩成你我心中的一场特大暴雨，再由我替你大声地哭出来吧，就让我的哭声、我的泪雨，代表你飞过天山，洒向扬州，洒遍中国……

哦，公主，今天的阳光，一定是你见到我强忍悲愁的微笑，因为我的到来让你多少感到了一点温暖；今天的阳光，更是我献给你的鲜花和祝福，因为我希望你从此能走出思乡的雾霾，走向你这个年龄应有的幸福与欢乐。阳光啊，请你去温暖公主的每一寸肌肤吧，请你抚平公主心中所有的伤痕，请你吻干公主思乡千年的泪花；阳光，如果有一天，我也变成了特克斯河畔的灵魂化石，也不惧风吹雨打，就请你为我见证：我要陪公主永远地屹立在昔日的乌孙大地，眺望中华……

哦，公主，我知道赤谷城就是红色的山谷，是你的第二故乡。为了找寻红山谷，作为你娘家的亲人，我从千万里之外的扬州赶来，我踏遍青山和绿水，终于在特克斯的山里见到了它。今天，在昭苏安静的夏塔河畔，我终于看到了你离开人间的归宿之地，尽管这里未必是当年安葬你的墓地原址，但我却看到了扬州援疆人那颗牵挂你的心。公主，我也有一颗牵挂你的心，不，是我们所有扬州人，是我们整个华夏民族，都有一颗牵挂你的心。我们不会忘记你，我们也不能忘记你，我们更不敢忘记你……

二

离开墓地，含泪告别了细君公主，我就不再是一个堂·吉诃德式的“女疯子”了，而是变成了一个彻头彻尾的“女木偶”。

在车上，玉素甫江跟沈建国用维吾尔语叽里咕噜地说些什么，我听不懂。接着，沈老师又跟小李说了什么，坐在前面的我也是听不见。只知道汽车开进夏特小镇已是中午两点了。小镇上，我们匆匆吃了一顿简餐后，又匆匆地向着另一个地方赶去。至于要去什么地方、为什么要去那里，我更不清楚。几分钟过后，汽车在一座红白相间的建筑前停了下来，建筑的门柱上挂着好几个竖幅的门牌，其中一个门牌上写着“夏特柯尔克孜民族乡人民政府”，原来是夏特乡政府到了。接着，我就和大家一起走进了传达室，躲避着外面的毒日头，大约是在等一个人，但到底在等谁，我还是不知道……总之，周围的一切，仿佛都不存在了，因为我的脑海里，已经装满了细君公主。

半小时过去了，终于从乡政府那边走过来一个浓眉大眼的维吾尔族小伙子，这时小李才对我说：“朱老师，这是夏特乡党委宣传委员买吾兰，一会儿到夏塔古城就由他开车送我们。”我一听，就糊涂了：“甫江不开啊？”沈老师抢先解释：“甫江要去前面的清真寺做礼拜，就请买吾兰开车送我们。回头时，再到村子里接甫江。”听到这里我才有点清醒：“蒙死了，原来是这样。”坐在车上，我心想：哥几个真要是把我给卖了，我不仅不知道，恐怕还要帮他们数钱吧。

汽车向北开出二十公里，我才看到一片裸着黄土的区域，走到近前，又看到了一个灰白色的门楼，门楼上的字迹已经辨认不清，好在离门楼不远的地方还有一块黑色的大理石石碑，那上面的字迹倒是清晰可辨，上面分别用哈萨克文和汉文书写着“夏塔古城遗址”六个大字，原来，这就是江阿勒克主席昨天在座谈会上声声念叨的夏塔古城了。

作为非考古人员的我，除了看看已不太明显的城墙台基，感觉再无其他看点。于是，我折回到刚才的石碑前，开始仔细辨认，发现在它的反面还有一段古城简介，除了介绍古城的形制与地理环境的内容，还有一段非常重要的说明：“根据新疆地区古城址的特点，结合城内采集琉璃瓦等砖瓦残片等推断，夏塔古城的年代为唐代……”这段说明不是彻底否定了江阿勒克主席所说的夏塔古城就是古代的赤谷城吗？此时我到底该相信谁？毫无疑问，我当然无条件地选择相信落款的“中华人民共和国国务院”和“新疆维吾尔自治区人民政府”。

哦，赤谷城，我真是“万里寻你千百度”啊！可千辛万苦地寻觅到昭苏，夏塔古城却说自己是唐代古城，城墙曾在元朝时被加固，后来就一直沉睡到今天。另外，在这里我也并没有看到红色的山头……既然如此，在夏塔古城逗留已没有多大意义，我们便鸣金收军，又紧锣密鼓地向正南的夏塔古道赶去。

赶了三十公里的路，我们很快就来到夏塔古道的路口，在紧闭的大门外站了好一会儿才听小李说徒步进去太慢，只怕看不到什么东西，开车进去才好。可开车进门需要领导批准，而今天是周末很难找到人。接着，又听他自言自语说里面也没啥可看的……我听了真是一头雾水，一脸茫然。再看看买吾兰委员，也是一声不吭，一脸严肃，似乎早就向我们亮出了“别烦我”的潜台词。当我将目光投向沈老先生时，他却在用眼神询问我：嘿，该怎么办？这时，我真想大喊一声：老天，我可是外地人哎，在你们眼里也许是没有意思的东西，可在我的眼里说不定就会“活”起来。可我终究没有喊出声来，因为我想起了歌德的一句名言：“陶冶我们灵魂的美好感情，存在于尘世间冷漠的激动之中。”我想，说不定他们对我的“美好感情”就存在于这种“冷漠的激动”之中，“严肃”就是这种“冷漠的激动”的特殊表达方式。也对啊，我不能带着狭隘的外来偏见看待这里的人和事物。况且，舍下一处景点，让它成为一个遗憾、一个想头、一个再来的理由，又有什么不好？

今天，就让我在夏塔古道暂时留下一个疑问吧：夏塔古城，你已被国家界定为一座唐代古城，你和古代赤谷城之间还有什么关系？

在返回昭苏县城的路上，本来计划明天再去参观一下波马古城，可看到小李一副备受疾病煎熬的样子，我彻底打消了这个奢侈的念头，毅然对沈老师说："走，接甫江去，今晚，就赶到伊宁！"说完就和新源扬州"援指"的张英明兄弟通话，电话中，我将当下的情况对他作了告白，表示今晚就赶到伊宁，请他帮我在伊犁宾馆订三个标间。

总之，我只想尽快离开，以免将自己宝贵的时间消耗在这无谓的晃荡中。对于难言之隐，人们往往会用"只可意会不可言传"这八字来形容。此时，我终于也体会到了这句话的奥妙之处。

三

从清真寺做完礼拜出来的玉素甫江，两眼有点发直，神情也有点迷离。我心里不由得泛起了嘀咕：咦，怎么啦？我的小兄弟……

甫江的样子，让我想起了自己刚从书屋出来时的模样，就是这种整天钻在作品里的人，在猛一转身"出世"时，显出那副魂不守舍的样子，也是呆呆的，两眼发直，我甚至多次"吃"到别人的车屁股。如此想想，这也没有什么奇怪的。其实，我应该想到，这就是一股强大的精神意志的能量。

想到这里，我不禁有点担忧，开始不断地和甫江说话，好将他的注意力唤回到现实中来好好开车。此时，我若不惊醒他游离的心神，那我们这一车人的小命，还真不知会去往何处。

四

下午六点，我们的车出了昭苏县城，向着伊宁的方向驶去。这时，空中飘起了小雨，沈建国老师见状说，早上听天气预报说今日有大雨。我一听，不禁担心起来，如果真下起大雨，汽车在这又险又弯的山路上可够难开的。

幸运的是，落了半天的小雨并没变成大雨，放眼望去，路面上不干也不湿，正如王维在《渭城曲》中所描写的"渭城朝雨浥轻尘，客舍青青柳色新"的场景。稍有不同的是，溜溜的小雨浥去的不仅是路面的轻尘，还浥去了我心头的轻尘。出了昭苏的我，在优雅小雨的陪伴下，一路轻松愉快地遛着……

七点多，在一个三岔路口，我突然发现了一株形态非常优美的野花，花的颜色很特别，是一种带着紫罗兰底色的粉色，远远看去相当夺目。见状，我不由得惊喜地大喊：停车，停车。

一下车，我就忙不迭地向着那株奇特的野花奔去。只见那娇羞的花瓣真是美到了极致，我怜惜地轻触着它，一任那灵动的水珠从花瓣上滚滚地落下来打湿我的双手，并用满心的爱意，柔声地赞叹着："哇……好美的花哦，又清新，又洁净，又淡雅，更温馨……好奇怪的花哦，为什么只有一株？你看它都快比我高了。沈老师，玉素甫江，你们知道它的名字吗？为什么只有一株？"

"不知道，还真不认识呢。"他俩异口同声地回我。

"不知道，不知道，既然你们不知道，那就让我来告诉你们吧。你看它多像细君公主的气质，它一定就是细君公主变的，从此，它的名字就叫'细君花'吧。"听了他俩的回答，我不满意了，便将自己的主观臆想独断无理地强加给他们。

"好好好，你说是公主变的，就是公主变的，以后，它就叫细君花！"面对我的蛮横，他二人也只有附和。

……

细君花，我感觉它是细君花，它就是细君花；我感觉它是细君公主，它一定就是细君公主！

王维的《渭城曲》最后还有两句："劝君更尽一杯酒，西出阳关无故人"，谁说无人送我出昭苏高地？谁说我走得匆忙、孤单又落魄？你看，独此一株的细君花，不就专程在此送我最后一程吗？！因为，公主是舍不得我走的，她更舍不得我带着委屈离开，所以就幻化成花的形状，专程在这里等着我、安慰我……

细君花啊，公主花，你的芳香，你的美丽，就是我眼中一杯最醉人的酒，就是我心头一朵永远也开不败的花。

细君花啊，我亲爱的公主花，你已经深深地开在了我的心坎里，让我们就此再别一次吧：再见了，我的公主……再见了，我的公主花……

五

谁说人吃一堑就会长一智？普天之下，一定有吃一堑却不长一智的人，而这个人就是我，一个会接二连三被蒙的人。

也不知什么时候，玉素甫江的车拐进了一条岔道；在我眨眼之间，他又拐进了一个村庄……拐来拐去，直将我拐得云山雾罩：“嗨，这是什么地方啊？”沈建国老师大声回答道：“作家，这是特克斯的阔布村，是我的另一个冬窝子。”一听又回到了特克斯，我不由得没好气地问他：“不是去伊宁吗？咋又回到特克斯了？”老先生振振有词地回答：“这不是要陪你到伊宁去吗？我不放心这一院熟透的杏子，就拐了回来，请人把它摘了去卖，也好换点钱用嘛。再说也没绕多远。”

“所以你又把我‘坑蒙拐骗’到特克斯！好啊，既来之则吃之。走，甫江，我们去摘他的杏子。”我一边招呼甫江，一边带头冲进了沈老师的第二个冬窝子。听了我的召唤，甫江也三步并作两步地跟上，兴高采烈地应道：“哦，来了，姐姐。”

一进院门，好家伙，满墙满院的杏子啊！沉甸甸、密麻麻的一片。杏子几乎压弯了所有枝条，每一棵杏树都铆足了劲儿地死扛。定睛细看，它们的颜色还不相同，院子左边的都是黄色的小杏，而右边的却是红色的大杏，它们一个挨着一个，实在招人喜爱，让人垂涎欲滴……

看着这些杏子，刚才被蒙的不快早就云消雾散，我对甫江说：“吃，甫江，多吃点。”甫江也嬉皮笑脸地说：“不急，不急，姐姐，我们慢慢吃他的。”我俩边吃边用眼睛瞟着老先生，希望把他的心吃疼。可人家老先生不仅没有心疼，还告诉我们小黄杏是土杏，口感会更好，还让我们连吃带拿。我的天，这下没辙了，害得我和甫江面面相觑……有打油诗为证：

建国空宅一院杏，

红黄相间两分明。
馋虫引我爬上树，
酸甜满口闹我心。
……

尝过“建国杏”，我又跨进了沈老师的三间冬窝子，进去才知道这里除了一点杂物简直空空荡荡。我问他这座房子是做什么用的，老先生告诉我，他从伊犁州电视台退休后就来到齐勒乌泽克乡，该乡为了他能安心地做好“奇石文化”的义务宣传教育工作，也为了方便他对“汉家公主远嫁乌孙”的历史文化研究，就将他的户口也迁了过来，并将此处的庭院作为宅基地卖给他，不过，他平时并不在这里居住。

这座房子的来龙去脉算是弄清楚了。此时，我看着这位老先生，心里忍不住地羡慕起来，心想：他的努力和付出能得到地方政府如此理解和支持，这是一件多么幸运的事啊！

六

从三间冬窝子出来，沈老先生领着我们又来到冬窝子后面的一户邻居家，在门口，他就与这家一位年长的妇女叽里咕噜地聊上了。

与沈老师聊天的大妈，有着一副俄罗斯女性生过孩子后的发福身材，头上扎着一帕蓝底本色花的素净方巾，身上穿着一条黑底白波点的短袖连衣裙，脚上穿着黑色短袜，双脚就套在一双红色的旧塑料拖鞋里。

他们的聊天，玉素甫江好像也听得明白，我见他也时不时地点头插话。原来他们聊的是维吾尔语，这户人家应该是维吾尔族。老实说，一路走来，我感受了不少哈萨克民族的生活习俗，却没有领略过维吾尔民族的风情，没想到今天经老先生这么一绕，竟把一个了解维吾尔民族的机会给绕来了。于是，我迫不及待地走进了人家的院子，一边往里走，一边催促沈老师：“老先生，你和他们叽里咕噜地聊半天了，都在说什么呢？你倒是抓紧时间办正事啊。”

“正在办啊，这不是在聊着呢吗？”

“哦，这是个维吾尔族家庭吧？”

“是的，你可以参观他们的庭院，了解他们的生活。”

“哈哈……那敢情好！”

……

我一听就乐了，眼睛趁此机会赶紧“扫描”起来。这户维吾尔族家庭的院子看上去有六百平方米，院子的大门朝南，以院子的中心为分界线，可分为东西两边，下面，我就来说说这家的院子。

院子的东侧约占全院面积的三分之二。沿着东院的院墙，搭有几间封闭或半封闭的柴房。而北侧的柴房，则用来安置家禽牲畜使用，此时，栏内有一头老黄牛正屁股朝外，在慢条斯理地嚼着干草；东边的柴房，用来摆放农机具等生产资料；南边的柴房里，正停着一台大拖斗的拖拉机。总之，一切都收拾得井井有条，没有半点凌乱。院子的地坪由夯实的泥土做成，整个地面干净得油黑发亮，让人绝对看不到一丁点的垃圾物品。

院子的西侧约占全院面积的三分之一，是主人起居生活的地方。靠大门的位置有一个二十平方米的小花台，花台中长着几棵清秀的小树，小树的下面有各种各样的小花，小花开得煞是热烈。在小花台的西北角有一口甜水井，井沿上搁着一个提水用的小桶，还有盛水用的塑料盆等用具。这些物件与小花台相依相偎，形成了院中一道明亮的风景，好像天上一座精致的大盆景，一不小心跌进了维吾尔族大妈的庭院。

院子的西北是三间正屋，以白柱、红墙、蓝瓦为主体结构，两边的山墙则是浅暖的驼色，整座房屋的外观整洁、养眼又耐看。我踏上屋前的台阶，穿过屋子的外走廊，隔着窗户向东侧的主卧看去，发现他们的炕和哈萨克的毡炕一样，上上下下铺满了花毯。在临窗的位置，还整整齐齐地摆放着一对帽子，上面虽然蒙了一层薄薄的轻纱，但并未遮蔽它们的精致与崭新的状态。说到帽子，维吾尔族的帽子和哈萨克族的帽子又有所不同，猛然看去，你会觉得它们长得都是一个模样，但细看就会发现它们的不同了。这一对维吾尔族的帽子上翘着好看的棱角，显得既立体又有型，而哈萨克族的帽子却不会长出棱角来。这两个民族帽子上的花色也是不同的，哈萨克族的帽子上经常可见一根漂亮的羽毛，但在维吾尔族帽子上你就看不到羽毛了。

说到帽子就扯远了，现在言归正传，让我们再去他们的堂屋看一看。眼前这家堂屋中的布置和哈萨克堂屋中的布置都差不多，他们都喜欢在屋中间放上一张长方形的桌子，上面摆满了各式各样的吃食，远远看去非常诱人，只是毡炕花毯的花色和哈萨克的风格不同，而西边的次卧和主卧的布置基本是大同小异。

院子的西南有两间西厢房，南面的一间也是卧室，和正屋的卧室差别不大。北面的一间是透空的厨房，迎面的上部分还挂着一条铁锈红蕾丝花边的布帘子。厨房里面的左侧有一座贴着白瓷砖的灶台，灶台的右侧立着一台冰箱，灶台的外口有一个不高不矮的碗橱，碗橱的旁边有一个大红的塑料水桶，而水勺子和围裙就挂在水桶上方的门柱上。

总之，主人家将整个院落都收拾得一尘不染，屋里屋外清爽得让人难以置信。对于我今天的突然到来，主人家可是事先一点预告都没有，可见他们平时就这么爱干净，就像随时准备着客人的拜访一样。或许，他们和哈萨克牧民的生活习俗一样，邻里之间也是每天相互造访。

就在我边看边想的时候，一个年轻的男子从外面进来，沈老师和他叽里咕噜地说着什么，那男子听得连连点头。不用说，又在商量卖杏子的事了。我也向那男子走去，沈老师告诉我，男主人叫塔西买买提，沈老师就是请他来看守这杏园子的。

我握着塔西买买提的手，认真地说，既然认识了，那就来一张合影吧。于是在这家厨房的门口，我和塔西买买提夫妇及三个可爱的孩子留下了一张珍贵的照片，以此来作为永久的存念。

七

天空中，蒙蒙小雨又调皮地出动了，它们时而漫天起舞，时而又天淡云黄，西沉的太阳也是时而露头，时而隐身退去。

我们从阔布村守园人塔西买买提家出来，已是晚上八点二十。玉素甫江的小车载着我和沈建国老师，开在西去伊宁的路上，开在一座座红色的山谷之间，愣是飕飕地开出了风声，因为再过两个小时，天就要全黑了。

九点左右，汽车爬上了一座山的半山腰，沈老师指着路边一座小房子提醒甫江去加油，甫江便将车开了进去。借此机会，我也下车活动活动，我一边伸伸胳膊踢踢腿，一边东张西望地找厕所。在加油站的边上，我真发现了一个厕所。于是一头就往里钻，结果是不钻则已，一钻则惊，厕所内的雷人布局，简直要将我吓个半死。这座上不封顶的厕所里，地面由两块水泥板铺成，水泥板的中间留着足足有一尺宽的缝，从缝隙往下看去倒没见到什么肮脏的粪便和瘆人的蛆虫，可一尺宽的距离，像我这种“尺寸”的身量，假如一脚踏翻了，掉进去绝对绰绰有余。当我继续向下细看时，我的三魂被惊飞了两魂半——这厕所的下面，竟是一眼看不到底的深渊啊！就这还不算完，那用来踏脚的水泥板有三分之一与地面的石头浇筑在一起，而另三分之二就悬在半空，而水泥板的四周，只圈了一层纤维板……这就算是厕所了，而且还是一个“高空厕所”！此时此刻，我真被这座“高空厕所”吓得连嘴都合不拢了。假如水泥板突然断裂，又假如我一脚踩空……真的，我不能想象，也不敢想象了。

我逃亡似的离开了“高空厕所”，三步并作两步地爬回了车厢，沈老师见我这副失魂落魄的样子，诧异地问我怎么了。我一边捂着胸口气喘吁吁，一边惊魂未定地指指“高空厕所”。老先生一下子就明白过来了，只听他又亮开维吾尔族的“金属嗓门”大笑起来。我瞪了老先生一眼，又回头偷偷看了一眼“高空厕所”，当下还心有余悸。好在我们再次上路，滚滚的车轮将“高空厕所”甩得越来越远，我的心才慢慢地淡定下来。

一路上，仍是微微落雨，恰掩轻尘，但是，黑暗已轻袭路面，道路也渐行渐难。玉素甫江告诉我还有半小时就到伊宁了。可就在这时，天空突然被一阵乌云遮满，没有路灯的路面上，顿时漆黑一片。有人说，黑色是一种神秘的美，但在如此漆黑的路上行驶，我断然是没有心思去琢磨和欣赏的，只觉得老天的脸变得也太快了，就像那窑变的瓷器一样，只要稍不留神就会发生不可预测的变化，从而生成一种不受规则控制的惊人之美，而不管你此刻愿不愿意接受，它都会突然地出现在你的面前，其转换速度甚至会快到让人一时难以招架。

就在天空黑到令人沮丧的时刻，一个奇迹出现了，就在我们前面的地平线上，天空突然地睁开了“眼睛”。在一块巨大的云洞里，那个被西山炒得熟透的太阳就像一枚金色的蛋黄，深藏在乌云的“眼眶”里，正眨巴着鲜亮鲜亮的眼睛，向我们射来万道金光……这一幕奇特的景象，让我们全车的人都看呆了。这时，我突然反应过来，我一边激动得语无伦次，一边用手抖抖索索地打开了镜头：“啊，公主，是公主，是公主的眼睛！你们看，是公主在为我们引路。拍，快拍……不，不……还是摄像好。”

“太像眼睛了，姐姐，拍了传给我啊！”玉素甫江也激动得叫了起来。

“当然。趁亮光，快开！”我一边拍，一边提醒甫江。

“哦，遵命。我的姐！”甫江高兴地应着，此时，他早已恢复了从新源出发时的精神状态……

是的，当我检查摄像效果发现画面模糊时赶紧改为拍摄，果然效果好多了。沈老师看了照片，也兴奋地说：“还是照片清楚。你看啊，这一路上，接二连三的，神奇的事件还真不少，都让你给碰上了，这不信都不行呢……看来，细君公主真的在保佑她的娘家人呐！”看到沈老师一副“酸酸”的嘴脸，我赶紧安慰他说：“别啊，一车的好人，公主哪能只保佑我一个人呢？她是在保佑我们大家呢。喏，特别是您这位老同志，为我们汉家公主吃了那么多的辛苦，应该说是我在沾您的光啊。”

谈笑间，我的眼前又浮现出墓地上细君公主的塑像，仿佛在千百年前，我们就有过谈笑风生，就熟悉了彼此的音容笑貌。今天的默契，只是为了履行一个远古的契约。而眼前的太阳，就是公主不舍我离去的目光，也是一面由她化作的历史明镜，在无私地照亮我未来的方向……是公主让我看清了一条自己要走的路，一条她走过的路，一条古老的丝绸之路。如今，在这条路上已经没有了昔日的忧患灾难，大漠风沙，有的只是牛羊满坡，瓜果飘香。这条路，是一条继往开来的大路，沿着这条路的方向，我们的路会越走越宽越长……

哦，公主，你的光芒一直陪我走进了伊宁街头的灯光。从此，我也要陪你化作这里的山山水水，化作一轮东升的太阳，去孕育、滋润和照亮新的生命，让自然万物之灵世世美好，生生不息……哦，公主，我要陪你一起去经受千古风雨的洗礼，将我们汉家与乌孙后世的和平与友爱世世代代传播下去……

傲然屹立的324号界碑

（7月25日，星期六，雷阵雨，30℃）

一

揉着惺忪的睡眼，我走出了伊犁宾馆的三号楼大门，让我眼前一亮的是一个湿淋淋的清晨，一个躺在雨水里的清晨。雨后的森林，散发着一阵阵松林的清香，水润葱绿的大地顿时唤醒了我还在沉睡的大脑，眼前的一切都在告诉着我，这又是一个惬意的早晨。

霍尔果斯，这座新型的边塞城市，是在去年（2014年）成立的，霍尔果斯在蒙古语中是“水草丰美的地方”的意思。它的对面，就是哈萨克斯坦了。现在，玉素甫江的车带着我和沈建国老师，正向着这个国家级口岸风驰电掣般地驶去。

从伊宁到霍尔果斯，八十公里的路，我们用了一个半小时。当我们穿过城市的中心，来到坐落在最西边的中哈霍尔果斯国际边境合作中心签证处时，这里已经人山人海。在入境处，我们经过了荷枪实弹的边防检查站战士的严格搜查，在霍尔果斯市政府办公室工作人员董牧的“特权”协助下，我们连人带车一起驶进了中哈合作中心。

沿着中哈两国用铁丝网拉起的边境线，我们行驶在中哈合作中心宽阔的大道上。街道的两旁，已经有不少中哈两国的商贾云集于此，开始正式营业了。总体看去，中方商品的阵容要强大一些，比如中哈霍尔果斯义乌国际商贸城、中国霍尔果斯光辉名品店、光辉香港国际免税有限公司等，都给我留下了难忘的印象，特别是义乌的小商品，印象尤为深刻。而哈方展示的商品有糕点、乳酪、熟茶、烟酒、巧克力等，也给我留下了很深的记忆，其中最吸引我的是一座哈萨克超市。这座超市设在毡房里，紧贴着两国边境线上的铁丝网，毡房的面积不仅超大，做工也相当精致。毡房的房顶被一块纯净的白毡子蒙着，毡房的墙壁由一扇扇浅灰色的木窗拼接而成。而毡房的里面，就更加考究了，房顶上蒙着深粉蓝的布帘，从毡房顶口向四周又拉出了好几条白纱。毡房的内墙上，也蒙着一层薄薄的白纱。总之，超市的里里外外被主人布置得既朦胧又明亮，充满了一股浪漫纯净的异域风情，使我的购买欲大为高涨。徜徉在琳琅满目、新颖繁多的商品之中，我遭受到强烈的诱惑。尽管一旁的甫江怀揣着从张·克里木手中接过的“钱包”，一个劲儿地鼓励我买买买，可最终结账时，我还是理性地放回了大部分商品，只留下了两条香烟、两盒饼干、一盒苦咖啡和一罐熟茶，日后可用来一解我对草原的相思之苦。

出了哈萨克的白毡房超市，我抚摸着超市旁的一排小山羊模型，向着哈萨克斯坦那边瞭望，只见那边的民舍明显地有点简陋，整个环境也有些荒凉。一路上，具有军人气质的董牧不停地向我介绍，中哈合作中心是由中哈两国领导人在 2003 年达成的一个重要合作项目，也是我国与其他国家建立的首个跨境边境合作区。目前，该区总面积有 5.6 平方公里，其中中方区域占 3.43 平方公里，哈方区域有 2.17 平方公里，于 2012 年 4 月就开始了正式的封关运营。

听着董牧的介绍，我们不知不觉中回到了来时经过的两鼎之处，董牧补充说，这两只鼎是中哈两国合作中心连接处的象征，高 18.81 米，寓意此处的对外通商时间从 1881 年开始。董牧侃侃而谈的过程中，火红的日头也喜气洋洋地爬上了蓝天的正中，亲切地照着两鼎上中哈两国的国徽及两旁的精致浮雕。置身此情此景中，我不由得为中哈两国间如此伟大的合作而感到欣慰，也衷心地祝愿两国的友谊世世代代、源远流长。

在中国“一带一路”倡议的引领下，在祖国的边疆，我确实看到了中哈两国率先开展的自由通关贸易的深远意义和光明前景。

二

出了中哈霍尔果斯国际边境合作中心，在董牧的提议下，我们又去参观了中国西部国门的象征——324 号界碑。

董牧为向导，我们在中国检验检疫消毒通道的入境处再次作了消毒处理，并连人带车顺利通过了边防检查站，直接进入了霍尔果斯口岸——中方 324 号界碑处。

据沿途橱窗的原文资料显示，作为西部国门象征的 324 号界碑，是伊犁州边界 92 块界碑中唯一的特大型界碑，碑身高 144 厘米，宽 50 厘米，厚 18 厘米；碑座由两个台阶构成，每层高 28 厘米，长 210 厘米，宽 129 厘米；碑身用大理石材料制成，石面镌刻有中华人民共和国国徽图案和“324（1）”与“1997”的字样。这块界碑的竖立标志着中哈边界线勘定工作的最终完成，1997 年 8 月 24 日立碑时，这里举行了隆重的揭牌仪式。

我站在 324 号界碑旁向西望去，只见对岸的哈萨克斯坦国旗正在空中迎风飘扬。一条南北向的霍尔果斯河将中哈两国分开，而河上的一座小桥，又将两国紧紧地联系在一起……

与 324 号界碑比肩而立的，是 312 国道后的一块里程碑，霍尔果斯口岸是 312 国道的终点，也是 4818 公里的截止点。这块里程碑此刻正静静地立在霍尔果斯河岸边，仿佛在闭目养神。据沿途橱窗的原文资料介绍，欧亚大陆桥从连云港出发至荷兰阿姆斯特丹，全长 10800 公里，312 国道横贯中国大陆东、中、西部，是中国建设的最长的横向快速陆上交通通道，到霍尔果斯口岸与哈萨克斯坦交界处的最后一块里程碑是 4818 公里。它是国内段的终结，也是去阿姆斯特丹的起始地，连接着中哈两国，并接哈萨克斯坦 A353 公路，是中国交通大动脉、经济大动脉和战略运输线。霍尔果斯口岸是国际大通道的陆地枢纽港，也是欧亚大陆桥的桥头堡。

看着两碑旁边蓝白相间的栏杆及铁丝网，我的灵魂突然有了一种被束缚的感觉，转而想起卢梭的一句名言：“人生而自由，却无往不在枷锁之中。”它的出现，使我的灵魂获得了无限释放，或许，正是因为有了这种被束缚的感觉，才有了我今天的最大自由。

站在炎炎烈日下，我凝视着傲然屹立的324号界碑，心中不由得生起了一股庄严而又神圣的感情！两行滚烫的热泪沿着我的面颊沉沉地滴进了我脚下的这片热土，哦，界碑，我心中的祖国，我心里的家。哦，界碑，你是每个华夏游子心中的根，心中的真正归宿。今天，请让我用心去拥抱你吧，再用心向你高喊一声：我爱你……我的祖国……我的家……

携满神圣感而归

（7 月 26 日，星期日，晴，31℃）

晨曦中的鸟儿又叽叽喳喳地将我唤醒，当我习惯性地推开窗户，湛蓝的天空下早已万物生辉。

站在窗前，深深地呼吸着清新的空气，门外急急地响起了咚咚咚的敲门声，我开门一看，原来是沈建国老师。他手上捧着一个笔记本，笑眯眯地走了进来，我问老先生："您一早有何贵干啊？"他说："昨天在昭苏，你不是亲眼看到夏塔古城的石碑上写着'夏塔古城的年代为唐代'了吗？所以，我想请你写下来，再签上名，以后也好请你一起来见证：古代赤谷城不是在昭苏的夏塔古城，而是在我们的特克斯境内。"我一听，不由得乐了，早上时间这么紧张，他还盯着我写这个，也真是服了他。可是，我又怎能拂去老先生对家乡如此热爱的赤子之心？我只好应他的要求匆匆写下了几行所谓的证明，也算是对他的一个交代。没想到老先生竟然如获至宝，小心翼翼地捧起日记本，欢天喜地地回房间去了。

老先生走后，我赶紧收拾好行李，匆匆忙忙地向伊宁机场赶去。在机场门口，我看着陪了我一周的沈建国和玉素甫江这两位民族"战友"，一种不忍离去的情感油然而生。我不停地向他们挥手告别，在这短短一周的时间里，我对他们已经生出了太多的情意和谢意，而此时此刻，这种情意和谢意都化作了我头顶上一束明媚的阳光，它们被永远地珍藏在了今天的这一场告别里。

在候机大厅里，那些曾与我一起生活过、一起工作过，或有过短暂交集的朋友，幻化成一张张鲜活的面容又从我的脑海里走了出来，久久挥之不去，阿尔善村的木尔阿力、阿玛卓利、阿莱、小欢喜、艾玛儿、阿斯哈提、阿依努尔、孔巴合提等。阔克英村的小叶拉萨、古丽巴、艾登江、叶尔波森、阿帕等。伊宁的刘军、李钰、李青梅、叶尔江·马合甫什、屈寒青、曹力、刘格华等。新源的张金领、张·克里木、玉素甫江等。特克斯的沈建国、黄江勇、我们扬州的援疆人……都给我留下了深刻的印象。或许，他们并不一定完美，可他们曾经展示给我的，一定是最真实、最自然和最淳朴的一面，而我也欣然地接受与储存了他们的精神风貌。我相信：和平美好的生活，在这些善良和智慧的人们的努力下，一定会得到最好的传承和延续！

飞向天空，再一次俯瞰着这片流着奶蜜的大地，我终于幡然领悟，特洛伊之战，因为美女海伦而爆发，而西汉与匈奴的战事却是因着大汉公主刘细君而慢慢平息。同样是美女，引发的结果却天壤之别。没错，海伦的出现，只是让每个人记住了那一场血淋淋的战争，而细君公主的故事，却给爱好和平的人们留下了美好的回忆和怀念……

“漫步”天空，我终于明白，我们的细君公主早已经走出了红红的山谷，化身为天山脚下那草原的风、草原的雨、草原的鲜花和日出、草原的山川和明月……是的，我们的细君公主，早已融进了哈萨克民族的血脉里，留在了他们的心窝里……

一月苦旅，落下帷幕，从我爱自己的家乡扬州开始，到爱上天山、边疆和祖国而结束。在此期间，我的灵魂历经了一场两千多年的穿越，最后终于甩脱了陈旧的皮囊，轻松地迎来了新生的阳光。这是一次治疗，还是一场洗礼？总之，我的灵魂已经彻底地苏醒与饱满。

再见了，水草鲜美、浪漫多情的伊犁河谷；再见了，热情好客、勤劳善良的各民族朋友！今天，请允我小诗赠别：

一路草原一路景，
满地诗画满地情。
千年风雨谈笑在，
日出鲜花留我声。

是啊，忘不掉的，是你们的深情厚谊；谢不尽的，是你们让我因着“神秘感”而来，却携满“神圣感”而归。

亲爱的伊犁河谷……再见！亲爱的各民族朋友……再见！

尾声

连续几日，饱睡晨昏，除了酣眠，就是酣眠……家的感觉，真好啊……可每次醒来，为何我的眼角总是噙满令人酸痛的泪花？

回顾三十天的行程，十二处的栖息地，每日六小时的休眠，七颠八倒的餐饮，糊里糊涂的云和月啊……今天，我总算是安逸地躺在了家中，可我的心，却依然躺在伊犁河谷。因为，那里的山水树木花草，那里的风土人情世故，那里一切的一切，都给我留下了太多的不舍……除了这些不舍，我的心中还隐藏着一个深深的剧痛，就是这个痛，将我的心牢牢地拴在了天山脚下……哦，到底是什么？她就是我们的江都公主刘细君，是她魂牵梦绕着我的心……

这一次，我能安然无恙地回到家，应该说得益于各路朋友的照拂，是公主的庇护，是上苍的眷顾，是奇迹……对从小就有过“七死八活”经历的我而言，如今，就更加有理由珍惜这继续活着的机会，并担负起一份冥冥中的责任和使命。

扬州，我的根，我亲爱的家乡，一个浪迹天涯的游子，终于回到了您温暖的怀抱。而您另一个不幸的女儿，却还在天山，还在那两千年前的西域，对我不断地发出远古的呼唤……哦，是细君公主！作为一位为中华民族作出过巨大历史贡献的扬州女儿，我们又怎能只将她浅浅地记住。我们理应为她建造一个独立的纪念馆，或者一个独立的文化广场，好让后人带上一颗无比敬畏的心去尊崇她、景仰她、怀念她，去牢牢地记住她。

哦，公主，请原谅我这次没能将你“带”回家。为此，我正在努力，我正在努力为你铺起一条回家的路，相信你真正回家省亲的日子，一定不会再遥远……

后　记

本书在创作过程中，有幸得到许多师友的大力支持和无私帮助，特此致以诚挚的谢意。

其中，李坦教授不嫌烦琐，为我查阅相关文献资料并进行指点；杨明荣先生（回族）为给本书把关，在民俗宗教文化方面提供了不少权威建议；在书稿校对方面，栾碧军先生付出了不少辛劳；还有朱正海先生在研读书稿后给予悉心指导，敬文东先生在通读书稿后提供了宝贵意见。同时，本书也得到了著名书法家张传亭先生的封面题书、我先生陈金富的扉页题书、摄影师刘灵波先生的图片支持。另外，本书还得到了洪锦华、洪军、孟德和三位先生的关心和支持。最后，我要特别感谢著名文学评论家、中国作协党组成员、书记处书记吴义勤先生，对本书的创作和出版给予的关心和指导；更要特别感谢本书责编向萍女士，对本书进行了深入细致的打磨与把关。

正因为有了以上诸位的帮助，《伊犁日志》才能够顺利成书。对于诸君的各种关心、帮助和支持，再次表示我最衷心的感谢！

附录

书中人物一览

（按出场顺序）

小　宋：扬州市政协办公室车队。

张英明：扬州市第八批对口支援新源县前方指挥组办公室主任、财审处处长。

周　际：扬州市第八批对口支援新源县前方指挥组重大项目办主任。

蒋元峰：扬州市第八批对口支援新源县前方指挥组组长、新源县委副书记。

沈　彬：扬州市第八批对口支援新源县前方指挥组产业招商处处长。

哈拉力：伊犁州新源县出租车司机，哈萨克族。

环志中：扬州市第八批对口支援新源县前方指挥组规划建设处主任。

张金领：伊犁州新源县文学艺术界联合会主席。

木拉提江：伊犁州新源县委宣传部，哈萨克族。

冯金坡：伊犁州新源县文广局干部。

扎　娜：女，伊犁州新源县阿肯艺人、州级“黑走马”舞传承人，哈萨克族。

张・克里木：伊犁州新源县文广局非遗中心副主任，又名张学军，回族。2017 年 10 月 2 日突发疾病去世。

姚军仪：伊犁肖尔布拉克酒业有限责任公司副总经理。

孔巴合提：伊犁州新源县那拉提镇政府副镇长，哈萨克族。

路人李：新源县人，曾在扬州江都油田实习一年，孔巴合提副镇长的熟人。

塞尔江：伊犁州新源县那拉提镇阿尔善村夏牧场牧民，孔巴合提之弟，作者男房东，哈萨克族。

阿依努尔：女，塞尔江之妻，作者女房东，哈萨克族。

阿玛卓利：塞尔江表弟，十五岁，哈萨克族。

木尔阿力：塞尔江夫妇之子，十岁，哈萨克族。

阿　莱：女，塞尔江右邻居，全名阿拉依·特列巴勒得，二十岁，在江苏盐城就读，哈萨克族。

小欢喜：阿莱之弟，全名胡安尼西·特列巴勒得，十三岁，哈萨克族。

巴依尔：伊犁州新源县那拉提镇派出所民警，蒙古族。

努尔特力克：伊犁州新源县那拉提镇派出所民警，哈萨克族。

草原小公主：女，塞尔江左邻居，红衣女孩，三岁左右，哈萨克族。

陈南青：美国田纳西大学化学系有机化学在读博士，二十五岁，作者之子。

热扎拜：塞尔江右邻居，阿莱与小欢喜的父亲，哈萨克族。

两位小精灵：塞尔江南邻居，小男孩，一个三岁左右，一个五岁左右，哈萨克族。

小妹妹：阿尔善村夏牧场小足球场，一位卖酸奶疙瘩的小女孩，哈萨克族。

阿斯哈提：孔巴合提之子，高中生，十九岁，哈萨克族。

艾玛儿：孔巴合提之女，十三岁，哈萨克族。

崔玉玲：女，伊犁州新源县财政监督局局长。

付松林：新疆中汇鑫源投资控股有限责任公司负责人。

塔力哈提：伊犁州新源县委宣传部工作人员，哈拉力的堂兄，哈萨克族。

塞力克：伊犁州新源县县委常委、宣传部部长，哈萨克族。

小伙子：新源县芳香那拉提广场路边店老板。

德勒木拉提：新源县芳香那拉提广场路边店烧烤师傅，三个孩子之父，维吾尔族。

援疆十三人：施元、李汉军、鲍玲、李福龙、裘龙玉、刘曦、何平、黄永生、吉勇、牛锋、刘素琴、谭兴文及卜鸣。

孙宏春：扬州市第八批对口支援新源县前方指挥组食堂掌勺师傅。

刘　军：伊犁州民政局局长，伊犁著名诗人。

李　钰：女，伊犁州文学艺术界联合会副主席，布依族。

甑敬庭：伊犁州文学艺术界联合会党组书记。

徐　斌：女，伊犁州档案局局长。

屈寒青：女，伊犁州银监局办公室主任。

曹　力：女，法制日报驻新疆记者站主任。

宋晋安：新疆天正建设公司伊犁分公司总经理。

刘格华：女，伊犁州奎屯市政府宾馆管理人员，伊犁著名音乐人王理人之妻。于 2020 年 9 月病逝。

白皙女子：屈寒青朋友，锡伯族大营的儿媳妇，土家族。

小锡伯：白皙女子之女，三岁，锡伯族。

李青梅：女，伊犁州歌舞团副团长、党组书记，又名李吉·布音其木格，蒙古族。

官先锋：清华大学美术学院，在新疆采风的山水画家。

叶尔江：新疆艺术剧院导演、著名演员，全名叶尔江·马合甫什，哈萨克族。

谢晓宁：新疆霍城县瑞信小额贷款有限公司工作人员，霍城诗人。

沈建国：伊犁州电视台退休编导，特克斯县汉家公主西嫁乌孙历史文化研究的地方文史专家。

苏全治：伊犁州煤炭工业管理局在新源县则克台镇挂职镇党委副书记。

陈玉龙：女，伊犁州新源县则克台镇水电站站长。

刘　凯：伊犁州新源县则克台镇城管处工作人员。

布拉提：伊犁州新源县则克台镇阔克英村治保主任，哈萨克族。

阿尔达克：女，伊犁州新源县则克台镇阔克英村党建干事，哈萨克族。
古丽巴：女，新源县阔克英村夏牧场牧民，作者女房东，哈萨克族。
小叶拉萨：古丽巴之子，三岁，哈萨克族。
叶尔波森：古丽巴之夫，小叶拉萨父亲，作者男房东，哈萨克族。
艾登江：古丽巴邻居，四十多岁，哈萨克族。
阿哈弥儿：艾登江之女，二岁，实为艾登江孙女，哈萨克族。
别克波力：古丽巴邻居，三十八岁，哈萨克族。
沙吾列别克：古丽巴邻居，哈萨克族。
昂沙尔：女，沙吾列别克之妻，两个幼儿之母，哈萨克族。
努尔哈提：叶尔波森堂叔，住叶尔波森家后山，剪羊毛的牧民，哈萨克族。
堂　婶：女，努尔哈提之妻，叶尔波森堂婶，三十五岁，哈萨克族。
绕　先：女，叶尔波森小妹，哈萨克族。
江达列提：绕先之夫，叶尔波森小妹夫，哈萨克族。
牵马少年：阔克英村夏牧场上一位少年骑手，哈萨克族。
阿德勒拜依：阔克英村夏牧场上一位老年骑手，六十六岁，哈萨克族。
努尔扎提：女，古丽巴邻居、叶尔波森堂姐、双语学校汉语老师，哈萨克族。
吾热克尼：叶尔波森山下的朋友，十三岁，柯尔克孜族。
阿　帕：女，古丽巴婆母，小叶拉萨祖母，哈萨克族。
娜孜古丽：女，伊犁州民族语言文字工作委员会副主任，哈萨克族。
古丽努尔：女，伊犁州民族语言文字工作委员会工作人员，哈萨克族。
加尔肯：新疆维吾尔自治区民族语言文字工作委员会（翻译局）副主任，全名加尔肯·阿不力孜，哈萨克族。
逯新华：新疆维吾尔自治区民族语言文字工作委员会（翻译局）党组书记、副主任。
玉素甫江：新源县个体经营者，驾驶员，男，二十七岁，维吾尔族。
黄江勇：伊犁州特克斯县文物管理局局长。

杜殿卿：原伊犁州特克斯县史志办主任。特克斯《周易》学会会长、伊犁州书协副主席、中国书法家协会会员。2015 年 7 月 22 日突发疾病去世。

艾山吐尔：伊犁州特克斯县文物管理局办公室主任，哈萨克族。

小　李：伊犁州昭苏县文化局工作人员。

董　晔：女，伊犁州昭苏县文学艺术界联合会主席。

江阿勒克：伊犁州昭苏县政协副主席，全名江阿勒克·努尔塔扎，哈萨克族。

波拉提江：伊犁州昭苏县效能办副主任，全名波拉提江·毛勒多斯盼，哈萨克族。

白天明：伊犁州昭苏县旅游公司经理。

莱扎提：女，伊犁州昭苏县喀夏加尔镇政府工作人员，兼哈萨克民俗文化馆讲解员，哈萨克族。

塔西买买提：伊犁州特克斯县齐勒乌泽克乡阔布村村民，沈建国杏园的守园人，维吾尔族。

维吾尔族大妈：女，塔西买买提之母，维吾尔族。

董　牧：伊犁州霍尔果斯市市政府办公室工作人员。

相关人员简介

李　坦：扬州师院中文系原副主任、副教授，扬州文化研究所原所长、国家首批博导任中敏教授博士生指导小组副组长。主编《扬州历代诗词》，著有《扬州历代名贤录》等著作。

朱正海：扬州市政府原副秘书长、扬州市建设局原局长、扬州市第六届政协副主席，系作者中学老师。主编《盐商与扬州》《扬州历史文化丛书》等多部著作，诗集《蓦然白首》在创。2021年5月18日10∶30在上海不幸逝世，享年70岁。

杨明荣：扬州市邗江区原区长、扬州市政府原秘书长、扬州市第七届政协常务副主席，回族。著有随笔散文集《一草一木也有点意思》。

栾碧军：扬州市《江都日报》副刊编辑，民革扬州市江都区支部副主委。扬州著名媒体人、随笔作家。著有随笔集《川上屑谈》、散文合集《七弦集》等。

敬文东：学者，著名文学批评家，现为中央民族大学文学与新闻传播学院教授，主要有学术著作《牲人盈天下》等数十部作品。

洪锦华：中共扬州市委原副书记、江苏第五批对口支援伊犁州前方指挥部总领队、伊犁哈萨克自治州党委原副书记、扬州市第七届政协主席。著有散文集《明月寄天山》。

洪　军：中共扬州市委原副书记、市纪委原书记、扬州市人大常委会原常务副主任。主编《历代帝王咏扬州》等多部著作，著有随笔散文集《岁月留痕》等。

孟德和：江苏省扬州市第十批对口支援新源县前方指挥组组长、新源县委副书记。

张传亭：中华诗词学会会员，安徽省书协会员，阜阳市诗词学会和市书协名誉主席，北京启功书画研究会顾问。回忆其恩师启功先生的十篇文章，2014年在《中国文物报》连载。

刘灵波：特克斯县未成年思想道德建设办公室主任、特克斯县摄影家协会主席

陈金富：中共扬州市委市级机关工委精神文明办主任，别名陈风云，为本书扉页题书。曾参与作者诗文集《万花秋月》第六编的全诗书法创作，系作者先生。

参考书目

1.《万里和亲第一人》，李坦撰，中国思想政治工作年鉴编撰委员会编《中国领导干部论坛》，中共中央党校出版社 2010 年版。

2.《明月寄天山》，洪锦华著，广陵书社 2012 年版。

3.《世界文学·小说、理性、逻辑及其他》，敬文东撰，世界文学杂志社编《世界文学》2012 年第 1 期。

4.《〈时间简史〉导读》，霍华德·里奇著，郑志丰译，湖南科学技术出版社 2006 年版。

5.《庄子集解》，清·王先谦著，国学整理社辑编《诸子集成》本，中华书局 1986 年 5 月第五次重印版。

5.《历史文化名城——特克斯“八卦城”》，邱建玉撰，中国人民政治协商会议伊犁哈萨克自治州委员会编《伊犁文史资料》(第 27 辑)，文史资料委员会 2010 年 1 月。

6.《八卦城神秘的齐勒乌泽克乡》，沈建国、沈萍萍撰，《伊犁地方志》编纂委员会，《伊犁地方志》2013 年第 1 期。

7.《哈萨克民俗文化》，阿斯力汗·巴根著，新疆美术摄影出版社 2004 年版。

8.《汉书》，汉·班固撰，唐·颜师古注，中华书局 1999 年 2 月重印版。

9.《礼记正义》63 卷，清·阮元重刻《十三经注疏》本，中华书局 1979 年 11 月重印版。

10.《周易正义》10 卷，清·阮元重刻《十三经注疏》本，中华书局 1979 年 11 月重印版。

11.《天山游记》，彼·彼·谢苗诺夫（俄）著，李步月译，新疆人民出版社 1989 年版。
12.《西域历史地理》，苏北海著，新疆大学出版社 1988 年版。
13.《新疆历史名人·汉西域诸国图》，刘长明著，新疆大学出版社 2005 年版。
14.《乌孙研究》，王明哲、王炳华著，新疆人民出版社 1983 年版。
15.《塔里木盆地考古记》，黄文弼著，线装书局 2009 年版。
16.《穆天子传》，晋·郭璞注，中华书局 1983 年《丛书集成初编》重印版。
17.《山海经》，晋·郭璞注，中华书局 1983 年《丛书集成初编》重印版。
18.《孙子兵法》，春秋·孙武著，黄朴民、熊剑平注译，长江文艺出版社 2015 年版。
19.《新疆伊犁昭苏县古墓葬出土金银器等珍贵文物》，安英新撰，《伊犁河谷考古文集》，王林山主编，新疆大学出版社 2012 年版。
20.《琵琶赋·序》，晋·傅玄撰，见清·陈元龙辑《历代赋汇》本，江苏古籍出版社、上海书店 1987 年重印版。
21.《明君词·序》，晋·石崇撰，见逯钦立辑校《先秦汉魏晋南北朝诗》，中华书局 1982 年版。
22.《乐府杂录》，唐·段安节撰，见明·陆楫等辑《古今说海》，巴蜀书社 1988 年重印版。

鸣谢单位

江苏省扬州市对口支援新源县前方指挥组
新疆伊犁哈萨克自治州文学艺术界联合会
新疆伊犁哈萨克自治州新源县文学艺术界联合会
新疆伊犁哈萨克自治州新源县委宣传部
新疆伊犁哈萨克自治州特克斯县文物管理局
新疆伊犁哈萨克自治州昭苏县文学艺术界联合会

图书在版编目（CIP）数据

伊犁日志 / 朱崇生著 . -- 北京：作家出版社，2021.8
ISBN 978-7-5212-1235-8

Ⅰ. ①伊…　Ⅱ. ①朱…　Ⅲ. ①散文集-中国-当代
Ⅳ. ①I267

中国版本图书馆 CIP 数据核字（2021）第 037136 号

伊犁日志

作　　者：朱崇生
责任编辑：向　萍
装帧设计：张永文
出版发行：作家出版社有限公司
社　　址：北京农展馆南里 10 号　　邮　　编：100125
电话传真：86-10-65067186（发行中心及邮购部）
　　　　　86-10-65004079（总编室）
E-mail: zuojia@zuojia.net.cn
http: //www.zuojiachubanshe.com
印　　刷：唐山嘉德印刷有限公司
成品尺寸：152×230
字　　数：331 千
印　　张：24.25
版　　次：2021 年 8 月第 1 版
印　　次：2021 年 8 月第 1 次印刷
ISBN 978-7-5212-1235-8
定　　价：68.00 元